Sarah Dunant · Nachts sind alle Kater grau

SARAH DUNANT

Nachts sind alle Kater grau

Roman

Aus dem Englischen von
Susanne Hornfeck

KARL BLESSING VERLAG

Die englische Originalausgabe erscheint unter dem Titel »Transgressions« bei Virago, London

Umwelthinweis:
Dieses Buch und der Schutzumschlag wurden auf chlorfrei gebleichtem Papier gedruckt.
Die Einschrumpffolie (zum Schutz vor Verschmutzung) ist aus umweltfreundlicher und recyclingfähiger PE-Folie.

Der Karl Blessing Verlag ist ein Unternehmen der Verlagsgruppe Bertelsmann.

1. Auflage

Umschlaggestaltung: STEINKAEMPER/LOHMANN
Umschlagfoto: Comstock GmbH
Satz: Uhl + Massopust, Aalen
Druck: Graphischer Großbetrieb Pößneck
Printed in Germany
ISBN 3-89667-027-1

1. Kapitel

Es begann vier Monate nachdem sie sich von Tom getrennt hatte. Aber damals hatte sie es natürlich noch nicht als »Es« betrachtet. Damals war es ganz einfach der Morgen, an dem sie in die Küche kam und ihre Van-Morrison-CD nicht mehr finden konnte. Sie hatte sich weiter keine Gedanken darüber gemacht, war ihre Sammlung durchgegangen und hatte schließlich etwas anderes ausgesucht.

Doch in den darauffolgenden Wochen hatte sie das Album vermißt. Es hieß *Enlightenment* und war Anfang der Neunziger aufgenommen worden (was Musik betraf, war diese Phase bislang an ihr vorübergegangen). Das großartige Anfangsstück dröhnte laut und frech aus den Lautsprechern und ließ einen an ein Leben nach dem Ende einer mißglückten Beziehung glauben. Während jener brüllend heißen Sommertage, in denen sogar die Pflanzen von der Sonne genug hatten und um Gnade flehten, war das Stück für sie zu einer Art Hymne geworden. Es hatte den Blick in eine Zukunft eröffnet, an die sie selbst noch nicht so recht glauben konnte.

Sie hatte sich angewöhnt, es morgens gleich als erstes zu spielen, wenn sie die Glastür zum Garten öffnete und ihr Frühstück auf dem verdorrten Rasen herrichtete. Nachdem Tom mit seiner Hälfte des Kücheninventars ausgezogen war, hatte sie sich im nächstbesten Kaufhaus ein ganzes Set dieser unsinnig bunten Teller und Frühstücksbecher gekauft und eine glänzende Espressomaschine, sehr stilvoll und sehr italienisch. Es hatte zwar eine Weile gedauert, bis sie die Gebrauchsanweisung entschlüsselt hatte – sie war eine von diesen selbständigen Frauen, die gleichwohl die elektronischen Belange ihres Lebens dem Mann überlassen, der darin gerade eine Rolle spielt –, aber nachdem sie erst einmal durchgeblickt hatte, zauberte sie Tasse um Tasse voll köstlichem, schaumigem Kaffee. Die schlürfte sie dann genüßlich draußen auf dem Rasen, einen dicken weißen

Bart auf der Oberlippe. Freilich war keiner da, ihn wegzulecken. Nicht, daß ihr das etwas ausgemacht hätte. Im Gegenteil. Nach langen Jahren im Schatten eines schleichenden Todes fühlte sie sich jetzt ruhig, ja auf geradezu triumphierende Weise erleichtert.

Trotzdem, Van Morrison fehlte ihr. Sie hatte noch mehr Alben von ihm, die sie hätte auflegen können, aber die kamen alle aus anderen Lebensabschnitten. Fragmente einer musikalischen Autobiographie aus der Vor-Tom-Ära. Das war so lange her, daß sie sich kaum vorstellen konnte, daß dieselbe Person sie gehört hatte. Der Reiz dieses Albums lag darin, daß es auch für sie ganz neu war. Es war gleichzeitig mit dem Frühstücksgeschirr in ihr Leben getreten, zusammen mit Leonard-Cohen-Liedern in einer brütend melancholischen Version der amerikanischen Sängerin Jennifer Warnes, eine Stimme wie Rohseide, einschließlich der Sprödigkeit.

Diese neue Musik wurde zur Meßlatte ihrer Entwicklung. Einmal im Auto, mit »The Famous Blue Raincoat« auf voller Lautstärke, stellte sie sich vor, wie sie dieses Lied in einigen Jahren, in einem anderen Stadium ihres Lebens, hören würde. »Ach ja, das war die Musik, zu der ich mich von Tom getrennt habe«, würde sie sagen, als sei dies nur ein Ereignis in einem sich entfaltenden Leben und nicht das Ende davon, wie sie es jetzt oft empfand.

Sie vermißte die Van-Morrison-CD genug, um nach einer Woche eine systematische Suche zu starten. Jede Box wurde kontrolliert, ob Van sich nicht vielleicht aus Versehen mit Morrisey oder Brian Ferry eingelassen hatte. Doch die glänzende, kleine Scheibe war nirgends zu finden. Es verwunderte sie mehr, als daß es sie beunruhigte. Tom ging ihr durch den Kopf. Vielleicht hatte er sie ja bei einer seiner Blitzaktionen mitgehen lassen.

Die Trennung hatte so erbitterte Formen angenommen, daß es ihnen unmöglich schien, sich zur selben Zeit am selben Ort aufzuhalten. Man war überein gekommen, daß er, was er brauchte, in ihrer Abwesenheit holen kam. Er schickte ihr Zettel; peinlich genaue, verletzende kleine Listen bezüglich des Was und Wann, die er mit fiesen Bemerkungen würzte. Beim »Wann« war er sehr gewissenhaft, beim »Was« schon weniger. In diesen ersten Monaten hatte sie oft nach einem bestimmten Buch oder einem Teller gesucht, nur um schließlich festzustellen, daß sie Beine bekommen hatten. Natürlich waren einige dieser Dinge gemeinsames Eigentum und nicht ihres oder seines. Nach sieben gemeinsamen Jahren konnte selbst sie nicht mehr genau sagen, was eigentlich wem gehörte. Aber das Album, das wußte sie, gehörte ihr. Schließlich hatte er Van Morrison nicht einmal gemocht. Sie dachte daran, bei ihm nachzufragen. Aber vier Monate schienen ihr dann doch zu kurz, um seine Stimme schon wieder hören zu können. Er könnte darin einen Vorwand zur Kontaktaufnahme sehen, und sie hatte keine Lust, sich seiner Arroganz auszusetzen. Nicht mehr. Und von jetzt an nie mehr. Sie kam zu dem Schluß, daß sie die CD verlegt hatte. Sie gewöhnte sich daran, sie nicht zu hören, und vergaß sie dann ganz.

Gegen Ende des Sommers war sie wegen eines Auftrags für ein paar Tage nach New York geflogen. Sie wohnte in einem Hotel am Central Park. Sie hatte sich auf die Reise gefreut – ihre erste als frischgebackener Single – und sie noch ein paar Tage verlängert, um das Wochenende anhängen zu können. Als es dann soweit war, fühlte sie sich auf unerklärliche Weise deprimiert. Die ganze Stadt war ausgelaugt von der Sommerhitze und die Arbeit öde. Am zweiten Abend verließ sie das Hotel mit dem Vorsatz, den Broadway zu erkunden, doch schon nach vier Blocks flüchtete sie sich schweißtriefend in eine Filiale von Tower Records. Die Luft dort war zwar verbraucht, aber immerhin kühl, und die Musik, wie der Zufall es wollte, Van Morrison.

Ein Live-Doppelalbum, 1993 in San Francisco eingespielt und Beweis dafür, daß er die Achtziger nicht nur heil überstanden, sondern daß seine Musik auch von ihnen profitiert hatte. Sie hatte es sofort gekauft, zusammen mit einem anderen Konzertmitschnitt – *Live at Belfast City Hall* – und einem Ersatz für die verlorengegangene CD. Und nachdem sie erst einmal angefangen hatte, die Ständer durchzugehen, gab es kein Halten mehr. Die tschechische Firma, deren Messestand sie betreuen half, hatte ihr drei Tagessätze bar auf die Hand gezahlt. Innerhalb von zwanzig Minuten waren sie ausgegeben. Sie durchforstete die Titelverzeichnisse nach Bands, zu deren Musik sie früher einmal getanzt oder gesungen, deren Platten sie aber bislang nie durch CDs ersetzt hatte. Es wäre zu teuer gewesen, zumal sie sie ohnehin nur hören konnte, wenn Tom nicht da war. Vielleicht war ja die Unvereinbarkeit ihres Musikgeschmacks, so überlegte sie im nachhinein, der eigentliche Grund allen Übels: Welche Chancen bestanden denn schon für ein Rock 'n' Roll-Girl und einen Klassik-Lover? Jetzt kam ihr dieser Gedanke wieder in den Sinn, während sie sich aufmüpfig für eine Handvoll neuer Bands entschied, von denen sie weder Namen noch Musik kannte. Neue Musik für einen neuen Lebensabschnitt. Auf dem Rückweg ins Hotel hatte sie auf Kreditkarte einen tragbaren CD-Player gekauft. Einfach so.

Die restliche Zeit hatte sie sich dann im Bett verkrochen, Kopfhörer auf den Ohren und sich durch die Kanäle des leise gestellten Fernsehers zappend. Dabei war ihr die Musik immer noch wirklicher vorgekommen als der Ort, an dem sie sich befand.

Bei ihrer Rückkehr war der Sommer am Verblassen gewesen, und es hatte nicht mehr lange gedauert, bis sie einen Pullover für ihr Frühstück im Grünen brauchte. Ihre Musik war nach wie vor dabei, nur dröhnte sie jetzt lauter und weniger melancholisch aus der Küche. Glücklicherweise – den Launen viktorianischer Stadtplanung sei Dank – war ihr Garten, wie auch die übrigen der Umgebung, groß und bot eine gewisse großstädtische Privatsphäre; entweder waren die Nachbarn zu weit weg, oder sie scherten sich nicht darum. Vielleicht machte ihnen der Wechsel im Musikprogramm nach all den Symphonien ja auch Spaß.

Die Musik brachte ihre Füße ebenso auf Trab wie ihren Geist. Sie hüpfte zu Bruce Springsteen und Bob Seger, während sie verblühte Rosen abschnitt und Unkraut zwischen den Dahlien zupfte. Beim Aufräumen der Küche hörte sie eher Counting Crows, Radio Head und ein paar andere neue Bands, die ihr inzwischen so vertraut waren, daß sie viele Stücke mitsingen konnte. Es war, wie sie feststellte, lange her, daß sie ihre eigene Stimme so oft gehört hatte. Immer noch war sie verblüfft, daß eine ansonsten so scheue Person einen derart selbstbewußten Sound produzieren konnte.

Ihr kam der Gedanke, daß all das Singen möglicherweise ein Zeichen für ihre Zufriedenheit sein könnte. Aber der Begriff schien seltsam inhaltslos, und trotz der Musik gab es immer wieder

Nächte, in denen sie morgens um vier aufwachte und sich fühlte, als sei die Welt untergegangen und sie als einzige wäre übrig, darüber zu trauern. Siebeneinhalb Jahre. Zu lang für eine Affäre und zu kurz für lebenslänglich. Die Frage, wer sie jetzt war, blieb ohne Antwort.

Vielleicht wäre es leichter gewesen, wenn sie Tom tatsächlich wiedergesehen hätte. Sei es auch nur, um sich ins Gedächtnis zu rufen, wovor sie geflohen war. Doch obwohl sie seine Nummer hatte (er war auf die Füße gefallen – ein Arbeitskollege hatte einen Job bei den Saudis bekommen und brauchte einen Nachmieter für sein Junggesellenappartement im Barbican), rief sie dort nicht an. Und er nicht bei ihr. Freunde von Freunden berichteten, es gehe ihm gut, er sei beschäftigt, sähe gut aus. Hieß das auch, daß er nicht mehr an sie dachte, sie überhaupt nicht vermißte? Vermißte sie ihn denn? »Ja« lautete die ehrliche Antwort. Manchmal schon; auch wenn die letzten anderthalb Jahre immer unerträglicher geworden waren. Ihre Auseinandersetzungen waren immer lauter und heftiger geworden, mit langen, frostigen Waffenstillständen dazwischen.

Der Zerfall ihrer Gefühle hatte auch vor dem Sex, oder was davon noch übrig war, nicht haltgemacht. Für eine Weile war es dadurch sogar fast aufregender geworden im Bett, aggressiver und egoistischer. Beide Seiten hatten dem ansonsten abgenutzten Ritual neuen Reiz abgewinnen können. Doch er hatte die Saat der Verachtung in sich getragen, die sie beide am Ende vergiftet hatte. Beide waren sie sich darüber im klaren; sie aber war es gewesen, die als erste aufbegehrt und der gegenseitigen Zerstörung ein Ende gesetzt hatte. Sein Rückzug erfolgte daraufhin so abrupt und so radikal, daß sie zu zweifeln begann, ob er jemals wirklich für sie dagewesen war. Die Enthaltsamkeit brachte ihre eigenen Spannungen, über die keiner von ihnen sprach. Ein weiterer Posten auf der Liste ihrer zahlreichen offenen Rechnungen. Vielleicht hätte er mit anderen anders gevögelt; spielerischer, einfallsreicher, mit mehr Neugier, so wie das zwischen ihnen früher auch möglich gewesen war. Aber das lag Lichtjahre zurück. Möglicherweise würde ja auch sie ohne ihn mehr Spaß haben.

Nicht, daß sie sich das vorstellen konnte. Sie vermißte den Sex nicht. Im Gegenteil, sie genoß ihr neues Zölibat geradezu. Ihr gefiel die Leere in ihrem Bett, und das ungewohnte Gefühl, den Wecker jetzt mit der anderen Hand zum Schweigen zu bringen. Das alles war Teil einer tiefen Freude über die neugewonnene Intimität des Alleinseins. Sie konnte Stunden im Bad verbringen, eine Frau, die sich pflegt: Haare ondulieren und Haare entfernen, sich eincremen und einen Körper verwöhnen, der von niemandem als ihr selbst betrachtet werden würde. Es war wie damals als Teenager, genüßlich schwelgen und gleichzeitig vor der Enttäuschung durch die Realität sicher sein.

Nur ganz gelegentlich machte ihr Körper ihr einen Strich durch die Rechnung: Ein paar Wochen vor ihrem Trip nach New York hatte sie eines Nachts einen völlig unerwarteten, aber um so eindeutigeren erotischen Traum: Ein ehemaliger Liebhaber in einem Motel am Rande der Wüste verspottete sie, wies sie zurück, um sie dann doch zu nehmen. Schweißgebadet war sie aufgewacht, völlig überwältigt von der Macht und Heftigkeit ihrer Begierde, der sie hilflos und verletzlich ausgeliefert war.

An jenem Morgen hatte sie das Van-Morrison-Album mehr denn je vermißt. Mein Gott, wie dieser Mann mit der Stimme Liebe machen konnte, langsam und sinnlich; nicht dieses mechanische Vögeln, das zum Schluß ihre sexuelle Beziehung zu Tom dominiert hatte.

Sie hatte die Fenster geöffnet und stand auf dem Rasen, den Becher mit schaumigem Kaffee an sich gedrückt, und freute sich an der Einsamkeit und, ausnahmsweise, an der Ruhe. Auf der anderen Seite, durch den breiten Streifen der Gärten von ihr getrennt, lag das Puzzle aus Fenstern und Dächern, das zu den viktorianischen Häusern linker Hand gehörte. Diese Stadt war voll von Menschen, die sie nicht kannte und wahrscheinlich niemals kennenlernen würde. Die Anonymität des Ganzen und sie selbst mittendrin, das erregte sie plötzlich. Es ließ sie den Stachel ihrer Einsamkeit spüren. Ein paar Tage lang ertappte sie sich dabei, wie sie Männern nachsah, überlegte, wie die wohl im Bett wären und ob sie auch an ihr Gefallen finden könnten. Aber es kostete sie zu viel Energie, ihre Gedanken wieder nach außen zu richten, und als sie in das Flugzeug nach New York stieg, war dieser Anflug schon wieder vorbei.

Zurück in London hatte sie einen letzten Versuch in Richtung Geselligkeit unternommen. Sie war ihr Adressbuch durchgegangen und hatte sieben Leute zum Abendessen eingeladen; einer davon sogar Single – ein Freund von Freunden –, um die Zahl abzurunden. Den ganzen Tag hatte sie gekocht und die Hausfrau aus dem Journal gespielt. Sie kamen, aßen, redeten und gingen wieder. Zwei von ihnen schrieben anschließend ein Kärtchen, um zu sagen, was für ein netter Abend es doch gewesen sei. Noch Tage danach war sie deprimiert.

Ende Oktober wurde es dann doch zu kalt, um draußen zu frühstücken. Die Glastür blieb geschlossen, und die Gartenarbeit war jetzt den Eichhörnchen und der Katze vorbehalten. Millie grub mit ihren Krallen die Blumenzwiebeln aus oder stand in der Mitte des Rasens und lieferte sich endlose Blickgefechte mit einem wohlgenährten schwarzen Kater, der sich angewöhnt hatte, grünäugig und herablassend durch ihr Revier zu stolzieren.

Sie stand hinter den Scheiben und beobachtete alles von drinnen. Es machte ihr nichts aus. Immer noch spielte sie ihre Musik, während sie in den Regen hinausstarrte. Sie hatte jetzt anderes im Kopf. Einer der Verlage, für den sie übersetzte, hatte von der Frankfurter Buchmesse einen Thriller der harten Sorte von einem jungen tschechischen Autor mitgebracht und suchte jetzt verzweifelt jemand, der ihn schnell übersetzte. Es gab Interesse an den Filmrechten, und Namen wie Brad Pitt und Irène Jacob waren im Gespräch. Sie hatte das Buch durchgelesen – die Geschichte eines New Yorker Bullen, der nach Osteuropa eingeschleust wird, um einen Drogenring auffliegen zu lassen –, und obgleich sie es nicht besonders originell fand, hatte sie sich entschlossen, trotzdem anzunehmen. Zum einen, weil das Angebot zu gut war, um es abzulehnen, zum anderen, weil das Leben in einer anderen Sprache ihr nicht erlaubte, sich zu sehr in sich selbst zurückzuziehen; jedenfalls nicht in jenes Selbst, das immer noch an Tom hing.

Sie nahm den Auftrag zum Anlaß, ihre Festplatte aufzurüsten, und kaufte sich neue Slang-Lexika. Es war ein langer Roman, der osteuropäische Versuch, einen Bestseller zu landen, und seine Übersetzung würde sie den Rest des Jahres und den Anfang des neuen in

Anspruch nehmen. Warum auch nicht? Sie hatte nichts Besseres vor mit ihrem Leben. Wenn ich damit fertig bin, sagte sie sich, werde ich bereit sein. Ich werde wie ein Schmetterling aus dem Kokon schlüpfen; verwandelt, neu geboren – bereit, der Welt ins Auge zu blicken.

Zum Auftakt ihres Einsiedlerlebens genehmigte sie sich eine Flasche Champagner. Um halb sieben des ersten Arbeitstages, als das Licht in Erwartung des Winters schon trüber wurde, ging sie in die Küche hinunter, um die Flasche zu entkorken. Die Woche über hatte sie das Van-Morrison-Live-Album aus San Francisco fast ständig laufen; zuzuhören, wie jemand Worte zum Klingen bringt, ist eine gute Einstimmung aufs Übersetzen. Aber als sie diesmal den Startknopf drückte, tat sich nichts. Sie drückte noch einmal. Dann öffnete sie den CD-Player und stellte fest, daß die Scheibe nicht drin lag. Sie hatte sie aber ganz bestimmt am Morgen im CD-Player liegengelassen und seither nichts anderes gespielt. Außerdem lag die Box noch daneben. Aber die CD war nicht drin und auch nirgendwo im Regal darüber.

Während sie weitersuchte, schnappte die Katzenklappe auf, und Millie kam hereingeschossen. Zu spät unternahm sie den Versuch, irgendwie würdevoll oder sieghaft auszusehen. Auf dem Rasen, knapp zwanzig Meter von der Tür entfernt, hatte sich der große schwarze Kater aufgebaut und starrte reglos herüber, stumm seinen Triumph auskostend. Elizabeth trat an die Glastür und hämmerte dagegen. Er wich keinen Zentimeter von der Stelle, klappte dann schließlich die Ohren zurück, wandte sich ab und schlenderte gelangweilt davon. Millie schlängelte sich maunzend um die Beine ihrer Besitzerin in der Hoffnung auf Streicheleinheiten. »Na komm schon, mein Mädchen«, murmelte sie. »Es ist schließlich dein Garten. Laß nicht einen Macker die Oberhand gewinnen.«

Dann fuhr sie mit ihrer Suchaktion fort. Aber alles Herumsuchen brachte nichts zutage außer der Erkenntnis, daß die CD verschwunden war. Es ergab einfach keinen Sinn. Sie hatte im CD-Player gelegen, und jetzt war sie weg. Wenn sie sie nicht herausgenommen hatte, wer dann? Abgesehen von der einen Stunde über Mittag, als sie schwimmen gegangen war und den Champagner gekauft hatte, war sie ständig im Haus gewesen.

In diesem Moment – das erste Mal seit vielen Monaten – fiel ihr das andere Van-Morrison-Album wieder ein, das genauso plötzlich und spurlos verschwunden war. Und es war ebenfalls in diesem Moment, daß sie anfing, sich ernsthaft Gedanken über ihren ehemaligen Liebhaber zu machen.

»Aber warum nur? Was hätte er denn davon? Außerdem dachte ich immer, daß er nur dieses klassische Zeug hört.«

»Tut er ja auch.«

»Ja und?«

»Die Antwort ist: Ich weiß es nicht.«

»Aber du denkst, er war es?«

»Keine Ahnung. Was meinst du denn?«

»Ich glaube, du hast die CD verlegt.«

»Nicht CD. CDs. Und ich habe überall gesucht. Ich hab sie nicht verlegt.«

»Vermißt du sonst noch etwas? Irgendwas Wertvolles?«

»Nein, nichts. Ich habe nachgesehen.«

»Also wenn er's wirklich war, dann ist das eine ziemlich subtile Art, dir auf die Nerven zu gehen. Von Tom hätte ich eher was Direkteres erwartet. Dieser Scheißkerl.«

»Ist er das?« sagte sie überrascht.

Sally lachte. »Aber Herzchen, das weißt du doch am besten. Mein Gott, als ihr noch zusammen wart, gab es doch keinen Abend, an dem er nicht an dir rumgemeckert und dein Selbstvertrauen untergraben hat. Er wollte keine Geliebte, sondern bedingungslose Gefolgschaft. Es war ja okay, solange du mitgespielt hast, aber sobald damit Schluß war ... Patrick und ich haben uns oft darüber unterhalten.«

Seltsam, dachte sie. Als sie noch zusammen gewesen waren, hatte niemand den Nerv gehabt, ihr zu sagen, wie schlecht sie doch zueinander paßten. Und jetzt konnten die Leute nicht aufhören, sie darüber aufzuklären. Sie sah zu, wie Sally ein Salatblatt sezierte, als sei es ein Kadaver. Andererseits hatte sie Sally natürlich auch nie erzählt, was sie von Patrick hielt. Besser auch jetzt nicht.

»Wie bitte? ... Entschuldige.«

»Ich sagte: Hat er noch einen Schlüssel?«

»Äh ... ja. Er hat immer noch Sachen geholt, und ich hab ihn dann nie zurückverlangt.«

»Hmm.«

»Nix hmm, Sally. Ich hab's vergessen, das ist alles.«

»In Ordnung, aber an deiner Stelle würde ich ihn jetzt zurückverlangen.«

»Das werde ich auch.« Sie versuchte ihre Ungeduld zu verbergen, indem sie der Kellnerin ein Zeichen gab, daß sie zahlen wollte. Als sie sich Sally wieder zuwandte, war deren Gesicht voller Besorgnis.

»Es ist ja so ein schrecklich großes Haus, mein Liebes. Da wird's einem schnell unheimlich. Ich würde da nicht alleine wohnen wollen. Patrick meint auch, du solltest es verkaufen. Es wäre bestimmt kein Problem, selbst bei der jetzigen Marktlage. Er wüßte da auch schon jemanden, der einen guten Preis für dich rausschlagen könnte.«

»Davon bin ich überzeugt, Sally. Aber ich will nicht verkaufen.«

»Dann eben nicht. Ich werde auch nicht mehr davon anfangen ... Wie ist das Buch?«

»Lang.« Sie machte eine Pause. Schließlich überwog das Mitleid. »Aber gut.«

»Hmm. Darf ich dir was sagen?«

Sie lächelte milde. »Ich glaube, du bist schon dabei.«

»Es ist nur ... Ich glaube, du tust dir keinen Gefallen damit.«

»Was meinst du?«

»Wenn du dich in diesem Haus verkriechst, mit der Katze und dem Computer als einziger Gesellschaft. Du versauerst, verlierst den Rest an Saft, den Tom dir noch nicht ausgepreßt hat. Ich finde, du solltest dir einen Ruck geben und wieder ins Leben zurückkehren, mehr ausgehen, Leute treffen. Gib dir eine Chance.«

Sie nickte. »Ich weiß, daß du's gut meinst, Sal. Aber ich bin nicht du. Das ist eben meine Methode, und für mich funktioniert sie.«

»Na gut ...« Sie hob die Hand in einer Geste der Resignation, um dann mit einer übertriebenen Bewegung der Kellnerin zu winken. Diesmal kam die Rechnung. Damit Sally sich besser fühlte, überließ sie es ihr, das Mittagessen zu bezahlen. Arme Sally. Ständig brauchte sie jemanden, der sie brauchte. Wahrscheinlich hatte das damit zu tun, daß Patrick sie nicht brauchte. »Das heißt wohl auch, daß du am Samstag abend nicht kommst? Ich weiß aus glaubwürdiger Quelle, daß dieser Typ sehr nett ist.«

»Davon bin ich überzeugt, aber ich komme gerade erst langsam in den Text rein.«

»Was? Auch an Wochenenden?«

»Du kennst mich doch.«

»Ja, leider. Und wie siehts nächsten Monat aus?«

»Vielleicht.«

»Na gut. Ich hab getan, was ich konnte. Aber paß auf dich auf. Und denk dran, je tiefer du dich vergräbst, desto weiter ist der Weg, um da wieder rauszukommen.«

»Ich werde es beherzigen. Danke.«

Zu Hause packte sie den Schokoladenkuchen aus, den Sally ihr an der Kuchentheke unbedingt noch hatte kaufen müssen (»Wenn du schon keinen Spaß mit anderen haben kannst, dann hab ihn wenigstens mit dir. Du kannst die Kalorien weiß Gott vertragen.«), und genehmigte sich ein Stück zu ihrem Cappuccino. Interessant, was andere Menschen von einem denken. Der Rest der Welt war also überzeugt, daß Tom der Bösewicht war und sie das Opfer. So mußte es auf Außenstehende gewirkt haben. Allerdings stimmte das nicht unbedingt mit ihrer Sicht der Dinge überein. Klar, er hatte sich mehr in Szene gesetzt als sie, hatte länger und lauter geredet, ausführlicher seine Ansichten kundgetan. Aber die Hälfte der Zeit hatte sich das Zuhören ohnehin nicht gelohnt, und schon gar nicht, ihm die Schau zu stehlen. Der Gedanke schockierte sie. War das wirklich ihre Meinung über den Mann, mit dem sie beinahe acht Jahre verbracht hatte?

Anscheinend schon. Sie trat an das Regal mit den CDs und ging die schimmernde Reihe der Titel auf der Suche nach etwas durch, das ihre Stimmung heben würde. Sie entschloß sich zu Tröstlichem, und die schräge Erotik des frühen Lou Reed schmuste durch den Raum.

Sie dachte – und das nicht zum ersten Mal in ihrem Leben –, wie herrlich es wäre, Musiker zu sein; alles sagen zu können, ohne es an jemand bestimmten richten zu müssen. Schade, sie konnte das nicht. Eine gute Stimme war nämlich nur der Anfang. Als sie noch jünger war, hatten ihr manche gesagt, mit ihrer Stimme hätte sie das Zeug zu einem Profi. Aber ihr Talent hatte immer die Songs anderer nötig gehabt. Sie selbst hatte nichts zu sagen. Oder zumindest nichts, von dem sie meinte, daß es andere interessieren könnte. Jetzt, bei ihrer Arbeit als Übersetzerin, hatte sie die nötige Sicherheit, um mit den Worten anderer Wunder zu vollbringen. Doch wenn es darum ging, ihre eigenen zu finden, strauchelte sie oft genug. Wie in der Literatur, so im Leben. Vielleicht war das der Grund, warum es mit Tom schiefgelaufen war; er hatte nur deshalb mehr geredet, weil sie weniger geredet hatte. Oder vielleicht hatte Sally doch recht. Vielleicht mangelte es ihr einfach an Saft.

Sie wandte sich wieder der Sache mit den CDs zu. Drei Tage war es her, daß der zweite Van Morrison verschwunden war, und seitdem hatte nichts weiter ihr Mißtrauen erregt. Das machte zwei verschwundene CDs in drei Monaten. Es gab einfach keine sinnvolle Erklärung. Für Tom war das Ganze eher untypisch, da mußte sie Sally recht geben. Nicht nur zu subtil, sondern auch zu umständlich. Aber wer sie auch genommen haben mochte (und sie war sich jetzt sicher, daß sie verschwunden waren), hatte dazu nicht einbrechen müssen, und Tom war der einzige, der einen Schlüssel besaß.

Sie versuchte, sich ihn vorzustellen, wie er in ihrer Abwesenheit ins Haus zurückgekommen war: in der Küche die CDs durchgehend und im Zweifel, welche er denn nun nehmen sollte, welche sie am meisten vermissen würde, um sie dann in die Jackentasche gleiten zu lassen. Er mußte gewußt haben, wie sie reagieren würde, daß er sie damit verunsichern, wenn nicht erschrecken konnte. War er zu so etwas fähig? Worin, außer in reiner Bosheit, läge der Sinn einer solchen Aktion? Wollte er erreichen, daß sie sich in dem großen Haus unwohl fühlte, jetzt, wo sie es allein bewohnte? Gegen Ende ihrer Beziehung war das Blutvergießen so groß gewesen, daß sie den Gedanken nicht grundsätzlich von der Hand weisen konnte. Aber zum Teufel mit ihm, wenn es tatsächlich so wäre. Das war schließlich ihr Haus, und durch derartige Provokationen ließ sie sich noch lange nicht daraus vertreiben.

Sie stellte die Anlage leiser und griff nach dem Telefon. Auch wenn sie die Nummer bisher nie benutzt hatte, wußte sie sie auswendig. Er hatte sie unten auf das März-Blatt des Dali-Kalenders geschrieben, und sie hatte die Zahlen sorgfältig jeden Monat auf das folgende Blatt übertragen. Sie wollte die Nummer nicht verlieren, ihr aber auch keinen dauerhaften Platz in ihrem Adressbuch zugestehen. Es klingelte einmal, zweimal, dreimal, dann schaltete sich der Anrufbeantworter ein. Die Stimme, mit der er die Botschaft sprach, war selbstsicher, beinahe anmaßend. Mir geht's gut, sagte sie, für den Fall daß irgendwelche Zweifel bestehen. Sie hätte erwartet, beim Klang seiner Stimme so etwas wie einen Stich im Innern zu spüren, wenn auch nur aus der Erinnerung, aber da war nichts.

»Hallo«, sagte sie bestimmt. »Ich bin's, Liza.« Und dann: »Ich muß mit dir über etwas reden. Könntest du mich zurückrufen? Ich bin den ganzen Abend zu Hause.« Sie wollte den Hörer schon wieder auflegen, als sie sich plötzlich verhedderte. »Heute ist Dienstag, Dienstag der fünfundzwanzigste.« Dann ein »Danke« als unvermittelter Nachschlag.

Sie knallte den Hörer auf. Jetzt merkte sie, wie ihr Herzschlag lauter geworden war. Immer mit der Ruhe, sagte sie sich, so schlecht warst du doch gar nicht.

Dann machte sie sich den nächsten Kaffee und nahm ihn mit hinauf ins Arbeitszimmer.

2. Kapitel

Das Wasser kochte über, und der Raum füllte sich mit zischendem Dampf. Fluchend sprang Jake auf und warf die Illustrierte auf den Tisch, wo sich die Doppelseite mit dem Körper eines Pin-up-Girls ausbreitete. Ihr makelloser Nabel war von den Heftklammern durchlöchert: Lovely Lola, die Bombe aus Boston.

Der Topf war so heiß, daß er ihn auf dem Weg zur Spüle an der Tischkante abstellen mußte. Kochendes Wasser schwappte auf das Papier, und Lolas Brüste verschrumpelten infolge akuter Verbrennung. Er rettete sie. Aber ein flüchtiger Blick sagte ihm, Lola sei reif für den Mülleimer. Nie mehr würden diese Runzeln sich glätten lassen, und für seinen Geschmack war da ohnehin zu viel Weichzeichner im Spiel. Er brauchte Frauen mit Haaren, etwas, woran die Finger Halt fanden. Zum Glück hatten sie am Zoll seinen Koffer nicht geöffnet. Welch großartiger Auftakt für einen neuen Job: amerikanischer Bulle kommt in fremde Stadt, um dort den Saubermann zu spielen, und wird mit Pornos im Gepäck erwischt. Er hätte es sich denken können. Welches andere Abschiedsgeschenk hätten die Jungs in Packpapier eingewickelt?

Er angelte sich eine Gabel voll Nudeln, ließ sie aber sofort wieder fallen, als seine Lippen die Hitze spürten. Heiß und glitschig. »Verdammt.« Er zog sich den Ärmel seines Sweatshirts über die Hand und verfrachtete den Topf in die Spüle. Dann landete sein Inhalt auf dem Mädchen im Mülleimer. Es gab weiß Gott andere Möglichkeiten, den ersten Abend in einer fremden Stadt zu verbringen, als mit einem schlechten Pornoheft und zerkochten Nudeln im versifften Appartement eines Bürokraten. Und so was nannten die hier privilegierte Wohnsituation. Wegen so einem beschissenen Loch waren die sogar in die verdammte Partei eingetreten. Das Ganze war durchaus dazu angetan, einen Typen ins Selbstmitleid zu treiben, zumal einen, der noch die Kochkünste von jemand anderem in Erinnerung hat. Und das Gefühl ihres Körpers, eine Armlänge entfernt im Bett. Nicht jetzt. Denk jetzt nicht an Mirka. Schluß und aus, ein für allemal. Und hier war die verordnete Kur: ein neuer Job, eine neue Herausforderung, das weiße Blatt in der Schreibmaschine der Gefühle. Dumm nur, daß es ausgerechnet ihre Stadt sein mußte. Wenigstens war sie nicht hier.

Er blickte auf die Uhr. Halb zehn. Scheiß auf die Nudeln. Wenn er Glück hatte, war das Lokal die Straße runter noch offen. Wenn er die Karte nicht verstand, blieb ihm immer noch Zeichensprache. Eine Flasche Wein, eine Kostprobe der einheimischen Küche und danach noch ein Blick aufs lokale Nachtleben. Er könnte auf dem Heimweg in einer der Bars der großen Hotels vorbeischauen. Es hieß, russische Mädchen seien hier viel unterwegs, ein ganzer Kontinent unverbrauchten Talents auf der Suche nach harter Währung. Wenn man seine Panzer nicht mehr los wird, kann man immer noch seine Frauen verkaufen; das ist es, was man freies Unternehmertum nennt. Und wenn die Einheimischen nicht zugreifen, dann tun's die reichen Touristen.

So mußte es nach dem Krieg gewesen sein. Die Amerikaner, mit ihren Freßpaketen und ihrem GI-Sold, hatten Schokoriegel und Seidenstrümpfe gegen kleine Gefälligkeiten getauscht. Na ja, warum auch nicht? Wann hatte er das letzte Mal eine Frau gehabt? Diese chaotische Klamottendesignerin, die er in einer Bar in der Upper West Side getroffen hatte. Mein Gott, er hatte nicht schnell genug aus ihrem Appartement wegkommen können; alles voll mit Kristallklunkern und Panflötenmusik. Immerhin hatte er sich bewiesen, daß er noch konnte und daß es noch Frauen gab, die scharf auf ihn waren. Ihn, Jake Biderman: sechsunddreißig, mit knackigem Arsch, nicht die Spur von Bauch, einen Kopf voller Haare und ein süßes Lächeln, wenn er es nicht drauf anlegte (so jedenfalls hatte Mirka immer gesagt). Schaden genommen hatte nur das Innere. Aber das konnten sie ja nicht sehen. Bedachte man, wie viele Idioten in der Welt herumliefen, dann müßte eigentlich ein Haufen Frauen nur auf ihn warten, ja ihm ihre Reize geradezu aufdrängen. Wem, bitteschön, machte er hier etwas vor?

Er schnappte sich die Jacke und trat hinaus in einen warmen Prager Abend. Lola aus Boston räkelte sich im Mülleimer, ihre Hochglanzbrüste waren von einem Gitter aus Spaghetti bedeckt.

Im Dunkeln klingelte das Telefon.

»Mein Gott.« Sie schaltete das Licht neben dem Bett an und verdrehte die Augen nach dem Wecker. 1.18 Uhr. Sobald sie nach dem Hörer griff, war ihr klar, daß er es war. Wer konnte es sonst sein. Gemeiner Hund.

»Hallo, Lizzie.«

»Hi Tom.« Der Klang seiner Stimme ließ sie augenblicklich wachsam werden.

»Hab ich dich aufgeweckt?«

»Nein. Ich war gerade dabei, das Badezimmer zu schrubben.« – Was du ja nie getan hast.

»Braves Mädchen. Hält die Bazillen ab. Und wie geht's dir so?«

»Ich ... mir geht's gut.«

»Na prima. Viel zu tun? Ich habe gehört, du tust irgendeinem Autor einen großen Gefallen und bringst seine Worte zum Klingen.«

»Wer hat dir denn das erzählt?«

»Na, du weißt schon, gemeinsame Freunde, die so tun, als kümmerten sie sich, halten mich auf dem laufenden. Das geht dir doch sicher ähnlich.«

Nein, dachte sie, tut es nicht. Aber ich stelle schließlich auch keine Fragen. »Und wie läuft's bei dir?«

Die Sätze klangen absurd. Viel zu höflich, so als unterhielten sich zwei Fremde oder Bekannte, die sich noch nicht ausreichend beschnuppert hatten. Aber vielleicht waren sie das ja jetzt. Bekannte. Vertrautheit, die sich in Distanz zurückverwandelt. Der volle Zirkelschluß einer Beziehung.

»Kann nicht klagen. Ich habe mich auf eine Stelle in British Columbia beworben. In ein paar Wochen fliege ich rüber zum Interview. Associate Professor. Drunter mach ich's nicht.«

»Klingt ja großartig. Ich hoffe, du kriegst den Job.«

»Ja, mal sehen. Ist immer eine Frage der Politik, du weißt ja.«

»Klar.«

»Und was macht das Haus?«

»Alles in Ordnung.«

»Es wundert mich, daß du weiter da wohnen bleibst. Muß dir doch riesig vorkommen, so ganz für dich allein.«

Mir und wer immer mich besuchen kommt, dachte sie. Eine Pause war entstanden.

»Jedenfalls«, kam es dann, »du hast mich sprechen wollen?«

»O ja. Ich ... ich wollte dich fragen, ob ich den Schlüssel zurückhaben kann.«

»Den Schlüssel?«

»Ja, Tom, den Schlüssel. Den Schlüssel für das Haus. Du hast noch einen.«

»So?« sagte er mit einer Stimme, die deutlich machte, daß sie beide es sehr wohl wußten. »Kann mich gar nicht erinnern. Aber wenn du's sagst, wird es wohl stimmen. Sollte ich ihn finden, bringe ich ihn vorbei.«

»Mach dir keine Umstände. Du kannst ihn mit der Post schikken.«

»Wenn dir das lieber ist.« Er machte eine Pause, und in dem Schweigen spürte sie, wie die Fassade seiner bemühten Höflichkeit Risse bekam.

»Du mußt ja nicht da sein, um ihn in Empfang zu nehmen. Ich kann ihn einfach in den Briefkasten schmeißen.« Das Wort »schmeißen« hatte den Unterton vertrauter Wut.

»Wie auch immer«, sagte sie ungerührt, entschlossen, sich nicht darauf einzulassen. »Bist du vielleicht in letzter Zeit ... bist du zufällig hiergewesen?«

»Wie meinst du das?«

»Hier. Im Haus. Bist du gekommen, um Sachen zu holen?«

»Wieso das denn? An was sollte ich da noch Interesse haben?« erwiderte er ruhig.

»Ich dachte ja nur ...«

»Ja?«

»Hast du vielleicht aus Versehen welche von meinen CDs mitgenommen?«

»Deine CDs? Und welche?«

Du weißt nur zu gut, welche ich meine, du Fiesling, dachte sie. »Van Morrison.«

»Van Morrison.« Er dehnte den Namen, als spräche er vom Papst oder jemandem, der vergleichbare Verehrung (oder Verachtung) verdient. Ich weiß, was los ist, dachte sie. Du hast getrunken. Du bist, verdammt noch mal, besoffen. »Und was sollte ich mit Van Morrison im Sinn haben? Soweit ich mich erinnere, hat er eine Stimme wie eine laufende Klospülung.«

»Schon gut, Tom. Du brauchst dich hier nicht aufzuspielen. Ein einfaches ›Ja‹ oder ›Nein‹ tut's auch.«

Einen Moment lang blieb er still. »Dann ist die Antwort ›nein‹. Ich habe deine Van-Morrison-CDs nicht genommen, und auch keine anderen. Aber wieso? Hat sie dir jemand geklaut?«

»Das weiß ich eben nicht.« Sie hielt inne.

»Du meinst, jemand ist eingebrochen?«

»Äh, nein. Aber ... ich weiß nicht sicher.«

»Du solltest dich wirklich an die Polizei wenden wegen ordentlicher Sicherheitsvorkehrungen für dieses Haus. Ich habe immer schon gesagt, diese Glastüren sind eine Kleinigkeit für einen Einbrecher. Hast du es denn gemeldet?« Der Stimmungsumschwung war offenkundig. Selbst seine Stimme hatte ihren schneidenden Ton verloren. Statt Aggressivität hörte sie plötzlich Besorgnis, die ihr das Gefühl vermittelte, die wichtigste Person auf der Welt zu sein. Zum Teufel mit ihm, er konnte so rasend nett sein, wenn er wollte. Aber eben nur, wenn er wollte ...

»Nein, hab ich nicht. Es sind ja nur die paar CDs.«

»Und du bist sicher, daß sie nicht bloß in deiner Handtasche verschwunden sind?«

»Ja«, sagte sie bestimmt. Die Tiefen ihrer Handtasche, in der sich Dinge auf wundersame Weise verlieren konnten, waren ein dauerhafter Scherz zwischen ihnen gewesen, bevor er zur Stichelei verkommen war. Diesmal schien es eher nett gemeint. Das schmerzte mehr als die gewohnte Boshaftigkeit. Laß dich da nicht reinziehen, dachte sie. Laß dich auf keinen Fall von seinem Charme einwickeln. Und wein dich bloß nicht an seiner Schulter aus. »Ich muß jetzt

Schluß machen Tom, es wird spät. Ich wollte nur sichergehen, daß ...«

»Daß ich nicht im Haus herumschnüffle, nur um dir einen Schreck einzujagen. Das war's doch, oder?« Hier war es wieder, das Gefühl von Milch, die einem im Mund sauer wird. »Aber da muß ich dich leider enttäuschen. Wie die Dinge stehen, weiß ich Besseres mit meinem Leben anzufangen, als dir Bedauern darüber einzuflößen, daß du dich daraus verabschiedet hast. Kapiert?«

»Kapiert.« Sie schleuderte das Wort zurück. Wumm. Auf Tom konnte man sich verlassen wie auf das englische Wetter. Kaum ziehst du deinen Mantel aus, weil es warm ist, schon trifft dich totsicher ein Hagelschauer.

»Na gut, wenn du meinen Rat hören willst, dann laß dir Gitter vor die Verandatür machen und ändere deinen Musikgeschmack. Könnte ja sein, daß jemand den Klang seiner Stimme nicht ertragen kann.«

»Ja, ja und noch mal ja, Tom.« Diesmal nahm sie die Herausforderung an. »Schönen Dank auch. Und vergiß nicht, den Schlüssel zu schicken.«

»Ich werde dran denken.«

Der Hörer an ihrem Ohr tutete, aber sie hielt ihn noch ein Weile so, bis sich das Hämmern in ihrem Kopf beruhigt hatte. Das perfekte Telefongespräch, Tom in Hochform: von der Fürsorge zum blanken Haß, und zwar so schnell, daß es einem das Wasser in die Augen trieb. Es hatte Zeiten gegeben, da konnte sie damit umgehen, hatte ihm alles, was sie einsteckte, zurückgegeben, und noch mehr. Aber in diesen letzten Monaten hatte ihre Schlagkraft nachgelassen. Zu faul war sie geworden, zu sicher. Mistkerl.

Mistkerl ja, aber ein Lügner? Seinerzeit hätte sie das zu sagen gewußt. Jetzt war sie sich nicht mehr so sicher. Sie legte den Hörer auf. Sofort fing es wieder an zu läuten. Das konnte nur er sein. Sie ließ es klingeln. Er stellte sich also stur. Schließlich hob sie ab und sagte mit forscher Stimme: »Gute Nacht, Tom.« Die Stille am anderen Ende wurde in ihrem Ohr lebendig. »Ich hoffe, Kanada wird groß genug für dich sein.«

Dann drückte sie auf die Gabel und ließ den Hörer neben dem Telefon liegen. Am Telefon war er gut. Einmal, in der Phase erster Verliebtheit, als sich für ihn noch alles darum gedreht hatte, sie zu gewinnen, hatte er sie dreiunddreißigmal in einem Hotelzimmer in Spanien angerufen, bis sie eingewilligt hatte, für das Wochenende zu ihm nach Paris zu fliegen. So sehr begehrt zu werden, war berauschend gewesen. Sie hatte den Hörer aufgelegt, nur um ihn gleich wieder aufzunehmen und seine Stimme zu hören, lachend, voller Begierde, nicht bereit, ihr Nein zu akzeptieren. Auf diese Weise hatten sie ein kleines Vermögen verflirtet. Aber wen juckte es. Es war wie Vögeln per Ferngespräch; etwas, das einen Mann unwiderstehlich machte. Aber das war vorbei. Jetzt war Schluß damit, und sie hatte ihm den Rücken gekehrt. Das war es ja wohl, was ihn so wütend machte. Aber mußte er deshalb gleich Rachegefühle entwickeln?

Sie schaltete das Licht aus und schloß die Augen, aber der Anruf hatte sie so aufgewühlt, daß an Schlaf nicht zu denken war. Sie lag und horchte in die Stille der Nacht. Ihr Schlafzimmer ging nach hinten mit Blick auf den Garten. Man konnte kaum glauben, daß in unmittelbarer Nähe eine große Verkehrsader vorbeiführte. Manchmal im Sommer, bei geöffneten Fenstern, war der Schrei einer Eule zu hören. In dieser Nacht war die Orchestrierung allerdings weniger einschmeichelnd. Ein hohes Jaulen durchbrach die Stille, gefolgt von noch schrillerem Geschrei, das von einem Baby hätte stammen können. Für einen Moment drehte sich ihr der Magen um, bevor sie begriff, daß es Katzen waren. Dann kam auch schon der erste wütende Schlagabtausch. Kampf oder Sex? Manchmal war es schwer auszumachen. Das Kreischen hielt an, wütendes Aufheulen, gezischte Kriegserklärungen, kurze, spitze Schreie. Kampf also. Erstaunlich, wie viele Wörter es gibt, um die Stimmen von Katzen zu beschreiben. Sie suchte nach ihren Entsprechungen im Tschechischen. Nicht gerade eine Beschäftigung, die den Effekt von Schäfchenzählen hatte. Als der Kampf vorüber war, lag sie hellwach.

Auf einmal hatte sie Durst und brauchte ein Glas Wasser, besser kühlschrankkalt als leitungslau. Sie zog sich den Morgenmantel über und ging hinunter. An der letzten Biegung der Treppe hörte sie ein Geräusch von unten, etwas klappte zu oder fiel zu Boden.

Die Küchentür war verschlossen, eine Vorsichtsmaßnahme, die sie manchmal traf, wenn sie wegging oder nicht wollte, daß die Katze nachts im ganzen Haus herumwanderte. (Sie hatte, ganz instinktiv, beinahe jeden Abend abgeschlossen, seitdem Tom nicht mehr im Haus war.) Sie schloß auf und schaltete gleichzeitig das Licht an. Soweit ihr bewußt war, hatte sie sich nicht sehr erschrokken; gewiß nicht mehr, als ein unbekanntes Geräusch im Haus mitten in der Nacht es rechtfertigte. Die Küche war leer, aber nicht unberührt. Die Blumenvase, die in der Mitte des Tisches gestanden hatte, war umgefallen, Nelken und Schleierkraut auf der Tischdecke verteilt, und ein grünliches Rinnsal tropfte an einer Seite zu Boden. Sie stand einen Moment still und sah sich um. Das also war das Geräusch gewesen. Aber wo war der Täter?

»Millie?« rief sie sanft. Das Tier antwortete mit einem kummervollen Maunzen von irgendwo unter dem Tisch. Sie hockte sich hin und hob das Tischtuch an. Die Katze hatte sich ins Zentrum der Dunkelheit verkrochen und machte sich so klein wie möglich. Sie streckte die Hand nach ihr aus, aber sie zog sich mit leisem Fauchen zurück. Millies Furcht verunsicherte sie fast mehr als ihre eigene, so daß sie sich schnell abwandte und den Raum noch einmal in Augenschein nahm, aber es war alles in Ordnung.

»Komm schon, mein Mädchen«, lockte sie und streckte wieder die Fingerspitzen aus. Und schließlich kam die Katze, verstört und vom Kampf gezeichnet; das linke Ohr war eingerissen und blutig, die eine Pfote hielt sie vorsichtig angehoben.

»Ach herrje, da muß ich nicht lange raten, mit wem du dich angelegt hast«, schmeichelte sie, während sie Millie behutsam hochnahm und an die Brust drückte.

Das Fell fühlte sich feucht und klamm an, wo es das Blumenwasser durchnäßt hatte. Um so eine Ungeschicklichkeit zu begehen, mußte die Katze auf der Flucht gewesen sein. Wahrscheinlich hatte sie sich auf den Tisch retten wollen und nicht aufgepaßt. Doch der schwarze Kater war offenbar nicht gefolgt. Es sei denn – ja, natürlich –, das war das Geräusch gewesen, das sie beim Herunterkommen gehört hatte: das Zuschlagen der Katzenklappe hinter dem Eindringling. Sie sah zu der Glastür hinüber, doch das Licht ließ sie nur ihr eigenes Bild auf der Scheibe erkennen. Dahinter lag absolute Dunkelheit. Sie schaltete das Außenlicht ein; die Terrasse und die vordere Hälfte des Gartens lagen vor ihr, leer, ohne jedes Anzeichen von Leben.

Sie hielt die Katze in den Armen, während sie die Wunde reinigte. Dann machte sie sich eine Tasse Tee. Die Katze blieb auf ihrem Schoß und schleckte Paste aus Katzenminze von ihren Fingern. Sie sprach liebevoll auf das Tier ein, ohne dabei auf die Worte zu achten. Tröstende Nichtigkeiten: »Du törichtes Katzentier. Dein Problem ist, daß du in deiner Jugend nicht zu kämpfen gelernt hast. Jetzt ist es zu spät. Was Kätzchen nicht lernt...« Die Finger der freien Hand streichelten und knuddelten den kleinen Körper, durchkämmten dabei das Fell nach filzigen Stellen und dem Schorf entzündeter Flohstiche. Arme Millie. Sie war ein bißchen zu kurz gekommen in letzter Zeit. Geboren und aufgewachsen war sie in einer Etagenwohnung und kannte das Leben draußen nur aus der Perspektive eines Fensters im dritten Stock. An die Freiheit hatte sie sich nie richtig gewöhnen können. Im Gegensatz zu anderen Artgenossen schien sie das Haus als zu groß und zu bedrohlich zu empfinden. Sie zog das behagliche Dämmerlicht zwischen Sofa und Heizkörper den wilden Schlupflöchern unter den Büschen oder der weiten Rasenfläche vor. »Da ist nichts, wovor du Angst haben mußt. Man sagt deiner Gattung nach, daß sie die Dunkelheit schätzt, hörst du. Und er ist schließlich bloß ein fetter Kater mit übersteigertem Ego. Wenn du's mit den Muskeln nicht schaffst, dann mußt du's eben mit Köpfchen versuchen. Das ist alles, was uns Frauen bleibt.«

Millie streckte sich genüßlich unter ihrer Berührung, das Wohlbehagen überwog nun eindeutig den Schmerz. Sie fing an zu schnurren, ein Motor sprang an und füllte die nächtliche Stille mit tiefen, vollen Tönen. Jeder braucht seine Streicheleinheiten. Sie ließ den Kopf gegen die Stuhllehne sinken, um sich vom Wohlbehagen der Katze anstecken zu lassen. Sie dachte an Tom und wie unvermittelt seine Liebe in Grausamkeit umspringen konnte. Sie wußte noch genau, wie hart die erste Zeit der Trennung gewesen war – jeder Tag ein neuer Versuch, sich ohne ihn zu definieren – und wie lange es gedauert hatte, bis sie sich annähernd normal vorgekommen war.

Doch sie hatte es geschafft. Und was auch immer passieren würde, dorthin wollte sie nicht zurück.

Ihre Arbeit ging ihr durch den Kopf, das neue Buch. Noch vor einem Jahr hätten sie es ihr bestimmt nicht angeboten. Ein Ergebnis der vergangenen Monate war, daß sie gelernt hatte, sich besser darzustellen. Bei ihrer Arbeit war sie immer schon gut gewesen, doch bis vor kurzem hatte sie das eher für sich behalten. Das war jetzt anders geworden. Vor einem halben Jahr, nachdem Tom ausgezogen war, hatte sie ihre Bewerbungsunterlagen neu zusammengestellt und angefangen, von sich aus Leute anzurufen, statt auf deren Angebote zu warten. Die Initiative hatte sich ausgezahlt. Von Handelskonferenzen und einer gelegentlichen literarischen Kurzgeschichte war sie nun ins Bestsellergeschäft des Thriller-Genres aufgestiegen.

So schwierig war es gar nicht gewesen. Ihre Verbindungen nach Tschechien waren gut, so daß Freunde sie bereits auf diesen speziellen Titel aufmerksam gemacht hatten, und das wiederum hatte Charles auf der Messe den Weg geebnet. Aber es war nicht nur das. Schließlich kannte sie sich aus mit Thrillern. Über die Jahre hatte sie jede Menge davon gelesen. Etwas an der Kälte, die diese Bücher ausstrahlten, faszinierte sie. Es lag an der Art, wie viele der Hauptfiguren sich und ihrer Umwelt entfremdet waren. Sie kannte dieses Gefühl. Als Kind hatte sie es an ihrem Vater bemerkt, einem Mann, der es, einmal aus seinem Land vertrieben, nie mehr geschafft hatte, in einem anderen Wurzeln zu schlagen.

Was hätte er wohl zu diesem Buch gesagt? Tschechische Wörter, die ein amerikanisches Lebensgefühl wiedergaben. Er würde es als Beweis für den zweifachen Verrat an seiner Kultur gedeutet haben, erst durch den Sozialismus, dann durch den Kapitalismus. Natürlich war dieses Buch eine unverhohlene Hommage an den Westen, insbesondere an jenes hartgesottene Genre, das Amerika so erfolgreich exportiert. Das literarische Gegenstück zum Hamburger. Nicht so leicht zu kopieren. Aber hier hatte es einer geschafft, alles war drin: die Härten der postkommunistischen Wirtschaft, Drogen und Prostitution vor der Puppenhauskulisse der Karlsbrücke und dem großartigen Wenzelsplatz. Selbst die Story entbehrte nicht einer gewissen Dynamik: Guter Bulle, schlechtes Karma, ein Mann, der, getrieben von den Erinnerungen an eine verlorene Liebe, durch ein Meer von Gewalt watet.

Für den Übersetzer bedeutete der Slang eine besondere Herausforderung. Doch dafür war sie bestens gewappnet. Schließlich sprach sie Tschechisch, seit sie denken konnte. Sie konnte sich nicht erinnern, daß ihr Vater je in einer anderen Sprache mit ihr gesprochen hatte. Der Wechsel zwischen beiden Sprachen war ihr so selbstverständlich wie Atmen. Bis ihr Vater sie mit sechs zum ersten Mal nach Prag mitgenommen hatte, war sie überzeugt gewesen, daß sie beide die einzigen Menschen auf der Welt waren, die diese Sprache beherrschten; eine Geheimsprache zwischen Vater und Tochter. Daß er auf diese Weise an seiner Identität festgehalten hatte, begriff sie erst viel später. Indem er ihr etwas beibrachte, erinnerte er sich daran. Ihr damaliger Besuch in Prag war für ihn die erste Rückkehr nach dem Krieg gewesen. Er hatte es als junger Mann verlassen und kam als alter Mann wieder. Zehn Monate darauf hatten russische Panzer dem Prager Frühling ein jähes Ende gesetzt, und sein Exil war von da an ein Dauerzustand. Nachdem er dann den Herzinfarkt gehabt hatte – sie studierte gerade im zweiten Semester Tschechisch an der Uni –, war sie es gewesen, die den Brief an die wenigen verbliebenen Angehörigen geschrieben hatte. Er war zur Totenklage in seiner Muttersprache geraten, das hatte zu ihm gepaßt. Gegen Ende waren ihm nur noch seine Erinnerungen geblieben und diese Sprache, die er mit Hilfe seiner Tochter lebendig hielt. Manchmal, wenn sie einen schlechten Tag hatte, fragte sie sich, ob das, was sie jetzt tat, nicht auch eine Art Erinnerungsarbeit für ihn war.

Sie stellte sich vor, wie er über ihre Schulter hinweg das Buch mit all den scheußlichen Bildern der Gewalt und des Verfalls mitlas. Doch auch ohne ihn regte sich ihr eigenes Unbehagen. Die Geschichte war durchsetzt von hemmungsloser Frauenverachtung; innerhalb dieses Genres eigentlich nichts Ungewöhnliches. Trotzdem störte es sie. Wie werde ich mich fühlen, hatte sie sich gefragt, als sie den Auftrag angenommen hatte, wenn ich nachts in diesem leeren Haus sitze und Stellen übersetze, in denen Männer Frauen bedrohen und mißbrauchen und an ihrem Schmerz mehr Genugtuung finden als an ihrer Sexualität? Vergewaltigung, Folter – das war heutzutage so normal, daß eine gewisse Art von Literatur nicht mehr ohne auskam. Einiges müßte gestrichen werden, falls der Stoff es auf die Leinwand schaffen wollte. Es gab einfach Dinge, die man Irène Jacob nicht ungestraft antun konnte, selbst wenn Brad Pitt es war, der ihr danach die Wunden lecken durfte. Als Übersetzerin konnte sie zwar beschließen, diese Stellen nicht noch auszunutzen, aber trotzdem mußten sie im Englischen überzeugend wirken. Aber sie verstand ihr Geschäft. Und wenn ihr die Bilder zu gewalttätig wurden, würde sie sich eben nur im Schutz des Tageslichts mit ihnen einlassen.

Nicht, daß sie sich im Dunkeln gefürchtet hätte. Zumindest nicht in diesem Haus. Das war das Seltsame an der plötzlichen allseitigen Anteilnahme und Besorgnis. Nichts in diesem Haus vermittelte ihr ein ungutes Gefühl. Das war ihr von dem Moment an klar gewesen, als sie es zum ersten Mal betreten hatte.

Es war die erste Immobilie gewesen, die sie sich angesehen hatten, nachdem das Geld ihrer Mutter vom Testamentsvollstrecker freigegeben worden war. Es war erst seit drei Tagen auf dem Markt. Sie war sich augenblicklich so sicher gewesen, daß sie gleich von dort aus Tom angerufen hatte, damit er auf dem Heimweg direkt von der Arbeit vorbeikäme. Noch am selben Abend hatten sie in den geforderten Preis eingewilligt. Das Besitzerehepaar, das dort fünfundzwanzig Jahre gewohnt hatte, verkaufte nur, weil das Haus für sie beide, jetzt, da die Kinder erwachsen und ausgezogen waren, zu groß war. Die beiden hatten sie auf Anhieb gemocht, das war deutlich gewesen, und sie sahen für sie eine Zukunft voraus, die einem Abziehbild ihres eigenen Lebens entsprach: Das richtige Haus finden, Kinder kriegen, sorgen und kämpfen, bis sie endlich groß sind, und sich dann plötzlich wieder an die Zweisamkeit gewöhnen müssen, wenn sie aus dem Haus gingen. Damals war auch ihr diese Vorstellung reizvoll erschienen, und sie konnte die Vision der beiden teilen.

Das Haus wäre in der Tat ideal dafür gewesen. Gegen Ende des letzten Jahrhunderts erbaut, lag es am Ende einer Häuserzeile, finanziert mit den Spekulationsgewinnen, die seine Vorgänger eingebracht hatten, und wesentlich aufwendiger als seine Nachbarn. Der Bauherr hatte seine Erfolge in Backstein und Mörtel gefeiert. Es war um eine ausladende Treppe herum gebaut, die sich aus einer ungewöhnlich großen Diele nach oben ins Dunkel schraubte. Alle Räume im Haus waren großzügig bemessen, bis hinauf ins Dachgeschoß, wo – so schien es ihr – eine Übersetzerin ideal arbeiten könnte, zufrieden und ungestört, während unten das Baby in beruhigender Nähe zur Mutter seinen Mittagsschlaf hielt.

Aber es sollte nicht so kommen. Vielleicht war es gerade die Perfektion dieses Bildes, die es schließlich zerstört hatte. Dem Haus war jedenfalls keine Schuld zu geben, das war klar. Im Gegenteil, als die Beziehung mehr und mehr in die Brüche ging und kein Gedanke an Kinder mehr war, wurde das Haus zu einer Art Ersatz. Auch das Haus war abhängig, brauchte sie, brauchte Zuwendung, wuchs und erwiderte die ihm zugedachte Zuneigung. Aber vor allem brauchte es Geld. Wie ein Kind hatte es sich als recht kostspielig erwiesen. Innerhalb von zwei Jahren hatte es die Reste des mütterlichen Erbes verschlungen mit der Erneuerung des Daches, dem Ausbau des Speichers und dem Einbau einer neuen Küche mit warmem Holzboden und großen Arbeitsflächen. Die letzten Umbauten waren so teuer, daß sie gemeinsam eine Hypothek aufnehmen mußten. Ein Zeichen ihres beiderseitigen Engagements, das jedoch zu spät kam, um die Beziehung noch zu retten. Seit Tom gegangen war, trug sie die Kosten allein. Trotzdem dachte sie nie daran zu verkaufen. Das Haus war ihr Zuhause, und sie liebte es. Falls die Finanzen knapp würden, konnte sie sich immer noch nach einem Mieter umsehen. Einem französischen oder spanischen Studenten vielleicht, der die Besonderheit des Hauses zu schätzen wußte und später daran zurückdenken würde. Nein. Hier war ihr Platz, und mehr als eine paar verlegte CDs wären nötig, um sie daraus zu vertreiben; selbst wenn diese Scheiben wie durch boshafte Geisterhand verschwunden waren, um sie gegen das Haus aufzubringen.

Vorsichtig hob sie Millie von ihrem Schoß und bettete sie auf den Stuhl, schaltete das Licht aus und wollte nach oben gehen. Aber noch bevor sie die Tür schließen konnte, wischte ihr Millie zwischen den Beinen durch und war schon auf dem Treppenabsatz, von wo sie erwartungsvoll zu ihr herunterblinzelte. Diese Nacht würden sie gemeinsam verbringen, das stand fest.

»Na gut«, murmelte sie. »Bislang habe ich kein besseres Angebot.«

Zusammen stiegen sie die Windungen der Treppe bis zu ihrem Schlafzimmer hinauf. Der Wecker zeigte 2.10 Uhr. Auf dem Nachttisch gab der Telefonhörer jenes ärgerliche Summen von sich, mit dem British Telecom einen darauf aufmerksam macht, daß man die Leitung nicht länger unterbrechen soll. Als sie diesmal auflegte, blieb es still. Sie trat ans Fenster. Draußen lag die Welt in Schweigen. Das Licht des Halbmondes hatte einer Reihe von Schatten Zutritt zum Garten gewährt. An der Rückmauer schien sich etwas zu bewegen, aber es war zu dunkel, um es zu erkennen. Schwarz auf schwarz. Arme Millie. Entweder mußte sie sich dazu durchringen zurückzuschlagen oder ihre Niederlage eingestehen. Die Katze hatte sich am Fußende des Bettes zusammengerollt, und es sah so aus, als hätte sie ihre Entscheidung bereits getroffen.

3. Kapitel

WENN DER STAAT die Müllmänner nicht mehr zahlt, dann bleibt der Müll, wo er ist.

Die Straße war mit Abfall übersät. Manches wurde wiederverwertet. Das meiste war jedoch nicht zum nochmaligen Gebrauch geeignet: die Kondome, die Nadeln. Der Verfall paßte zur Umgebung. Wich man in dieser Stadt nur ein klein wenig von den Touristenrouten ab, so wurde die alte Pracht bald von neuem Schrott abgelöst, und man geriet in den Gulag; vorstädtisches Ödland im sowjetischen Stil, der Auswurf aus Stalins Walzwerken, den zu kaufen die Satellitenstaaten verpflichtet waren – neuzeitliche Wohnanlagen für eine neuzeitliche Arbeiterschaft. Arme Hunde, dachte Jake, was hatten ihnen die sieben Jahre Kapitalismus denn nun gebracht? Wurde man als Amerikaner in der Scheiße geboren, dann hatte man zumindest die Freiheit, nicht auch drin sterben zu müssen.

Immerhin, sie versuchten, das Beste daraus zu machen. Die meisten Fenster zeigten einen herzergreifenden Hauch von Individualität; hier eine Rüschengardine, dort ein schäbiger Blumenstrauß oder eine Nippesfigur. Doch die Bewohner hinter dem zweiten Fenster in der obersten Reihe links scherten sich einen Dreck um so was. Dieses Fenster war so schmutzig, daß Gardinen überflüssig waren. Junkie Town. Jake kannte die Zeichen.

Im Zimmer war es so dunkel, daß man Licht gemacht hatte. Eine einzelne, nackte Glühbirne hing von der Decke, deren Lichtschein dem Aussehen der Frau nicht schmeichelte. Sie saß auf einem Küchenstuhl, Beine leicht gespreizt, Hände auf den Knien, nicht gerade entspannt. Schätzungsweise war sie Ende Dreißig, attraktiv, mit schulterlangem, blondem Haar und einer englischen Rosenhaut, die bereits zum Verwelken neigte. Über einem kurzen, schwarzen Rock trug sie ein T-Shirt von der teuren, lässigen Art, eng anliegend und die schweren Brüste betonend. Bei einer weniger gutaussehenden Frau wäre es das Outfit einer Nutte gewesen, ihr verlieh es westlichen Chic. Aber nur, solange man nicht näher hinsah. Neben ihr auf dem Boden lag eine Strumpfhose.

Langsam ließ sie beide Hände an den Schenkeln hinauf unter ihren Rock gleiten. Dabei ruckte sie mit dem Hintern, um den Rand ihres Höschens zu erwischen, schälte sich heraus, ließ es zu Boden gleiten und stand auf. Sie strich eine Haarsträhne aus dem Gesicht, bevor sie ihren nackten rechten Fuß auf den Stuhl stellte, was den Rock nach oben rutschen ließ und ein gutes Stück nacktes Bein bis hin zum geschwungenen Ansatz des Hinterns sichtbar machte. Dann ließ sie die Finger der rechten Hand hinauf zwischen ihre Schamlippen gleiten.

Sie ertastete ihren Weg hinein, forschend, spielerisch, und ließ dabei kein Auge von dem Mann, der ihr gegenüber saß. In ihrem Gesicht zeigte sich kein Anzeichen von Vergnügen, keinerlei Gefühlsregung, nur ein cooles, ausdrucksloses Starren.

Er starrte zurück. Er war mager und von ungesunder Blässe; einer, der die Sonne schon lange nicht mehr gesehen hat, der zu einem Nachtwesen geworden war. Seine Blicke flogen hin und her zwischen ihrem Gesicht und ihren Fingern, die Lippen in Andeutung eines Lächelns leicht geöffnet, sein Atem nur mehr das Echo eines Geräusches.

Nachdem sie eine Weile herumgespielt hatte, zog sie die Finger langsam zurück. Sie hielten eine dicke, sechs bis acht Zentimeter lange Plastikröhre, deren feuchte Oberfläche glitzerte. Sie schleuderte sie durchs Zimmer. Der Mann fing sie mit sicherem Griff und hielt sie sich kurz unter die Nase, bevor er die Verpackung entfernte. Zum Vorschein kam ein schwerer kleiner Beutel mit weißem Pulver. Er hob ihn hoch und wog ihn lässig in der Handfläche.

»Neunzig Prozent rein«, sagte sie gelassen, so als amüsiere sie das Ritual, ihres und seines. »Ein Dankeschön von Jerome. Er sagt, du sollst dich erinnern, von wem es gekommen ist.«

»Sag ihm, das habe ich schon«, erwiderte er ruhig. »Und ich werde auch daran denken, woher.«

Sie nickte. Dann setzte sie sich wieder auf den Stuhl und langte nach ihrem Slip. Diesmal war die Geste alltäglicher, selbstvergessen; eine Frau, die sich anzieht, ohne sich darum zu kümmern, wer ihr dabei zusieht.

»Nicht doch.«

Sie blickte zu ihm auf, als wäre sie überrascht, ihn noch hier zu sehen.

»Warum nicht gleich noch einmal?« sagte er ruhig.

Sie zuckte mit den Schultern, während ihre Hand schon unter dem Stuhl war und die weiße Spitze in den Fingern drehte. »Tut mir leid. Ich gehöre nicht zum Geschenk.«

»Ich sagte, mach die Beine breit.« Diesmal war es ein Befehl. »Oder ich tu es für dich.«

Sie seufzte ein wenig, als würden seine Drohungen sie langweilen. Sie tat, was er sagte, öffnete die Knie gerade so weit, daß das Schamhaar unter dem Rock sichtbar wurde.

Jetzt starrte er unverwandt auf ihre Möse. Fast schien sie Gefallen daran zu finden. Langsam ließ sie den Hintern zur Stuhlkante hinrutschen, schob die Beine weiter auseinander, so daß der Ausblick besser, aufreizender wurde. Er lachte, warf den Beutel auf den Tisch und ging träge zu ihr hinüber. Mit einer Hand hielt er ihr Kinn umfaßt und drückte es nach oben, gerade so weit, daß es weh tat. Mit der anderen drang er in sie ein. »Nur mal nachschauen, ob nicht noch was drin ist, das mir gehört«, grinste er, während seine Finger in heftiger Bewegung waren.

Sie hielt sich ganz still, schien seine Berührung gar nicht wahrzunehmen.

»Nun? Zufrieden?« fragte sie nach einer Weile, und diesmal war ihre Stimme voller Verachtung.

Er rammte seine Finger tiefer in sie hinein, so verdammt tief, daß sie aufschrie. »Arschloch!« stieß sie zwischen zusammengebissenen Zähnen hervor.

»Kennst du etwa eine andere Sorte von Männern?« sagte er, während er sich den Reißverschluß aufmachte. »Bringen wir's hinter uns, okay?«

»Dann holst du besser deine Finger raus, bevor du was anderes reinsteckst. Es sei denn, es ist kleiner als erwartet.«

»Flittchen.« Er schlug ihr brutal ins Gesicht. »Das ist nicht, wo ich ihn reinstecken werde.« Und er schlug sie noch einmal.

Ihr Blick wurde glasig. Die Augen einer Frau, die auf Autopilot geschaltet hat. »Scheiße«, murmelte sie, als die Haut unter ihrem rechten Auge zu schwellen begann.

»Du hast's erfaßt, Herzchen.«

Draußen in der schäbigen Bar auf der anderen Straßenseite behielt Jake das Fenster im obersten Stock im Auge. Dann bestellte er sich noch ein Bier und griff zu einem seiner Magazine.

Sie speicherte die Passage. Die kleinen Zahlen am unteren Rand des Bildschirms sausten dahin.

Jetzt konnte sie in Ruhe zurückblättern, ohne befürchten zu müssen, daß der Text abstürzte, und markierte einige Passagen mit dem Cursor. »... sie ließ die Finger der rechten Hand hinauf zwischen ihre Schamlippen gleiten ...« Schamlippen? Mußte es nicht eher »Möse« heißen? Möse war abschätziger. Aber aus diesem Grund paßte es besser weiter unten, wenn der Mann an ihr zugange war. Möse, wohl eher ein Männerwort. Sie seufzte.

Anders war das mit der Unterwäsche. Hier war das Problem weniger ein linguistisches als eines des kulturellen Hintergrunds. Gefühlsmäßig hätte sie sich eher für »Höschen« entschieden, aber das war vielleicht zu bieder, und ein Buch, das es auf den amerikanischen Markt abgesehen hatte, mußte seine Frauen mit einer erregenderen Sorte Dessous ausstatten. Doch eher »Slip« als die gute alte Unterhose. Entscheidungen mußten getroffen werden. Sex und Sprachgebrauch. Immer wieder eine Herausforderung für den Übersetzer.

Sie las die fertigen drei Seiten noch einmal durch. Wäre ihr Vater noch am Leben, dann hätte sie ihn jetzt fragen können. Der Gedanke amüsierte sie. Er war immer so stolz auf ihre Sprachkenntnisse gewesen. Hätte dieser Stolz ihm über seinen Schock bei der Lektüre einer solchen Stelle hinweggeholfen? Es war eine schäbige kleine Vignette, jedoch nicht ohne erotische Spannung. Ich frage mich, ob sie auf Männer in gleicher Weise wirkt wie auf Frauen, dachte sie. Für sie lag der Reiz in der Selbstsicherheit und Verächtlichkeit der

Frau und deren Gewißheit – zumindest zu Beginn der Begegnung –, daß ihr Körper auch eine Art Waffe sein konnte. Sie stellte sich die Frau als eine jüngere Ausgabe von Catherine Deneuve vor, eine Art Zitat jener unergründlichen, gutbürgerlichen »Belle de Jour«-Persönlichkeit.

Das Bild der sich öffnenden Schenkel war natürlich abgekupfert. Aber Hollywood diktiert nun mal den Zeitgeist. Und was auch immer seine literarischen Ambitionen sein mochten, hier hatte der Autor sich schlicht und einfach an Sharon Stone in »Basic Instinct« gehalten, die es mit einem ganzen Raum voll amerikanischer Polizisten aufnimmt. Weniger eine Anspielung als ein Plagiat. Aber während die Filmszene der Stone einige der Trumpfkarten in die Hand gab, hatte die Frau im Buch keine Chance.

Das war der Tenor des gesamten Buches; aufmüpfige Frauen wurden für ihren Mut bestraft, anstatt belohnt. Aber das war es ja wohl, was die Leute lesen wollten, denn das Buch war immerhin schon in ein halbes Dutzend europäische Sprachen übersetzt und schien sich in allen gut zu verkaufen. Man würde diese Zahlen getrost mit hundert multiplizieren können, wenn die englische Ausgabe gleichzeitig mit der Verfilmung auf den Markt kam.

Sie blätterte noch einmal zurück zur ersten Beschreibung der Frau. Würde jemand merken, daß das Wörtchen »noch« fehlte? Im Original wurde die Frau beschrieben als »Ende Dreißig und ›noch‹ attraktiv«. Sie hatte diese Einschränkung einfach weggelassen. Wohl kaum ein schwerwiegender Verstoß (obwohl sie aus dem Presseinfo über den Autor erfahren hatte, daß er erst kürzlich seine Jugendliebe zugunsten eines jungen, ausländischen Models abgestoßen hatte). Diese Eigenmächtigkeit verschaffte ihr eine gewisse Genugtuung – die unsichtbare Hand der Übersetzerin.

Sie sah auf die Uhr. 18.40 Uhr, und draußen war es schon dunkel. Zeit, Feierabend zu machen, wenn sie rechtzeitig zu Sally und Patricks Party kommen und sich vorher noch duschen und umziehen wollte. Zum ersten Mal seit wie lange – zwei, drei Wochen mindestens – würde sie wieder ausgehen? Gute alte Sally, stur wie immer. Der Rest ihres Adressbuches hatte längst aufgegeben.

Sie schaltete den Computer ab, nicht ohne wie gewöhnlich nachzusehen, wie viel sie heute geschafft hatte. Zweitausendfünfhundert Wörter. Nicht schlecht. Wenn sie in dieser Geschwindigkeit vorankam, würde die Rohfassung Ende Januar fertig sein. Abgeben könnte sie dann zwei, drei Wochen später. Ein Winter also, den sie in der Gesellschaft von Zuhältern, Prostituierten und Ganoven verbringen würde. Manche Mädchen holen sich ihren Kick eben anderswo. Immerhin wurde sie bezahlt dafür.

Auch unter dem harten Strahl der Dusche ließ sie der Gedanke an das Buch nicht los. Hundertdreißig Seiten waren bereits fertig. Jake hatte seine Karriere in New York vermasselt, indem er seinen Kummer und seine Wut über Mirka in den Straßen ausgelebt hatte, und war unter dem Vorwand nach Prag abgeschoben worden, die dortigen Bösewichte im Auge zu behalten, die wiederum ihn beschatteten. Sie war gut vorangekommen. Schließlich hatte sie auch nichts anderes getan, nicht einmal an den Wochenenden, und abends hatte sie meist bis acht oder neun am Computer gesessen. Das war eine erprobte und bewährte Arbeitsweise. Sie tauchte dann ganz in den Stil eines Autors ein, bis dessen Welt allmählich zu der ihren wurde, ihre Wortwahl ein getreues Abbild der seinen war. Daraus zog sie eine stille Genugtuung. Es war wie die Zusammenarbeit mit einem unsichtbaren Partner; jemand, der neben einem steht, aufpaßt und einem ins Ohr flüstert. Aber es hatte auch seine Nachteile, so wie jetzt, wenn das Aneignen der Wörter bedeutete, daß man auch die Gefühlslage, den Unterton von Bedrohung und sexuellem Sadismus an sich heranlassen mußte.

Am Anfang hatte es ihr nicht so viel ausgemacht. Sie hatte die Bilder in kritischer Distanz zu sich halten können, indem sie die Sätze zerlegte, um ihnen in der neuen Sprache einen angemessenen Rhythmus zu geben. Doch in den letzten Tagen war ihr die Gewalttätigkeit tiefer unter die Haut gegangen. Nachts lag sie wach und versetzte sich in die Lage dieser Frau. Zum Beispiel die heutige Szene: Sie stellte sich vor, mit gespreizten Beinen auf dem Stuhl zu sitzen und das Gefühl von Schamlosigkeit und Macht auszukosten, bis hin zum Schmerz.

Am Morgen dann sah alles anders aus, da konnte sie ihre Identifikationen als Folge ihres völligen Eintauchens in die Arbeit abtun.

Doch die Bilder aggressiver Erotik hatten noch etwas anderes zutage gefördert. Eine Reihe von Erinnerungen, die sie lieber unter dem Teppich gelassen hätte; Szenen aus der Beziehung mit Tom, als sie bei einer Reise nach Amsterdam ihr gemeinsames Interesse an Pornographie entdeckt hatten. Sie hatten einen ganzen Stapel Magazine der eindeutigeren Sorte mit nach Hause gebracht. Einige davon hatte Tom unter sein Hemd gesteckt, und sie waren kichernd durch den Ausgang »Nichts zu verzollen« geschlendert.

Aber ganz so cool, wie er schien, war Tom dann doch nicht gewesen. Er hatte auf dem Weg durch den Zoll so geschwitzt, daß eines der Titelfotos sich auf seiner Haut abgedruckt hatte. In jener Nacht hatten sie zusammen im Bett gelegen, gefangen zwischen Hysterie und Begierde, während sie mit dem Finger den erigierten Penis eines Mannes und die Pobacke einer Frau nachgezeichnet hatte.

Während der folgenden Monate war ihr zu ihrer Überraschung klargeworden, daß diese Bilder sie mehr erregten als ihn. Es gefiel ihr, daß der Sex darin so anonym blieb und die Passivität der Frauen ihre eigene Kraft entwickelte. Eine Zeitlang holten sie sie häufig hervor, benutzten sie als eine Art – wie hieß das noch in der Werbung – »Sex-Hilfe«.

Später ertappte sie sich, wie sie sie herauskramte, wenn sie allein im Haus arbeitete. Sie entdeckte, daß sie an den damit verbundenen Phantasien fast mehr Gefallen fand, wenn kein realer Liebhaber mit im Spiel war. Warum auch nicht? So hatte sie zumindest damals gedacht. Schließlich war, was darin an Sex gezeigt wurde, nicht besonders gewalttätig oder verletzend (natürlich waren da auch die üblichen Fesselszenen, auf die sie besonders stand). Es war mehr, daß diese Bilder so, na ja ... wenig mit dem realen Leben zu tun hatten. Je öfter sie zu den Heften griff, desto einfacher wurde es für sie, auf diese Weise zum Orgasmus zu kommen. Sie erlebte eine Lust, die sie selbst orchestrieren und deren Tempo sie selbst bestimmen konnte. Bis es ihr schließlich irgendwie unheimlich wurde, wie gut – und wie allein – sie sich dabei fühlte.

Dann waren Tom und sie übereingekommen, die Hefte nicht mehr so oft anzusehen, und nach einer Weile hatte sie sie in eine

Schachtel gepackt und unterm Bett verstaut. Das klassische Vorstadtpärchen, hatte sie sich damals gedacht, und sich vorgestellt, wie ihre Kinder eines Nachmittags, wenn sie nicht da waren, die Hefte entdecken und nicht wissen würden, wie sie diese eindeutigen Fotos von aggressivem Sex mit dem vertrauten Bild ihrer Eltern in Verbindung bringen sollten. Aber weder die Ehe noch die Kinderschar waren Wirklichkeit geworden, und als sie nach der Schachtel suchte, mußte sie zu ihrem Ärger feststellen, daß Tom die Hefte mitgenommen hatte. Ihr Verlust frustrierte sie – zumal sie genau wußte, daß sie sie niemals zurückverlangen würde.

Sie stand unter der Dusche, fühlte das Wasser an ihrem Körper herunterrieseln und überlegte, wie sehr sie diese Dinger ernstlich zurückhaben wollte. Würde sie so weit gehen und in einem Laden in Soho die Regale durchsehen, um ihre Auswahl schließlich mit breitem Grinsen an der Kasse zu präsentieren? Nein, wahrscheinlich nicht. Sie lachte noch bei der bloßen Vorstellung ihrer eigenen Verlegenheit, als sie zwei Stockwerke tiefer die Türglocke hörte. Verdammt. Bis sie aus der Dusche war und genug anhatte, um die Tür zu öffnen, wäre derjenige, wer auch immer es sein mochte, ohnehin wieder fort. Sie entschied sich, es klingeln zu lassen. Wieder läutete es, länger diesmal; jemand drückte ununterbrochen den Klingelknopf. Endlich war es still.

Sie beendete ihre Dusche, nahm eine frisches Handtuch aus dem Schrank und hüllte sich in seine duftige Wärme. Sie trocknete sich die Haare und ging in Richtung Schlafzimmer. Von der Treppe aus konnte sie direkt hinunter in die Diele sehen, wo ein dicker brauner Umschlag auf dem Fußabstreifer lag.

Sie ging nach unten, um ihn zu holen. Er war ziemlich groß und dick. Als sie ihn aufriß, fiel ein Schlüssel heraus. Sie mußte nicht erst probieren, um zu wissen, daß er in die Haustür paßte. Also hatte Tom es doch noch geschafft. Aber damit nicht genug. Sie fischte weiter in dem Umschlag und förderte eine CD zutage, die in eine gekritzelte Notiz eingewickelt war. »Habe ihn erst jetzt nach meiner Rückkehr aus Kanada gefunden«, hieß es da. »Tut mir leid. Nimm's mir nicht übel. Kann dich dies hier über die Verspätung hinwegtrösten?«

Sie wickelte die Box aus dem Papier. Zum Vorschein kam eine originalverpackte CD mit einer amerikanischen Skyline auf dem Cover. Über dem Foto stand der Name Van Morrison und darunter der Titel: *A Night in San Francisco*.

Einen Augenblick lang starrte sie das Album verständnislos an. Er war es also doch gewesen. Und was sollte das hier? Seine spezielle Art, sich über sie lustig zu machen? »Nimm's mir nicht übel.« Es war ungeheuerlich.

Oder vielleicht auch nicht. Vielleicht bezog sich das »Nimm's mir nicht übel« ja gar nicht auf die CD, sondern war tatsächlich als Entschuldigung für den verspäteten Schlüssel gemeint. War das möglich? Konnte die CD einfach ein Geschenk sein? Andererseits hatte Tom keinen blassen Schimmer von Van-Morrison-Musik. Es konnte doch wohl kein Zufall sein, daß er aus den zehn oder fünfzehn lieferbaren CDs ausgerechnet diese hier ausgesucht hatte. Es mußte eine Aussage dahinterstecken. Aber warum sollte er sie ihr ersetzen, wo doch er es war, der sie genommen hatte? Vielleicht, weil er sie im unklaren halten wollte. Wann würde sie dann wohl die andere zurückbekommen? Oder wußte er bereits, daß sie sie nicht mehr benötigte. Denn falls er es gewesen war, dann mußte ihm sein letzter Besuch gezeigt haben, daß sie die CD bereits nachgekauft hatte. Es war unglaublich. Aber irgendwie war es auch typisch für Tom, etwas zuzugeben, um es dann mit einer grausamen und gleichzeitig großzügigen Geste wieder weit von sich zu weisen.

Ihre Empörung verwandelte sich in Wut. Wie konnte er es wagen? Sie riß die Haustüre auf in der Hoffnung ... Hoffnung auf was? Ihn lauernd davor zu finden? Natürlich war niemand da, und als sie auf die Straße hinaustrat, war auch die leer. Hinter ihr gingen beunruhigend nah eine paar Kracher los, Nachzügler vom Guy Fawkes Day. Sie fuhr herum und erwartete schon, Tom zu sehen, die Hände in einer Geste des Ergebens über dem Kopf erhoben: »Sorry, Lizzie, war nur ein Scherz.« Statt dessen sprangen zwei Jungen aus ihrem Versteck hinter einem Auto hervor.

»Polizei!« brüllte einer von ihnen unter wildem Gelächter. »Das ist ein Überfall.«

Sie warf die Tür hinter sich ins Schloß. Vom Telefon im Erdgeschoß aus wählte sie Toms Nummer. Er konnte selbstverständlich noch nicht zu Hause sein. Wie weit war Barbican von hier? Wie lange würde er brauchen? Zehn Minuten? Zwanzig wohl eher bei starkem Verkehr. Sein Anrufbeantworter hatte jetzt eine andere Ansage, weniger beschwingt diesmal. Sie wartete auf das Piepsen, aber als es dann kam, konnte sie sich nicht zu einer Nachricht durchringen. Sie war sich nicht sicher, ob sie den richtigen Ton für ihre Wut und ihre Verachtung finden würde. Es wäre ohnehin besser, es ihm direkt ins Gesicht zu sagen, auch wenn das mehr Mut erforderte. Zumindest brauchte sie ein Gegenüber.

Sie spielte mit dem Gedanken, jetzt sofort zu seiner Wohnung zu fahren und ihn dort zur Rede zu stellen. Doch als sie in die Küche kam, sah sie, daß es schon fast halb neun war. Sie war also ohnehin schon spät dran, und nachdem sie die letzten drei Einladungen ausgeschlagen hatte, konnte sie diese nicht einfach ignorieren. Sally würde zwar darüber hinwegsehen, aber sie würde ihr nie verzeihen, wenn sie Patricks Geburtstag überging.

Sie knallte die CD auf die Arbeitsplatte. Die alte Box stand an ihrem gewohnten Platz im Regal. Sie nahm sie herunter und legte beide nebeneinander. Einen Moment lang war sie versucht, die neue geradewegs in den Mülleimer zu werfen, um nicht davon vergiftet zu werden. Doch warum sollte Van Morrison für die Verfehlungen eines anderen büßen? Am Ende riß sie das Zellophan herunter und ließ die Scheibe in die Maschine gleiten. Sie spielte die ersten drei Stücke, bevor sie ausschaltete. Auf dem Weg zur Tür griff sie sich noch schnell eine Flasche Wein.

4. Kapitel

Es war zwar nicht gerade der großartigste Abend, aber sie hatte sich schon schlechter amüsiert. Bei Feiern zeichnete sich Patrick durch eine gewisse Lahmarschigkeit aus, was ihn auf kleineren Esseneinladungen zum Partykiller werden ließ. Bei Festivitäten wie Geburtstagspartys jedoch, die gelegentlich aus dem Ruder zu laufen drohen – zumal wenn sie traditionsgemäß mit Feuerwerk begangen werden –, zeigte er erstaunliches Organisationstalent. Auf Sallys Anregung hin hatte er bei der Gästeliste eine Mischung aus Arbeit und Vergnügen angestrebt. Einige der Gesichter kannte sie, aber ansonsten war das Haus voll von routinierten Anzugträgern, die sich für diesen speziellen Anlaß in teure Jeans und Pullover geworfen hatten und deren Schuhe kaum je einen Garten, geschweige denn Schlamm gesehen hatten. Die meisten von ihnen hatten Frauen dabei, von denen wiederum die meisten ihre Angetrauten waren. Doch es gab auch einige Einzelgänger, und Sally nutzte die Gelegenheit, ihr im Laufe des Abends einen nach dem anderen vorzustellen.

Wäre sie entspannter hier angekommen, nicht direkt aus der düsteren Welt ihrer Arbeit, hätte sie sich möglicherweise sogar bereit gefunden, den einen oder anderen von ihnen attraktiv zu finden. Oder zumindest erträglich. Sie hatte sogar die Weitsicht besessen, das Auto zu Hause zu lassen, so daß sie schon auf halber Strecke mehr als nur ein wenig angeheitert war. Nicht, daß sie das zugänglicher gemacht hätte, aber wenigstens trug es dazu bei, ihre obsessiven Gedanken an Tom in den Hintergrund zu drängen.

Als das Feuerwerk schließlich vom Büffet abgelöst wurde, landete sie auf einer Bank hinten in der Küche neben einem Typen, dessen Namen sie gleich wieder vergessen hatte. Keiner von denen, die einem die Welt in neuem Licht erscheinen lassen, aber immerhin ein bißchen weniger proper als der Rest. Ein fleischiges Gesicht mit

Augen, die nicht nervös herumhüpften, wenn sie einen ansahen. Sie redeten und aßen und balancierten Kebab und Weingläser auf den Knien. Er bekundete seine Zweifel an Tarantinos Regietalenten in einer Weise, die sowohl Intelligenz erkennen ließ als auch deutlich machte, daß er wußte, welche Themen gerade angesagt waren. Sie sah zu ihm hinüber. Was würdest du wohl tun, überlegte sie, wenn ich mich jetzt bücken und mein Höschen ausziehen würde? Würde uns das einander näher bringen? Von seinen Fingerspitzen troff Bratwurstfett. Sie stellte sich vor, wie sie sie ablecken würde. Danach. Der Gedanke war absurd. Ungeheuerlich. Sie holte sich ein weiteres Glas Wein und mußte vor Lachen hineinprusten.

»... diese Art von Gewalt – was ist?«

Sie brauchte eine Weile, um sich wieder zu fangen. »Nichts. Nur so ein Gedanke.«

»Wenn er so lustig ist, würde ich ihn auch gerne hören.«

»Das bezweifle ich.«

»Sind Sie da ganz sicher?« Er lächelte, ganz wohlwollende Neugier, aber sie konnte sich nicht darauf einlassen. Der rechte Moment verstrich, und sie empfand nur noch Langeweile und Verlegenheit.

Schließlich gab er auf. Als er sich anderen Gästen zuwandte, wußte sie plötzlich, daß es für sie an der Zeit war zu gehen. Sie bahnte sich ihren Weg Richtung Diele und rief von dort die Taxizentrale an. Sie würde mindestens fünfzehn Minuten auf den nächsten Wagen warten müssen. Während sie noch überlegte, ob sie das Angebot trotzdem annehmen sollte, erschien die Gastgeberin.

»Aber Eliza! Du wirst doch nicht schon gehen? Wir haben ja gerade erst angefangen.«

Sally, mit ihrem Glas in der Hand, war auch nicht mehr ganz nüchtern.

»Hi, Sal. Leider, ich muß los. Ich habe... Morgen muß ich früh raus.«

»Dann wirst du ohnehin unausgeschlafen sein. Es ist nämlich schon kurz vor eins.«

»Wirklich?«

»Hmmm. Du hast dich wohl doch ganz gut unterhalten. Er ist schwer in Ordnung, findest du nicht?«

»Wer?«

»Da fragst du noch? Der Mann, den du schon vor drei Wochen hättest kennenlernen sollen. Malcolm. Wuscheliges Haar, gute Figur, hübsche Augen.« Natürlich, Malcolm, der Name, der ihr augenblicklich wieder entfallen war. »Werdet ihr euch treffen?«

»Nein, wieso, ihr denn etwa?«

Sally lachte. »Du bist ganz schön betrunken. Großartig. Das zumindest habe ich heute abend erreicht. Aber erzähl, wie's dir geht. Ich hab's wirklich dick, mich mit deinem Anrufbeantworter zu unterhalten. Ich hatte dich schon fast aufgegeben. Und ich muß sagen, wenn du diesmal nicht zugesagt hättest, dann hätte Patrick sich auf die andere Seite geschlagen.«

»Welche andere Seite?«

»Er hätte Tom eingeladen.«

»Aber er hat es nicht getan, oder?« fragte sie etwas zu eifrig.

»Nein, natürlich nicht. Keine Sorge. Ich hab ihm schon klargemacht, daß das tabu ist. Ach, wo wir schon von ihm sprechen. Hast du den Schlüssel zurück?«

»Ja.«

»Gut. Und was ist mit Van Morrison?«

»Oh, ... äh ... ich habe die CDs gefunden.«

»Wo denn?«

»Im Haus.«

»Na siehst du, wußt ich's doch. Das wäre selbst Tom nicht zuzutrauen gewesen. Übrigens denkt er noch an dich.«

»Wer?«

»Tom.«

»Woher willst du das wissen?«

»Weil Patrick neulich mit ihm beim Mittagessen war«, sagte sie etwas verlegen. »Aber du kannst dich beruhigen, da wird nicht getratscht. Wann habe ich Patrick jemals was erzählt? Aber er sagte, Tom sei nicht besonders gut drauf.«

»Und warum?«

»Er war wohl bei irgendeinem Vorstellungsgespräch. Kann sein in Kanada. Und er war sich sicher, daß er den Job nicht kriegt. Wieder mal Politik im Spiel, nehme ich an.«

»Ja, das ist meistens so.«

»Eben. Der Arme. Patrick sagte, Tom würde dich vermissen.«

»Hat er das von Tom?«

»Wo denkst du hin. Das war Patricks Interpretation. Jedenfalls schien Tom ein bißchen durcheinander. Er hat sich vollaufen lassen und klang reichlich verbittert.«

»Verbittert? Worüber?«

»Na ja, du weißt schon. Ihr beide. Das Leben überhaupt. Das übliche Tom-Lamento. Er hat Patrick leid getan. Deshalb wollte er ihn auch einladen.«

»Gott sei Dank hat er's nicht getan.«

»Das kannst du laut sagen. Aber trotzdem. Irgendwie traurig, findest du nicht?« Sie ließ den Satz in der Luft hängen und hakte schließlich nach, als sie merkte, daß nichts kam. »Wie fühlst du dich denn dabei?«

Sally, unermüdlich auf der Jagd nach Neuigkeiten für den Lokalanzeiger. Schon in nüchternem Zustand war das schwer zu ertragen, geschweige denn jetzt. »Ehrlich gesagt, Sally, ist er mir scheißegal. Und jetzt muß ich gehen.«

»Was ist mit deinem Taxi?«

»Ich suche mir eins auf der Straße. Für meines wird sich schon ein Interessent finden.«

»Okay, aber fahr mir nicht wieder mit der U-Bahn, hörst du. Laß dir von einer Freundin sagen, daß du nicht gerade in bester Verfassung bist.«

Vielen Dank, Sally. Bis eben hatte sie sich auch so gefühlt, aber die Temperatur näherte sich rapide dem Nullpunkt, und die frische Luft half. Sie war auf geradezu lächerliche Weise froh, der Party entronnen und auf der Straße zu sein. Es waren knapp fünfzig Meter bis zur Hauptstraße; dort hielt sie nach einem Taxi Ausschau. Nach ein paar Minuten stoppte ein Auto mit drei Typen an der Ampel. Der auf dem Rücksitz kurbelte das Fenster herunter. »Hallo Süße, magst du mitfahren?«

»Nein danke. Ich warte auf jemanden.«

»Na klar doch, auf mich«, lachte er und machte Anstalten, die Tür zu öffnen. Sie spürte, wie sie sich verkrampfte, die andere Straßenseite nach Passanten absuchte. Drüben ging ein Pärchen, aber sie waren schon fast außer Hörweite. In dem Moment sprang die Ampel auf Grün. Der Fahrer würgte den Wagen in den zweiten Gang und legte einen derartigen Blitzstart hin, daß sich der Kerl auf dem Rücksitz an der Türe festklammern mußte, um nicht über Bord zu gehen. Das wilde Lachen der drei schallte die Straße hinunter.

Als endlich ein Taxi kam, nannte sie ihre Adresse und ließ sich erschöpft in den Sitz zurücksinken. Nach dem langen Entzug war das schon zuviel der Geselligkeit gewesen. Sie konnte Menschen nur noch schwer ertragen. Halt dich lieber an das geschriebene Wort. Da widerspricht wenigstens keiner.

Ihr Haus lag in einem Gewirr von Einbahnstraßen, so daß sie den Fahrer das letzte Stück dirigieren mußte. Als sie in ihre Straße einbogen, sah sie einen blauen Mustang aus einer Parklücke stoßen und in die entgegengesetzte Richtung davonfahren. Die springen schlecht an, dachte sie noch und erinnerte sich, welchen Ärger Tom und sie mit ihrem Mustang gehabt hatten. Ein Golf brachte zwar weniger Prestige, machte aber auch weniger Ärger.

Sie zahlte und ging auf etwas schwankenden Beinen zur Tür. Der Fahrer wartete mit laufendem Motor, während sie versuchte aufzuschließen. Seinen Blick im Rücken zu spüren, machte die Sache nicht einfacher, aber sie war dankbar für die fürsorgliche Überwachung. Als sie es endlich geschafft hatte, winkte sie ihm zu.

»Alles in Ordnung, Love?«

»Ja. Vielen Dank und gute Nacht.« Richtig nett, dachte sie.

Drinnen im Haus war es dunkel und still. Ob es sie wohl vermißt hatte?

Sie schälte sich aus dem Mantel und ließ ihn zu Boden gleiten. Es war eine gutes Gefühl, wieder zu Hause zu sein, obwohl die Stille sie irritierte. Sowohl ihr Kopf als auch ihr Magen machten sich bemerkbar. Schlaf, das war es, was sie brauchte. Aber zuerst noch Wasser. Viel Wasser.

Sie ging den Gang entlang zur Treppe, die in die Küche hinunterführte, und da hörte sie es. Es drang unter der geschlossenen Tür hervor: der Klang einer Stimme, so weich wie ein Instrument, das ein anerkennendes Publikum um sich weiß. Van Morrison, der sich in San Francisco die Seele aus dem Leib sang, und in ihrer Küche. Stark, dachte sie einen Augenblick lang in ihrem alkoholisierten Zustand, ich liebe dieses Stück. Dann aber traf sie die Realität brutal wie ein Schlag in den Magen.

Reglos stand sie vor der Tür, die Hand auf der Klinke. Licht fiel durch den Türschlitz, aber schließlich ließ sie zur Sicherheit immer eines brennen. Genauso wie sie die Küchentür immer abschloß. Leise drehte sie den Schlüssel im Schloß und drückte. Nichts geschah. Sie drückte noch einmal. Nein. Jetzt erst war die Tür verschlossen. War es möglich, daß sie gegangen war, ohne abzuschließen? Gut, sie war spät dran und in Eile gewesen. Sie drehte den Schlüssel noch einmal im Schloß und mußte einsehen, daß sie sich nicht genau erinnern konnte. Sie atmete ein paarmal tief durch, öffnete die Tür und trat ein.

Der Raum war hell erleuchtet und leer, genau wie sie ihn verlassen hatte. Keiner da. Absolut niemand. Langsam ging sie zu dem Regal hinüber, wo die kleinen grünen Lichter der Stereoanlage blinkend Morrisons Stimme nachzeichneten. Sie hatte die Anlage ausgeschaltet. Daran erinnerte sie sich ganz genau; sie sah noch vor sich, wie sie mit dem Finger den Schalter berührte und die Lichter verschwanden.

In dem Moment, als sie an den Apparat herantrat, war das Stück zu Ende und hinterließ eine unvermittelte, gewaltige Stille. Dann sprang die erleuchtete Nummernanzeige von eins auf zwei. Der Klang einer Geige drang laut und rein durch den Raum. Die Uhr an der Konsole, die anzeigte, wie lange das Stück bereits lief, sprang von 4 Minuten und 27 zurück und begann von neuem, die Sekunden zu zählen. 4 Minuten 27 ... Das erste Stück.

Ihr dämmerte, was das hieß: Vor 4 Minuten und 27 Sekunden mußte jemand hier gestanden und den Startknopf gedrückt haben. Nein. Das war nicht möglich. Aber noch während sie das dachte, wußte sie, daß es sehr wohl möglich war. Das Schlucken fiel ihr auf einmal schwer; es fiel schwer, die Musik von dem Pochen hinter den Schläfen zu unterscheiden. 4 Minuten und 27 Sekunden. Es bedeutete, daß, wer immer es gewesen war, nicht weit sein konnte. Womöglich noch im Haus.

Der Schock dieser Erkenntnis überschwemmte sie augenblicklich mit Adrenalin und löschte die Wirkung des Alkohols völlig aus. Sie war jetzt hellwach und ganz da.

Sie prüfte die Verriegelung der Glastür. Alles war in Ordnung. Dasselbe mit dem Fenster. Hier war keiner eingestiegen. Ihre Gedanken wanderten zu dem kleinen Klofenster im Parterre. Sie war nie dazugekommen, es vergittern zu lassen. Schnell ging sie hinüber, bevor der Mut sie verlassen würde. Doch auch hier war nichts, das Fenster war verriegelt, keinerlei Spuren eines Eindringlings. Außerdem hätte er Liliputaner sein müssen, um hier durchzukommen. 4 Minuten und 27 Sekunden ... sie spulte den Faden weiter zurück. Sie war noch im Taxi zu dieser Zeit, dann im Gewirr der Einbahnstraßen und schließlich, als das Taxi in ihre Straße eingebogen war, hatte sie den blauen Mustang in die andere Richtung davonfahren sehen. Der Mustang. Er mußte auf der gegenüberliegenden Straßenseite geparkt haben. Natürlich. Der Mustang. Warum war sie nicht schon früher draufgekommen? In der Parklücke wartend, die Uhr am Armaturenbrett im Auge, hatte er kontrolliert, wie lange das Album schon lief.

So einfach war das alles. Wäre da nicht die Automarke gewesen, dann wäre sie ihm nie auf die Schliche gekommen. Schließlich hatte er heute erst den Schlüssel zurückgebracht. Der Schlüssel? Aber war es nicht einer von diesen Sicherheitsschlüsseln, von denen es heißt, man könne sie nicht nachmachen lassen? Das zumindest behaupteten die Leute vom Schlüsseldienst. Aber sie wußte es besser. Tom konnte es. Tom konnte alles, wenn er es sich in den Kopf gesetzt hatte. Scheißkerl.

Aber wie hatte er gewußt, daß sie nicht dasein würde? Daß sie ausgerechnet heute ausgehen würde? Ganz einfach. Er hatte ja geklingelt, und niemand hatte geöffnet. Sein Auto wäre ihr bestimmt aufgefallen, wenn er gewartet hätte. Es war nicht dagewesen, als sie sich draußen nach ihm umgesehen hatte. Oder vielleicht doch? Sie hätte es sicher bemerkt.

Aber nein. Viel besser! Er mußte ja gar nicht dableiben, weil er ohnehin wußte, daß sie später ausgehen würde. Er wußte natürlich von der Geburtstagsparty. Patrick hatte es ihm bei diesem gemeinsamen Mittagessen erzählt. Und er wußte, daß sie es war, die eingeladen war, und nicht er.

Also war er weggegangen, hatte eine Weile verstreichen lassen, und dann was? Er war hierhergefahren, hereingekommen, hatte den Apparat angestellt und sich auf seinen Posten begeben, um dann alle fünfzig Minuten hier hereinzuschleichen, bis ...

Aber warum, um alles in der Welt, sollte er so etwas tun? Es war so grausam und so unwirklich zugleich. Er mußte sich im klaren gewesen sein, wie sehr er sie damit erschrecken würde. Wie sehr haßte er sie eigentlich dafür, daß sie etwas beendet hatte, was ohnehin schon zu Ende gewesen war und an dessen Ende auch er nicht unbeteiligt war? Dann fiel ihr etwas ein. Ein Vorfall aus ihren ersten gemeinsamen Winterferien. Eine Kleinigkeit, aber aussagekräftig.

Sie waren nach Korfu geflogen, zu früh für den Touristenrummel, aber auch zu früh für den Strand. Um sich anderweitig zu beschäftigen, hatten sie ein paar Höhlen im Norden der Insel besichtigt. Zusammen mit einem deutschen Pärchen hatten sie einen Führer genommen, doch seine Kommentare waren so blödsinnig gewesen, daß es ihnen bald darauf gelungen war, ihn auf halber Strecke abzuschütteln und ihren eigenen Weg durch die urzeitlichen Formationen und die Stille zu finden.

Etwa eine halbe Stunde waren sie unten gewesen und bis in die hintersten Ausläufer der Höhlen vorgedrungen, wo die Oberfläche von unterirdischen Seen löchrig und zerklüftet war, als plötzlich das Licht ausging. Die Finsternis war total, todesgleich. Er hatte in diesem Moment unmittelbar neben ihr gestanden, doch als sie die Hand nach ihm ausstreckte, war er weg. Zunächst hatte sie es lustig gefunden, ihm im Dunkeln zuzuflüstern. Doch dann hatte sie dieses schreckliche Kreischen irgendwo zu ihrer Rechten gehört, so als sei jemand gestolpert und in eine der Felsspalten gestürzt. Während sie sich blind auf den Schrei zutastete und Toms Namen rief, hatte sich plötzlich eine eiskalte Hand um ihren Hals gelegt. Panische Angst überkam sie.

»Komm schon, Lizzie. War doch nur Spaß«, hatte er später gesagt und sie an sich gepreßt, um ihre erstickten Schluchzer zur

Ruhe zu bringen. »Jetzt weiß ich doch wenigstens, wie sehr du mich vermissen würdest.« Diese Bemerkung hatte ihr Weinen in Wut verwandelt. Der Streit, der darauf folgte, hatte sich über Tage hingezogen, bis die Frühlingssonne und seine Kleine-Jungen-Zerknirschung sie schließlich dazu brachten, ihm zu verzeihen. Aber vergessen hatte sie es nicht.

Sie holte sich eine Flasche Wasser aus dem Kühlschrank und stürzte die Hälfte des Inhalts hinunter. Van war inzwischen bei seinem fünften Stück. Sie gab der Anzeige auf der Konsole weitere zwei Minuten, dann griff sie nach dem tragbaren Telefon.

Es klingelte fünfmal, bevor abgehoben wurde.

»Hallo?«

Sie nahm den Hörer von ihrem Ohr und hielt ihn an den Lautsprecher, während sie lauter drehte. Für einen Mann, der Van Morrison nicht mochte, mußte das eine ziemlich schmerzhafte Erfahrung sein. Aber nicht schmerzhaft genug. Sie nahm den Hörer zurück. »Hallo, Tom«, brachte sie mit einigermaßen fester Stimme heraus.

»Lizzie? Bist du das? Mein Gott, du hast mir das Hirn ausgeblasen. Ich – äh – war das das Album?« Er klang reichlich verwirrt.

»Ja. Van Morrison. Deine Wahl.«

Ein leises Lachen. »Na ja, du weißt ja, was ich von ihm halte. Aber der Typ in dem Musikladen in Vancouver behauptete, es sei gut. Ein Sammlerstück, hat er gesagt. Ich habe geklingelt, aber du warst nicht da.«

»So. Und um wieviel Uhr war das?«

»Wie bitte?«

»Dein erster oder dein zweiter Besuch?«

»Äh ... Ich weiß nicht. Ich bin nach der Arbeit vorbeigekommen. Es muß so etwa ...«

»Mach mir nichts vor, Tom.« Die Gewalt in ihrer Stimme überraschte sie selbst. »Glaub bloß nicht, du kommst damit durch, du Fiesling. Was meinst du wohl, wie man sich fühlt, wenn man so einen Schreck in die Eingeweide gejagt kriegt. Warum kannst du mich nicht einfach in Ruhe lassen? Du wolltest doch auch aus dieser Beziehung raus. Wir wollten es beide. Hast du das vergessen? Oder war das nur wieder einer von deinen Scherzen?«

»Hey, hey, was soll das?« Er war jetzt fast so wütend wie sie. »Ich bringe dir den Schlüssel zurück. Als Entschuldigung für die Verspätung kaufe ich dir eine CD, und jetzt machst du mich fertig. Weißt du was, ich denke, ...«

»Es ist mir scheißegal, was du denkst. Du sollst damit aufhören, ein für allemal. Hast du kapiert? Sonst... sonst ruf ich die Polizei!« Sie hörte ihre Stimme umkippen.

»Moment mal«, sagte er, diesmal ruhig und bedächtig. »Womit soll ich aufhören? Wovon redest du eigentlich?«

»Ich rede davon, daß du heute abend hierhergekommen bist und die Stereoanlage angeschaltet hast, so daß sie noch laufen sollte, wenn ich nach Hause komme. Aber das hier ist mein Haus, niemand, absolut niemand kann mich hier rausekeln. Kapiert?«

»Aber...«

»Und mach dir keine Mühe, es abzustreiten. Ich habe deinen Wagen gesehen. Er stand vor dem Haus.«

»Welcher Wagen?«

»Dein verdammter Mustang.«

Am anderen Ende der Leitung entstand eine kurze Pause. Jemand machte im Hintergrund ein Geräusch. Er erwiderte etwas, dann kam seine Stimme zu ihr zurück. »Hör zu, Lizzie. Ich habe wirklich keinen blassen Schimmer, wovon du sprichst. Den Mustang habe ich schon lange nicht mehr. Ich habe ihn einem Typen in Stoke Newington verkauft. Wenn du mir nicht glaubst, kann ich dir seine Nummer geben. Ich fahre jetzt einen roten Ford Capri und war den ganzen Abend zu Hause.«

»Und garantiert hast du jemanden, der das bezeugen kann.«

»Das habe ich in der Tat.«

Etwas in seiner Stimme machte sie stutzig. Er seufzte. Wieder murmelte die Stimme im Hintergrund. Er hielt die Hand über die Sprechmuschel. Dann war er wieder da. »Entschuldige. Bist du noch dran?«

»Ja.« Ihre Stimme kam ihr auf einmal ganz klein vor.

»Ich war es nicht, glaub mir. Aber vielleicht solltest du mir erzählen, was passiert ist.«

»Du warst es nicht?« sagte sie gepreßt. »Du hast dir keinen Schlüssel nachmachen lassen und bist hergekommen, während ich nicht da war?«

»Nein. Warum zum Teufel sollte ich? Wofür hältst du mich eigentlich, Lizzie?«

Für einen verbitterten Liebhaber. Aber noch während sie das dachte, wußte sie mit absoluter Sicherheit, daß er die Wahrheit sagte. Das Auto vor der Tür hatte also nichts damit zu tun gehabt. Und das bedeutete...? 4 Minuten und 27 Sekunden. Sie hatte die ganze Zeit mit dem Rücken zur Küchentür gestanden. Jetzt wandte sie sich um. Dahinter dehnte sich das Haus drei Stockwerke hoch in die Nacht. Drei Stockwerke – eine Menge Platz, um sich zu verstekken.

»Willst du damit sagen, jemand war im Haus? Jemand ist eingebrochen?«

»Ich ... äh. Ich weiß nicht. Ich kam zurück, und die Anlage war an, sie lief seit viereinhalb Minuten.«

»Vielleicht hattest du sie auf Wiederholung gestellt.«

»Nein!« Sie brüllte es fast in den Hörer. »Nein. So einen Knopf gibt es nicht. Und ich hatte ausgeschaltet. Das weiß ich bestimmt.«

»Gut. Aber irgendeine Erklärung muß es doch geben. Vielleicht ist Millie aus Versehen an den Schalter gekommen?«

Millie? Nein, das war unmöglich. Die hatte oben auf ihrem Bett geschlafen, als sie gegangen war, und die Küchentür war abgeschlossen. Es sei denn, sie hätte einen anderen Weg nach draußen benutzt und wäre durch die Katzenklappe in die Küche gekommen. »Tut mir leid, ich ... äh.«

»Schon in Ordnung«, seufzte er. »Überleg doch mal. Ich weiß ja, daß du mich für den letzten Dreck hältst. Und ich weiß auch, daß diese Zettel, die ich dir anfangs geschickt habe, keine Ruhmestat waren. Aber das macht mich noch lange nicht zu deinem Feind. Nicht mehr. Wenn du also irgendwie Hilfe brauchst...« Für einen Augenblick wußte sie nicht, was sie sagen sollte. Seine Besorgnis trieb ihr plötzlich die Tränen in die Augen. Sie war verschreckt, nicht ganz sie selbst. »Bist du denn ganz sicher wegen dieses Schalters? Hast du wirklich abgeschaltet? Ich will ja nicht deinen heiligen Zorn auf mich ziehen, aber du klingst ein bißchen angetrunken.«

»Das war ich, aber jetzt bin ich es nicht mehr. Und ja. Ich bin ganz sicher, wirklich, Tom, ich habe die Anlage ausgeschaltet.«

Eine Pause entstand. »Hast du immer noch Angst?«

»Nein.« sagte sie, aber es war ihnen beiden klar, daß sie log.

»Willst du, daß ich vorbeikomme?«

»Nein, vielen Dank. Es ist schon in Ordnung.«

»Du klingst aber nicht, als wäre alles in Ordnung. Hast du sonst überall nachgeschaut, für alle Fälle?«

»Nein«, sagte sie leise.

»Wie wär's, wenn ich dranbleibe, während du durchs Haus gehst?«

Ja, dachte sie. O ja, bitte. Wie war das noch gleich mit dem Teufel und dem Belzebub? »Aber ... ich meine, was ist mit deinem Besuch?«

»Kein Problem. Nur Freunde, die können warten.« Unwillkürlich spürte sie ein Ziehen im Bauch. Und diesmal war es nicht Furcht. »Also gut, fangen wir mit dem Keller an. Das Schlimmste zuerst.«

So unternahmen sie zusammen ihre langsame Wanderung durchs Haus. In jedem Raum kontrollierte sie die Fenster, schaute unter die Betten, hinter die Türen und sogar – aber das erzählte sie ihm nicht – in die Schränke. Es war niemand da. Nicht einmal Millie. Das einzig Beunruhigende war der Fensterriegel in dem kleinen Gästeschlafzimmer ganz oben. Er war offen gewesen, aber das Fenster war so weit vom Boden weg, daß eine große Leiter nötig gewesen wäre, um hier einzusteigen. Sie verriegelte das Fenster so fest, daß ihr die Finger schmerzten.

Die ganze Zeit war er dicht an ihrem Ohr, nicht aufdringlich, aber präsent. Dieser Rundgang in seiner Gegenwart beruhigte sie. Als sie unters Dach kamen, sagte er: »Und was ist mit dem großen Schrank?«

»Ich glaube nicht ...«

»Wenn schon, denn schon.« Und sie wußte, daß er über sie lachte. Ein kleines bißchen, aber es störte sie nicht. Sie öffnete die Schranktüren und schaltete das Licht an. Ein Gewirr aus Tüten und Kartons bot sich ihrem Blick, der Müll eines halben Lebens. Und einer Beziehung. »Nichts«, sagte sie, »abgesehen von sieben Jahrgängen von *Classical Music* und *The London Review of Books*. Hattest du nicht gesagt, du hättest hier oben alles ausgeräumt?«

»Na siehst du. Jetzt weißt du, warum ich eingebrochen habe.« Diesmal konnten sie es beide lustig finden. »Ich komme bei Gelegenheit vorbei und hole sie. Aber du mußt bereit sein, mir die Tür aufzumachen.«

»Okay.«

Als sie in die Küche zurückkehrte, war alle Furcht und Panik verflogen, weggewaschen. Irgendwie hatte sie die ganze Zeit gewußt, daß sie nichts finden würde. Selbst beim Nachsehen, als sich ihr Herz jedesmal, wenn ein Licht anging, zusammenkrampfte, hatte das Haus ihr keine Angst gemacht. Nicht wirklich. Eigenartig.

»So, das wär's. Es muß wohl doch die Katze gewesen sein«, sagte sie. »Und vielen Dank auch.«

»De nada. Aber bitte hör auf mich und ruf morgen die Polizei an. Sie sollen sich das Haus ansehen und dir sagen, wie du es sicherer machen kannst. Und wenn das nächste Mal was passiert, ruf sie an. Die können dir ja dann einen Knaben von der Wache vorbeischikken, der dir in der Nacht die Hand hält.«

»Versprochen.«

»Ach und, Lizzie?«

»Ja?«

»Vielleicht ... Ich meine, vielleicht solltest du ein bißchen mehr unter Leute gehen. Dann gewöhnst du dich daran, anschließend in ein leeres Haus zurückzukommen.«

»Woher willst du wissen, daß ich das nicht schon die ganze Zeit tue?« sagte sie gelassen. Sie wollte jetzt nicht mehr wütend werden, doch es kostete sie einige Mühe.

»Geschenkt. Reiß mir nicht gleich den Kopf ab. Es ist nur, weil Patrick etwas von einsiedlerischen Tendenzen sagte. Ich ... äh ... dir geht's doch gut, oder?«

»Ja«, sagte sie fest. »Mir geht's gut. Ich habe nur gerade mit einem neuen Buch angefangen und will deshalb nicht abgelenkt werden.«

»Klingt gut. Na ja, ich wollte nur mal nachfragen.«

»Das wäre dann hiermit erledigt. Es ist spät. Ich leg jetzt besser auf.« Doch noch während sie es sagte, bedauerte sie, so barsch gewesen zu sein. »Entschuldige, daß ich so auf dich losgegangen bin. Aber ich bin hundemüde. In letzter Zeit war's ein bißchen viel mit der Arbeit. Und dann ... ich wollte dir noch sagen, daß es mir leid tut wegen des Jobs.«

»Welcher Job?«

»Der in Kanada. Sal hat gesagt, du hast ihn nicht bekommen.«

»Aha. Da sieht man mal wieder, wieviel die Klatschprinzessin wirklich weiß. Das Gegenteil ist der Fall. Du sprichst mit dem frischgebackenen Associate Professor of European History der Simon Fraser University. Alles mit Brief und Siegel.«

»Aber das ist ja großartig.« Und sie meinte, was sie sagte. Sie freute sich wirklich für ihn. »Gratuliere!« Das war vielleicht auch der Grund, daß er sich im Vergleich zum letzten Mal so verändert zeigte. Humorvoll und unkompliziert. »Wann fängst du dort an?«

»Nächstes Semester. Stell dir vor: ich und fünfhundert attraktive Westcoast Girls, die es nicht erwarten können, von mir unterrichtet zu werden.«

Sie lachte. Jemand anders am Ende der Leitung lachte auch. Ein helles, weibliches Lachen. Tom produzierte sich also vor Publikum. Es war Zeit aufzulegen. »Vergiß nicht, daß die Mädchen heutzutage Wert auf Political Correctness legen.«

»Nur so lange, bis sie mir in die Augen geschaut haben.«

›Sein Charme zieht einem die Schuhe aus‹, hatte ihre Mutter gesagt, als sie Tom das erste Mal traf. Gott stehe den armen Westcoast Girls bei.

»Wie du meinst. Aber bitte mich nicht, dir ein positives Charaktergutachten auszustellen, falls du wegen sexueller Belästigung gefeuert wirst.«

»Wieso? Ich könnte mich allemal auf die Nacht berufen, als ich dich vor dem CD-Maniac gerettet habe.« Unwillkürlich mußte sie lachen. »Also, was meinst du, Lizzie? Vielleicht könnten wir was trinken gehen, bevor ich gehe. Um der alten Zeiten willen«, sagte er, und es klang ganz selbstverständlich.

»Ja. Mal sehen.«

»Ich melde mich. Und vergiß nicht. Ruf die Polizei an.«

Sie legte das Telefon beiseite und dachte über die letzten Sätze nach. Zwischen all der CD-Panik und Streiterei war es Tom gelungen, eine Art Friedensvereinbarung zu treffen. Aber nach so langer Zeit traute sie dem Frieden nicht so recht. Vielleicht würde er seine Freundin ja mit nach Vancouver nehmen. Schöne Stadt. Weiter Horizont, mildes Klima, die Chance für einen Neuanfang ... ideal für einen Mann wie Tom.

Hier allerdings, dachte sie, gab's noch einiges zu erledigen. Aus der Anlage schallte ein letzter Applaus für Van Morrison. Das Album war zu Ende, die CD-Anzeige in ihrer Ecke blinkte ruhig weiter. Eine Weile saß sie nur da und starrte darauf, dann ging sie hinüber zu dem Gerät.

Sie ließ die Hand über die Konsole gleiten, drückte leicht gegen den Startknopf. Nichts passierte. Sie wandte mehr Kraft auf, preßte stärker dagegen. Jetzt erst leuchtete das Lämpchen auf, und die CD glitt in Startposition. Denkbar war es schon.

Dann schaltete sie die ganze Anlage mit dem Hauptschalter aus. Wieder spielte sie Katze, ließ ihre Hand die Flanke des Tieres simulieren. Aber dieser Schalter war zu dicht an der Wand. Um ihn zu erreichen, hätte Millie ihre Pfote wie einen Finger benutzen müssen. Völlig unmöglich. Aber konnte sie denn wirklich beschwören, daß sie ihn ausgeschaltet hatte?

Sie tat es jetzt und tat ein übriges, indem sie den Schalter an der Steckdose ausmachte. Sie würde zwar ihren Tuner morgen neu programmieren müssen, aber eine ruhige Nacht war ihr diese Mühe wert. Noch einmal kontrollierte sie die Fenster und die Verandatür. Von Millie nach wie vor keine Spur. Sie nahm eine Schachtel Katzenkekse aus dem Schrank und schüttelte sie lautstark in unmittelbarer Nähe des Fensters. Millie hatte den Radar eines Atom-U-Boots, wenn es ums Fressen ging. Sie wartete, doch die Katze kam nicht. Für alle Fälle schüttete sie eine Handvoll Kekse in Millies Schüssel, dann nahm sie das tragbare Telefon von der Wandhalterung, schloß die Tür hinter sich ab und ging hinauf.

Kaum war sie draußen, flog die Katzenklappe auf und schloß sich wieder. Aber sie war schon zu weit weg, um es zu hören.

5. Kapitel

Zu ihrer Überraschung schlief sie sofort ein. Als sie aufwachte, stand die Sonne schon hoch an einem makellos blauen Himmel. Das Kondenswasser am Fenster zeugte vom ersten Frost.

Sie lag noch im Bett, schwer vom Schlaf. Der Wecker zeigte Viertel nach zehn. Sein Klingeln mußte sie verschlafen haben. Unten hörte sie Post auf die Matte plumpsen. Sei's drum. Schließlich war Samstag und keiner hatte sie im Bett ermordet. Sie ließ die Ereignisse des gestrigen Abends noch einmal an sich vorbeiziehen, vorsichtig an die Furcht rührend, um zu sehen, ob die frische Narbe bei Berührung wieder zu schmerzen anfing. Aber das Tageslicht hatte jegliche Schatten vertrieben, und sie konnte sich nicht damit aufhalten, ihnen nachzulaufen.

Sie streckte sich und hätte eigentlich erwartet, Millie dabei von ihrem Platz am Fußende aufzuscheuchen. Dann fiel ihr wieder ein, daß Millie gestern ja noch unterwegs gewesen war und die Küchentür ihr nun den Zutritt versperrte. Sie spielte mit dem Gedanken aufzustehen und sich anzuziehen. Dann entschied sie sich dagegen und statt dessen für ein Frühstück im Bett mit der Zeitung. Laß es locker angehen. Heute würde sie nur fünfhundert Wörter machen oder vielleicht überhaupt nichts. Nach dem Drama der vergangenen Nacht durfte sie sich wohl eine Verschnaufpause von der Prager Unterwelt gönnen. Selbst ihr amerikanischer Bulle nutzte die Zeit zwischen den Leichen für ein wenig Sightseeing.

Sie blieb noch einen Moment liegen und dachte daran, wie die Samstage gewesen waren, als sie Tom kennengelernt hatte. Manchmal schliefen sie bis Mittag, spazierten dann zum Camden Lock hinunter, bestellten ein verspätetes Mittagessen beim Marokkaner am Kanal. Es war schön gewesen, mit jemandem so faul und so vertraut zu sein. Sich nicht drum kümmern zu müssen, wie man aussah oder was man tat; einfach alles schleifen lassen und so tun, als würde es immer so weitergehen. Sie fragte sich, ob verheiratet sein einem dieses Gefühl gibt. Die Leute wurden älter und langsamer und machten einfach immer weiter, bis sie aussahen, als stammten sie aus diesen Glück verheißenden Anzeigen für ein gesichertes Rentenalter. Eines konnten sie und Tom sich zugute halten, sie würden immer jung bleiben zusammen, keine Bäuche und keine Altersflekken, kein Verkalken der Arterien.

Zum ersten Mal seit langer Zeit – das fiel ihr jetzt auf – konnte sie ihre Beziehung positiv sehen und nicht nur als etwas, an das man mit Bedauern zurückdenkt. Was hatte Sally damals zu ihr gesagt? »Es ist wie mit dem Sterben, meine Liebe. Man kann die Trauer nicht beschleunigen. Sie braucht ihre Zeit.« Achteinhalb Monate. Immerhin bewegte sich jetzt etwas. Vancouver war weit, und er würde nicht zurückkommen, das wußte sie. Er würde eine Frau treffen – wenn er sie nicht schon getroffen hatte –, würde ein Häuschen in Uninähe kaufen und eine Horde kleiner Kanadier mit witzigem Akzent und einem Hang zur freien Natur zeugen. Mit ein bißchen Glück würden sie seine Unzufriedenheit nicht bemerken, denn unzufrieden würde er mit großer Wahrscheinlichkeit werden. Oder er würde endlich erwachsen werden und lernen, seinen Unmut wenigstens nicht an ihnen auszulassen.

Seltsam, daß man die Zukunft eines anderen Menschen so klar vor sich sehen kann, während die eigene völlig im ungewissen liegt.

Toms Kommentar von gestern fiel ihr wieder ein. Führte sie denn wirklich ein so zurückgezogenes Leben? Andere mochten darin ein Symptom der Trauer sehen, für sie aber war es Teil ihrer Heilung. Sie versuchte sich auszumalen, wie sie an der Seite neuer Liebhaber erwachen, sich in schläfriger Lust ihnen zuwenden würde und der Morgen und die ganze Welt wohlig vor ihnen beiden ausgebreitet läge. Aber ihre Vorstellungskraft blieb störrisch, und das Bett um sie herum war nach wie vor groß und leer.

Sie zog ihren Morgenmantel über und ging in die Küche hinunter. Bevor sie eintrat, gab sie der Türe einen kleinen Schubs, um sicherzugehen, daß sie abgeschlossen war. Dann erst schloß sie auf und trat ein.

Der Raum war so, wie sie ihn acht Stunden zuvor verlassen hatte, die Van Morrisons alle in ihren kleinen Plastikboxen auf dem Regal, die Stereoanlage am Hauptschalter ausgestellt, und das Deckenlicht, das sie hatte brennen lasssen, wurde von der Morgensonne überstrahlt. Nur die Katzenschüssel war jetzt leer. Offensichtlich war Millie während der Nacht gekommen und wieder gegangen. Sie hielt an der Verandatür nach ihr Ausschau, konnte die Katze aber nicht entdecken. Am Ende der Terrasse, wo die Steinplatten an das Gras grenzten, fiel ihr ein kleines, braunes Häufchen ins Auge. Ein unförmiger Erdklumpen? Ein nasses Stück Stoff?

Sie schloß die Verandatür auf und ging hinaus. Die Steine waren eisig unter den Füßen. Es war ein Vogel. Nicht einer von den kleinen, die Millie im Frühling stolz durch die Katzenklappe hereinzerrte, sondern eine ausgewachsene Drossel. Das Muster auf ihrer Brust war erstaunlich; vollendete, winzige, nußbraune Punkte auf cremefarbenem, daunenweichem Untergrund. Kein Zweifel, daß der Vogel tot war, die Augen starr und glasig, der Hals unnatürlich verrenkt. Er wirkte eher gebrochen als von Krallen verletzt. Mit dem ausgestreckten Finger berührte sie die Brustfedern. Kalt. Schon eine Zeitlang tot. Keine Spur von Millie. Sie hob den kleinen Leichnam auf und trug ihn über den Rasen zum nächsten Blumenbeet. Das Gras fühlte sich naß und schleimig an zwischen den Zehen, es war wie Laufen auf Schneckenspuren. Sie schob den Vogel unter einen Busch. Jetzt war weder die Zeit noch das Klima für Beerdigungen, und Millie hätte ihn ohnehin sofort wieder ausgegraben. Woher er wohl gekommen war oder – wichtiger noch – wohin würde er nicht mehr zurückkehren? Würde ihn jemand vermissen, nach ihm suchen? Diese kleinen Dinger trugen schließlich keine Personalausweise mit sich herum. Sie mußte lächeln. Von wegen freier Tag. Die Ausdünstungen der städtischen Leichenhalle Prags waren ihr bereits wieder in die Nase gestiegen. Sie machte sich eine Mehrfachration Cappuccino und fügte sich ins Unvermeidliche.

Der Kopf war übel zugerichtet. Das Gesicht bis zur Unkenntlichkeit zerstört, ein Matsch aus Blut und Knochen, und der Kiefer derartig zertrümmert, daß für eine Zahnanalyse nicht mehr viel übrig war.

Nur das Haar war noch da; durchnäßt und verklebt, aber intakt. Es war blond, lang, fein. Frauenhaar. Wenn sie Glück hatten, war der Torso in besserer Verfassung, vorausgesetzt natürlich, sie fanden ihn in absehbarer Zeit.

Jake schluckte den Speichel, der sich unter der Zunge gesammelt hatte. Nach zehn Jahren im Dienst hatte er geglaubt, alles gesehen zu haben. Aber es gab immer noch mehr, immer noch Schrecklicheres. Sich übergeben brachte nichts. Außerdem hatte er jetzt, zu Anfang des Jobs, einen Ruf zu verlieren.

»Du mußt einen klaren Kopf behalten, wenn alle um dich herum ihn verlieren«, murmelte er.

»Was?«

»Nichts. Aus einem englischen Gedicht.«

»›A thing of beauty is a joy forever‹«, sagte der Beamte, und sein Akzent ließ die Wörter rollen. »Nicht in diesem Fall.«

Mein Gott, diese europäischen Bullen, was waren das für Musterschüler. Manche von ihnen machten ihm sogar noch was vor, wenn es um amerikanische Filme ging. Die hatten sie sich reingezogen, als wären es Lehrbücher für Handelskorrespondenz. »Also, Jake, wer, meinst du, war sie?«

Er schüttelte den Kopf. Natürlich wußte er, wer sie war. Ihr Haar hatte sie verraten.

Am Nachmittag zuvor hatte sie um Viertel nach vier die Wohnung verlassen. Sie trug denselben schwarzen Rock und dieselbe Lederjacke. Diesmal aber mit Sonnenbrille. Sonnenbrille, ohne Sonne. Er hatte es zunächst ihrer Eitelkeit zugeschrieben, bis sie die Straße überquerte und direkt an ihm vorbei in das Café stolziert war. Erst da hatte er die Schramme bemerkt, eine dicke rote Erdbeere von einem Bluterguß, die unter dem linken Brillenglas zusehends größer wurde. Sie hatte die Verletzung mit Würde getragen, den Kopf erhoben und diesen gewissen Leck-mich-Ausdruck in ihrem Gang. Der Körper in Form, schlank, gepflegt und an all den richtigen Stellen gerundet. Die Brüste hoch angesetzt, wie pralle Äpfel. Wie bei Mirka. Wie lange würde es dauern, bis er eine Frau ansehen konnte, ohne zu vergleichen? Länger jedenfalls als die sechs Monate, die es jetzt schon dauerte.

Egal, diese Frau war einen Vergleich nicht wert. Innerhalb des großen Plans war sie nichts als blonder Müll, eine Überbringerin der Informationen und Gegenstände anderer Leute, zur Selbstbedienung freigegeben, benutzt – oder mißbraucht – im Dienste einer weit größeren Verführung. Was sie ihm gebracht hätte, wäre eine Probe gewesen, ein Zeichen des guten Willens, um Reinheit und Qualität unter Beweis zu stellen. Qualität war ihnen garantiert worden, falls er und seine Bosse ihre Bestellung machen würden. Schließlich brauchten die Amerikaner Bestellungen, wenn sie den alten sowjetischen Markt dominieren wollten.

Sie. Er kannte die Typen so genau, daß er das Salz ihres Schweißes schmeckte. Nicht, daß die wirklich Großen häufig ins Schwitzen kamen. Dafür bezahlten sie andere. Ihnen blieb die Kopfarbeit, das Planspiel, die Vorstandsetage. Aber hier mußte man sein Hirn nicht besonders anstrengen. Der westliche Markt hatte seinen Sättigungsgrad erreicht, also spielte jetzt hier die Musik. Der Geschäftsplan für die Neunziger sah vor, in den kommenden drei, vier Jahren den ehemals sowjetischen Block in den Griff zu kriegen. Kleine Fische werden bestochen, größere ausbezahlt, und wer sich nicht kaufen läßt, muß anderweitig aus dem Verkehr gezogen werden. Dann lassen sie die Preise in den Keller gehen, heizen die Nachfrage an, und – siehe da – der Markt boomt und die Kassen klingeln. Ein Beweis für die Funktionstüchtigkeit des kapitalistischen Prinzips.

Tschechien war der ideale Ausgangspunkt für ein solches Unterfangen. Mit Deutschland zur Linken, Rußland zur Rechten und Ungarn und Polen als weiteren Nachbarn verfügte seine Wirtschaft über genug Geld, um zu florieren, und über ausreichend ausländische Investitionen, so daß Gewinne unauffällig gewaschen werden konnten. Und das Ganze in dieser putzigen Spielzeugstadt, in der es sich gut leben ließ und der Arm des amerikanischen Gesetzes einen nicht packen konnte.

Das galt allerdings nicht für amerikanische Polizeibeamte. Und Jake hatte von Anfang an mitgemischt. Schon mehrmals hatte er von den Staaten aus erfolgreiche Operationen gegen diese Typen durchgeführt. Als dann die tschechische Regierung schließlich eingestand, daß es da ein Problem gab, war Jakes Name natürlich ganz oben auf der Liste. Jedem in seiner Abteilung war klar, daß er einen Anlaß suchte, um für eine Weile zu verschwinden. Und welcher amerikanische Drogenfahnder fand sich schon ohne Stadtplan in der Prager Altstadt zurecht? Das brachten anderthalb Ehejahre mit einer tschechischen Schönheit mit sich. Familienbesuche. Sie waren zwar nur zweimal dagewesen, einmal vor und einmal nach der Hochzeit, aber in der Abteilung qualifizierte ihn das ganz klar zum Experten. Ganz abgesehen von den siebzig Wörtern Tschechisch, die er aufgeschnappt hatte, um die Verwandtschaft zu beeindrucken. Sie hatte über seinen Akzent gelacht, aber es war offensichtlich gewesen, daß sie seine Aussprache mochte. Scheiße, wenn sie noch zusammen wären, dann wäre sie jetzt hier, zurück in ihrer geliebten Heimatstadt, weit weg vom Wahnsinn New Yorks. Über kurz oder lang würde sie ohnehin wieder hier landen. Für Amerika fehlte ihr das Durchhaltevermögen. Andernfalls wäre sie ja jetzt an seiner Seite. Welche verdammte Polizistenfrau macht sich schon beim ersten Härtetest aus dem Staub?

Immer mit der Ruhe, Jake, immer mit der Ruhe.

Er schaute hinauf zum Fenster des Appartements. Eigentlich nicht seine Aufgabe. Der Typ in dem Auto da drüben würde den Mann übernehmen, sobald er das Haus verließ. Sein Job war die Frau. Sie bestellte einen Schnaps, ließ ihn dann an der Theke stehen und ging aufs Klo. Sie brauchte lange. Als sie wieder auftauchte, sah sie sich als erstes um, ob jemand sie beobachtete. Sie nahm einen guten Schluck von ihrem Schnaps, zog geräuschvoll die Nase hoch und warf das helle Haar über die Schulter zurück, als wollte sie sich von einer Bürde befreien. Sie sah verdammt gut aus. Aber es würde nicht mehr lange dauern. Ganz wie zu Hause. Fing man in dieser Stadt erst einmal an, genauer hinzuschauen, dann war es schnell vorbei mit der ehrwürdigen Geschichte und den hochgespannten Erwartungen, und zum Vorschein kam der gleiche Filz wie in New York. Aber was konnte man schon erwarten. Junkie bleibt Junkie, überall auf der Welt.

Am Abend vor seiner Abreise war er in Manhatten geblieben und ins Village gegangen. Er war in einem dieser Filmkunstkinos in einen französischen Film geraten, der vorgab, ein Thriller zu sein.

Das Mädchen darin war auch ein Junkie, aber letztlich viel zu hübsch für die Rolle, zu sehr Schmollmündchen zwischen wohlgerundeten Wangen. Mein Gott, hatte der Typ, der für die Besetzung zuständig war, denn nie einer Drogensüchtigen ins Gesicht gesehen? Hatte er nie bemerkt, was das Zeug den Leuten antat: Wie es das Fett aus deinem Gesicht gräbt, wie es die Haut vergilben und die Gelenke verkommen läßt? Ein ziemlich hoher Preis. Aber nach einer Weile war dann das Hirn ohnehin nicht mehr fähig zu einer vernünftigen Kosten-Nutzen-Rechnung.

Der Frau an der Bar blieb noch ein bißchen Zeit, aber lange würde es nicht mehr dauern. Sie bestellte noch einen Schnaps. Slibowitz; mehr Branntwein als Zwetschge. Ihm hatte das Zeug am ersten Abend in der Hotelbar die Füße weggezogen. Am anderen Morgen hatte er es büßen müssen. Sie aber schien ihr Leben lang nichts anderes getrunken zu haben. Sie zog einen kleinen Spiegel aus der Tasche, schob die Brille nach oben und nahm das Ausmaß des Schadens in Augenschein, während sie mit dem Finger vorsichtig den schwellenden Bluterguß entlangfuhr. Es mußte langsam anfangen, weh zu tun, dachte er; ein Hammerschlag gegen die Innenseite des Augapfels. Alkohol würde da nicht helfen. Sie rückte die dunkle Brille wieder an ihren Platz. Über den Rand seiner Zeitung hinweg behielt er sie genau im Blick. Er suchte nach einem Vorwand, sie anzusprechen. Genaugenommen war das gegen die Regeln. Seine Aufgabe war zu beobachten, nicht zu reden. Aber jetzt tappten sie schon zwei Wochen lang im Dunkeln. Außerdem wußte jeder, daß Jake Biderman sich nicht an Regeln hält.

Er ließ die Zeitung sinken, stand auf, ging auf sie zu und schob sich auf einen Barhocker in ihrer Nähe. Sie fertigte ihn mit einem einzigen spöttischen Blick ab. Er lächelte. »Hi.«

Sie ignorierte ihn.

»Schlimm?« sagte er auf tschechisch, das Wort durch seine Aussprache verunstaltend. Er tippte an sein Auge, um sicherzugehen, daß sie ihn verstand.

Wieder keinerlei Reaktion. Sie fuhr sich mit der Hand ans Kinn und ließ das Haar über ihre Wange und das Auge fallen.

Er wartete. »Sie kennen ihn?«

Sie schüttelte den Kopf, so als könne sie nicht begreifen, wie jemand so hartnäckig sein konnte. »Fuck off«, sagte sie in charmantestem Englisch.

Der Kerl, der am Ende des Tresens Gläser spülte, lachte.

Sie hatte Stil, das mußte man ihr lassen. »Darf ich Sie vorher zu einem Drink einladen?« erwiderte er grinsend.

Sie sah auf und warf einen Blick in den Spiegel hinter der Bar. Einen Moment lang war ihre Aufmerksamkeit auf etwas anderes gerichtet. Er folgte ihrem Blick. Draußen lief ein Mann vorbei.

Langsam glitt sie von ihrem Barhocker; ihr Hintern machte das Beste aus der Bewegung. Tadellose Vorstellung. Fast wie einstudiert. Er war ihr jetzt näher und konnte sie riechen, süß und verrucht. Es stieß ihn nicht ab. »Was sind Sie, eh?« fragte sie gelassen. »Amerikaner?«

»Erster Schuß ein Treffer. Bravo.«

»War nicht schwer«, bemerkte sie trocken. »Und Sie mögen ausländische Damen, Mr. American?«

»Ja, ich mag sie.«

»Gut. Ich Sie auch. Euer Land gibt uns Geld, jetzt, wo wir auf Eurer Seite sind. Geld und anderes.« Sie lachte. »Wie wär's, wenn ich einen ausgebe?«

Ihre Aussprache war klar und sauber. Aber das mußte sie wohl sein, bei ihrem Job. Englisch ist nach wie vor die Sprache des Handels, legal oder illegal. Er lehnte sich zurück. »Da sage ich nicht nein.«

Sie langte nach ihrem Glas, hob es an die Lippen und fuhr mit der Zunge an der Oberfläche entlang wie mit einem winzigen Löffel. Mit einer bewußt aufreizenden Geste schaufelte sie sich einen kleinen Schluck in den Mund. Er nickte beifällig. Dann stellte sie das Glas vor ihn hin. »Jetzt bist du dran, Yankee. Meine Einladung.« Sie machte auf dem Absatz kehrt und verließ das Café.

Der Barmann tat immer noch so, als sähe er nichts. Jake wartete, bis sie draußen war, dann stand er auf, um ihr zu folgen. Er war schon halb aus der Tür, als die Stimme des Mannes ihn erreichte. »Hey, Mr. American!«

Er drehte sich um.

»Die Dame hat Drink gekauft, aber hat nicht bezahlt.«

Als er endlich auf die Straße hinaustrat, war sie nirgends mehr zu sehen. Scheiße. Er kontrollierte eine Straßenecke, rannte zurück zur anderen. Als er in die Hauptstraße einbog, lief alles vor seinen Augen ab wie ein Film in Zeitlupe. Auf der anderen Straßenseite stoppte eine schäbige, schwarze Limousine. Noch im Fahren hatte sich die hintere Tür geöffnet. Sie schienen sie einfach vom Gehweg zu pflücken. Es sah aus wie eine wohleinstudierte Nummer in einer Eislaufkür. Ihr blieb nicht einmal Zeit, sich zu wehren. Der Wagen beschleunigte, noch bevor die Tür wieder geschlossen wurde. Jake stand da und murmelte die Autonummer wie ein Mantra, bis er einen Stift und eine Streichholzschachtel vorgekramt hatte, um sie aufzuschreiben.

Das war das letzte, was er von ihr gesehen hatte. Bis jetzt. Als er in die Polizeistation zurückkam, erzählte ihm der Kollege, daß der Mann die Wohnung zehn Minuten nach der Frau verlassen hatte und zu einem Hotel gegangen war. Er hatte zufrieden gewirkt.

Vierundzwanzig Stunden später war in seinem Büro ein Beleg von der Gepäckaufbewahrung im Hauptbahnhof abgegeben worden. Sein Name stand auf dem Umschlag. Der Mann am Gepäckschalter sagte ihnen, daß die Metallbox am selben Morgen abgegeben worden war. Von wem, daran könne er sich nicht erinnern. Aber Jake wußte schließlich, daß bei einem Mann, der schlecht verdient, der Anblick einer ausreichenden Summe sofort zu totalem Gedächtnisverlust führen kann.

Er warf einen letzten Blick auf den blutigen Inhalt, dann wandte er sich ab.

»Detective Biderman?«

Er fuhr herum. Der Pathologe stand im Türrahmen, grauhaarig, mit Brille, ziemlich fett. Jake kannte ihn von einer Million anderer Mordfälle. Leichen und ihre Sezierer; ein kulturübergreifender Standard.

»Ja, das bin ich.«

»Ich habe etwas für Sie. Es wurde im Innenfutter der Box gefunden.«

»Für mich?«

»Ja.«

Jake folgte ihm in ein winziges, an das Labor angrenzendes Büro. Über einer Bank war ein Stück liniertes Papier an eine von hinten erleuchtete Glasscheibe geklemmt. Darauf stand in großen, krakeligen Buchstaben auf englisch:

»DU BIST WEIT WEG VON ZU HAUSE, JAKE.
STECK DEINE NASE NICHT IN ANDERER
LEUTE GESCHÄFTE,
SONST SCHNEIDEN WIR SIE DIR AB.
SO WIE BEI IHR.«

Sie nahm einen Schluck von ihrem Kaffee. Der Cappuccinoschaum klebte kalt am Boden der Tasse. Eine Übersetzerin, von ihrer Story völlig in Bann gezogen. Nein, das war sie diesmal nicht; eher eine, die es leid war, immer wieder gegen die Absurdität der Geschichte anzugehen. Beim ersten Lesen war es ihr nicht so aufgefallen, aber jetzt, wo sie jedes Wort drehen und wenden mußte, kam ihr Bidermans Verhalten ziemlich lächerlich vor. Wäre er als Bulle auch nur halb so gut, wie der Rest des Buches ihn erscheinen ließ, dann hätte er nicht den Fehler begehen dürfen, diese Frau anzusprechen.

Aber wenn er sie nicht angesprochen hätte, wäre er jetzt nicht von dem Gedanken zerfressen, für ihren Tod mitverantwortlich zu sein. Und Schuld ist natürlich eine der großen Triebfedern, wenn man die Helden dazu bringen will, den Minotaurus zu töten. Besonders jene Sorte, die Blondinen zum Frühstück verschlingt.

Was diese Blondine hier anging, so war sie zum Abschuß freigegeben. Das war von dem Moment an klar gewesen, als sie für den Fremden die Beine breit gemacht hatte. Für so eine Frau ist die Palette männlicher Gefühle ohnehin sehr begrenzt. Schuld ist wohl noch eines der besten, wobei Verachtung und Lust nicht weit davon angesiedelt sind. Die Madonna und die Hure. Die Hure war aus dem Rennen. Blieb noch die Madonna.

Sie drückte auf die Speichertaste. Sie konnte sich ruhig eingestehen, daß sie heute nicht besonders einfallsreich war. Es war wie mit der Fee Tinker Bell im *Peter Pan*, an bestimmte Geschichten mußte man einfach glauben, sonst funktionierten sie nicht. Und Zynismus bekommt einer Übersetzung meistens nicht.

Sie stand auf und streckte sich, während sie mit beiden Händen ihr Kreuz massierte. Der Computertisch war zu niedrig für den Stuhl, und mit jeder weiteren Seite krümmte sie sich mehr über der Tastatur zusammen. Sie blickte aus dem Fenster. Ihr Arbeitszimmer lag ganz oben unterm Dach. Von ihrem Stuhl aus hatte sie einen Überblick über die Gärten der Nachbarn; wollte sie ihren eigenen sehen, mußte sie allerdings aufstehen. Im Sommer war das der ideale Platz für eine Voyeurin: spielende Kinder, grillende Familien, alte Männer in ihren Rhabarberbeeten und das schwule Pärchen mit der zugewachsenen Dachterrasse, das dort nackt sonnenbadete und sich vom grünen Pflanzendickicht verborgen glaubte.

Jetzt war es anders. Jetzt war Winter, und der wilde Wein hatte keine Blätter. Am linken Rand ihres Blickfeldes nahm eine Frau die Wäsche von der Leine. Manche Wäschestücke blieben aus eigener Kraft stehen, so kalt war es. Drei Häuser weiter machte sich ein Mann in Hut und Mantel an seinem Zaun am Ende seines Grundstücks zu schaffen. Er mußte sich beeilen, es war zwar noch Nachmittag, doch das Tageslicht war nur noch schwach, und bald würde es dunkel sein. Heute früher als gestern. Und morgen noch ein bißchen früher. Ab Mitte November konnte man die täglich verlorenen Minuten regelrecht zählen.

Tom war im März ausgezogen, als die Tage länger wurden. Die beste Zeit für einen Neuanfang. Dies würde ihr erster Winter allein im Haus sein. Sie hatte mit dem Gedanken gespielt, über Weihnachten wegzufahren. Ihr Arbeitsplan für die Übersetzung hatte eine Woche Sonne nach den ersten dreihundert Seiten vorgesehen. Aber die Hochglanzprospekte mit ihren Sonnenuntergängen am Nil und den rosenroten Wüstenruinen lagen nach wie vor unberührt auf ihrem Schreibtisch. In diesem Buch schien keine Sonne. Und irgendwie wußte sie, daß auch sie die Sonne vorerst nicht suchen würde.

Ihr Rücken tat immer noch weh. Sie legte sich auf den Boden und entspannte die Wirbelsäule, indem sie versuchte, den Rücken ganz auf dem Boden aufliegen zu lassen. Dann hob sie die Beine langsam an und streckte sie, bis der Schmerz durch die Sehnen zog. Schließlich legte sie die Beine behutsam wieder ab. Und noch einmal. Ihre Bauchmuskeln protestierten, aber sie beschloß, ihnen keine Beachtung zu schenken. Vielleicht hatte Sally ja doch recht. Vielleicht war sie einfach zu viel allein.

Konnte das auch der Grund für diese Sache mit den CDs sein? Einsamkeit, die sich als Verfolgungswahn manifestiert und Alltägliches in Monstrositäten verwandelt? Sie konnte Sally und Patrick an ihrem Abendbrottisch buchstäblich hören: »Und dann hat sie ihn offensichtlich um zwei Uhr nachts angerufen und ins Telefon geplärrt. Sie hat ihn beschuldigt, daß er ihr nachstellt. Irgendwas mit der Stereoanlage, die noch an war, als sie nach Hause kam. Natürlich war sie betrunken. Aber trotzdem, ich bitte dich, das ist doch kaum noch normal zu nennen ...«

Und was, wenn sie die Anlage tatsächlich angelassen hatte und Millie an den entsprechenden Knopf gekommen war? Was, wenn sie die beiden Van-Morrison-CDs aus Versehen verlegt hatte? Wenn sie womöglich hinter den Küchenschrank gerutscht waren und alles weitere nur ein Produkt ihrer überreizten Phantasie war? Man hört schließlich solche Sachen von Frauen, die alleine leben; gefangen in einem Treibhaus der Ahnungen und Ängste, das Schatten hervorbringt, wo gar keine sind. In einem Haus voller Leute würde man eine verlorene CD einfach der Schlamperei eines Mitbewohners zuschreiben. Hatte Toms Auszug sie in eine vereinsamte Neurotikerin verwandelt? Sie stellte sich noch einmal seine Stimme vor; dachte daran, wie seine Wut in Besorgnis übergegangen war. Vielleicht war sie es ja, die Rachegedanken hegte, und auf diese Weise hatte sie sich einen Anlaß verschafft, so richtig wütend auf ihn zu werden und alles rauszulassen.

Aber so empfinde ich doch gar nicht, dachte sie. Es ist alles in Ordnung. Besser sogar als früher. Ohne ihn kann ich mehr ich selbst sein. Natürlich gab es auch Momente, wo es noch weh tat, wo sie aus dem Gefühl der Einsamkeit heraus am liebsten geschrien hätte. Aber das war unvermeidlich, ein Teil des Ablösungsprozesses; ein weiterer Schritt auf der langen Reise durch die Nacht, dem Licht eines neuen Tages entgegen. Tief innen ging es ihr gut. So war's doch, oder?

Ja. Aber woran erkennt der Verrückte, daß er wirklich verrückt ist? Der Gedanke amüsierte sie mehr, als daß er sie ängstigte. In ihrem Fall war vielleicht das Normalsein die größere Gefahr. Zu lange war sie zu nett und zu normal gewesen, hatte sich angepaßt und getan, was von ihr erwartet wurde, statt nach ihren eigenen Bedürfnissen zu handeln. Damit war jetzt Schluß. Gott sei dem Einbrecher gnädig, der in ihr eine leichte Beute sah.

Sie stand auf, um den Computer abzuschalten. Noch im Ausschalten fiel ihr Blick auf eine unsaubere Satzkonstruktion, das Ergebnis mangelnder Konzentration. Und als sie anfing, den Satz auseinanderzunehmen, war ihr Interesse an den Wörtern aufs neue erwacht, und sie ackerte sich durch ein paar weitere Seiten.

Der Tag ging zu Ende, und die Straßenlaternen gingen an. Stunde um Stunde hatte Jake in seinem Büro auf eine Leiche gewartet, die nicht eintraf. Aber in diesem verdammten Land dauerte eben alles länger. Warum Computer bemühen, wenn man genausogut mehr Leute einstellen konnte, um noch mehr Aktenschränke mit Papier zu füllen. Hier wird Bill Gates einiges zu tun kriegen. Und im Schlepptau von Gates würden die Piraten kommen. In ein paar Jahren wäre hier mit illegaler Software genauso gut Kohle zu machen wie mit Drogen. Aber welcher Bulle fand es schon spannend, Computerfreaks zu jagen? Kein Job für Jake Biderman.

Immerhin hatten sie das Auto der Kidnapper ausfindig gemacht, ein gestohlener Wagen aus der Vorstadt. Aber ganz so einfach war es natürlich nicht. Das Nummernschild stimmte, aber es war das falsche Auto. Ein Nummernschild auszuwechseln war auch in diesem Land kein Problem. Er dachte daran, wie reibungslos und ganz nach Plan diese Entführung abgelaufen war, wie wenig die Frau sich gewehrt hatte. Er erinnerte sich an ihren Blick in den Spiegel hinter der Bar, an die Gestalt, die darin aufgetaucht und wieder verschwunden war. Womöglich war ihnen das Ganze gar nicht so ungelegen gekommen. Vielleicht hatten die ihn ja mit ihr zusammen gesehen. Es wäre nicht das erste Mal, daß eine Organisation ihren eigenen Kurier umbringt, zumal wenn sie annehmen muß, daß er mit den falschen Leuten geplaudert hat.

Schließlich packte er zusammen und ging zurück in sein behelfsmäßiges Appartement. Auf der Mattscheibe bewegte Peter Falk in irgendeinem amerikanischen Schinken die Lippen im falschen Rhythmus zu den synchronisierten Dialogen. Heimweh nach dem echten Amerika überkam ihn.

Elizabeth ließ ihn dort sitzen mit seinem Brot und den Dosenwürstchen und dem Scherbenhaufen seiner kaputten Ehe. Ständig kreisten seine Gedanken um Mirka; ihre Stimme, ihre Haare, ihre Brüste, ganz wie die der Frau mit der beweglichen Zunge, die jetzt keine Augen mehr hinter ihrer Sonnenbrille hatte.

Auf einmal verspürte auch sie Hunger, aber wie Jake hatte sie weder Lust auf Kochen noch auf Fernsehen. Sie griff zum Telefon und wählte die Nummer der Pizzeria. In einer halben Stunde, auf dem Rückweg vom Videoshop, würde sie ihre Bestellung abholen. Mit einer Einkaufstasche unter dem Arm verließ sie das Haus.

Im Zeitungsladen um die Ecke durchstöberte sie die Ständer mit den Videos. Die Dutzende von Streifen mit den korrupten Bullen und Terminator-Cops ließ sie beiseite und entschied sich statt dessen für einen, in dem Jeff Bridges einem brennenden Flugzeug entkommt, nur um festzustellen, daß er sich danach nicht mehr in der Welt zurechtfindet. Sally würde das garantiert bezeichnend finden.

Die frische Pizza roch hervorragend. Zurück im Auto, fühlte sie die ölige Wärme durch den Karton auf ihrem Schoß, während sie einer Gruppe von jungen Mädchen zusah, die an der Straßenecke herumhing, kichernd und plappernd und in ihrer Selbstsicherheit davon überzeugt, daß das Leben ihnen alles bot; sie brauchten nur zuzugreifen – oder auch nicht. So bin ich nie gewesen, dachte sie, so selbstbewußt und großspurig. Lag das an mir, oder ist es diese neue Generation, die sich tatsächlich um nichts schert?

Auf der anderen Seite lief ein junger Mann mit Pomade im Haar und den obligatorischen Doc Martins vorbei. Eine aus dem Rudel pfiff durch die Finger, der Rest fing an zu kreischen, durchmischt mit jenem nicht zu bremsenden Gekicher, das symptomatisch ist für einen pubertierenden Hormonhaushalt. Der Typ grinste, wurde sogar ein wenig rot. Sexuelle Belästigung? Mit Männern funktioniert es einfach nicht, dazu fühlen die sich zu sehr geschmeichelt. Sie überließ die Jugend sich selbst.

Als sie zu Hause ankam, war die Pizza auf ihrem Schoß schon ziemlich kalt. Sie würde sie für ein paar Minuten in den Backofen schieben, während sie den Salat zubereitete und einen Wein aufmachte. Erleichtert stellte sie auf dem Weg zur Küche fest, daß diesmal kein Van Morrison sie begrüßte.

Doch da war etwas anderes.

Sie bemerkte es, kaum daß sie eingetreten war. Direkt vor ihr, mitten auf dem Küchentisch stand eine bizarre Plastik: ein säuberlich aufgeschichteter, schimmernder CD-Turm, ein so ordentlich gebauter kleiner Wolkenkratzer aus Plastik, daß er halb hinaufreichte bis zur Deckenlampe. Zwanzig oder dreißig CDs mußten es mindestens sein, ihre ganze Sammlung. Und sie alle waren aus demselben Regal gekommen, das jetzt leer neben der Stereoanlage stand. Die perfekte musikalische Völkerwanderung.

»Mein Gott«, stammelte sie, im ersten Moment mehr aus Staunen als aus Furcht.

Und dann, als sie die Pizza ablegte und zum Hörer griff: »Zumindest weiß ich jetzt, daß ich nicht verrückt bin.«

6. Kapitel

Sie wartete in der Küche, den Turm im Auge, so als könne er ohne ihre Bewachung genauso plötzlich verschwinden, wie er aufgetaucht war. Und was hätte sie ihnen dann zeigen sollen? Sie hatten versprochen, schnell zu kommen, und das taten sie.

Allerdings war es nur einer. Ein junger Beamter, groß, aber mit Neigung zu Fettansatz. Immerhin ließ ihn die Uniform ein wenig älter und gewichtiger erscheinen. Er nahm den Turm in Augenschein, stellte ein paar Fragen und untersuchte dann systematisch das Haus. In jedem Raum überprüfte er die Fenster und Schlösser. Er fand nichts, und sie stellte fest, daß sie nicht sonderlich überrascht war, als er es ihr mitteilte.

»Ich muß Sie allerdings darauf aufmerksam machen, daß dieses Haus nicht gerade einbruchsicher ist«, sagte er, während er an den Glastüren in der Küche rüttelte. »Für einen Einbrecher sind diese Türen eine Kleinigkeit. Um die abzusichern, brauchen sie Querstangen. Außerdem habe ich schon bessere Schlösser gesehen ...« Wieder probierte er und schob den Riegel auf der Innenseite hoch, bis es klickte und er den Griff drehen konnte. Die Tür ging auf. Er schaute in den Garten hinaus und schloß sie dann wieder. »Sind sie sicher, daß Sie sie nicht ...«

»Offengelassen habe, als ich wegging? Nein, da bin ich ganz sicher.«

»Und sonst wurde nichts entwendet oder verändert?«

»Nichts.«

Er setzte sich ihr gegenüber an den Tisch, so daß das kleine Wunderwerk zwischen ihnen aufragte. Einen Moment lang starrte er den Turm an, dann sie. Schließlich öffnete er sein Notizbuch und schrieb etwas hinein. Er sah auf. »Wie lange, sagten Sie, wohnen Sie schon hier Miss ... äh ... Skvorecky?«

Es war nicht der Mühe wert, seine Aussprache zu korrigieren. »Drei Jahre.«

»Und früher hat es keine derartigen Vorfälle gegeben?«

»Nein, nie. Erst seit der Sache mit der ersten CD.«

»Und wann war das?«

»Ende Juli, glaube ich.«

»Gut. Und dieser Freund von ihnen. Wann ist der ausgezogen?«

»Vor neun Monaten.«

»Hat er noch einen Schlüssel?«

»Nein. Jetzt nicht mehr.«

»Wie ist das ... äh ... auseinandergegangen?«

Du bist zu jung, um das wirklich wissen zu wollen, dachte sie. »Na ja, wir sind schon eine ganze Weile nicht mehr gut miteinander ausgekommen. Aber jetzt ist es okay. Ich glaube wirklich nicht, daß er damit etwas zu tun hat.«

»Damit«, wiederholte er. »Lassen Sie mich noch einmal zusammenfassen. Wir haben es hier zu tun mit zwei vermißten CDs, einer Stereoanlage, die lief, als Sie spät abends heimkamen, und diesen CD-Boxen, die – wie soll man das sagen – von ihrem Platz im Regal auf den Küchentisch gewandert sind. Ist das korrekt?«

»Ja«, sagte sie, wohl wissend, wie absurd das alles klang. »Beim ersten Mal bin ich mir nicht sicher, aber das zweite und dritte Mal passierte es in meiner Abwesenheit.«

»Genau. Aber es gibt keine Hinweise auf einen Einbruch, auch in den beiden anderen Fällen nicht?«

»Nein.«

»Wenn niemand sich gewaltsam Zutritt verschafft hat, müssen wir nach jemandem mit einem Schlüssel suchen. Haben Sie schon mal einen verloren? Wurde ihre Handtasche gestohlen, haben Sie sie verlegt und anschließend nicht die Schlösser ausgewechselt?«

Sie überlegte. »Nein. Nein ich glaube nicht. Als wir das Haus gekauft haben, haben uns die Besitzer alle Schlüssel ausgehändigt. Drei Sätze. Ich habe sie alle noch.«

»Gut. Wir raten den Leuten ohnehin, die Schlösser auszuwechseln, wenn sie umziehen. Und Sie sollten das jetzt auf jeden Fall tun. Noch andere Auffälligkeiten?

»Was meinen Sie?«

»Zum Beispiel Klingeln an der Haustür zu ungewöhnlichen Zeiten, Anrufe, so etwas. Alle Arten von auffälligem Verhalten.«

Zählten dazu auch tote Vögel auf dem Rasen und umgeworfene Blumenvasen mitten in der Nacht? »Nein«, sagte sie. »Nichts dergleichen.«

Er kratzte sich an der Nase und sah sie dann an. »Sie sind sich ganz sicher, daß sie diese CDs nicht selbst hierhergelegt haben? Beim Saubermachen vielleicht?«

Beide blickten auf den Wolkenkratzer in ihrer Mitte. Natürlich, es war seine Pflicht, sie das zu fragen. Aber letztlich war es das, was er dachte. So wie auch Sally und Patrick ihre eigene Erklärung für die beiden ersten Vorfälle hatten und nur zu höflich waren, um es ihr ins Gesicht zu sagen. Bis vor einer Stunde hatte sie schließlich auch selbst noch an eine solche Erklärung geglaubt. Jetzt nicht mehr. »Nein«, sagte sie entschieden. »Ganz bestimmt nicht. Ich bin mir absolut sicher.«

Er atmete hörbar aus. »Gut. Leider kann ich da im Moment nicht viel tun. Es liegt kein wirkliches Vergehen vor, und es gibt – wie ich schon sagte – nicht einmal Anzeichen für einen Einbruch. Trotzdem werde ich die Sache zu Protokoll nehmen, und wenn wieder etwas vorfallen sollte, wenden Sie sich an uns, wir kommen dann umgehend vorbei.«

Er klappte sein Buch zu und stand auf. Ja, ein großer Mann. Brachte ihm das mehr Sicherheit auf nächtlichen Straßen? Wäre sie jetzt weniger verängstigt, wenn sie so gebaut wäre?

»Verstehe. Das war's also? Und Sie wollen die CD-Boxen nicht auf Fingerabdrücke untersuchen oder so?«

Er tat, als spiele er mit dem Gedanken. »Ich ... ich denke, das wird nicht nötig sein. Möchten Sie, daß ich das übrige Haus noch einmal kontrolliere, ob auch wirklich alles in Ordnung ist?«

»Nein.« Sie schüttelte den Kopf. Seine Herablassung ging ihr plötzlich auf die Nerven; sie hatte keine Lust, sich von Männern beschützen zu lassen. »Nein. Das ist nicht nötig.«

»Gut. Dann also ...«

Sie brachte ihn zur Tür, wollte ihn loswerden und fürchtete sich gleichzeitig davor, wieder allein zu sein. Er warf einen letzten Blick in die Dunkelheit des Treppenhauses. »Nehmen Sie mir's nicht übel, aber das Haus ist ganz schön groß für Sie allein. Vielleicht sollten sie untervermieten.«

»Kennen Sie vielleicht einen Beamtenanwärter, der ein Zimmer braucht?« Noch während sie es sagte, war ihr klar, daß die Sache damit nur noch peinlicher wurde.

»Gut. Ich werde unserem Sicherheitsexperten Bescheid sagen. Er berät häufig Frauen, die alleine wohnen. Er wird Ihnen ein paar Tricks verraten können, mit denen Sie sich sicherer fühlen. Fürs erste tut's ein Anruf bei Ihrem Schlosser. Der wird die Sache hier auf Vordermann bringen.«

Vordermann, dachte sie. Genau was ich brauche. Vielleicht sollte ich Biderman anrufen. Her mit dem Bullen, der sich nicht vor durchgedrehten Frauen fürchtet und der weiß, wie schlecht die Welt sein kann!

Drückende Stille empfing sie, nachdem die Tür sich hinter ihm geschlossen hatte. Sie wandte sich um und rief wütend die Treppe hinauf: »Hallo! Ist da jemand?« Dann begann sie ihren Rundgang durch alle Zimmer, machte alle Lampen an und ließ sie hinter sich brennen, bis das Haus leuchtete wie ein Ozeandampfer bei Nacht. In den Gelben Seiten fand sie einen Schlüsseldienst mit 24-Stunden-Service: »Wechsle alle Ihre Schlösser in garantiert weniger als drei Stunden aus.« Entsprechend astronomisch würde dann wohl die Rechnung ausfallen, aber sie rief trotzdem an.

Der Plastikturm in der Küche war unverändert, als sie zurückkam. Während sie ihn betrachtete, kalkulierte sie die Entfernung zwischen Regal und Küchentisch und rechnete sich aus, wie oft man dafür hin- und hergehen mußte. Warum zum Teufel kam jemand auf eine solche Idee? Schließlich begann sie langsam mit der Demontage, wobei sie auf die Reihenfolge der CDs achtete. Rock 'n' Roll kam zuoberst, unten ein paar versprengte klassische Scheiben von Tom, und die sechs Van Morrisons alle zusammen, so wie sie auch im Regal gelegen hatten. Keine Botschaft verbarg sich dahinter; zumindest keine, die sie zu deuten gewußt hätte. Allerdings wäre dafür auch kaum Zeit geblieben. Mehr als eine Dreiviertelstunde war sie nicht weg gewesen.

Sie balancierte den Stapel CDs langsam durch den Raum zurück zum Regal. Doch der Turm war zu wackelig und brach schließlich zusammen: Krachend fielen die Boxen nach allen Seiten zu Boden; einige sprangen auf, und wie silberne Rädchen rollten die CDs zum Geschirrspüler und unter den Tisch. Die Explosion ließ sie laut aufschreien. Bald stand sie mitten in der Küche, nur mühsam ihre Schluchzer unterdrückend.

Etwas geht hier vor, dachte sie völlig entnervt. Etwas, das ich nicht verstehe, und wenn ich nicht aufpasse, raubt mir die Angst noch den Verstand.

Es dauerte eine Weile, bis sie sich wieder unter Kontrolle hatte. Am Wasserhahn in der Küche wusch sie ihr Gesicht und trocknete sich mit dem Geschirrtuch ab. Tief Atem holend machte sie sich daran, die CDs vom Boden aufzusammeln. Sie nahm jede Scheibe vorsichtig in die Hand, untersuchte sie auf Schmutz und Kratzer, legte dann jede in ihre Box und stellte sie ins Regal zurück. Die letzte war ein Zweierset mit Vivaldi-Streichquartetten, das Tom ihr einmal von einer Dienstreise nach Mailand mitgebracht hatte. – »Das ist die leicht verdauliche Seite der Klassik. Starke Melodien. Du wirst es mögen.« Trotz seines Sarkasmus hatte er recht behalten. Sie mochte die Musik. Doch wegen der damit verbundenen Erinnerungen hatte sie die CDs nie mehr gespielt, seit er ausgezogen war. Jetzt hatte sie plötzlich Lust dazu.

Die Musik floß wie eine große Woge durch den Raum. Sie drehte sie lauter, als es deren Eleganz gut tat, dann noch lauter, als wäre es Rockmusik. Sie ging hinüber zur Glastür und drehte am Türgriff, bis der obere und untere Riegel aus den Verankerungen im Türrahmen glitten. Die Flügel öffneten sich zum Garten hin.

Draußen war es dunkel, die Temperaturen lagen nahe der Frostgrenze. Sie starrte in die Nacht. Ihr Atem entwich in Wölkchen, und ihr Körper straffte sich vor Kälte. Aber irgendwie tat es gut, endlich einen realen Grund zum Schlottern zu haben. In einem der Gärten gegenüber sprang plötzlich einer dieser Sicherheitsscheinwerfer an; das Licht bohrte sich in die Nacht und ging dann ebenso unvermittelt wieder aus. Leben in der Nacht. Sie war umgeben davon. Der schwache Lichtstrahl aus der Küche fiel auf eine kleine, dunkle Gestalt, die unter den Büschen hervor über den Rasen schlich. Eine Katze: nicht Millie, sondern ihr Gegenspieler, der allgegenwärtige schwarze Kater. Auf halber Strecke bemerkte er sie, drehte sich um und starrte sie an, die Ohren zurückgelegt, sprungbereit. Elizabeth hielt seinem Blick stand. Dann entspannte er sich plötzlich und trottete aus ihrem Blickfeld. Das verdammte Vieh benahm sich, als wäre es hier zu Hause. In den letzten Wochen seit seinem Kampf mit Millie war er bestimmt ständig hier unterwegs, schlief in den Blumenbeeten und tänzelte über die Mauerkrone. Millie dagegen war der Herausforderung ausgewichen und hatte ihre Tage und Nächte seither weitgehend im Haus verbracht. Arme Millie. Zu jung und zu aktiv für derartige Häuslichkeit. Wie ihr Frauchen, würden manche sagen.

Sie machte die Tür zu und schloß ab, wobei sie sich noch einmal vergewisserte, daß die Riegel eingerastet waren. Die Glastür war bei der Küchenrenovierung vor etwa anderthalb Jahren eingebaut worden. Auch die Schlösser waren neu und entsprachen offenbar dem neuesten Stand der Technik; zwei Stahlriegel, die mit Hilfe der zentralen Verriegelung oben und unten in den Türrahmen geschoben wurden. Die Scheiben waren aus zweifachem Isolierglas; einbruchsicher, hatte der Handwerker beteuert. Aber offensichtlich waren er und die Polizei unterschiedlicher Meinung, was genau das bedeutete. Andererseits gab es ja keine Anzeichen dafür, daß jemand sich gewaltsam Zutritt verschafft hatte. Wie aber war er sonst hereingekommen?

Jetzt noch nicht, dachte sie. Noch nicht. Nicht, bevor ich soweit bin.

Die Pizza auf dem Tisch lag kalt und matschig in ihrer Schachtel. Sie schob sie auf einem Blech in den Backofen. Dann holte sie eine Schüssel aus dem Schrank und fing an, Paprikaschoten, Kopfsalat und Pilze zu schnitzeln. Den Vivaldi schaltete sie aus und hörte statt dessen Radio; jemand berichtete über die Fortschritte im Bereich der Rückenmarksverpflanzung; Dinge, die bis vor wenigen Jahren undenkbar gewesen waren, würden bald selbstverständliche Praxis sein. Sie versuchte, sich darauf zu konzentrieren und an nichts anderes zu denken. Allmählich gehörte ihre Küche wieder ihr, gezähmt und vertraut.

Als der Salat fertig angemacht war, nahm sie die Pizza aus dem Ofen und öffnete eine Flasche Wein. Das Ploppen des Korken vermittelte Sicherheit. Sie zündete die Kerzen auf dem Tisch an, ließ das Licht aber an. Kaum hatte sie ein paar Bissen gegessen, als es an der Haustür klingelte. Der Ton ging ihr durch Mark und Bein, obwohl sie darauf vorbereitet gewesen war.

In dem Spalt, den die Kette freigab, stand ein Mann mittleren Alters mit einem müden Gesicht, eine Werkzeugtasche in der Hand. »Locks Today«, sagte er ziemlich mißmutig. »Sie hatten angerufen.«

Sie schob die Tür ein Stück zu, um die Kette zu lösen; er kam herein und stellte seine Tasche in die Ecke. »Die Haustür hier?«

»Ja.«

Er betastete sie, drehte sie in den Angeln und studierte genau, wie das Schloß ein- und ausrastete. »Hmm.« Dann faßte er sie ins Auge. »Sie hätten eine Karte von mir verlangen müssen.«

»Wie bitte?«

»Schließlich kann jeder an ihrer Tür auftauchen und behaupten, er wäre der Schlosser. Sie hätten nach einem Formular oder einem Ausweis fragen sollen.«

Merkwürdig, dachte sie. Jetzt fangen schon die ordentlichen Bürger an, sich seltsam zu benehmen. »Aber Sie sind doch der einzige, der weiß, daß ich angerufen habe.«

»Hmm«, brummte er wieder. »Sie würden sich wundern.«

Sie brachte ihm einen Tee, und er machte sich an die Arbeit. In knapp eineinhalb Stunden war das Sicherheitsschloß gegen ein anderes ausgewechselt. Sie war auf der Treppe sitzengeblieben und hatte ihm zugesehen. Für eine Einsiedlerin hatte sie heute abend schon reichlich viel Männerbesuch empfangen, und es war ihr wichtig, ihn im Auge zu behalten.

Falls ihn ihre Anwesenheit irritierte, ließ er sich nichts anmerken. Sicher war er daran gewöhnt, von hysterischen Frauen bei allen seinen Bewegungen beobachtet zu werden. Er mußte sich ein bißchen wie ein Arzt vorkommen, dachte sie: in Notfällen immer zur Stelle.

Nach einer Weile wurde sie hungrig und ging in die Küche, um nachzusehen, ob die Pizza noch zu retten war. Sie sah nicht gerade einladend aus, aber er nahm das Stück, das sie ihm anbot, und sie kamen ins Gespräch.

Als er fragte, warum sie die Schlösser ausgewechselt haben wollte, sagte sie es ihm. Er hörte zu, die Augen auf das Holz geheftet, wo er gerade das Loch für das zweite Schloß bohrte. Ihre Geschichte schien ihn nicht zu überraschen. Wahrscheinlich hatte er schon Schlimmeres gehört.

»Und die Polizei hat Ihnen also geraten, die Schlösser auswechseln zu lassen?«

»Ja.«

Er schnaubte.

»Wieso?« erwiderte sie. »Was wollen Sie damit sagen?«

»Na ja, es kann nicht schaden.« Er zuckte die Achseln. »Aber ich glaube nicht, daß hier jemand durch die Haustür reingekommen ist.«

»Nein?«

»Ich meine, schließlich hat sich das doch alles in der Küche abgespielt, oder?«

»Ja.«

»Warum also dort und nicht im Wohnzimmer oder irgendwo oben? Damit würde man jemanden viel mehr erschrecken, das kann ich Ihnen sagen.«

Es war offenkundig, daß er das konnte, aber sie unterließ es nachzufragen. Wie alt er wohl war? Ende Fünfzig? Vielleicht auch älter. Ihr Vater wäre jetzt achtundsiebzig, ihre Mutter neun Jahre jünger. Früher war sie es gewöhnt gewesen, einen alten Vater zu haben, als einziges Kind später Eltern aufzuwachsen. Aber sie fragte sich jetzt oft, was ihr wohl dadurch entgangen war, daß sie ihn als Erwachsene nicht mehr um sich haben konnte. Vielleicht wäre sie nicht so abhängig gewesen von Tom, hätte in ihm mehr den Liebhaber sehen können und weniger den Vater. Aber das waren müßige Fragen. Ein Elternteil früh zu verlieren, ist ein Unglück. Was ist es dann, wenn man beide früh verliert? Pech oder schlechtes Karma? Haben Waisenkinder überdurchschnittlich große Probleme in Langzeitbeziehungen? Sie bot ihm noch ein Stück Pizza an. Er schüttelte den Kopf. »Und was ist *Ihre* Meinung?«

»Zu der Sache hier?«

»Ja.«

Er hörte auf zu bohren und setzte das Schloß ein. Es paßte genau. Er trat einen Schritt zurück und begutachtete sein Werk. »Sie denken vielleicht, ich spinne.«

»Bestimmt nicht mehr, als andere Leute das von mir denken«, lachte sie.

Er sah sie an. »Ich glaube, Sie haben hier eine Art von Poltergeist.«

Als er das sagte, drehte sich etwas in ihrem Magen, etwas, das heiß und kalt zugleich war, und ihr wurde bewußt, daß sie nur darauf gewartet hatte, daß jemand mit einer solchen Erklärung kommen würde. »Haben Sie... ich meine, ist Ihnen so etwas schon öfter begegnet?«

»In meinem Beruf gibt es nichts, was es nicht gibt. Ja, ich habe Häuser gesehen, in denen ein Geist unterwegs war. Eine Dame im Eastend hat mich ihre sämtlichen Schlösser an Fenstern und Türen in einem halben Jahr sechsmal auswechseln lassen. Genützt hat es nichts. Nach wie vor ist sie in der Früh aufgewacht, und sie standen offen. Nichts gestohlen, nichts beschädigt, aber sperrangelweit offen. Meist waren es die Hintertür oder die beiden Kippfenster im Dach. Ein boshafter kleiner Kerl war das.«

»Mein Gott. Und was hat sie unternommen?«

»Weiß nicht mehr. Jedenfalls habe ich nicht weiter ihre Schlösser ausgewechselt. Wahrscheinlich ist sie ausgezogen. Über kurz oder lang stehst du vor der Wahl: du oder die. Es sei denn, man richtet sich damit ein und läßt sie in Ruhe.«

»Und was läßt Sie vermuten, daß es hier auch so ist?« fragte sie mit gedämpfter Stimme.

»Nichts, nur, daß der Fall ähnlich liegt. Es gibt Dinge, die kann man eben nicht erklären. Diese Erscheinungen sind nicht – was war noch gleich das Wort, das die Dame benutzte – bösartig. Eher seltsam als bedrohlich. Sie sagen ja selbst, das Haus als solches vermittelt Ihnen kein schlechtes Gefühl, Sie ängstigen sich normalerweise nicht darin. Und es passiert immer an derselben Stelle. Auf einmal fängt es an. Von den wenigen anderen Fällen weiß ich, daß sie sich erst bemerkbar machen, wenn sie die richtige Person gefunden haben.«

Ich glaube nicht, was er da sagt, dachte sie. Es ist absoluter Quatsch, wie diese schrecklichen Sendungen über New Age im Fernsehen. Ich glaube kein Wort davon. Doch noch während sie das dachte, wußte sie, daß das Gegenteil der Fall war. »Ich ... nun ja, ich habe nicht immer allein hier gewohnt. In den ersten zwei Jahren habe ich mit jemandem zusammengelebt. Er ist erst vor kurzem ausgezogen.«

»Und danach hat es angefangen?« Sie nickte. Er machte ein leises Geräusch mit der Zunge. »Dann würde ich vermuten, daß Sie hier so einen Fall haben.«

Er stand auf, steckte den neuen Schlüssel ins Schloß und drehte ihn hin und her. Das Schloß schnappte problemlos auf und zu. Er überreichte ihr den Schlüssel zusammen mit ein paar Reserveschlüsseln.

»Und was meinen Sie, soll ich tun?« Panik erfaßte sie, jetzt, wo seine Arbeit beendet war und er sie verlassen würde.

Er bückte sich und packte die Werkzeuge ein. »Das hängt natürlich von Ihnen ab. Ich meine, wie sehr es Sie verunsichert. Manchmal, glaube ich, gehen sie einfach von selbst wieder. Es muß irgendwas mit der Ausstrahlung zu tun haben. Ich kann nicht sagen, daß ich mich da wirklich auskenne. Sie könnten sich an einen Pfarrer wenden. Übrigens diese Frau, von der ich Ihnen erzählt habe, die mit den offenen Fenstern, ich glaube, die ist am Ende zum Pfarrer gegangen. Hat eine Art Exorzismus in dem Haus machen lassen.«

»Aber ich glaube nicht an Gott.«

Er zuckte die Achseln. »Ich glaub auch nicht ans große Glück und fülle jede Woche meinen Lottoschein aus. Ein Versuch kann nicht schaden. Jedenfalls ist es billiger, als die Schlösser erneuern zu lassen.«

Er schrieb etwas auf einen Block. Vielleicht hatte er ja ein paar einschlägige Adressen für alle Fälle dabei. »Aber immerhin haben

Sie jetzt für eine Weile Ruhe vor Einbrechern.« Er blickte auf. »Ich kann die Mehrwertsteuer weglassen, falls sie bar bezahlen. Andernfalls besteht mein Chef auf einem Scheck mit der Kartennummer drauf. Die Adresse können Sie natürlich weglassen.«

Es dauerte eine Weile, bis sie kapierte, daß das mit der Adresse ein Scherz sein sollte. Sie starrte ihn an, während er ihr die Rechnung aushändigte. Oder war die ganze Unterhaltung ein Scherz gewesen?

Sie lachte. »Ich schreibe Ihnen einen Scheck aus. Sie sind oben in meinem Arbeitszimmer.« Sie ging die Treppe hinauf, dann wandte sie sich noch einmal um. »Äh... Sie meinen das wirklich so, wie Sie gesagt haben?«

Er sah zu ihr hinauf und zuckte mit den Schultern. »Sie wollten wissen, was ich denke, und ich hab's Ihnen gesagt. Mit Mehrwertsteuer macht das einhundertneunundsiebzig Pfund vierzig, einschließlich Anfahrt.«

7. Kapitel

NACHDEM ER GEGANGEN war, lag sie noch Stunden wach. Die Küchentür war abgeschlossen, das Licht in der Diele brannte, und Millie schlief tief und fest am Fußende des Bettes.

Vom Halbdunkel des Zimmers aus fühlte sich das Haus an wie immer; es war leer und ruhig und nichts darin konnte einem Angst einflößen, es sei denn, man trug seine eigene Furcht hinein. Und sie wußte – obwohl sie bei dem Gedanken an die Anwesenheit eines seltsamen Wesens eigentlich außer sich vor Angst hätte sein müssen –, daß sie okay war. Diesem was immer es war zum Trotz.

Was immer es war ... genau das war der kritische Punkt. Denn wie soll man sich etwas vorstellen, an das man eigentlich nicht glaubt? Welche Gestalt sollte man etwas geben, das genaugenommen gar nicht existierte?

Was hatte der Schlosser gesagt? Daß sie immer erst in Erscheinung treten, wenn sie die richtige Person gefunden haben. Lag es also daran, daß sie sich von Tom getrennt hatte und irgendeine heimatlose Seele jetzt die Möglichkeit sah, sich in dem freigewordenen Raum einzurichten und sich ihrer zu bemächtigen? Sie erinnerte sich, irgendwo gelesen zu haben, daß Poltergeister junge Frauen und Mädchen an der Schwelle zur Pubertät bevorzugen. Vielleicht war ihrer ein Anfänger, der ihre Vorliebe für Van Morrison fälschlicherweise als pubertäre Rebellion gedeutet hatte.

Sie schüttelte den Kopf. Das Ganze war ja völlig absurd. In diesem Haus wohnte niemand außer ihr. Sie und ihr Unterbewußtsein. Und seit wann sollte das so gestört sein, daß es CDs durch die Küche wandern ließ? Nein. Das einzig Unwirkliche an diesem Abend war die Höhe der Rechnung.

Aber wenn das nicht die Lösung war, was dann? Wie erklärte man die Wanderung von dreiunddreißig CDs von einer Seite der Küche auf die andere? Diese Fragen schwirrten ihr durch den Kopf wie ein Schwarm Fliegen, und nach einer Weile war in all dem Gesumme kein Sinn mehr auszumachen. Jemand oder etwas drang in ihr Haus ein, um ihr Angst zu machen. Das stand fest. Und wenn es nichts Übernatürliches war – schon das Wort allein war lächerlich – und auch nicht Tom, dann mußte es jemand anderes sein. Aber wer? Welcher Eindringling machte derartige Umstände, nur um solcher Spielchen willen? Verschwundene CDs, von Geisterhand manipulierte Stereoanlagen, wandernde Gegenstände? Ein Feldzug des Grauens war das nicht gerade. Eher Schabernack als Bosheit.

»Natürlich ist es das, meine Liebe.« Sallys Stimme klang ihr laut und deutlich im Ohr. Gott stehe dem Poltergeist bei, der jemals in Sallys Territorium einzudringen versuchte. Keine Chance!

Sie ließ die Stimme weiterreden, um andere Gedanken zu verdrängen. »Ich meine, überleg doch mal. Die Polizei hat wahrscheinlich ständig mit solchen Sachen zu tun. Bestimmt hast du deine Handtasche irgendwo liegengelassen – du hast deine fünf Sinne ja nicht mehr beisammen gehabt in den ersten Wochen, nachdem Tom ausgezogen war. Ständig hast du was verlegt – jemand hat sie gefunden, hat den Schlüssel nachmachen lassen und, voilà, hat beschlossen, sich ein bißchen auf deine Kosten zu amüsieren. Wahrscheinlich ist es jemand aus der Umgebung, aus deiner Straße oder so, der genau beobachten kann, ob du zu Hause bist. Da sind doch diese Hausbesetzer ein paar Türen weiter. Das ist doch genau, was die sich unter einem guten Scherz vorstellen. Brave Bürger erschrecken. Ein paar CDs mitgehen lassen und ein bißchen Einschüchterung nebenbei. Du bist der lebende Beweis, wie gut es funktioniert. Jetzt glaubst du schon an die Gruselgeschichten von irgendeinem Guru-Schlosser. Von wegen Poltergeister! Du bist bald reif für die Klapsmühle, wenn du so weitermachst, Liza. Du mußt mehr rausgehen, brauchst ein bißchen ...«

Die Stimme in ihrem Kopf wurde leiser. Gute alte Sally. Immer wußte sie genau, wie sie eine Freundin fertigmachen konnte. Ob sie diesmal recht hatte, würde die Zeit zeigen. Von jetzt an war es der richtige Schlüssel, aber das falsche Schloß. Alles, was sie tun mußte, war abwarten.

Die Heizungsrohre ächzten leise unter den Dielenbrettern des Schlafzimmers, entspannten sich nach einem harten Arbeitstag. Sie dachte an all die Nächte, seit Tom gegangen war. Nächte, in denen Millie am Fußende ihres Bettes aufgeschreckt war, wachsam dem Flügelschlag eines Vogels auf dem Dach oder dem Kratzen einer Maus in der Täfelung zwei Häuser weiter nachlauschend. Möglicherweise war das ja gar nicht der Ruf der Wildnis gewesen. Vielleicht hatte sie da etwas sehr viel weniger Appetitanregendes gehört.

Auch Millies Verhalten hatte sich verändert. Trotz der Futterschüssel verbrachte sie immer weniger Zeit in der Küche. Die Katze hatte schließlich ihren eigenen Feind dort unten. Einen mit Klauen und Zähnen. Was sagt man von schwarzen Katzen? Die Vertrauten der Hexen? Für eine Katzenklappe braucht man keinen Schlüssel. Jeder kleine Körper mit der nötigen Energie oder dem nötigen Hunger kann sich hindurchzwängen ... Aber nicht mal die cleverste Katze kann eine CD-Box aufmachen, geschweige denn daraus am anderen Ende des Raums einen kunstgerechten Turm errichten.

Die Absurdität dieses Gedankens machte ihr Angst, und sie zwang sich, an etwas anderes zu denken. Aber die Welt schien enger geworden, und alle Wege führten unweigerlich zurück in die Dunkelheit.

Auf der Suche nach einem Ort, wo sie sich sicher fühlen konnte, flüchtete sie in den Roman. Doch auch dort fand sie wenig Trost. Möglicherweise konnte Jake Biderman mit unheimlichen Geräuschen in der Nacht besser umgehen, aber er war auf dem direkten Weg in den Mahlstrom seines eigenen Alptraums. Ein paar Seiten weiter würde er die nächste Botschaft erhalten; eine Mülltüte, die nachts in einem Lagerhaus abgestellt worden war, das zu seinem Revier gehörte. Ein Schild mit seinem Namen und einer Botschaft für ihn waren daran befestigt:

»JETZT HAST DU SIE KOMPLETT, JAKE. GRATULIERE.«

Noch bevor er den Sack öffnete und die entstellten Überreste sah, drehte der Gestank und die Gewißheit, daß da draußen jemand sein

Spiel mit ihm trieb, ihm den Magen um. Jemand, der genauer wußte, was er tat, als er selbst, und sich an seinem Unbehagen weidete.

Armer alter Biderman, dachte sie. Vielleicht solltest du die Schlösser an deinem Appartement auswechseln lassen, für alle Fälle. Aber schließlich wußte sie mehr als er; wußte, was auf einen Mann zukam, der seine Frau immer noch liebt, aber nicht weiß, wie er sie retten kann.

Soviel zur aufbauenden Wirkung von Literatur. Sie rollte sich unter ihrer Bettdecke zusammen und versuchte, den Gedanken an die Leiche im Müllsack auszuschalten, sich die Brandwunden und Striemen nicht vorzustellen. Verstümmelte Frauenkörper. Warum lief es immer auf dieselben frauenfeindlichen Horrorvisionen hinaus? Wann hatte sie angefangen, diese Besessenheit von sexueller Gewalt? Ging es in den alten Legenden auch schon um die Vagina und die Gebärmutter, oder war das ein neuerer Auswuchs der Phantasie? Vielleicht hatte alles mit Jack the Ripper begonnen. War es Zufall, daß solche Brutalität zu einer Zeit aufkam, als die Frauen mehr einzufordern begannen?

Ihr Anflug von Feminismus ging vorüber, er war weder siegesgewiß noch stark genug, die Dämonen zu bannen. Sie lag im Bett, lauschte Millies gleichmäßigen Atemzügen. Und noch etwas? Ein Geräusch von unten, ein Klicken oder vielleicht ein Rumpeln. War es wirklich oder nur eingebildet?

Nicht, daß es einen Unterschied gemacht hätte. Einmal bemerkt, ließ es sie nicht mehr los. Womöglich war – was immer es oder er auch sein mochte – zurückgekommen und rüttelte jetzt an der verschlossenen Haustür. Womöglich bahnte das Wesen sich, von seinem Mißerfolg erzürnt, in diesem Augenblick seinen Weg durch die Glastüren in der Küche?

Absurd. So etwas soll man nicht einmal denken.

Aber es war auf einmal unmöglich, den Gedanken zurückzudrängen. Sie lauschte in die Stille und konnte etwas anderes ausmachen; ein kratzendes Geräusch, das von unten kam. Ihre Vorstellungskraft verlieh ihm augenblicklich menschliche Gestalt. Sie sah, wie jemand sich durch die Küche bewegt. Diesmal ignorierte er die CDs, er war auf größere Beute aus, ging zur Tür, machte sich am Schloß zu schaffen und schlich dann vorsichtig die Treppe hinauf. Kein Gesicht, keine Person, nur der blanke Wahnsinn in seiner Lust an der Gewalt. Die Pathologie des Psychopathen. Mittlerweile war ihr das alles auf groteske Weise so vertraut, daß sie eigentlich besser damit hätte umgehen, sich darüber hinwegsetzen müssen. Aber es war nicht so. Je mehr sie darüber nachdachte, desto sicherer war sie sich, daß es tatsächlich stattfand, desto klarer konnte sie die Choreographie der einzelnen Geräusche ausmachen: das Klicken des Schlosses, das Kratzen an der Tür, ja selbst seinen verräterischen Schritt auf den Holzstufen. Entsetzen umhüllte sie wie eine Decke, nahm ihr den Atem. Als er es schließlich bis zum Treppenabsatz geschafft hatte, übertönte das Echo ihres Herzschlags alles andere im Kopf.

Aber noch während die Angst sie überwältigte, wurde etwas in ihr freigesetzt. Ein Teil ihres Selbst saß oben auf dem Bettrand, blickte ungeduldig und vorwurfsvoll zu ihr herunter und sagte bestimmt: »Schau dich doch an. Du machst dich ja selbst völlig verrückt, und du weißt es. Das ist doch alles Theater. Laß dich nicht gehen. Hör auf damit. Wenn du aufhörst, hört *es* auch auf.«

Und die Stimme verschaffte sich Gehör. Es kostete sie fast übermenschliche Kraft, die Bettdecke zurückzuschlagen, aufzustehen und die Tür zu öffnen.

Das Licht aus der Diele flutete herein.

Nichts. Die Treppen über und unter ihr waren leer. Da war niemand. Kein Wahnsinniger, keine Schritte, kein Laut. Sie zwang sich weiterzugehen, die Treppe hinunter zur Haustür, und als sie diese verschlossen fand, weiter in die Küche. An der Tür blieb sie stehen, lauschte. Dann drehte sie den Schlüssel, tat einen Schritt hinein und schaltete gleichzeitig das Licht an. Der Raum war leer, die Nacht schwieg hinter den Glasscheiben. Kein Eindringling, weder drinnen noch draußen.

»Wer oder was du auch bist, ich habe keine Angst vor dir, hörst du!« Sie wartete auf eine Antwort, eine durch die Luft sausende CD oder das Rucken eines Möbelstücks, aber nichts passierte. Natürlich, weil nämlich niemand da ist, sagte sie sich. Wenn jemand da wäre, würde ich es spüren.

Lange verharrte sie so, dann ging sie wieder nach oben. Millie wurde wach, hob den Kopf, um zu sehen, was die Unruhe zu bedeuten hatte. Sie nahm den warmen, kleinen Körper auf und legte ihn weiter oben aufs Bett, in normalerweise verbotenes Territorium. Die Katze schmiegte sich an ihren warmen Körper und glitt sofort wieder in den Schlaf zurück.

Elizabeth spürte den Rhythmus ihres Atems. Allmählich wurde sie ruhiger. Schläfrig. Dann schlief auch sie ein.

Wieder schlief sie tief und lange. Und als das Geräusch des Milchwagens unten auf der Straße sie in einen hellen Morgen hinein erwachen ließ, hatte sie das Gefühl, eine siegreiche Schlacht geschlagen, auf eine unbegreifliche und stille Art Mut bewiesen zu haben.

Millie war schon auf und hatte natürlich Hunger. Gemeinsam gingen sie hinunter; die Katze strich ihr in Erwartung ihres Frühstücks um die Beine.

Es stand bereits da.

Der Anblick, der sich ihr bot, als sie den verschlossenen Raum betrat, war atemberaubend in seiner Alltäglichkeit. Der Tisch war für zwei gedeckt, mit Tellern, Tassen und Untertassen, einem Glas Marmelade und einer Packung Cornflakes. Inmitten des Raums standen sechs Töpfe mit je einer Handvoll Katzenfutter auf dem Boden.

In diesem Moment erinnerte sie sich an den Rat des Schlossers und wußte, daß es an der Zeit war, einen Geistlichen aufzusuchen.

8. Kapitel

Nicht gerade eine Dienstleistung, die man in den Gelben Seiten findet. Sie wußte nicht einmal genau, wo die nächste Kirche war. Ein paar Straßen weiter gab es zwar ein viktorianisches Mausoleum, aber soweit sie wußte, war Gott dort schon vor geraumer Zeit ausgezogen und hatte den Ort des Glaubens den Immobilienhaien überlassen. Aber irgendwo in der Gegend mußte es doch einen praktizierenden Geistlichen geben. Vage erinnerte sie sich an ein Infoblatt, das letztes Jahr um Weihnachten herum durch den Briefschlitz geflattert war und auf die Termine der Familiengottesdienste hinwies. Aber damals war ihre Kleinstfamilie schon am Bröckeln gewesen, und der Aufruf zu Freude und Jubel hatte einen bitteren Nachgeschmack hinterlassen, so daß das Blatt auf schnellstem Weg in den Mülleimer gewandert war.

Selbst jetzt jagte ihr der Gedanke an ein Übermaß von Mitgefühl und Verständnis eine Gänsehaut über den Rücken. Während sie sich rasch anzog, wog sie die Alternativen ab. Einen weiteren Besuch der Polizei beispielsweise. Aber aus deren Sicht wäre der Einbruch in ihre Küchenschränke ebensowenig ein krimineller Akt, wie die Verlagerung von ein paar CDs von einer Seite der Küche auf die andere – und genauso verrückt. In deren Augen war sie bereits abgestempelt als eine Frau, die das Ende einer langjährigen Beziehung noch nicht verschmerzt hat und nun seltsame Mittel und Wege sucht, um auf sich aufmerksam zu machen. Sie konnte sich den Wortlaut des Polizeiberichts lebhaft vorstellen.

Blieben noch Tom oder Sally. Doch wenn man gerade versucht, wieder auf eigenen Füßen zu stehen, sind Ex-Lover nicht die geeignete Anlaufstelle. Und der Preis für Sallys Zuwendung wäre zu hoch – die Nachricht von ihrer fortschreitenden Umnachtung hätte noch vor Einbruch der Dunkelheit die Runde gemacht.

Natürlich gab es auch noch ein paar andere Nummern, die sie anrufen konnte, genauso wie es durchaus noch ein paar andere Freunde gab. Aber ein Blick in ihr Adressbuch machte ihr deutlich, wie sehr sie sich in den vergangenen neun Monaten abgekapselt hatte. Mit manchen von ihnen hatte sie seit der Trennung kein Wort mehr gewechselt, und andere, die versucht hatten, den Kontakt aufrechtzuerhalten, hatten mehr oder weniger aufgegeben. Jetzt war weder die Zeit noch die rechte Gelegenheit, sich in Erinnerung zu bringen.

Ihre Isolation trieb sie also in die Arme der Kirche. Als sie erst einmal auf der Straße war, war der Weg dorthin leicht zu finden. Das neue Gotteshaus stand hinter dem alten auf demselben Grundstück, die moderne Fassade lag aber zu einer anderen Straße hin. Vor dreißig Jahren war sie mit all dem Glas und Beton wahrscheinlich ein gewagter Bau, doch wie viele Gebäude aus den Sechzigern, gereichte ihr dieser architektonische Ursprung heute kaum mehr zum Ruhm. Vielleicht stand Gott einfach mehr auf Gotik, dachte sie, verbat sich diesen Gedanken aber sofort wieder. Wie sollte das funktionieren, wenn sie es nicht ernst nahm?

Das Kirchenportal war verschlossen. Durch ein langgestrecktes, bunt verglastes Fenster an der Seite konnte sie einen großen, leeren Raum ausmachen. Vorne stand ein flacher Altar; darüber hing eine hagere Holzfigur an einem Kreuz. Ein Lichtstrahl fiel seitlich auf die Figur, deren Rippen reliefartig aus dem Holz herausgearbeitet waren.

Daneben stand ein modernes Haus im pseudogeorgianischen Stil mit winterharten Kletterrosen um den Eingang. Es wirkte fast ein bißchen zu niedlich für London. Sie sah auf die Uhr. Erst kurz nach neun. Na ja, die Diener Gottes müssen wie Ärzte allzeit bereit sein. Sie drückte auf die Klingel. Es dauerte eine Weile, bevor eine schlanke Frau mit entschlossenen Gesichtszügen und kurzgeschnittenen Haaren, die erste Spuren von Grau zeigten, öffnete. Sie trug ein Sweatshirt über der Hose; diese Kleidung wirkte ein klein wenig zu jugendlich für sie.

»Guten Tag, ich möchte mit einem Geistlichen sprechen ... äh .. ist der Pastor vielleicht da?«

Die Frau nickte lächelnd. »Dann kommen Sie am besten herein.«

Sie wurde in einen kleinen Raum geführt, eine Mischung aus Büro und Zahnarzt-Wartezimmer. »Würden Sie bitte einen Moment warten.«

Wer wollte schon die Frau eines Pastors sein, dachte sie. Immer die Brotlaibe und Fische herrichten, damit ein anderer die Wunder vollbringen kann. Sie sah sich um. Auf dem Tisch lagen diese Heftchen herum, die Jesus im Kreise einer bunten Kinderschar zeigten, und in der Ecke stand eine Schachtel voller Spielsachen mit deutlichen Gebrauchsspuren. Vielleicht ist ja die Seelsorge inzwischen abgelöst vom Dienst an der Gesellschaft. Und was ist es eigentlich, was ich hier suche, dachte sie plötzlich mit panischem Schrecken. Ich muß verrückt sein. Nun ja, das war eine Möglichkeit.

Die Frau trat ein, schloß die Tür hinter sich und setzte sich ihr gegenüber. Sie hatte sich umgezogen; Rock und Pullover, unauffällig, aber geschmackvoll. Die schlichte Eleganz ihrer Kleidung kontrastierte scharf mit dem steifen, weißen Kragen, der ihren Hals umschloß wie ein orthopädisches Korsett.

Dieser Anblick stürzte Elizabeth in völlige Verwirrung, aber daran war die Trägerin offensichtlich gewöhnt. Mit einem strahlenden Lächeln streckte sie die Hand aus. »Ich *bin* der Pastor. Reverend Catherine Baker. Und Sie sind ...?«

»Äh ... Elizabeth. Elizabeth Skvorecky. Es tut mir leid. Ich hatte ...«

»Kein Problem. Es passiert ständig. Und meiner Erfahrung nach ist es Frauen peinlicher als Männern. Eine Freundin von mir, die Ärztin ist, sagt, es passiert ihr nach zwanzig Jahren in der Praxis immer noch. Es wird also noch eine Weile dauern. Ich kann Ihnen aber versichern, daß ich ausreichend qualifiziert und offiziell ordiniert bin. So, und jetzt sagen Sie mir, was ich für Sie tun kann.«

Möglicherweise, so dachte sie später, war es ganz gut, daß sie so verwirrt gewesen war. Auf dem Weg hatte sie sich alles zurechtgelegt, um es verdaulicher zu machen, weniger konfus. Aber jetzt kam es ganz anders heraus, mehr so, wie sie es wirklich empfand.

Schweigend hörte die Frau zu, ihr Gesicht verriet nichts, nicht einmal die eigentlich erwartete Sympathie. »Was für eine bemerkenswerte Geschichte«, sagte sie am Ende. »Es wundert mich, daß Sie nicht vor Angst den Verstand verloren haben.«

»Sie hätten mich vor ein paar Stunden sehen sollen.« Sie lachte bitter. »Ich habe den Eindruck, es ist nicht mehr viel davon übrig.«

»Das glaube ich allerdings nicht«, sagte die Frau ruhig und fuhr nach einer Pause fort: »Und Sie sagen, daß das Haus Ihnen trotz allem keine unguten Gefühle vermittelt?«

»Äh... nein. Ich meine, es sei denn, ich lasse es zu.«

»Verstehe.« Sie nickte, als erinnere sie sich an einen ähnlichen Moment der Angst in ihrem eigenen Leben. Das kann ich mir nicht vorstellen, dachte Elisabeth. Dir ist noch nie etwas zugestoßen. Gott hält doch sicher den Teufel von den Seinen fern. Oder findet man wahren Trost erst, wenn man den Test der Verführung erfolgreich bestanden hat?

»Sagen Sie, ist Ihnen etwas Derartiges früher schon einmal begegnet? In einem anderen Haus vielleicht, als sie noch jünger waren?«

»Nein, nie.«

Sie nickte wieder und schwieg für einen Moment. Dann sagte sie: »Tja, ich weiß nicht, was ich sagen soll. Nach dem, was Sie mir erzählt haben, könnte der Schlosser schon recht haben, und es handelt sich hier vielleicht wirklich um eine übernatürliche Erscheinung.«

»Übernatürlich? Sie meinen einen Geist?«

»Nein, nicht ganz.« Die Frau war sichtlich darum bemüht, ihre Worte richtig zu wählen. »Und bevor wir uns weiter unterhalten, sollte eines klar sein. Was immer es ist, das da in Ihrem Haus vor sich geht – und es sind in der Tat seltsame Dinge –, es ist nichts Bösartiges. Das alles hat nichts zu tun mit... ich weiß nicht, wie ich sagen soll, dem Teufel oder dem Satan oder so.«

»Das kann mir nur recht sein, ich glaube nämlich nicht an ihn«, gab sie zurück, wohl wissend, wie scharf die Bemerkung gewesen war.

Die Frau lächelte kaum merklich und nahm es hin. »Ich kann mir gut vorstellen, wie verunsichert Sie von diesen Vorgängen sind, aber es ist sehr wichtig für Sie zu akzeptieren, daß da nichts ist, wovor Sie Angst haben müssen. Die Kirche hat es mit einer ganzen Reihe solcher Erscheinungen zu tun. Sie kommen häufiger vor, als Sie vermuten würden. Und in den meisten Fällen kann etwas dagegen unternommen werden.«

Einen Augenblick war es still zwischen ihnen. Die beiden Frauen musterten sich gegenseitig. Sie weiß nicht, was sie tun soll, dachte Elizabeth. Offensichtlich ist ihr so etwas noch nie untergekommen, auch wenn sie das Gegenteil behauptet, und sie will Zeit gewinnen, will herausfinden, inwieweit ich noch zurechnungsfähig bin.

Auf einmal wollte sie nur noch weg, einfach aufstehen und gehen. Aber wohin? Zurück in ihr Haus? Jetzt, wo sie weit genug davon entfernt war, merkte sie, daß sie um keinen Preis dorthin zurück wollte.

»Sie meinen also, daß es von mir ausgeht? Daß ich die Ursache bin?«

Die Pastorin legte die Stirn in Falten. »Um ehrlich zu sein, ich kann es im Augenblick nicht genau sagen. Ich *weiß* nur, daß diese Poltergeist-Phänomene nicht selten auf die seelische Verfassung eines der Hausbewohner zurückzuführen sind, zum Beispiel auf Wut oder Schmerz. Diese Gefühle müssen allerdings nicht unbedingt negativ sein, eher etwas, das unbewältigt geblieben ist. Das Erkennen und Verstehen dieses Zusammenhangs kann helfen, sie zu vertreiben. Aber das ist lediglich eine Beobachtung. Um mehr sagen zu können, müßte ich Ihr Haus sehen und mich intensiver mit Ihnen unterhalten. Es liegt natürlich ganz bei Ihnen, ob Sie das wollen.«

Zwei Jahrzehnte war es mindestens her, daß sie sich zum letzten Mal ernsthafte Gedanken über Gott gemacht hatte, die frühe Schwärmerei eines Teenagers, die von einem Dorfpastor mit weltlicher Ausstrahlung, aber ohne religiöses Charisma geschürt worden war. Bei den wenigen Anlässen, bei denen sie seither mit Gläubigen zu tun gehabt hatte, waren diese ihr beinahe abstoßend vorgekommen; die Selbstgerechtigkeit, mit der sie ihren Glauben zur Schau stellten wie die Mitgliedschaft in einem Club, dem sie selbst nicht angehören wollte. Aber diese Frau hier war anders. Vielleicht hatte es ja damit zu tun, daß sie, Elizabeth, sich dem Club so lange ferngehalten hatte.

Nun gut, dachte sie. Was habe ich schon zu verlieren?

»Wann hätten Sie denn Zeit zu kommen?«

Sie einigten sich auf fünf Uhr desselben Nachmittags. Eine günstige Zeit: die Stunde der langen Schatten, wenn der Tag in die Dunkelheit gleitet, die ideale Zeit für Geister und Dämonen und all jene, die eine überreizte Phantasie haben.

Was aber sollte sie bis dahin mit sich anfangen? Sie verließ das Gemeindehaus und wanderte durch die Straßen, aber der Wind war zu kalt für einen gemütlichen Spaziergang. Sie ging Richtung Hauptstraße und entdeckte ein schickes, neues Café, das hier eröffnet hatte, seit sie das letzte Mal vorbeigekommen war. Eine Tafel auf der Straße pries die Spezialitäten an. Sie ging hinein, bestellte einen Cappuccino und ein Nußhörnchen, setzte sich an einen Fensterplatz und ließ die Welt an sich vorbeiziehen.

Im Laden gegenüber wurde die Weihnachtsdekoration angebracht. Ein junger Verkäufer kauerte mit einer Spraydose im Inneren des Schaufensters und versuchte verzweifelt, »Frohe Weihnachten allen unseren Kunden« seitenverkehrt zu schreiben. Reichlich spät. Die übrigen Geschäfte in der Straße waren bereits herausgeputzt, das übliche Sortiment an chemischen Schneeflocken hinter Pappefachwerk und unverwüstlichen Plastiknikoläusen mit Bierbauch und Sack. Weihnachten. Sie war zu beschäftigt gewesen, um zu merken, wie wenig Zeit bis dahin noch blieb. Mit wem würde sie das Fest dieses Jahr verbringen? Bestimmt fühlten Sally und Patrick sich verpflichtet, sie einzuladen; es sei denn, sie hätten sich bereits für Tom entschieden. So oder so, es war ihr egal. Vielleicht sollte sie zu Hause mit dem Poltergeist feiern. Wenn sie ihn richtig dressierte, würde er außer dem Tischdecken vielleicht auch noch den Abwasch übernehmen.

Wie hatte die Pastorin gesagt? »... nicht selten auf die seelische Verfassung eines der Hausbewohner zurückzuführen.« Da kam ja bloß sie in Frage. Es sei denn, Millie in ihrem gerechten Zorn über die Okkupation ihres Territoriums wäre die Ursache. Das würde immerhin die Töpfe mit dem Katzenfutter erklären.

Doch das war es nicht, was die Pastorin gedacht hatte. Sie hatte sie, Elizabeth, gemeint. Jemand, der sich wie eine Halbwüchsige benahm und seine überschüssigen Emotionen in einem Feuerwerk von kinetischen Tricks auslebte. Aber wenn es sich hier wirklich um eine Manifestation ihrer eigenen Psyche handelte, was war das dann letztlich für eine erbärmlich zahme Angelegenheit. Brachte sie nichts Besseres zustande, als den Tisch zu decken und mit ein paar Tellern und Tassen zu klappern? Wenn sie tatsächlich so gewaltigen Schmerz zu verdrängen hatte, wären da nicht gesprungene Glasscheiben und explodierende Glühbirnen das mindeste, was man erwarten durfte?

Aber unter all dem Sarkasmus spürte sie die Angst. Und das war der Grund, warum sie nicht nach Hause zurück wollte.

Im Supermarkt herrschte ein Andrang, wie sie ihn seit Monaten nicht mehr erlebt hatte. Sie hatte – das wurde ihr jetzt bewußt – Menschenmengen gemieden und in kleinen Läden in ihrer Nähe eingekauft. Gehetzte kleine Exkursionen gegen Ende des Tages, von denen sie nur das Notwendigste heimgebracht hatte. Die Fülle des Angebots war schier überwältigend. Sie streifte zwischen den Regalen hindurch, griff nach diesem und jenem, das ihr ins Auge fiel: Zutaten zu exotischen Gerichten, die sie nie kochen würde, einer teuren Flasche Cognac, nutzlosen Luxusartikeln wie parfümiertem Raumspray, dem Hausfrauentip gegen unliebsame Hausgäste. Beinahe hätte sie es der Frau an der Kasse erzählt. »Das hier? Das ist mein Exorzistenspray. Welche Duftnote würden Sie empfehlen, Wiesenfrische oder Tannenduft?« Absolut blödsinnig, dachte sie. Wie kann das Leben gleichzeitig so normal und so absurd sein?

Sie kaufte so viel, daß sie ein Taxi nehmen mußte. Bevor sie zahlte, entlud sie ihre Einkäufe und schloß die Tür auf. Hätte ja sein können, daß die Geister sich vermehrt hatten und nun schon hinter der Tür auf sie lauerten. Aber da war nichts außer der Post und einem Gutschein für ein indisches Schnellrestaurant.

In der Küche hatte sich die Szene leicht verändert. Die Töpfe standen noch am Boden, aber das Katzenfutter war verschwunden. Ihr Herzschlag beschleunigte sich für einen Moment, bis sie Millie bemerkte, die zusammengerollt auf einem Stuhl lag. Sie sah aus, als wäre sie tot und geradewegs in den Katzenhimmel aufgestiegen, aber dennoch miaute sie in vollgefressenem Protest, als sie unsanft vom Stuhl gekippt wurde.

»Du sollst doch nicht das Beweismaterial auffressen«, brummte Elizabeth, als sie die Katze aus der Küche jagte.

Draußen malte eine wäßrige Sonne blasse Schatten auf den Rasen, und die paar übriggebliebenen Geranien krümmten sich unter den Attacken der Kälte. Sie seufzte. Ihre Küche. Ihr Garten. Sie dachte zurück an den Sommer, als das alles erfüllt war vom Gefühl ihrer großen Erleichterung. Sie sah sich durch den Raum steppen, die Anlage auf voller Lautstärke, mit einem neuen Vertrag auf dem Tisch und einem neuen Leben vor sich. Wo war dieser Optimismus geblieben? Erfroren in der eisigen Atmosphäre von Paranoia und Angst. Selbst die Espressomaschine und die neuen bunten Becher hatten ihren Reiz eingebüßt. Wie schnell alles in sich zusammenfallen konnte.

Das Telefon an der Wand klingelte. Sie mußte sich beherrschen, um nicht entsetzt aufzuspringen. Sie hörte mit, während der Anrufbeantworter die Botschaft aufzeichnete.

»Hallo. Hier ist Charles. Hör zu, ich habe gerade auf meinen Kalender geschaut und gesehen, daß wir schon Anfang Dezember haben. Da wollte ich mal nachfragen, wie's bei dir so läuft mit der Übersetzung.

Außerdem habe ich Neuigkeiten aus der Filmbranche. Der Deal scheint unter Dach und Fach zu sein. Die sind an einem Drehbuch interessiert, das mehr auf der Idee als auf der Übersetzung beruht. Aber das ist natürlich trotzdem absolut super für uns, weil wir dann nicht nur die ganze Publicity mitgeliefert bekommen, sondern, wenn wir Glück haben, auch noch ein Coverfoto für die Taschenbuchausgabe. Die göttliche Irène eine Bratwurst essend, oder wie sie das dort nennen. Oder soll's ein wenig düsterer sein? Bißchen was Gruseliges gefällig – Irène mit aufgeschlitztem Bauch und Brad Pitt, der die Gedärme zurückstopft. Richtig lecker. Das heißt natürlich auch, daß wir die Siebenmeilenstiefel anziehen müssen. Limitierte Auflage im Hardcover zum Sommer und das Taschenbuch dann in Riesenauflage zur Filmpremiere ein Jahr später. Und ich bin sicher, meine Liebste, das ist eine Kleinigkeit für eine geschickte kleine Wortschmiedin wie dich. Versprichst du mir, keinen Schreikrampf zu kriegen, wenn ich den Abgabetermin um sechs Wochen oder so vorziehe? Ja? Nichts leichter als von diesen Maschinen kleine Gefälligkeiten zu erbitten, sie widersprechen nie. Aber ich werde zweifellos bald mit der Besitzerin zu tun haben. Laß auf jeden Fall von dir hören und sag mir, was du dazu meinst. Und laß das Blut und die Wörter weiter fließen. Ciao, ciao, und laß dir's gutgehen.«

»Du auch, Charles«, sagte sie, während sie den Finger auf der Taste hielt, um seine Botschaft zu löschen. »Aber vergiß nicht zwischendurch Luft zu holen.«

Als Reminiszenz an glücklichere Zeiten warf sie die Espressomaschine an. Während das Wasser sich röchelnd in Dampf verwandelte, dachte sie an all die alten Platten, die sie auflegen könnte, um die Angst zu übertönen, aber irgendwie hatte auch die Musik ihre Anziehungskraft verloren. Bis zum Besuch der Pastorin – sie konnte sich nicht dazu bringen, sie Catherine zu nennen – dauerte es noch Stunden. Sie konnte entweder dasitzen und den Zeigern zusehen, um sicherzugehen, daß sie nicht von Geisterhand bewegt wurden, oder sie konnte sich an die Arbeit machen.

Die Arbeit. Wenn Charles das mit der Deadline ernst meinte, dann konnte sie sich keinen Nervenzusammenbruch wegen übernatürlicher Erscheinungen in ihrem Haus leisten. Sie mußte sehen, daß sie Jake und Mirka weiterbrachte auf ihrem Weg in Krise und Gewalt und wieder heraus. Der Zeitplan war machbar, nur eben ein klein wenig enger, als ihr lieb war. Besonders jetzt. Biderman und seine gemarterte Seele. Ganz zu schweigen von den gemarterten Körpern. Klischees. Ausbeuterische Schreibe. Schließlich auch eine Möglichkeit, sein Geld zu verdienen. Vielleicht hatte sie sich schon zu lange zu sehr in den Text hineinziehen lassen, so daß er sich jetzt wie die Wirklichkeit anfühlte. Hatte sie ihm in ihrer Isolation zu viel Raum gegeben und seinen Horrorszenen Eingang zu ihren Träumen gewährt?

Dumm von mir. Jetzt, wo sie darüber nachdachte, kam ihr alles ganz simpel vor. Lediglich eine Frage der Einstellung. Wenn hier das Problem lag, dann würde sie sich von jetzt an einfach weniger in den Text hineinsteigern, ihn als Arbeit betrachten und nicht als Einladung zu emotionalem Engagement. Mehr Broterwerb und weniger Kunst. Schließlich würde kaum jemand das Buch so genau lesen.

Sie sah auf die Uhr. Viertel nach eins. Sie schloß die Küchentür hinter sich ab und ging nach oben. Jake würde es jetzt bald angst und bange werden. Mir nicht, dachte sie, während sie die Stufen hinaufging. Mir nicht.

Er überließ den schwarzen Plastiksack den Jungs von der Gerichtsmedizin und ging in sein Büro zurück. Unterwegs spielte er mit dem Gedanken an ein Frühstück, aber der Anblick von Eßbarem war noch nicht das richtige. Flüssiges ging da schon eher. Das Koffein fuhr ihm in den Magen. Mein Gott, in Amerika würde ein derartiges Gebräu unter das Drogengesetz fallen. Hier tranken sie es wie Wasser. Aber es half nichts, er mußte wach werden. Er preßte die Finger in die Augenhöhlen. Auch die Dusche hatte ihn nicht von ihrer Verwesung reinwaschen können; sie saß in allen Poren der Haut, schlich sich in die Nasenlöcher; ein animalischer Geruch, der nicht mehr von einem Menschen zu kommen schien. Zumindest kann totes Fleisch keinen Schmerz mehr spüren. Man konnte nur hoffen, daß sie sich schon auf halber Strecke ausgeklinkt hatte. Zum Teufel mit ihnen. Er dachte an den Geruch ihres lebendigen Körpers, als sie im Café dicht neben ihm gestanden hatte. Es braucht nicht viel, damit ein Körper zu Dünger wird. Armes Ding. Das hatte niemand verdient...

Trotz des Kaffees war er totmüde. Doch was es zurückzudrängen galt, war weniger der Schlaf als die Angst. Angst. Das war etwas, was im Lehrplan der Polizeischule nicht vorkam. Jedenfalls nicht genug. Niemand erzählte einem, daß sie sich zu einer Krankheit auswachsen konnte, daß sie Körper und Geist gleichermaßen befiel und an den Nervenenden nagte, bis sie bloßlagen. Wenn man ihr die Oberhand ließ, konnte sie einen in den Wahnsinn treiben.

Das Geheimnis besteht darin, das Gedächtnis unter Kontrolle zu halten. Kindern gibt man solche Ratschläge. Wenn das Buch dich ängstigt, lies es eben nicht. Wenn die Erinnerung dich schreckt, Mann, dann wisch sie weg. Leichter gesagt als getan. Wie soll man den Anblick eines Besenstils in der Vagina einer Frau auslöschen oder, schwieriger noch, den Ausdruck in ihren Augen?

Er war damals gerade achtzehn Monate im Dienst gewesen, auf der Straße erst weniger als ein Jahr. Noch feucht hinter den Ohren und an anderen Stellen. Gefährlich war der Job nicht gewesen. Er war einer von mehreren Dutzend zusätzlichen Mitarbeitern, die zu Hausdurchsuchungen im verschlafenen Westchester eingesetzt wurden. Alles sah derart rechtschaffen aus, daß man hätte glauben können, da draußen sei das Verbrechen längst abgeschafft. Trotzdem hieß es, der Kerl, den sie suchten, sei möglicherweise in der Gegend.

Das Mädchen war drei Wochen zuvor gekidnappt worden, einfach so von der Straße weg auf ihrem Weg vom Büro. Eine ganz gewöhnliche Angestellte in einem ganz gewöhnlichen Konzern. Nur mit dem Unterschied, daß Daddy der Laden praktisch gehörte. Die ersten Geldforderungen waren auf Video gekommen. Sie saß halbnackt in einem Käfig, und mit Augen wie ein Kaninchen vor dem Scheinwerfer hatte sie irgendwelche Texte über gebrauchte Scheine und Übergabeplätze gebrabbelt, die er ihr aufgeschrieben hatte. Bloß holte er nicht ab, was sie wunschgemäß für ihn deponierten. Alles, was kam, war ein weiteres Video für die Pornosammlung der Polizei. Das sind die Schlimmsten, hatten die Vorgesetzten gesagt, Typen, die mehr an dem Mädchen interessiert sind als am Geld. Was sie nicht sagten, war, daß sie einen Fall genau wie diesen zehn Monate vorher schon einmal zu den Akten genommen hatten. Aber niemand läßt gerne verlauten, daß ein Serientäter unterwegs ist. Verrückte mit Wiederholungszwang. Die Welt ist voll von solchen cleveren Irren.

Diesmal aber hatten sie einen Hinweis. Als sie Daten zu einem verdächtigen Lieferwagen, der hinter dem Bürogebäude geparkt gewesen war, bekannt gemacht hatten, gab jemand an, er hätte den Wagen zwei Tage später weiter im Norden von der Autobahn abfahren sehen. Es war reine Glückssache. Er konnte überall sein, in jedem einzelnen der fünftausend Häuser oder in keinem. Alles Spekulation. Aber schon in dem Moment, als er an die Tür klopfte, wußte Jake, was Sache war. Komisch, wie manche Häuser die Schweinereien ausdünsten, die in ihnen passieren.

Der Typ war von Anfang an nervös gewesen, trotz seiner guten

Story. Er war eine Art Schriftsteller, der an einem Buch arbeitete. Sein Arbeitszimmer war überzeugend eingerichtet, mit Regalen, Computer, Drucker, allem Drum und Dran. Er machte keinen falschen Schachzug, und trotzdem stimmte etwas mit ihm nicht. Jake fühlte es, als er in der Schlafzimmertür stand und sich umsah. Er spürte den Körper des Typen hinter seinem Rücken; er schien vor lauter Anspannung zu vibrieren. Wenn man ihn in eine Steckdose gesteckt hätte, wäre die ganze Straße beleuchtet gewesen. Aber man konnte ihm nichts nachweisen. Treppauf, treppab, in keinem der Räume fand sich etwas.

Erst als Jake wieder draußen war und die Häuserreihe hinuntersah, fiel ihm auf, daß er den Dachboden nicht kontrolliert hatte. Es mußte einen geben. Die Leute zwei Häuser weiter hatten ihren ausgebaut, und die Architektur war ziemlich ähnlich. Er konnte sich nicht erinnern, irgendwo eine Bodenluke gesehen zu haben. Nur in einem der Schlafzimmer waren große Einbauschränke bis hinauf an die Decke gegangen. Schwere Trümmer. Es sei denn, sie wären leer.

Wäre er erfahrener gewesen, dann hätte er Verstärkung angefordert. Aber wäre er erfahrener gewesen, dann hätte er sich von Anfang an auf seinen Bauch verlassen. Er parkte den Wagen um die Ecke und ging zu dem Haus zurück. Als niemand öffnete, brach er durch die Hintertür ein.

Er stellte den Kerl auf halbem Weg zum Speicher. Die Schranktüren waren zur Wand hin zurückgeklappt. Er befahl ihm, die Hände zu heben, doch als der Typ sich umdrehte, hielt er eine Pistole in der Hand, und seine Schüsse verfehlten Jake nur um Zentimeter. Seine eigenen Kugeln fanden ihr Ziel; eine erwischte den Typen am Oberschenkel. Als der nicht aufgab, traf ihn noch eine in den Magen. Er ging zu Boden wie eine Ladung Vogelscheiße. Platsch. Dann lag er da, winselnd wie ein Tier. Jake kickte die Pistole außer Reichweite und forderte Hilfe an. Da hörte er sie.

Sie schrie noch immer, als er zu ihr kam. Sie war in einem Metallkäfig eingesperrt, halbnackt, verdreckt, schlotternd. Eine Kette um ihr Fußgelenk war mit einer der Käfigstangen verbunden. Ein Freßnapf mit Essensresten stand neben einem Nachttopf. Der

Geruch von Urin war überall. Aber nichts erschütterte ihn so sehr wie der Ausdruck in ihren Augen. Man konnte es nicht mal mehr Furcht nennen. Eher dumpfes Nichts. Er fragte sich, ob sie wohl unter Drogen stand, aber dann hätte sie nicht so geschrien. Er wagte nicht, sie zu berühren. Alles, was er tun konnte, war dastehen, reden, ihr sagen, daß jetzt alles okay sei, daß sie in Sicherheit war. Zwischendurch brüllte er in sein Funkgerät, sie sollten eine Frau schicken, und zwar schnell.

Später hörte er, daß sie immer wieder Nervenzusammenbrüche hatte. Im folgenden Jahr wanderte sie von einer Anstalt in die nächste. Und er hatte noch für lange Zeit Alpträume; immer wieder ihre Augen, ihr Schreien. Das wäre normal, behauptete sein Partner Ernie. Auch der beste Polizist muß manchmal erkennen, daß sich der Schmutz nicht abwaschen läßt. Ihr Schicksal ließ ihn nicht los, so daß er schließlich sogar eine Besuchserlaubnis beantragte, um zu sehen, wie es ihr ging. Natürlich wurde der Antrag abgelehnt. Das letzte, was er vor drei, vier Jahren hörte, war, daß es ihr noch immer schlechtging. Sie verheizte Daddys Geld an Analytiker, die sie nicht mal so weit brachten, daß sie alleine das Haus verlassen konnte.

Für ihn war es leichter gewesen. Fünf Monate nach dem Vorfall war Mirka in sein Leben getreten, schön und unversehrt, und die Wärme ihres Körpers hatte die Alpträume verscheucht und den Käfig ausgeblendet. Sie liebte ihn, und das hatte ihn geheilt. So einfach war das. Nur, daß eben nichts ewig hält. Wie es verlorenging, das wußte er immer noch nicht so genau. Irgendwie hatten die Routine und der Schmutz weiterer Fälle an ihrem Optimismus und ihrer Geduld gezehrt. Anderer Schmerz kam hinzu, sie hatte Angst um ihn gehabt. Und dann, als sie dagegen nichts unternehmen konnte, bekam sie Angst um sich selbst. Er hatte behauptet, sie sei diejenige, die sich verändert habe. Sie sagte, er sei es. Im Endeffekt war es dann egal. Ihre Kräche wurden so laut und so gemein, daß sie beide ihren Teil dazu beigetragen haben mußten. Und seine Alpträume waren zurückgekommen. Es war am Tag nach ihrem Auszug – er hatte bei Ernie auf dem Sofa im Wohnzimmer übernachtet –, als der Käfig und die Schreie ihn einholten. Von da an kamen sie regelmäßig. Er hatte seinen Talisman gegen die Furcht verloren. Im

Lauf des Frühlings dachte er, daß er, wie dieses Mädchen, am Ende daran sterben würde. Aber es kam nicht so. Statt dessen hatte er sich auf die Arbeit gestürzt. Und er war noch am Leben.

Er leerte seine Kaffeetasse und wählte New York. Es war Zeit, den Bösewichten die Daumenschrauben anzulegen, auch sie sollten den Schmerz spüren. Eine halbe Stunde später hatte er, was er brauchte. Die großen Jungs mit dem Heimvorteil würden jemanden finden, der ihnen Salz auf den Schwanz streute. Schließlich konnten internationale Geschäftsleute sich nicht nur um ihre expandierenden Märkte kümmern. Auch zu Hause mußte die Kasse stimmen. Und diesmal würde er sicherstellen, daß sie wußten, wo das Salz herkam.

Sie war gut vorangekommen. Die Zahl der Wörter, die sie schaffte, war ihr wichtiger gewesen als ihre Bedeutung. Sie las den Text noch einmal auf Tippfehler durch und schickte ihn durch die Rechtschreibkontrolle ihres Computers. Vielleicht sollte sie eine Kopie für Reverend Baker ausdrucken, als Beweis dafür, daß es schwieriger wird, Gott zu finden, je höher man steigt. Dachböden. Hier werden Geheimnisse verborgen, wie die dunklen Flecken des Bewußtseins. Dieser spezielle allerdings hält für niemanden Überraschungen bereit, dachte sie verächtlich. In Ketten gelegte Frauen; die bekommt man ja geradezu dutzendweise nachgeschmissen heutzutage. Das ist sich ein moderner, selbstbewußter Psychopath schon fast schuldig. Was sonst sollte er mit seinem Opfer anstellen? Sadistischer Chic. Vielleicht war es das, was sie an der Szene so irritierte. Die modische Konformität, die Voraussehbarkeit, bis hin zum mißbrauchten Opfer, das verrückt wird.

Zuerst hatte sie befürchtet, ihr Zynismus könnte durch die Übersetzung durchschimmern, und das hatte sie beunruhigt. Inzwischen fühlte sie sich eher ermutigt davon. Wie viel spannender wäre es gewesen, wenn der Autor für das Käfigmädchen eine andere Zukunft vorgesehen hätte: Nach sechs Monaten Therapie waren die Ängste wie weggeblasen, und aus ihr war eine Rechtsanwältin oder Malerin geworden mit Mann und Kindern und einem Haus, wo es ihr keine Probleme mehr bereitete, den Speicher in ein helles Spielzimmer umbauen zu lassen.

Immerhin hätte er die eine Art von Phantasie gegen eine andere ausspielen können. »Später erfuhr Jake, daß Mary Louise Brown zur Polizei gegangen war, wo sie sich den Ruf eines Racheengels mißhandelter Frauen erwarb. Sie fuhr auf gewalttätige Männer nieder und grub ihre Raubtierzähne in die Körper der Opfer, bis diese um Gnade winselten. Dann ließ sie sie liegen und brachte die gequälten jungen Frauen heim, um sich der Wunden, der körperlichen wie der seelischen, anzunehmen und sie zu pflegen, bis sie wieder kräftig genug waren, um in die Straßen hinauszugehen und ihrerseits ein Paar Eier in die Mangel zu nehmen.«

Vielleicht sollte sie es ja einfach so lassen. Was war schon ein Abschnitt bei fünfhundert Seiten. Sie würden es wahrscheinlich nicht einmal merken. Charles war ein schlampiger Lektor, zumal wenn die Herstellung ihm im Nacken saß. Ihr eigener kleiner Beitrag – wie bei den Bibelkopisten der Renaissance, die hier und da ihre Spuren auf den Seiten hinterlassen hatten.

Ihre Finger sausten über das Keyboard, als es drei Stockwerke tiefer an der Haustür klingelte. Das Läuten brachte sie in die Gegenwart zurück, zu ihrer Küche und zu ihrer Angst, die diesmal nicht aus den Buchseiten kam. Sie stand auf, um ihr ins Auge zu sehen.

9. Kapitel

Reverend Baker stand mit einem Blumentopf auf der Schwelle, aus dem später wohl einmal Osterglocken sprießen sollten. Sie trug einen langen, schwingenden Mantel, und der Wind hatte ihr Haar zu einem Heiligenschein aus Pfeffer-und-Salz zerzaust. Sie sah gut aus – nicht wie man sich *den Pastor* vorstellt.

»Hallo. Irgendwelche neuen Entwicklungen?«, fragte sie und reichte Elizabeth den Blumentopf. »Die sind für Sie. Ich fürchte, es ist noch ein bißchen früh, aber am Ende schaffen sie es doch immer.«

»Vielen Dank. Äh ... nein. Nur daß etwas die Katzenkekse gefressen hat, während ich weg war.«

»Und sie meinen nicht, es könnte die Katze gewesen sein?« Das sagte sie mit so toternstem Gesicht, daß man eine Weile brauchte, um den Humor zu bemerken.

Sie führte ihren Gast in die Küche hinunter. Was, wenn jetzt alles verschwunden ist? Wenn ich mir alles nur eingebildet habe?, dachte sie, während sie aufschloß.

Aber alles war unverändert, der gedeckte Tisch, die Töpfe auf dem Boden mit ein paar verstreuten Katzenkeksen dazwischen.

Die Frau blieb in der Tür stehen, trat dann langsam ein, sah sich um und versuchte, einen Eindruck von dem Raum zu gewinnen. Wonach hielt sie Ausschau? Anzeichen von Täuschung oder Verstörtheit? Es war lange her, daß jemand außer ihr hier unten gewesen war. Wann das letzte Mal? Es mußte die Abendeinladung vor zwei, zweieinhalb Monaten gewesen sein, nachdem sie aus New York zurückgekommen war. Kein Wunder, daß ihr Hausgeist so unverschämt wurde. Er mußte ja annehmen, er hätte sein Reich für sich.

Reverend Baker ging zur Verandatür hinüber und sah hinaus. »Was für ein herrlicher Garten. Da haben Sie sich aber viel Mühe gemacht.«

»Ja. Möchten Sie ... möchten Sie eine Tasse Tee?«

»Danke, gern.« Sie drehte am Türgriff. Er war verschlossen. »Wie macht man hier auf?«

»Sie müssen den Riegel oben zurückschieben. Dann läßt sich das Schloß öffnen.«

»Ah ja. Verstehe. Traurig, nicht, wie der Winter einen ins Haus verbannt?« sagte sie und verriegelte die Türe wieder. »Man fühlt sich wie ein Gefangener im eigenen Haus.«

»Stimmt.«

Ist es das, dachte sie? Reicht die Belagerung des Winters schon aus, um in meinem Kopf einen derartigen Unruhestifter entstehen zu lassen?

Sie machte Tee, während Catherine sich zu den Töpfen am Boden hinunterbeugte und das verstreute Katzenfutter einsammelte. Dann inspizierte sie den Tisch, berührte das Geschirr und nahm die Cornflakes-Packung in die Hand, als verspräche sie sich irgendwelche Einsichten von dem Text auf der Rückseite. Was dachte sie sich dabei? Lauschte sie auf Stimmen aus dem Off, das Echo einer paranoiden Seele, die auf Befreiung hofft? Das wird nichts bringen, meine Liebe, dachte Elizabeth. Sie kann mir nicht helfen. Ich hätte sie gar nicht erst herkommen lassen sollen.

»Sie sagten, Sie sind Übersetzerin.« Sie saßen jetzt zusammen am anderen Ende des Tisches, ihre Teetassen in Händen, möglichst weit entfernt von den Frühstückssachen.

»Ja. Vom Tschechischen ins Englische.«

»Ah. Das erklärt den Familiennamen. Ist Ihr Vater Tscheche?«

»Ja.«

»Und was übersetzen Sie?«

»Oh, alles mögliche. Für Firmen, manchmal auch Bücher oder Kurzgeschichten. Im Moment arbeite ich an einem Roman.«

»Ach. Irgend jemand, den ich kenne?«

»Das bezweifle ich.«

»Also nicht Milan Kundera.«

Sie lächelte. »Nein, ich fürchte ein paar Klassen drunter. Es ist ein Thriller.«

»Ist er gut?«

»Zumindest ist er ein Publikumserfolg. Der Autor zielt auf den amerikanischen Markt.«

»Aha. Und Sie arbeiten zu Hause?«

»Ja. Mein Arbeitszimmer ist oben unterm Dach.«

»Wenn Sie da oben sind, dann hören Sie wahrscheinlich nicht, was hier unten vor sich geht.«

»Das kommt darauf an, was es ist. Falls *es* anfängt, mit Tellern zu werfen, würde ich das wohl merken.«

»Glauben Sie denn, daß es das tun wird?«

Sie zuckte die Achseln. »Woher soll ich das wissen? Offensichtlich bin ich nur sein Medium.«

Die Frau lächelte. Sie griff zur Zuckerdose und schaufelte einen gut gehäuften Löffel in ihren Tee. Stille entstand zwischen ihnen. Sie schien sich nichts daraus zu machen. »Ich habe heute nachmittag ein paar Leute angerufen«, sagte sie schließlich, »um mich zu erkundigen. Ich hatte nämlich bisher noch nie mit einem Poltergeist zu tun. Die haben gesagt, daß so etwas häufig Ausdruck von seelischen Problemen des Betroffenen ist, daß derjenige sich dieser Probleme aber vielleicht gar nicht bewußt ist.« Sie hielt inne. »Sie haben erwähnt, daß Sie sich von Ihrem Partner getrennt haben.«

»Ja.«

»Und wie lange waren Sie zusammen?«

»Siebeneinhalb Jahre.«

Sie nickte. »Könnte es sein, daß Sie die Trauer darüber noch nicht bewältigt haben?«

Hier kommt sie, die Pseudotherapie. Aber ich will darüber nicht sprechen, dachte sie, und war plötzlich ziemlich wütend. Sie holte tief Luft und wartete darauf, daß ihr aufkeimender Ärger sich vielleicht in fliegenden Untertassen manifestieren und einen kleinen Polterabend in der Küche veranstalten würde. Aber alles blieb beharrlich an seinem Platz.

»Es war richtig«, sagte sie schließlich, halb durch die Zähne. »Und seither fühle ich mich bedeutend wohler.«

»Aber manchmal auch allein, oder?«

Was weißt du schon davon, wo du dich jeden Abend mit dem lieben Gott zusammentust und ihm alles brühwarm erzählst, was dir durch den Kopf geht. Der heiße Draht nach oben. Und am nächsten Morgen kannst du dann die göttliche Liebe austragen wie die Frühstücksbrötchen, an alle, die bestellt haben. Sie hob die Schultern. »Vielleicht . . . manchmal.«

Aber offenbar wurde mehr von ihr erwartet. Doch sie wehrte sich dagegen. Die Stille wuchs. Vor vielen Jahren, nach dem Tod ihres Vaters, hatte ein heftiger Schmerz sie gepackt, der mehr zu sein schien als Trauer. Jemand hatte ihr geraten, zu einem Psychotherapeuten zu gehen. Sie hatte es bis zu einer sogenannten Evaluierung geschafft. Es war auch eine Frau gewesen, sehr ruhig und zurückgenommen. Sie hatte ein paar Fragen gestellt und ihr dann das Reden überlassen. Eine Dreiviertelstunde hatten sie in tiefem Schweigen zugebracht, an deren Ende sich Elizabeth absolut im klaren darüber war, daß, was immer dieser Schmerz bedeutete, er ganz allein ihr gehörte und mit niemandem geteilt werden konnte.

Mit der Zeit hatte der lähmende Griff der Trauer sich gelockert, und sie konnte besser damit umgehen, irgendwie schien er jetzt mehr zu ihrem Leben dazuzugehören. Während sie jetzt dasaß, spürte sie das Schweigen als einen ähnlichen Erwartungsdruck auf ihren Schultern.

»Einer meiner Kollegen hat mir von einem Gemeindemitglied erzählt, dem er vor einigen Jahren begegnet ist«, sagte Reverend Baker, während sie sich in aller Ruhe Tee nachschenkte. »Diese Frau lebte allein, nahm nicht aktiv am Gemeindeleben teil. Sie tauchte einfach eines Tages auf, so wie Sie. Sie war älter, Anfang Fünfzig glaube ich, sagte er, und offenbar sehr kreativ. Eine Künstlerin. Sie hatte Brustkrebs, und eine Brust mußte amputiert werden. Nach der Operation war sie so traumatisiert, daß sie nicht mehr arbeiten konnte. Man bot ihr eine weitere Operation an, um die Brust wiederherzustellen, aber sie lehnte ab.

Jedenfalls fingen dann diese seltsamen Vorgänge in ihrem Haus an. Sie besaß viele schöne Objekte, die sie von Reisen in alle Welt mitgebracht hatte. Plötzlich verschwanden einige davon. Kleine Statuen, Schmuckgegenstände und dergleichen. Aber immer nur, wenn es zwei davon gab. Eins war auf einmal nicht mehr da. Auch ganz alltägliche Gegenstände waren davon betroffen. Einmal hatte sie zwei Milchflaschen auf dem Tisch stehen, und eine davon verschwand. Jeder dieser Vorfälle bedeutete eine Zerstörung der Symmetrie. Er erzählte, daß ihr dieses Muster nicht einmal aufgefallen war, bis er sie darauf hinwies. Und als er das tat, war sie sehr betroffen. Eine ganze Weile lang war sie ziemlich verunsichert, aber die Vorfälle hörten auf. Schließlich konnte sie den Schmerz zulassen, und das hat ihr geholfen, besser damit umzugehen.

Sie hat dann eine Serie von großartigen Skulpturen weiblicher Körper gemacht. Sie hatte vor etwa einem Jahr eine Ausstellung in einer Galerie hier, als ich gerade meinen Dienst in St. Mary antrat. Ich bin mit meinem Kollegen zusammen hingegangen. Die Geschichte dazu hat er mir allerdings erst später erzählt, heute nachmittag, um genau zu sein. Ist das nicht erstaunlich?«

»Ja«, sagte sie. »Und sind sie am Ende zurückgekommen?«

»Sie meinen die Gegenstände?«

»Ja.«

Die Frau lachte. »Dasselbe habe ich ihn auch gefragt, und er sagte, er könne sich nicht erinnern. Diese Männer! Keinen Sinn fürs Wesentliche.«

»Ist das eine theologische Beobachtung?« Sie konnte sich diese Frage nicht verkneifen.

Wieder lachte die Frau. »Keine Ahnung. Wahrscheinlich. Und wahrscheinlich ist sie auch ein bißchen ketzerisch.«

Ich mag dich, dachte Elizabeth. Sehr sogar. Aber ich sehe immer noch nicht, wie du mir helfen kannst. Oder sonst jemand. »Ich vermisse Tom eigentlich nicht«, sagte sie nach einer Weile. »Wir haben einfach nicht zusammengepaßt. Es ist wohl eher, daß ich nicht so recht weiß, was ich jetzt mit mir anfangen soll, was ich überhaupt tun will. Manchmal frage ich mich, wie Leute sich näherkommen können? Warum sie sich eigentlich die Mühe machen?«

»Leben Ihre Eltern noch?«

»Nein. Mein Vater starb, noch bevor ich Tom traf, und meine Mutter vor zwei – nein – drei Jahren.«

»Aha. Und Freunde?«

»Jede Menge«, sagte sie, dann etwas leiser. »Zur Zeit sehe ich sie allerdings selten.«

»Das heißt, Sie gehen nicht viel weg?«

»Fast nie.«

Eine Pause entstand. »Macht Ihnen das etwas aus?«

»Wie meinen Sie das?«

»Ob Ihnen das Alleinsein etwas ausmacht. Ich sage ja nicht, daß Sie einsam sind, nur eben allein.«

»Hm ... macht es mir etwas aus? Ich weiß nicht. Im Moment scheine ich keine andere Wahl zu haben.« Das ist das längste Gespräch, das ich seit Monaten geführt habe, dachte sie. Vielleicht sogar das längste, seit Tom gegangen ist. Verrückt.

»Sie meinen nicht, daß diese Dinge, die hier vor sich gehen ..., daß sie sich vielleicht irgendwie Gesellschaft wünschen?«

Der Gedanke ließ sie laut herauslachen. »Was? Jemand schaltet für mich den CD-Player an, bevor ich heimkomme, deckt für uns den Frühstückstisch und füttert die Katze?« Trotzdem dachte sie darüber nach. Aber es ergab keinen Sinn. Wie sollte sie selbst das alles getan haben? Es war nicht nur absurd, es war schlichtweg unmöglich. »Ich bin schließlich nicht verrückt«, sagte sie wütend.

»Nein, das sind Sie mit Sicherheit nicht.«

»Aber wie ist es dann passiert? – Ich meine, glauben Sie wirklich, daß ich das alles inszeniert habe, ohne es zu wissen?« Und sie deutete auf die Tassen und Teller vor ihnen auf dem Tisch.

»Sicherlich nicht bewußt. Genausowenig wie die Frau, der man eine Brust entfernt hat, bewußt ihre Gegenstände verschwinden ließ. Aber das Unterbewußte verfügt über außerordentlich starke Kräfte. Ich meine die psychische Energie, die es freisetzen kann ... Nun, ich halte es nicht für ausgeschlossen. Und Sie?«

»Ich weiß nicht. Manchmal glaube ich, es hat gar nichts mit mir zu tun. Jemand will mich nur erschrecken, sehen, wie stark ich bin.«

»Und wenn Sie es selbst sind? Wenn Sie sich selbst auf die Probe stellen wollen, jetzt, wo Sie alleine sind?«

Sie schüttelte den Kopf. »Dann hätte ich keinen Geistlichen aufgesucht, sondern säße jetzt beim Psychiater.«

Falls die Frau ihr diese Bemerkung übelnahm, ließ sie es sich jedenfalls nicht anmerken. Vielleicht arbeiteten diese beiden Berufe ja inzwischen Hand in Hand. Seelenheiler in einer seelenlosen Welt.

»Vielleicht müssen Sie sich nur davon überzeugen, daß Sie den Test bestanden haben.«

»Welchen Test?«

»Ich meine, es ist offenbar wichtig für Sie zu wissen, daß Sie auch alleine zurechtkommen. Aber jetzt haben Sie es sich ausreichend bewiesen. Sie können aufhören damit und einfach zulassen, daß Sie manchmal einsam sind, ohne daß Sie das kaputtmacht.«

»Ich weiß nicht.« Mein Gott, wie oft werde ich diesen Satz noch hersagen, dachte sie. Irgendwo hatte die Frau vielleicht recht. Aber im Land der Blinden ist der Einäugige König. »Ich weiß nicht, wie Sie sich das genau vorstellen«, erwiderte sie vorsichtig. »Was schlagen Ihre Kollegen denn in einem solchen Fall vor?«

»In Ihrem Fall?«

»Ja.«

»Nichts Konkretes. Die Sache liegt natürlich jedesmal wieder anders. Aber sie sagen, daß Gebete hilfreich sein können.«

»Nun, das ist für mich wohl kaum das richtige Mittel.«

Sie lächelte. »Ich glaube, meine Kollegen beziehen das mehr auf mich als auf Sie.«

»Sie meinen, Sie wollen für mich beten?«

»Genau. Irritiert Sie das?«

»Ganz und gar nicht«, lachte sie. »Es ist nur das erste Mal, daß Gott ins Spiel kommt. Ich hatte mich schon gewundert, warum Sie ihn nicht früher ins Gespräch gebracht haben.«

»Wäre Ihnen das denn lieber gewesen?«

»Ich weiß nicht. Ich dachte nur, es sei ... irgendwie ...«

»Obligatorisch, meinen Sie?«

»Ja, so etwas.«

Einen Moment saß sie schweigend da. »Wissen Sie, manchmal denke ich, sie haben nur deshalb Frauen in der Kirche zugelassen, weil ihnen sonst nichts mehr eingefallen ist. Wenn jetzt alles noch schlimmer wird, dann können sie uns wenigstens die Schuld geben.«

Reverend Baker hielt inne und spielte mit dem Rand ihrer Tasse, während sie den nächsten Schritt überlegte. »Ich glaube, das Leben der Menschen in unserer Zeit ist sehr hart. Es gibt keine Hoffnung auf die Zukunft mehr, keine Vision einer besseren Welt, auf die man hinarbeiten könnte. Zumindest nicht im politischen oder gesellschaftlichen Bereich.«

Wieder überlegte sie. »Aber ich bin überzeugt, daß Gott da eine Hilfe sein kann. Zu wissen, daß jemand uns liebt und auf uns aufpaßt, ist meiner Meinung nach das größte Geschenk, das einem zuteil werden kann. Es ist wie eine Tür, die lange verschlossen war und sich plötzlich öffnet. Hat man einmal ins Freie geschaut, dann sieht man alles, auch die Räume, die hinter einem liegen, mit anderen Augen. Daraus kann einem große Stärke und Freiheit erwachsen. Nichts ist mehr so erschreckend oder so schmerzhaft wie vorher.« Der Anflug eines Lächelns erschien auf ihrem Gesicht. »So habe ich es zumindest erlebt. Und dieses Vertrauen hat mich seither nicht mehr verlassen.«

Besser hätte man es nicht machen können. Beide wußten sie das. Die Idee war durchaus verlockend. Welcher vernünftige Mensch wünscht sich nicht ein leichteres, weniger schmerzhaftes Leben? Aber wünschen hieß nicht automatisch auch bekommen. Oder dran glauben. Sie schüttelte den Kopf, und sie war weniger ihrer selbst als der Frau wegen verlegen. »Tut mir leid, aber ich glaube, wir kämpfen nicht gegen dieselben Dämonen.«

Die Pastorin schob lächelnd ihre Teetasse von sich. »Da bin ich mir nicht so sicher. Aber keine Angst, es ist nicht wie bei der Avon-Beraterin. Man erwartet nicht, daß Sie das Produkt kaufen.« Gegen ihren Willen mußte Elizabeth lachen. »Ich kann ja trotzdem für Sie beten, wenn Sie nichts dagegen haben.«

»Bitte sehr.«

»Gut.« Sie stand auf. »Leider muß ich um sieben wieder im Gemeindehaus sein. Kommen Sie hier allein zurecht?«

»Ja, bestimmt. Vielen Dank.«

Sie brachte ihren Besuch zur Tür. Trotz der Verlegenheit, die der Name Gottes hinterlassen hatte, war die Atmosphäre zwischen ihnen nicht unfreundlich.

»Wenn ich einen Vorschlag machen darf«, sagte die Frau, als sie ihren Mantel überzog. »Ich finde, Sie sollten wieder mehr unter Leute gehen. Raffen Sie sich auf, und unternehmen Sie etwas. Vielleicht sollten Sie sich nach einem neuen Freund umsehen.«

»Ein neuer Freund?« Wie teenagerhaft das klang. Nach großer Liebe und schmatzenden Küssen. »Sie wollen mir doch wohl nicht erzählen, daß es hier um die Auswüchse verdrängter Sexualität geht?«

Die Antwort war schallendes Gelächter. »Nein, das halte ich für ausgeschlossen. Aber eines weiß ich, daß, was immer *es* ist, es Ihnen nicht guttut, wenn Sie sich hier vergraben. Was kann es denn schaden, wenn Sie sich ein wenig entspannen und es sich gutgehen lassen? Machen Sie doch einfach Gebrauch von diesem für zwei Personen gedeckten Tisch.«

Dieser Vorschlag, ausgerechnet aus dem Mund einer Pastorin, ließ Elizabeth laut auflachen. »Ich werde es in Erwägung ziehen«, sagte sie und streckte ihr die Hand hin. »Diese Unterhaltung hätte mit Sicherheit anders ausgesehen, wenn Sie ein Mann wären.«

»Das freut mich zu hören. Darf ich das in meinem nächsten Gemeindebrief zitieren?« Sie ergriff die ausgestreckte Hand und schüttelte sie. Der Händedruck der beiden Frauen war fest und warm. Körperkontakt, dachte Elizabeth. Ich habe das mehr vermißt, als ich wahrhaben wollte.

»Ich komme gern wieder vorbei, falls und wann immer Sie mich brauchen«, sagte Reverend Baker und knöpfte ihren Mantel über dem steifen Kragen zu.

»Danke. Ich weiß.«

»Und natürlich sind Sie jederzeit willkommen.«

»Sind Sie da sicher? Manchmal passieren diese Dinge zu sehr unchristlichen Zeiten«, sagte sie lachend.

»Jederzeit. Ich meine, was ich sage. Auf Wiedersehen, Elizabeth. Und alles Gute.«

Wieder in der Küche, spülte sie die Tassen und räumte das Frühstücksgeschirr weg. Kaffeelöffel, Gabeln, Messer. Ihr Unterbewußtsein lechzte offensichtlich nach einem ausgiebigen Frühstück. Ganz und gar nicht ihr Stil eigentlich. Dann wandte sie ihre Aufmerksamkeit dem Fußboden zu, säuberte die Töpfe und stellte sie in den Schrank zurück. Schließlich setzte sie sich und schaute sich um. Ihre Küche. War sie wirklich auch ein Spiegel ihrer Seele?

»Schluß jetzt damit, ja?« sagte sie bestimmt. »Es ist Zeit für was Neues.« Dann rief sie Sally an.

»Liebling. Das ist wahrhaftig eine Stimme aus dem Grab. Inzwischen hast du ja nicht mal mehr den Anrufbeantworter an.«

»Nein. Ich war zu sehr damit beschäftigt, den Teufel in Schach zu halten.«

»Hmm. Interessant. Und wie war er?«

»Das will ich dir lieber ersparen. Hör mal, Sal...«

»Nein, du hörst mir zu. Ich habe die ganze Zeit versucht, dich zu erreichen, weil – dreimal darfst du raten! Ein gewisser, uns beiden bekannter, begehrenswerter Mann hat nicht lockergelassen und wollte von Patrick deine Telefonnummer erfahren.«

»Hat er Angst im Dunkeln?«

»Wie bitte?«

»Nichts. Ist er groß, mit wuscheligen Haaren?«

»Exakt. Du mußt einen Volltreffer gelandet haben. Soll ich ihn noch mal einladen?«

»Nee.«

»Also wirklich, Liza...«

»Gib ihm lieber meine Nummer.«

10. Kapitel

Bisher war die Sache ziemlich beschissen gelaufen, aber jetzt sah es das erste Mal gut für Jake aus. Die Aktion auf heimischem Boden hatte dem Markt spürbare Verluste zugefügt, so daß einige der Zwischenhändler ein großes Lamento anstimmten und sich beklagten, der New Yorker Polizeischutz sei auch nicht mehr das, was er einmal war. Dabei hatten sie eine ziemlich genaue Vorstellung davon, wer ihnen das eingebrockt hatte. Und warum.

Auch in Prag gab es Fortschritte. Diese Ostblock-Cops mochten zwar noch auf dem Stand des finstersten Mittelalters sein, aber das wiederum garantierte ihren gekonnten Umgang mit Folterwerkzeugen. Ziemlich schnell waren sie auf den Namen eines renommierten Antiquitätenhändlers am Wenzelsplatz gestoßen. Der Typ hatte sich auf den illegalen Verkauf religiöser Kunst an Touristen spezialisiert, denen er dann für die Beschaffung einer Ausfuhrlizenz noch mehr abknöpfen konnte. So weit nichts Besonderes. Aber schließlich hatte ihn die Geldgier gepackt, und im Lauf des vergangen Jahres hatte er seine Palette um Importe aus östlicheren Gefilden erweitert. Er transportierte den Stoff auf dem Landweg, und jede Ladung ließ eine Spur weißen Puders zurück. Natürlich hätten sie jeden Lastwagen an den Grenzen filzen können, aber das war nicht die Botschaft, die Jake rüberbringen wollte. Er wollte einen Deal machen, denn das war allemal besser, als den Gegner auffliegen zu lassen.

Hier war Jake in seinem Element. Der Mann war einer von diesen aalglatten Kosmopoliten: gutes Englisch, gute Kinderstube, gute Lügen. Und gerissen dazu. Er erkannte durchaus, daß es in seinem eigenen Interesse war, wenn er einen illegalen Handel zugunsten des anderen aufgab. »Keine Sorge«, hatte Jake ihm versichert, als er durch die Hintertür verschwand. »Die werden nie erfahren, woher wir den Tip hatten. Dafür garantieren wir.«

Aber wenn ich du wäre, dachte sich Jake, dann würde ich jetzt meine Familie in Sicherheit bringen. Warte nicht, bis der Tod seinen Tribut fordert.

Er war zufrieden mit sich. Noch drei Wochen, und die Kerle würden bereuen, daß sie sich mit ihm angelegt hatten. Wäre er an ihrer Stelle, dann würde er sich demnächst ein Angebot machen, das er einfach nicht abschlagen könnte, um ihn so loszuwerden. Aber er, Jake, würde sie natürlich zum Teufel schicken. Er hatte Glück. Seine Unbestechlichkeit verdankte er weniger moralischen Bedenken als seinem Temperament. Geld war ihm nie besonders wichtig gewesen, er zog seine Befriedigung mehr aus dem Kampf. Manchmal allerdings, wenn es ihm besonders dreckig ging, fragte er sich, ob Mirkas Ängste vielleicht durch ein dickeres Polster auf der Bank hätten abgefedert werden können. Er kannte genügend Kollegenehen, wo das so lief. Hinterlistige Weiber, deren Gesichter und Hintern ein Chirurg gestylt hatte und die nicht einmal genug Hirn oder Neugierde besaßen, sich zu fragen, wo all das Geld dazu herkam. Aber wer war schon auf diese Sorte Frauen aus. Mirka war anders gewesen, sowohl was die körperlichen Voraussetzungen als auch was das Hirn betraf. Sie hatte eher zuviel von beidem. Herrgott, wie er sie vermißte; ihren Scharfsinn, ihren Stil, die Art, wie ihr fremdländischer Akzent den New Yorker Slang liebkoste, das Strahlen ihres Lächelns, den dichten Pelz ihres Schamhaars und die versprengten dunklen Haare, die zu ihrem Nabel hinaufführten. Im vergangenen halben Jahr hatte es Momente gegeben, in denen das schmerzende Verlangen nach ihr ihn fast verrückt gemacht hatte. Unzählige Male hatte er ihre Nummer gewählt, bevor er sich wieder in den Griff bekam und auflegte. Er hatte es jedesmal geschafft, bevor sie den Hörer abhob. Er würde nicht angekrochen kommen. Wenn sie etwas von ihm wollte, wußte sie, wo er zu finden war. Ja, Jake war ein Mann, dem der Kampf mehr bedeutete als der Sieg. Aber auch das wußte sie.

Nach dem Treffen gönnte er sich einen freien Nachmittag, um zu feiern. Er streifte durch die Altstadt, saß in Straßencafés und genoß die ersten Anzeichen des Frühlings, die die Frauen ermutigten, ihre Mäntel zu Hause zu lassen. Aber er war nicht bei der Sache. Alle

Rundungen brachten ihn zurück zu jenen, die er nicht haben konnte, und schließlich landete er in der Hotelbar nicht weit von seinem Appartement. Er trank mehr, als gut war.

Gegen einundzwanzig Uhr verließ er die Bar; er hatte Mühe, überhaupt von seinem Stuhl hochzukommen. Aber als er in die Wohnung kam, war eine Nachricht auf dem Anrufbeantworter. Der Klang der Stimme ernüchterte ihn schneller als ein Eimer kaltes Wasser. Das Schlimmste war, daß sie nicht einmal mehr zornig klang.

»Hör mal, Jake. Ich sag's dir lieber selber, bevor du's irgendwie anders erfährst. Ich bin auf dem Weg nach Prag. Ich habe gerade ein Telegramm bekommen von der Frau, die meinen Großvater betreut. Er hatte einen Schlaganfall. Ich nehme die Frühmaschine nach Paris, dort gibt es einen Anschlußflug. Ich werde ziemlich spät heute abend ankommen. Übernachten werde ich in einem Hotel, dann morgen früh in den Süden runterfahren. Ich ruf an, wenn ich dort bin. Ich ... ich hoffe, bei dir läuft alles gut. Ich muß oft an dich denken, auch wenn ich es nicht will. Wir sprechen uns dann.«

Mirka in Prag. O Gott! Mirka, hier, heute abend noch. Er sah auf die Uhr. 21.44 Uhr. Sieben Stunden Zeitunterschied. Wie lange dauerte der Flug? Acht, achteinhalb Stunden, je nach Verbindung. Er rief am Flughafen an, während er sich ein anderes Hemd anzog. Keine Antwort. Schon im Gehen griff er schnell noch zur Flasche mit dem After-shave. Um nicht noch mehr Zeit zu verlieren, fuhr er mit dem Taxi. Sie hatte ihn schon in besserer Verfassung gesehen. Aber auch schon in schlechterer. Und was jetzt zählte, war, daß er sie überhaupt zu sehen bekam.

Er hatte die Baustellen auf der Straße zum Flughafen nicht einkalkuliert. Warum sie sich überhaupt die Mühe machten? Selbst in ausgebessertem Zustand sind die Straßen hier unbefahrbar. Verdammt, er hätte sich ein Polizeiauto besorgen sollen. Dann würde er jetzt die Sirene einschalten.

Es war fast Viertel vor elf, als er es endlich geschafft hatte, und die letzte Maschine aus Paris war bereits vor vierzig Minuten gelandet. Er stürzte in die Ankunftshalle. Geschäftsleute mit ihren Duty-free-Tüten tröpfelten nach und nach zum Ausgang. Er überlegte, ob er sie ausrufen lassen sollte, aber die Schlange am Schalter war endlos. Er rannte noch einmal durch das Gebäude, dann nach draußen.

Er entdeckte sie sofort. Sie stand am anderen Ende der Halle bei den Taxis, und ein Mann mit Chauffeursmütze war bei ihr. Das konnte nur sie sein; er hätte diese Mähne aus kastanienbraunem Haar und ihre langen, wohlgeformten Beine überall erkannt. Er rief ihren Namen, aber sie war zu weit weg, um ihn zu hören. Und als er sich einen Weg durch die Menge bahnte, war sie schon fast in der schwarzen Limousine verschwunden. Der Fahrer schloß die Tür hinter ihr.

»Hey, Sie!« schrie er. Der Fahrer drehte sich um und schien ihn gesehen zu haben, zeigte aber keine Reaktion, sondern ging schnell um den Wagen herum und stieg ein. Unmittelbar darauf sprang der Motor an. Jake war noch etwa sieben Meter von dem Auto entfernt, als es aus der Parklücke bog. Er brüllte ihren Namen. Sie mußte ihn drinnen gehört haben, denn er sah im schwarzen Rahmen des Rückfensters, wie sie sich umdrehte. Er winkte wie ein Verrückter, und ihr Gesicht verriet ihm, daß sie ihn erkannt hatte. Plötzlich sah sie erschrocken aus. Sie hob die Hand und lehnte sich vor, um dem Fahrer etwas zu sagen. Doch statt anzuhalten, beschleunigte der Wagen. Jake rannte ihm auf der Straße hinterher, aber alles, was er erreichte, war ein Hupkonzert der nachfolgenden Autos. Als er auf die Seite sprang, sah er den Wagen gerade noch die Ausfahrt hinunterfahren und in die Hauptstraße einbiegen. Dort beschleunigte er weiter.

Während Jake keuchend zusah, wie er davonfuhr, lief es ihm kalt den Rücken hinunter. Er hatte diesen Wagen schon einmal gesehen. Natürlich nicht mit demselben Nummernschild. An das hier würde er sich immer und überall erinnern können, doch er wußte schon jetzt, daß es gestohlen war. Aber der Wagen *war* derselbe. Auch damals waren die Türen halb offen gewesen und hatten eine andere Frau zu einer Fahrt eingeladen, von der sie nie zurückkehren sollte.

Ein Telegramm mit der Nachricht vom Schlaganfall eines alten Mannes. Jeder konnte es aufgegeben haben. Wäre er nicht so besoffen gewesen, dann hätte er es gleich gemerkt. Aber selbst dann hätte er den Flughafen nicht früher erreicht. O Gott, nicht Mirka, bitte nicht Mirka.

Weil sie das Kapitel noch zu Ende bringen wollte, war sie spät dran für den Film, aber immerhin lenkte das ihre Gedanken von ihrer Küche und der bevorstehenden Verabredung ab. Sie rannte den ganzen Weg von der U-Bahn zum Kino. Er wartete, die Tickets in der Hand und ganz offensichtlich ein wenig verärgert. Sie entschuldigte sich noch, als der Vorspann schon anlief; ihre Verspätung machte es ihr leichter, die anfängliche Schüchternheit zu überwinden.

Im Film gab es weniger Leichen als in ihrem Roman, und keines der Opfer war weiblich. Es war eine gute Wahl gewesen, das mußte man ihm lassen: Ein aufgemotzter kleiner Thriller mit einem Plot, der sich um Sex, Mord und größere Geldsummen drehte. Die Bösewichte blieben am Ende Sieger. Aber man gönnte ihnen ihren Triumph, denn es war eher ein Sieg des Charmes denn eine Bankrotterklärung moralischer Werte und als solcher nicht ernst zu nehmen. Der ideale Film für ein erstes Rendezvous, dachte sie.

Danach gingen sie zu einem Thailänder in der Frith Street, wo das Essen großartig schmeckte, aber die Warnungen vor den Gewürzen nicht ganz deren wirklicher Schärfe entsprachen. Eines der Chiligerichte verbrannte ihr beinahe den Gaumen. Immerhin mußten sie viel lachen, während sie den Brand mit Wasser löschte. Er hatte ein angenehmes, unbefangenes Lachen. Ein Lachen, mit dem man sich vorstellen konnte, ins Bett zu gehen, falls einem der Sinn danach stand. Gegen Ende der zweiten Flasche Wein erwog sie das immerhin als Möglichkeit.

Es gab das übliche Gerangel wegen der Rechnung, dann einigten sie sich, daß jeder die Hälfte zahlte. Sie wohnten nahe genug beieinander, um ein Taxi zu teilen. Vor ihrer Tür lud sie ihn auf einen Kaffee ein. Er war einverstanden und zahlte den Fahrer. Diesmal machte sie keine Einwände.

Mit den neuen Schlössern hatte sie Schwierigkeiten. Während des Herumfummelns fiel ihr auf, daß sie erst das zweite oder dritte Mal aufschloß. Und nie zuvor hatte sie es im Dunkeln versucht. Er bot seine Hilfe an, und schließlich gab sie ihm den Schlüssel. »Du bist aber gut gesichert«, bemerkte er, während eins nach dem anderen aufschnappte. Sie ging nicht weiter darauf ein.

Drinnen war es still, und das Haus schien sich anständig aufgeführt zu haben, wie auch in den zwei Tagen vor ihrer Verabredung. Womöglich wartete es ja nur auf den richtigen Augenblick, um zu testen, wie weit seine Bewohnerin gehen würde. Sie führte ihn in die Küche hinunter. Während sie die Tür aufschloß, erwog sie eine beiläufige Bemerkung über eine unternehmungslustige Katze, nur für den Fall, daß der Fußboden mit Kaffeelöffeln oder Kartoffelschalen übersät wäre. Aber ihr fiel keine passende Formulierung ein. Und als die Lichter angingen, zeigte der Raum sich in seiner ganzen Aufgeräumtheit und Wohlanständigkeit.

»Hübsche Küche«, sagte er und schien es ehrlich zu meinen.

Während sie den Kaffee machte, inspizierte er die CDs. »Wie stellt man dieses Ding an?« fragte er und machte sich an den Schaltern zu schaffen.

»Der Stecker ist rausgezogen.«

»Aber dann mußt du die Anlage ja jedesmal neu programmieren.«

»Ja.«

»Warum benutzt du nicht einfach den Netzschalter?«

»Das ist eine lange Geschichte.«

Er schob eine CD ein. Sage mir, welche Musik du hörst, und ich sage dir, wer du bist, dachte sie. Auch nicht schlechter als andere Methoden.

K. d. Langs Stimme bahnte sich ihren Weg durch den Raum, und ihre Worte drehten sich um Frauenkörper. Nun gut, das war auch eine Aussage.

Er musterte sie von der Seite, während sie mit dem Kaffeefilter hantierte, und als sie sich umdrehte, um etwas zu sagen, sah sie plötzlich Tom statt seiner dort stehen. Unzählige Male hatte er so dagestanden, den Rücken an den Hängeschrank gelehnt, Hände in den Taschen, Kopf zur Seite geneigt und seine Meinung über dies und jenes verbreitend. Nur sein Gesicht konnte sie sich nicht länger in Erinnerung rufen. War ihr sein Körper bereits so fern, oder war das nur eine vorübergehende Gedächtnislücke?

»Sally sagt, du hast eine gute Stimme.«

»So, sagt sie das.« Auf Sally war Verlaß.

»Sie sagt auch, daß du sogar mal in einer Band gesungen hast.«

»Nun ja, Sally ist unmusikalisch, aber dafür hat sie eine blühende Phantasie.«

Er lachte. »Das werde ich mir merken. Aber du hast doch gesungen, oder?«

»Vor allem auf Partys, wenn ich betrunken war. Ich habe es nie ernsthaft betrieben.«

Mein Gott, warum machst du dich selbst so klein? Das Resultat von sieben Jahren an Toms Seite; all die glanzvolleren Episoden waren ausgelöscht und ersetzt durch Berichte von enttäuschten Erwartungen und Niederlagen. Aber ein Haushalt konnte schließlich nicht zwei Überflieger verkraften. Noch dazu, wenn einer von ihnen sich nicht so sicher war, ob seine Flügel ihn tatsächlich tragen würden. Das nächste Mal bei dieser Art von Konversation werde ich es positiver klingen lassen, dachte sie. Mehr nach Möglichkeiten und Chancen.

Sie durchquerte den Raum, um eine neue Packung Kaffee aus dem Schrank zu holen, dort, wo er stand. Er sah sie an, als sie auf ihn zukam, machte ihr dann Platz, aber nur ein klein wenig. Sie konnte die Wärme seines Körpers spüren. Und ihren eigenen Atem hören. Pferde lassen sich zum Wasser bringen, aber nicht zum Trinken zwingen, dachte sie. Wie stell ich es bloß an? Es war so lange her, daß sie dieses Spiel gespielt hatte, und schon der Gedanke, womöglich die entsprechenden Schritte vergessen zu haben, machte sie verkrampft. Womöglich hatten sich die Spielregeln inzwischen geändert.

Sie war jetzt wieder außerhalb seiner Reichweite. K. d. tat ihr Bestes, um zu helfen. »Where is your head, Catherine? Where is your head?«

»Im Schrank links von dir ist eine Flasche Cognac, wenn du magst«, sagte sie, froh, von den Worten des Songs loszukommen.

»Nein danke. Ich glaube, ich habe genug. Und du?«

Sie schüttelte den Kopf. Sie machten weiter Small talk, während sie auf den Kaffee warteten. Aber ihre Gedanken waren anderswo.

Er findet mich wohl nicht attraktiv genug, dachte sie. Aber das ist kaum verwunderlich. Mir geht es schließlich ähnlich.

Endlich war der Kaffee fertig. Sie schenkte ein und brachte ihm seine Tasse. Ihre Finger berührten sich, als er sie entgegennahm. »Danke.« Sie grinste; er grinste zurück. Bitte sehr, dachte sie, jetzt bist du an der Reihe.

»Surely help will arrive, to cure these self induced wounds. Why hurt yourself, Catherine, why hurt yourself?« Diesmal hörten sie beide zu. Ich werde rot, dachte sie. Was jetzt?...

Er stellte seine Tasse ab und beugte sich langsam zu ihr hinüber. Sie bewegte sich nicht. Dann küßte er sie zärtlich auf die Lippen, mehr eine Liebkosung als ein richtiger Kuß. Sie war darauf vorbereitet, daß im nächsten Augenblick die Töpfe aus den Schränken stürzen und die Glühbirnen zu blinken anfangen würden. Aber die Küche verharrte in schläfriger Friedfertigkeit. Er lächelte und küßte sie dann noch einmal. Diesmal zog er sie an sich, schob eine dicke, drängende Zunge zwischen ihre Zähne. Sie war sich nicht sicher, ob sie das mochte. Sie mußte an Jake Biderman denken und an die Frau ohne Augen. Panik ergriff sie, und sie machte sich los.

Er lachte leise, während er sie losließ. Dabei könnte man es belassen, dachte sie. Eine Testbohrung: kein Öl. Aber wir können doch jetzt nicht aufhören. Ich habe ja nur die Wahl zwischen dir und einer Teufelsaustreibung. Diesmal war sie es, die die Arme nach ihm ausstreckte. Und als sie ihn küßte, entstand etwas, das Lust ziemlich nahe kam. Was für ein komisches Gefühl im Magen, ganz ähnlich wie Furcht; dieselbe süß-saure Verwirrung. Der Kuß dauerte an, gierig und fordernd nun auf beiden Seiten. Ihr Verstand setzte aus, und sie begann jetzt mit dem Körper zu fühlen, nicht mehr mit dem Hirn. Die verspielte Zärtlichkeit verwandelte sich in Begierde. Für einen Augenblick trennten sie sich, fanden dann wieder zusammen. Der Kaffee neben ihnen wurde kalt. Die Erleichterung, die sie fühlte, war so stark, daß es sie schauderte. Er nahm es als weitere Einladung und ließ seine Hand unter ihren Rock gleiten, wo sie sich spielerisch nach oben tastete. Jede Berührung war wie ein leichter elektrischer Schlag. Beide wußten sie, daß es kein Zurück mehr gab.

»Sollen wir nach oben gehen?« fragte sie mit belegter Stimme.

Er ließ seine Zunge von ihrem Mund zum Ohr hinaufwandern. Das schlürfende, glitschende Geräusch erinnerte an richtigen Sex. »Weiß nicht«, stieß er zwischen Zungenstößen hervor. »Meinst du, wir schaffen es so weit?«

Sie sah das Bild vor sich; sie auf dem Küchentisch, und er über sie gebeugt. Nicht gerade das, was die Pastorin sich unter einem Frühstück zu zweit vorgestellt hatte. Aber obwohl der Gedanke sie erregte, war ihr die Küche irgendwie unheimlich. Nicht hier, schoß es ihr durch den Kopf. Nicht, wo sie gesehen werden konnten. Wer genau der Zuschauer sein konnte, fragte sie sich in diesem Moment nicht.

Sie machten sich voneinander los, um hinaufzugehen. Die unvermittelte Trennung wirkte irritierend, und sie war plötzlich verunsichert. Doch als sie vor ihm die Treppe hinaufging, fühlte sie seine Finger sanft ihre Wirbelsäule hinuntergleiten. Ihr Körper bebte unter der Berührung.

Als sie das Schlafzimmer erreichten, konnte sie kaum atmen. Sie wußte nicht, was sie stärker bedrängte, ihre Angst oder ihre Erregung.

Sie trat ins Zimmer. Instinktiv hielt sie sich fern vom Bett, ging zum Fenster hinüber. Es schien eine Ewigkeit, daß sie sich berührt hatten; wie zwei Fremde standen sie sich nun wieder gegenüber. Sie wandte sich ihm zu und wußte, daß ihr die Sache zu entgleiten drohte. Mein Gott, was tue ich hier, dachte sie. Ich kenne diesen Mann doch gar nicht. Wahrscheinlich mag ich ihn nicht einmal besonders. Einen schrecklichen Moment lang befürchtete sie, sie würde zu weinen anfangen. Sie machte einen Schritt auf ihn zu. »Es tut mir leid«, sagte sie ein wenig zu laut. »Ich . . . ich glaube, ich habe einen Fehler gemacht.« Dann lachte sie gezwungen. »Ich bin mir nicht sicher, ob ich das wirklich will.«

Ein schwaches Lächeln spielte um seine Lippen, während er sie ansah. Gute, feste Lippen, ein wenig aufgeworfen. Sie waren ihr schon bei der Party aufgefallen. Aber jetzt war nicht die Zeit für Phantasien. »Doch, du willst es«, sagte er ruhig. »Du hast nur keine Übung mehr, und du denkst, du hast vergessen, wie's geht. Aber das stimmt nicht. Du weißt doch, es ist wie mit dem Radfahren, man verlernt es nie. Man muß nur einfach aufsteigen.«

Die Grobheit der Bemerkung ging ihr durch und durch. Diesmal war es mehr Schmerz als Erregung. Welche genau kalkulierten, kleinen Geschichten hatte Sally ihm eingeflüstert, von der trauergebeutelten Frau, die von neuem erweckt werden mußte? »Entspann dich und laß es einfach geschehen«, sagte er. »Dann ist alles okay.«

Er kam auf sie zu und nahm ihren Kopf in beide Hände. In dem Film, den sie eben gesehen hatten, war eine ähnliche Geste vorgekommen, der Auftakt zu einer heftigen Liebesnacht. Sie verstand es als bewußte Anspielung. Er lächelte sie an. Sie hatte keine Ahnung, wer er eigentlich war, wußte aber gleichzeitig, daß das jetzt keine Rolle spielen durfte. Es ging um Sex, nicht um Persönliches. Vor langer, langer Zeit war sie gut gewesen in diesem Spiel. Oder wenn nicht gut, dann doch zumindest ausreichend locker. Er küßte sie. Wieder war die Zunge da, tiefer diesmal und entschlossener, fast wie ein Schwanz. Was ist der Unterschied zwischen damals und jetzt?, dachte sie verzweifelt. Liegt es nur daran, daß ich damals jünger war? Oder hatte sie es einfach weniger ernst genommen? O Gott, gib mir ein bißchen Zeit, damit ich meinen eigenen Rhythmus finden kann.

Aber er hörte sie nicht. Sie blieb reglos in seinen Armen, reagierte nicht, sondern wartete darauf, daß er ihre Zwiespältigkeit bemerken würde. Aber er war zu beschäftigt. Wieder fuhr seine Hand unter ihren Rock, diesmal auf der Innenseite der Schenkel. Die Frau in dem schäbigen Appartement in Prag fiel ihr ein. Der Trick bestand darin mitzugehen und sich vorzustellen, wieviel Macht und Kraft es einem gibt. Aber wieder ließ sie ihr Körper im Stich, und sie hielt die Schenkel fest zusammengepreßt. Jetzt hatte er die Wahl. Er konnte sie zwingen, oder er konnte es lassen. »Bitte«, murmelte sie, aber er hörte nicht, und sie war sich nicht sicher, ob sie das Wort tatsächlich laut ausgesprochen hatte. Er schob seine Hand weiter hinauf, bis er ihren Schoß erreichte. Sie schrie laut auf, aber er erstickte ihren Schrei mit der Zunge. Ihre Silhouette im Fenster mußte nach wahrer Leidenschaft aussehen. Sie sammelte ihre Kräfte und stieß ihn mit dem Gewicht ihres ganzen Körpers von sich.

Er verlor das Gleichgewicht, kippte zur Seite und fiel gegen das Bett. Verlegenheit und Zorn kämpften in seinem Gesicht, als er sich hochrappelte.

»Tut mir leid«, stieß sie hervor. »Entschuldige ...«

»Ja, das gilt auch für mich.« Inzwischen war klar, daß der Zorn gesiegt hatte. »Ich war der Ansicht, ich sei eingeladen worden. Du hast schließlich vorgeschlagen, daß wir hier raufgehen.«

»Ich hab ja schon gesagt, daß es mir leid tut.« Je mehr sie sie zurückzudrängen suchte, desto heftiger drängten die Tränen hervor. Und wenn sie erst einmal liefen, dann gab es, das wußte sie, kein Halten mehr. »Ich wollte nur ... ich meine ... ach, verdammte Scheiße ...«

Er sah zu, wie sie die Fassung verlor, sah zu, wie das Schluchzen sie an den Schultern packte und zu schütteln begann, eine Serie atemloser, kleiner Japser, die sie nicht unterdrücken konnte.

»Hey, ist ja gut«, sagte er ein wenig zu forsch, verlegen durch ihren Ausbruch. »Du brauchst keine Angst zu haben. Es ist vorbei. Ich tu dir nichts.«

Aber jetzt war sie es, die nicht zuhörte. In dem verzweifelten Versuch, die Tränen zu stoppen, preßte sie eine Hand gegen Mund und Nase, doch es half nichts. Sie wollte ihm sagen, daß er gehen solle, aber die Worte verweigerten sich.

Er stand da wie ein gescholtener Schulbub, einer, der zu begreifen sucht, was er falsch gemacht hat. Einer, der am liebsten verschwinden würde, aber nicht weiß, wie er es anstellen soll, und anständig genug ist, sich wegen des Scherbenhaufens, den er zurückläßt, Sorgen zu machen. »Es ist wirklich alles in Ordnung«, sagte er. »Ich will dir doch nicht weh tun. Dir passiert ja nichts. Wenn ich gehen soll, mußt du es sagen. Willst du jetzt lieber allein sein?«

Sie versuchte zu nicken, aber ein weiterer Schluchzer hinderte sie daran. Dann endlich konnte sie den Kopf zurückwerfen, tief Atem holen. Mit geschlossenen Augen sog sie die Luft ein und hielt sie in den Lungen. Ihre Brust bäumte sich nicht länger auf, sie schluckte hart. Als sie die Augen wieder aufmachte, war er fort.

In einem langen, stillen Seufzer kostete sie noch einmal den

Schmerz und mit ihm die Erleichterung. Sie sank zurück auf ihr Bett und hielt sich den Kopf, leise vor sich hin stöhnend.

Doch als sie aufsah, war er wieder da, stand mit einem Glas Wasser im Türrahmen. Er zögerte, dann kam er vorsichtig näher, das Glas mit ausgestrecktem Arm vor sich her tragend, als wollte er ein Tier füttern, das vielleicht beißen würde. »Hier«, sagte er. »Trink einen Schluck.«

Sie nahm das Glas und nippte daran. Dann kam ein langes Schniefen. »Danke.« Stille. Sie strich sich das Haar zurück. »Es geht schon wieder. Du kannst jetzt ruhig gehen. Vielen Dank für ... für ... na ja, du weißt schon.«

»Bist du sicher?« murmelte er.

»Ja, ja, alles bestens. War nur mein Körper, der Ärger gemacht hat.« Und dann grinste sie ihn an, damit er merkte, daß es komisch gemeint war.

Er lächelte befangen zurück. »Na gut, wie du meinst...« Er verlagerte das Gewicht auf das andere Bein. Jetzt durfte er keinen Fehler machen. Immerhin hatte er einen Ruf zu verteidigen. »Hör zu, vielleicht tröstet dich das... wir haben es wahrscheinlich ein bißchen zu eilig gehabt.«

»Wirklich?« Und ihr Interesse an dieser Idee war nicht geheuchelt.

»Na ja, immerhin war es unsere erste Verabredung. Heutzutage ist es nicht unbedingt üblich...«

»Nein? Bei mir war es einmal üblich«, antwortete sie. »Aber das ist weiß Gott lange her.«

Er nickte. »Ehrlich gesagt war ich überrascht, daß du mich überhaupt angerufen hast.«

»Wieso?« Ein weiteres Schniefen, wie von einem Kind; ein Laut, der sie auf eigentümliche Weise tröstete.

Er zuckte die Achseln. »Ich weiß nicht... Ich hatte nicht den Eindruck, daß du damals sonderlich interessiert warst, ... bei der Party meine ich.«

»Und du? Warst du denn interessiert?«

»Hmm ... schon. Du weißt ja, wie das ist. Du siehst gut aus. Bist intelligent, witzig. Ein bißchen sonderbar vielleicht, aber das ist okay.«

»Sonderbar?«

»Nun ja, äh... ein bißchen verschlossen. Aber das ist bei vielen Leuten so. Vor allem, wenn man sich noch nicht kennt.«

»Ja«, sagte sie, während ihre Finger von verschmierter Wimperntusche schwarz wurden, als sie sich damit unter den Augen entlangfuhr. »So ist das wohl. Aber wenn du nicht dachtest... ich meine, warum hast du Patrick dann nach meiner Nummer gefragt?«

»Nach deiner Nummer gefragt?« Er runzelte fragend die Stirn. »Ich habe nie... ich meine...«

»Aha. Schon in Ordnung«, beeilte sie sich zu sagen. Mach dir keine Gedanken. »Ich glaube, ich weiß, was da gelaufen ist. Scheiße. Was genau hat Sally denn zu dir gesagt?«

»Nicht viel«, er hob ein wenig die Schultern. »Nur daß du ein bißchen auf andere Gedanken gebracht werden mußt. Daß du eine lange Beziehung hinter dir hast.«

»Wie recht sie doch hat«, murmelte sie mehr zu sich selbst. Und dann lächelnd: »Vielen Dank. Du warst... das war sehr nett von dir.«

Er sah sie kopfschüttelnd an. »Nein. Ich glaube nicht, daß das das richtige Wort ist. Mir tut es auch leid«, er stockte. »Ich möchte nicht, daß du denkst, ich... äh... na ja, ich will sagen, daß ich wirklich Interesse hatte. Und nach dem, was unten in der Küche war, konnte ich einfach nicht glauben, daß du plötzlich keines mehr hattest.«

»Ich auch nicht.«

Er lächelte sie an. Eine Weile sagte keiner etwas. Was wird das, fragte sie sich. Ein zweiter Anlauf? Sie spürte ein leichtes Kribbeln im Bauch, aber sie war noch zu verängstigt, um es bewußt wahrzunehmen. »Schon gut. Ich verstehe. Du kannst mich ruhig allein lassen. Alles okay.«

Aber diesmal schaute er sie bewußt ein wenig länger an als nötig. Vielleicht hat er ja eine Schwäche für verrückte Frauen. Soll es ja geben. »Na gut, ich meine nur, wenn du wirklich willst, daß ich...« Das männliche Ego, was für ein erstaunliches Phänomen.

Sie schüttelte heftig den Kopf, mehr verwirrt als ablehnend. »Ich möchte nicht wieder etwas falsch machen.«

Er wartete eine Weile, bevor er auf sie zuging. »Du bist eine sehr attraktive Frau.«

Ärgerliches Lachen.

»Nein. Ich meine es ernst. Sonst wäre ich doch gar nicht erst mitgekommen. So dringend brauchte ich es nun auch wieder nicht.«

»Hmm.«

»Und du bist nach wie vor attraktiv ...«

»Das kann ich mir nicht vorstellen. Im Moment muß ich wie ein Panda aussehen.«

»Was?«

»Die Augen.« Sie sah zu ihm auf. »Die ganze Wimperntusche.«

»Ach, ich mag's ein bißchen schlampig. Sieht irgendwie ... wie soll ich sagen ... unanständig aus.« Er schnalzte leise mit der Zunge. »Oh, das war jetzt bestimmt das falsche Wort.«

»Da bin ich nicht so sicher.« Sie lachte. Diesmal klang es fröhlicher. Beide bemerkten sie es. Er hielt seine Stellung. Mit der ausgestreckten Hand hätte sie ihn berühren können. Das Schuldgefühl war verflogen, und auf einmal war er nicht mehr der kleine Schuljunge. Sein wiedergefundenes Selbstvertrauen steckte an. Vielleicht ging es ja nicht allein von ihm aus. »Hast du mal *The Big Easy* gesehen?« fragte sie.

»Was?«

»*The Big Easy*, den Film.«

Er schüttelte den Kopf. »Ich glaube nicht, warum?«

»Da gibt es eine gute Sexszene drin. Ein bißchen wie das hier, nur daß Ellen Barkin nicht so ausrastet.«

»Und wer war der Typ?«

»Dennis Quaid.«

»Na ja ...« Er fühlte sich offensichtlich – trotz allem – geschmeichelt. »Und wie geht es aus?«

»Das weiß ich nicht mehr. Ich glaube, sie probieren es noch mal, und dann klingelt das Telefon.«

Er sah sie an. Dann schauten beide zum Telefon auf dem Nachttisch. O Gott, dachte sie. Hoffentlich tue ich das Richtige. Sie streckte die Hand aus und legte den Hörer neben den Apparat.

11. Kapitel

Natürlich ist es im richtigen Leben nicht wie im Kino; weder klingelt ständig das Telefon, noch bebt die Erde. Dennoch gibt es Dinge, die sich einprägen, auch wenn sie nicht auf der Richter-Skala registriert werden. Manchmal kann ein leises Beben genauso wirkungsvoll sein, wie der Riß in einer tektonischen Platte.

Er war zwar nicht der Welt großartigster Liebhaber, dachte sie, als sie unter seinem schlafenden Körper lag. Aber schließlich war sie das ja auch nicht. Und er hatte recht behalten. Sie hatte das Fahrradfahren nicht verlernt.

Genaugenommen war ihr der Übergang vom Küssen zum Vögeln ein wenig zu unvermittelt gewesen. Mehr Berührung, Spiel und Zärtlichkeit wäre eher nach ihrem Geschmack gewesen. Ihr Körper war ihr so sehr zum fremden Territorium geworden, daß sie dessen Landkarte vor sich ausgebreitet und bewundert sehen wollte, bevor sie Touristen Einlaß gewährte. Doch sie hatte befürchtet, ihre Begierde könnte sich ein zweites Mal verflüchtigen, sobald sie ihre Bedürfnisse direkt artikulierte. Immerhin war sie im Strom seiner Lust mitgeschwommen, getragen von einer Welle der Leidenschaft und nicht länger nur Zaungast. Auch wenn das eigentliche Vögeln zu lange gedauert hatte und zu sehr von seinen und zu wenig von ihren Bedürfnissen bestimmt gewesen war, so hatte sie es doch genießen können. Die Distanz zwischen ihnen hatte ihr geholfen, und irgendwo in ihrem Körper und in ihrem Bewußtsein ließ sich, was da ablief, in Lust verwandeln. Am Ende war sie dann doch zu früh der Woge entglitten, hatte es einfach zu sehr gewollt. Aber daß die Wellen sie überhaupt erfaßt hatten, schien nach dieser langen Zeit schon ein großer Erfolg. Groß genug, daß sie, als er später fragte, die kleine Lüge gern in Kauf nahm. Manches, so schien es, war in diesem Spiel eben doch beim alten geblieben. Trotzdem wäre es schön gewesen, mit der Woge auszurollen und von ihr an Land gespült zu werden. In der Wärme des nächtlichen Danach kam ihr ihr Verlangen ganz normal vor.

Sie beugte sich hinüber und küßte ihn, aber er war noch nicht wieder bereit für sie. Seine Zurückhaltung erregte sie, doch er lächelte unter Gähnen. »Ich sollte besser gehen. Muß morgen früh raus.«

»Ich stell den Wecker.« Plötzlich wünschte sie nichts sehnlicher, als daß er bliebe. Inwieweit dieser Wunsch von ihrem Körper oder eher von den Unwägbarkeiten der Küche bestimmt war, konnte sie nicht sagen. Er sah sie prüfend von unten an, eine stumme Frage auf den Lippen. »Schon in Ordnung«, erwiderte sie munter. »Du mußt ja nicht gleich einziehen. Ich fände es bloß schön, wenn du noch bleiben könntest. Nur wenn du magst, natürlich.«

Er küßte sie lachend auf die Nase. »Wie's beliebt, sexy Lady.« Aber es war mehr Freundlichkeit als Begierde, und Minuten später schlief er, halb über sie gebeugt, ein. Interessant, wie wir alle das Bedürfnis haben, die Dinge besser zu machen, als sie sind.

Im Schlaf wurde er immer schwerer, und sein rechtes Bein drückte auf ihre Schenkel wie ein Baumstamm. Sie wurde gegen die Matratze gepreßt und versuchte vergeblich, sich zu befreien. So lag sie lange wach unter seinem Gewicht.

Das Haus war still. War's das nun also, fragte sie sich. Haben sich die rebellierenden Energien meines Unterbewußtseins tatsächlich durch ein bißchen Sex besänftigen lassen? Sie spürte zumindest eine Veränderung. Sie fühlte sich offener, leichter, als ob – trotz seines Gewichts – eine Last von ihr genommen wäre. Eine komische Sache, Sex. Seine Energien fließen wie ein Strom unter der Oberfläche des Alltagslebens, vital und nicht zu leugnen; selbst wenn sie kaum wahrnehmbar sind, können sie jederzeit und unerwartet hervorbrechen und alles mitreißen, was sich ihnen in den Weg stellt. Dieses Bild, in seiner freudschen Unbeholfenheit, amüsierte sie. Auch das tat gut. Sie ließ eine Hand an ihrem Körper hinabgleiten, über die sanfte Wölbung der Brüste und des Bauches hinunter bis zur Vagina. Ihre Finger suchten nach dem verborgenen Riff der Klitoris. Sie rieb die kleine Erhebung mit dem Zeigefinger, und als sie den richtigen Punkt gefunden hatte, sog sie für einen kurzen Moment die Luft ein. Im Kopf war der Orgasmus fast schon erreicht, aber der Körper neben ihr ließ ihr keinen Raum, sich zu bewegen, und irgendwie kam es ihr unhöflich vor, ganz ohne ihn dort anzukommen. Am Ende war sie nicht mehr richtig bei der Sache, und die Berührung zielte mehr auf erotisches Wohlbehagen denn auf Erregung – eine Erwachsenenversion des Daumenlutschens. Morgen vielleicht oder später in der Nacht, dachte sie und mußte lächeln.

Ihre neugewonnene Sicherheit machte ihr Mut, die Gedanken vom Sex zu den Ereignissen in der Küche zurückzulenken. Da fiel ihr auf einmal ein, daß sie vergessen hatte, die Küchentür abzuschließen.

Als sie vor ungefähr einer Stunde die Küche verlassen hatten, waren sie noch im Bann der ersten, unbeholfenen Leidenschaft gewesen. Sie hatte nicht nur vergessen abzuschließen, sie hatte die Tür wahrscheinlich nicht einmal zugemacht. Das hieß, sie stand jetzt weit offen. Dieser Gedanke ließ ihre Furcht von neuem aufsteigen. Der Anflug von Panik war so heftig, daß sie den Mann neben sich wachrütteln und nach unten schicken wollte. Aber der Schlaf nach dem Beischlaf ist bei männlichen Tieren bekanntlich besonders tief, und sie konnte ihn nicht wach bekommen.

Müde von der Anstrengung ließ sie sich zurücksinken. Allmählich ebbte die Angst ab. Die Tür war also offen. Was sollte ihnen beiden schon von da unten drohen? Plötzlich kam ihr das alles reichlich lächerlich vor. Vielleicht war das ja genau das Richtige: Mach die Tür auf und laß es raus. Vielleicht war es wie mit dem Sex, und es harrte nur seiner Befreiung. Wenn es die Möglichkeit bekam, sich spielerisch zu entfalten, würde es, überwältigt von so viel Freiraum, alles Bedrohliche verlieren. Und wenn ihre aufgeklärte Pastorin recht hatte und das alles von ihr selbst ausging, dann mußte durch ihre eigene Erleichterung auch dort eine Entladung stattgefunden haben.

Ich werde einen Pakt mit mir schließen, dachte sie. Wenn diesmal nichts passiert ist, dann werde ich es als ein Zeichen deuten. Sie lag noch eine Weile wach und schaute zu, wie sich der Wecker allmählich in den Morgen hinüberblinkte: 1.30... 2.00... 2.30. Sie überlegte, ihn zu wecken, damit er sie wieder berührte, doch auch ihr Verlangen wich langsam der Müdigkeit. 2.45 Uhr. Die Drei-Uhr-Anzeige schaffte sie nicht mehr.

Der Wecker schrillte, wie ihr schien, nur Minuten später. Draußen war es noch dunkel und außerhalb des Bettes empfindlich kalt. Sie streckte die Hand aus, um den Wecker zum Schweigen zu bringen. Sein kleines grünes Licht zeigte sechs Uhr. Er stöhnte neben ihr. Sie drehte sich zu ihm und wunderte sich über die Freude, die sie empfand, ihn dort zu finden. Mit der Hand fuhr sie sanft seine Brust entlang in der Hoffnung, er würde ihre Hand weiterführen. Sie war selbst überrascht, wie sich ihr Appetit schon wieder regte und wie problemlos sie ihn zeigen konnte. Er reagierte halbherzig, dann, als er einen Blick auf die Uhr geworfen hatte, schob er sie behutsam weg. Ein neuer Tag hatte begonnen, und sie beide zählten zur arbeitenden Bevölkerung.

Doch das Gefühl von Intimität, das die Nacht ihnen gegeben hatte, konnten sie hinüberretten. Er berührte ihre Wange, bevor er sich mühsam aus dem Bett hievte. »O mein Gott, wie gern würde ich liegenbleiben.«

Sie machte Anstalten, ebenfalls aufzustehen.

»Nein. Bleib liegen. Schlaf noch ein bißchen«, murmelte er. »Es ist doch noch viel zu früh.«

»Kein Problem. Ich mach dir Kaffee.«

»Auf keinen Fall. Ich geh nach Hause zum Duschen. Ich muß sowieso noch was holen. Schlaf einfach weiter.«

Es war ihm offensichtlich lieber so. Ein geordneter Abgang, kein langes Gerede, keine Beteuerungen. Sie legte sich wieder hin und hörte ihn ins Badezimmer tappen.

»Wie kommst du zu deiner Wohnung?« rief sie, als sie das Wasser plätschern hörte.

»Mit dem Taxi. Ich hab eine Nummer.«

So, dachte sie schläfrig. Und wie regelmäßig machst du von ihr Gebrauch? Sie lag lauschend da und hörte ihn telefonieren, während die Klospülung rauschte. Ein Mann und sein tragbares Telefon. Die Welt war jedenfalls nicht stehengeblieben seit ihrem letzten One-night-Stand. Er kam zurück ins Zimmer und mühte sich mit seinen Klamotten ab. Deine Unbeholfenheit, dachte sie, macht dich liebenswert. Als er angezogen war, setzte er sich auf die Bettkante und beugte sich über sie. Ihre Lippen trafen sich. Sein Atem roch schlecht. Aber dasselbe galt zweifellos auch für sie. »Auf Wiedersehen«, sagte er. »Und schlaf noch gut.«

»Tschüs! Mach's gut.«

»Du auch.« Noch einmal streichelte er ihre Wange. »Ich ... ich ruf dann wieder an.«

Im Halbdunkel hob sie eine Hand und legte sie ihm auf den Mund. »Mach dir keine Gedanken«, sagte sie leise. »Ich bin sicher, wir laufen uns wieder über den Weg.«

Sie hörte ihn erleichtert aufseufzen. »Du bist großartig«, flüsterte er. »Ehrlich.«

»Ja, ich weiß.«

Dann war er weg. Sie lag da und lauschte seinen Schritten auf der Treppe, dem Öffnen und Zuschlagen der Haustür. Er war weg. Der Gedanke erleichterte und erschreckte sie gleichermaßen. Als sie noch jünger war und so etwas öfter machte, hatte das Ende immer zum besten Teil gehört. Vorausgesetzt, man ging richtig damit um: romantische Gefühle auf beiden Seiten, ohne die Verantwortung einer Zukunft. Es tat ihr gut, daß sie sich so viele der alten Tricks gemerkt hatte.

Der Gedanke an Schlaf verlockte sie, und sie blieb noch ein Weilchen liegen, fasziniert von seinem Geruch in ihrem Bett. Sie hatte die Augen geschlossen, aber der Schlaf wollte nicht kommen. Wenn sie jetzt aufstand, würde sie der Schlafentzug den Rest des Tages begleiten. Aber warum auch nicht? Vielleicht war das genau, was sie brauchte, die Freiheit, die eine emotionale Erschütterung mit sich bringt.

6.45 Uhr. Sie zog den Morgenmantel über und ging hinunter. Die Küchentür stand halb offen, rußiges Winterlicht dämmerte durch die Glastür. Sie stieß die Tür ganz auf. Ich bin geheilt, sagte sie sich, während sie das Licht anschaltete. Ich bin geheilt, und dies hier ist ab jetzt eine Küche wie jede andere ...

Und so war es: eine Küche, wie sie sie zurückgelassen hatten. Die zwei Tassen mit kaltem Kaffee, die Box der k.d.-Lang-CD geöffnet neben der Anlage, die Scheibe noch im Gerät. Sie stellte den Wasserkessel an, machte sich Tee und schaute in den Garten hinaus, während das Wasser zu gurgeln begann und der Morgen schwer und kalt anbrach. Ein neuer Tag: Herzlich willkommen. Sie nahm ihren Tee mit hinauf ins Bett, und dort war es so gemütlich und warm, daß sie die Tasse auf den Nachttisch stellte und einschlief.

Sie fühlte sich scheußlich, als sie aufwachte, zerschlagen und wirr vom Schlaf. Durch die Vorhänge drang ein körniges Licht, das ein Morgengrauen, aber ebensogut auch das Vorspiel zu einer winterlichen Abenddämmerung sein konnte. Vier Uhr nachmittags. Sie hatte den Tag verschlafen. Im Haus war es still. Sie blieb noch eine Weile liegen und spürte der Erschöpfung von zu viel Schlaf und ihrem anarchischen neuen Verhältnis zur Zeit nach. Das Zeitgefühl zu verlieren eröffnete ganz neue Möglichkeiten. Und auf einmal war sie sehr hungrig.

In der Küche unten war alles beim alten. Sogar Millie war anwesend, gleichermaßen erfüllt von Hunger und Vorwurf. Sie fütterte erst die Katze, dann sich selbst, und zwar mit dem vollen Programm: Eier, Schinken und zwei dicke Scheiben Toast. Das Ganze untermalt von Morrisons »Tupelo Honey«, einem Liebeslied aus einer Phase seines Lebens, als die Liebe leicht und voll vom Versprechen auf Erfüllung gewesen war. Der Abend brach herein, während er sang, und sie war glücklich.

Anschließend lag sie lange im heißen Badewasser, bevor sie sich auf die Suche nach etwas zum Anziehen machte. Im Schlafzimmer fand sie ihre gestrige Garderobe wie von einem Wirbelsturm im Raum verteilt, der süße Beweis für die Lust eines anderen an ihr. Sie sammelte die Teile ein und warf sie in den Wäschekorb. Dann wandte sie sich dem Schrank zu.

In den vergangenen Monaten hatte sie ihrer Kleidung keine besondere Beachtung geschenkt. Ihre Wahl war immer gleich ausgefallen: Weite, lockere Hüllen, die verbargen, statt hervorzuheben. Diesmal war sie auf der Suche nach etwas anderem, etwas, das eng genug war, um es bewußt zu tragen; etwas, das ihr zeigte, wer sie war.

Sie betrachtete sich im Spiegel und sah den Körper einer Frau, mit Kurven und Polstern und verborgenen Orten, und sie sehnte sich von neuem nach ihm. Vielleicht auch mehr nach seiner Berührung als nach ihm selbst. Sie stellte sich vor, daß er hinter ihr stand, eine Hand in den Ausschnitt ihres T-Shirts schob und ihre Brust in seine Handfläche gleiten ließ. Sie würde den Druck seiner Hand spüren können, und ihr Nippel würde sich aufrichten. Aus dem Spiegel funkelte ihr neu erwachte Leidenschaft entgegen. Sie empfand eine plötzliche Selbstsicherheit, ja ein Glücksgefühl. Danke, Malcolm, sagte sie, und erlaubte sich diesen Gefühlsausbruch für ihn gerade deshalb, weil sie sicher war, ihn nicht wiederzusehen. Zwischen ihnen war nichts außer einer Nacht, die jetzt vorüber war.

Zufriedenheit erfüllte sie. In dieser Gefühlslage war sie eher zu Hause. Sie hatte sich noch nie das große Glück erwartet, hatte nie zu jenen strahlenden jungen Frauen gehört, die – falls sie nur die richtigen Schuhe trugen und ihr Make-up regelmäßig erneuerten – vom Leben die Erfüllung ihrer kühnsten Träume erwarteten. Im Gegenteil, sie hatte nie wirklich gewußt, was sie wollte, vor allem nicht, welche Rolle Männer dabei spielten.

Statt dessen hatte sie Männer in erster Linie als Sexpartner gesehen. Zu ihrer eigenen Überraschung war sie gut darin gewesen, wenn auch manche das als eine Abwehr gegen bindendere Gefühle sahen. Sie entwickelte ein gewisses Geschick darin, nur so viel von ihnen zu verlangen, wie sie auch zu geben bereit waren, und vermißte nicht, was sie nicht geben konnten. Eher fühlte sie sich erleichtert. Es war sicherlich nie ihre Absicht gewesen, sich zu verlieben.

Tom war der erste gewesen, der es darauf angelegt hatte. Er mußte bewundert werden, und um zu bekommen, was er brauchte, hatte er diese Gefühle erst in ihr geweckt. Doch das Problem war, daß er, nachdem sie erst einmal angebissen hatte, nicht mehr bereit war, die Bewunderung zurückzugeben. Als sie schließlich erkannte, wie tief sein Narzißmus saß, war es zu spät. Da hatte er sie bereits an der Angel, und der Sex war mit Gefühlen verbunden, was bedeutete, daß er nicht länger zur Selbstverteidigung taugte.

Am Ende hatte sich ihre Loyalität dann doch abgenutzt, war

aufgerieben worden von unzähligen Gedankenlosigkeiten und verpaßten Chancen. Und so hatte sie sich nach und nach zurückgezogen. Zu diesem Zeitpunkt hatte sein Ego durch die entsprechende Fütterung bereits so monströse Ausmaße angenommen, daß er den Mangel an Nachschub nicht einmal mehr registrierte. Kein Wunder, daß die Beziehung noch so lange dahinsiechte.

Aber das war jetzt alles vorbei. Neun Monate waren es inzwischen, und sie konnte wieder sie selbst sein. Die vergangene Nacht hatte ihr das, trotz der traumatischen Erfahrung, gezeigt. Sie zeichnete mit dem Finger den Umriß ihrer Brust nach und kehrte dann zur Alltäglichkeit des Zähneputzens zurück. Sie machte sich einen Cappuccino und ging hinauf ins Arbeitszimmer.

Und weil sie sich so stabil und sicher fühlte, machte sie sich keinerlei Gedanken, was sie dort oben finden würde, sobald sie die Tür öffnete und das Licht anschaltete.

12. Kapitel

Die englische und die tschechische Version zusammengenommen lagen etwa fünfhundert Manuskriptseiten im Raum verstreut. Ein Schneesturm unzähliger weißer Blätter, so wild, daß es fast schon wieder schön war. Es sah aus, als hätte jemand den Stapel unter einen Fön gehalten. Aber Weiß war nicht die einzige Farbe. Auch Rot war da: breite dunkle Spuren, die Wände entlanggeschmiert, am Tisch hinuntertropfend, über den Bildschirm des Computers und hinein ins Keyboard rinnend, dick und klebrig.

Sie stöhnte auf, wie von körperlichem Schmerz gequält. Die Kaffeetasse entglitt ihren Händen und trug das ihre zu den dunklen Flecken auf Wänden und Boden bei. Als sie sich wieder in der Gewalt hatte, bewegte sie sich langsam auf den Computer zu, unter ihren Füßen knirschten unregelmäßige Verben und Szenen der Gewalt. Beim Näherkommen verriet ihr ein leises Summen, daß die Maschine in Betrieb war, doch der Bildschirm war zu verschmiert, als daß sie hätte erkennen können, was dort geschrieben stand. Sie berührte das Zeug mit dem Finger. Es war klebrig. Sie roch daran. Ein salzig würziger Duft. Und als sie es an die Lippen brachte, gab es keinen Zweifel mehr: Ketchup, der Welt meistgebrauchtes Pseudoblut.

Mit der Handfläche wischte sie es vom Bildschirm. Unter dem zurückbleibenden Film konnte sie die Schrift einigermaßen erkennen. Es war eine Passage aus ihrem Buch, eine frühe, inzwischen überarbeitete Version, deren Buchstaben zu drei- bis vierfacher Größe aufgeblasen waren. Da stand:

> DIE TÜR ÖFFNETE SICH, UND DER MANN TRAT EIN. HASTIG STAND MIRKA VON DEM LAGER AUF UND SAH IHN AN: »ICH MÖCHTE ...«
> »HALT DIE FRESSE.« ER HATTE EINEN STARKEN AK-

ZENT. »KEINER HIER SCHERT SICH DARUM, WAS DU MÖCHTEST, KAPIERT?«

SIE VERSTUMMTE, HIELT ABER SEINEM BLICK STAND. EINEN MOMENT LANG STARRTE DER MANN SIE AN, DANN ENTSPANNTEN SICH SEINE GESICHTSZÜGE ZU EINEM GRINSEN: »TJA, NEW YORK LADY, WAS MEINST DU, SOLLEN WIR MIT DEINEM ALLERLIEBSTEN KÖRPER ANSTELLEN?«

UND ER KAM AUF SIE ZU.

Eine Weile lang war sie zu keiner Bewegung fähig. Das Gefühl der Schändung, die Ungeheuerlichkeit dieses Eindringens raubten ihr für den Augenblick die Möglichkeit, klar zu denken. Sie ließ sich auf den Arbeitsstuhl fallen und starrte weiter den Bildschirm und das Keyboard an, wo das Ketchup mittlerweile zwischen den Buchstaben antrocknete. Wie geronnenes Blut. Die blanke Boshaftigkeit, die hinter dieser Tat stand, rüttelte sie schließlich auf. Sie griff nach dem Telefon und wählte. Ein Mann antwortete.

»Hallo? Kann ich mit Catherine Baker sprechen?«

»Tut mir leid. Sie ist bei einer Konferenz in Southampton.« Eine sympathische Männerstimme, wahrscheinlich der Ehemann. »Vor Freitag wird sie nicht zurück sein. Kann ich ihr was ausrichten?«

Sie hielt sich nicht mit einer Antwort auf.

»Hast du das auch gewußt?« fragte sie laut in den Raum, aber niemand antwortete ihr. Sie wählte noch einmal, diesmal nur drei Ziffern. Aber bevor eine Stimme ihr »Notruf. Welchen Dienst benötigen Sie?« sagen konnte, hatte sie die Verbindung schon wieder unterbrochen. Der Gedanke an die ungläubige, verächtliche Reaktion der Polizisten verunsicherte sie fast ebenso wie die Spuren von Gewalt, die sie umgaben.

Und dann, weil ihr nichts anderes zu tun blieb, fing sie an zu denken.

Wenn Catherine Bakers Analyse zutraf und dieser letzte Akt des Vandalismus wirklich ein weiterer Ausdruck ihrer psychischen Labilität war, dann mußte sie sich der Tatsache stellen, daß sie massiv gestört war. Eine andere Erklärung für den abrupten Wechsel zwischen ihrer neu gewonnenen Gelassenheit und den Spuren anarchischer Gewalt in diesem Raum konnte es nicht geben. Doch wie konnte jemand dermaßen verrückt sein und nichts davon merken?

Falls diese Begründung aber nicht zutraf, dann blieb nur eine einzige andere. Nämlich, daß in der Zeit zwischen sechs Uhr gestern abend, als sie sich mit Malcolm getroffen hatte, und vorhin, als sie zum zweiten Mal aufgewacht war, jemand – und nicht etwas – in ihrem Haus gewesen war. Wie auch die vorigen Male war er wahrscheinlich durch die Verandatür gekommen. Nur mit dem Unterschied, daß diesmal die Küchentür nicht verschlossen gewesen war. Er war ungehindert in ihr Arbeitszimmer gelangt, um mit der Ketchupflasche sein Unwesen zu treiben.

Die Ketchupflasche. Hatte er sie mitgebracht, oder stammte sie aus ihrer Küche? Diese absurde Frage schien plötzlich von immenser Bedeutung. Sie rannte in die Küche hinunter und riß den Kühlschrank auf. Eindeutig, der Platz in der Tür neben dem Zitronensaft war leer. Auch im Mülleimer lag keine leere Ketchupflasche.

Während sie in den Mülleimer starrte, als erwarte sie von ihm die Antwort, kam Millie, wie vom Höllenhund gejagt, jaulend durch die Katzenklappe gesaust. Auch der letzte Rest von Würde und Anstand war dahin. Dann flog die Klappe noch einmal auf, diesmal für ihren Verfolger, den schwarzen Kater. Sie griff nach dem erstbesten Gegenstand, einer Gabel von der Anrichte, warf nach ihm, verfehlte aber ihr Ziel. Er wich aus, drehte sich um, legte die Ohren an. Doch bevor er den Rückzug antrat, fauchte er wütend, ein Laut der rohen Gewalt. Dann wischte er an ihr vorbei durch die Klappe und verschwand über die Mauer. Sie sah ihm nach, während ihr Herz gegen die Rippen hämmerte.

Es ist nur eine Katze, eine ganz normale Katze, versuchte sie sich zu beruhigen. Aber der Eindruck der Boshaftigkeit blieb haften. Seit dieses Vieh im Garten aufgetaucht war, lebten beide, Millie und sie, unter einem Regime des Schreckens und der Angst. Sie sah hinunter zur Katzenklappe. Vielleicht sollte sie sie verbarrikadieren, um sie beide vor der Welt draußen zu schützen.

Verbarrikadieren... vor der Welt draußen schützen... Diese

Gedanken kreisten in ihrem Kopf. Die Welt draußen, die Katzenklappe.

Sie ging zur Verandatür hinüber und starrte auf die Verriegelung oberhalb des Türgriffs. Dann wanderte ihr Blick hinunter zur Katzenklappe. Sie schwang noch leicht in ihren Angeln. Der Abstand zwischen beiden betrug etwas mehr als einen Meter. Sie berührte den Riegel mit dem Finger und fühlte etwas Rauhes an der sonst glatten Unterseite. Sie tastete weiter, hockte sich hin und untersuchte das Metall genauer. Ja, der Stahl auf der Unterseite war zerkratzt, so, als hätte etwas daran gerieben. Wieder fiel ihr Blick auf die Klappe. Und da ging ihr ein Licht auf. Sie bewegte sich zielstrebig durch die Küche, kramte in Schubladen. Sie kam mit einem Bratspieß zurück, die Art, die man zum Grillen benutzt. Er stammte aus der Zeit, als Tom und sie noch gesellig genug waren für Grillpartys. Sie ließ ihn zwischen den Türgriff und den Riegel des Schlosses gleiten. Dann bewegte sie ihn hin und her, benutzte ihn wie einen Hebel und konnte den Riegel schließlich damit lösen. Jetzt ließ sich der Türgriff drehen. Er klinkte aus, und die Tür öffnete sich.

Mit klopfendem Herzen ging sie hinaus, schloß die Tür und kauerte sich bei der Klappe auf den Boden. Dann stieß sie den Arm samt Bratspieß durch die Klappe, bis sie den Ellbogen abwinkeln konnte. Mit ausgestrecktem Arm und dem Spieß als Verlängerung konnte sie jetzt fast den Riegel erreichen. Aber eben nur fast.

Sie zog die Hand zurück und ging hinein, nicht ohne die Tür hinter sich abzuschließen. Im Wohnzimmer fand sie schließlich einen langen, stabilen Schürhaken, der sich an der Spitze zu einem dünnen Haken krümmte. Mit dem wiederholte sie die Prozedur. Diesmal erreichte sie die Verriegelung. Es war schwer, das Instrument mit der Hand ruhig zu führen, aber sie schaffte es. Die Spitze ließ sich unter den Riegel schieben. Die Tür war jetzt natürlich bereits entriegelt. Sie hätte es mit verriegelter Tür probieren können, doch dann lief sie Gefahr, sich auszusperren. Es war möglich. Und jemand hatte es erfolgreich durchgeführt, das wußte sie jetzt mit absoluter Sicherheit, wußte, daß jemand gekauert hatte, wo sie jetzt kauerte, um die Verriegelung zu bearbeiten, bis sie nachgab und das Haus ihm offenstand.

Damit war auf einmal alles klar. Wie er hereingekommen war, um dann die Küchentür verschlossen zu finden, die ihm den Zugang zum übrigen Haus ermöglicht hätte. Aber mit ein bißchen Einbildungskraft ließ sich auch in der Küche genug Unheil anrichten: vom beiläufigen Verschwinden einer CD und dem schon bedrohlicheren Einsatz des CD-Players, bis hin zum CD-Turm und dem gedeckten Frühstückstisch. Jede Tat ein wenig einschneidender, zeitaufwendiger und mehr Selbstvertrauen beweisend. Fast konnte man eine Strategie dahinter vermuten.

Bis auf diesen letzten Vorfall, als das Schicksal die Küchentür offengelassen und ihm das ganze Haus als Spielfläche geboten hatte.

Ihm? Aber wem? Und von wo?

Die beiden ersten Fragen konnte sie nicht beantworten. Aber auf die letzte hatte sie vielleicht die Antwort gefunden. Sie schaute über den Garten nach draußen. Seit Tom gegangen war, mochte sie Hunderte von Malen so an der Tür gestanden haben. Und jedesmal hatte sie sich vollkommen sicher gefühlt unter dem anonymen Starren all dieser Fenster. Sie dachte an den Sommer zurück, als sie jeden Morgen dort draußen gefrühstückt hatte und ihr die Nähe zur Welt im Schutz ihrer vertrauten Umgebung ein großer Trost gewesen war. Und die ganze Zeit hatte irgendwer sie von irgendwo da draußen beobachtet.

Die Nacht brach jetzt rasch herein. Sie ging bis zum Ende ihres Gartens und blickte in den Halbkreis der Häuser und Gärten, die an den ihren grenzten. Ihre Gartenmauer war hoch, hatte etwa ihre Höhe, aber deswegen war sie noch lange nicht unüberwindbar. Aus all den angrenzenden Gärten konnte man hierhergelangen, und aus ihnen wiederum in andere. Sie zählte die Fenster ringsum; Dutzende blickten auf sie herab.

Sie drehte sich um und betrachtete ihr Haus. In der Küche waren die Lichter an; die Arbeitsflächen, die Kochplatten, der Tisch, alles war deutlich sichtbar. Sie hatte keine Fensterläden, keine Vorhänge. Irgendwie hatte sie das nie für nötig gehalten. Über der Küche war das kleine Klofenster und rechts davon ihr Schlafzimmer. Jetzt lag es im Dunkeln, aber wenn das Licht dort brannte oder auch nur von der Diele hereinschien, wäre der Bereich um das Fenster herum völlig einsehbar. Auch dort stand sie oft. Und gestern abend war sie nicht allein gewesen. Gestern abend hatten sie genau dort die Arme eines Mannes umschlungen, der Fensterrahmen hatte ihrer beider Silhouette in dieser Parodie eines Liebesakts präsentiert, der, so schien es jetzt, unmittelbar zu einem Akt der Gewalt geführt hatte.

Die Logik dieser Verknüpfung ängstigte sie mehr als alles andere. Schnell ging sie ins Haus zurück und verriegelte die Tür hinter sich. Im Keller fand sie ein großes Knäuel Blumendraht. Damit befestigte sie den Riegel am Türgriff, wickelte den Draht wieder und wieder um den Griff, bis kein Freiraum für Eingriffe mehr blieb; auch nicht der kleinste Spalt, in den ein Metallhaken hätte eindringen und die Verriegelung lösen können. Dann ging sie hinaus und schloß die Küchentür hinter sich ab. Zusätzlich klemmte sie noch einen Besen zwischen Klinke und Wand, so daß die Tür sich auch bei aufgebrochenem Schloß nicht öffnen lassen würde. Von der Diele aus rief sie den Schlosser an. Dann ging sie nach oben, um ihr Arbeitszimmer in Ordnung zu bringen.

Er kam, noch bevor sie fertig war. Als es an der Haustür klingelte, hatte sie die Seiten zusammengesammelt und jedes Blatt in der jeweiligen Sprache wieder geordnet, die meisten der Ketchupflekken von der Wand entfernt und war nun mit dem Computer beschäftigt. Gewissenhaft kratzte sie die angetrocknete rote Schmiere zwischen den Buchstaben der Tastatur heraus.

Diesmal fragte sie nach einem Ausweis, bevor sie die Tür öffnete. Er schob eine Karte durch den Spalt, den die Kette ihm ließ. Es war nicht derselbe Mann; dieser hier war jünger, mit gebrochenem Nasenbein und knochigem Gesicht. Eingehend studierte sie seine Papiere.

»Ich habe aber nach dem Mann gefragt, der neulich schon mal hier war«, sagte sie, während sie die Kette aushakte.

»Der hat woanders zu tun«, erwiderte er im selben unwirschen Ton. »Heute ist mein freier Abend. Man hat mich extra rausgeklingelt.«

»Das ist mir gleich. Ich hatte den anderen bestellt.«

»Falls sie sich beschweren wollen, rufen Sie besser meinen Boß an«, sagte er achselzuckend. »Für die Anfahrt müssen Sie sowieso zahlen. Und wenn Sie die Sache heute abend noch erledigt haben wollen, müssen Sie mit mir vorlieb nehmen.«

Mürrisch ging sie ihm in die Küche voraus. Es brauchte eine Weile, bis sie den Besen losgemacht hatte. Er sah ihr befremdet zu. Dann bemerkte er betont gleichgültig: »Sie hatten wohl Einbrecher.«

»So könnte man es nennen.«

Bei der Verandatür rümpfte er verächtlich die Nase über den Draht. »Ist das kaputt?«

»Nein. Ich hab's zur zusätzlichen Sicherheit umwickelt. Sie kommen nämlich durch die Katzenklappe. Sie schieben was durch und entriegeln damit die Tür.«

Er sah sie an, als sei sie verrückt. Und sie tat nichts, um ihn vom Gegenteil zu überzeugen. »Was soll's denn nun sein? Schloß auswechseln? Zusätzliches einbauen?«

»Beides. Und ein Paar anständige Riegel für oben und unten.«

»Ich hab alle Zeit der Welt, und es ist Ihr Geld.«

Die Dunkelheit draußen verdichtete sich, während sie dasaß und ihm bei der Arbeit zuschaute. Es paßte ihm nicht, daß sie da herumsaß. Es machte ihn nervös. Tut gut, jemanden zu sehen, der noch verunsicherter ist als ich, dachte sie, während er schniefte und in Ermangelung eines Taschentuchs mit dem Finger unter der Nase entlangfuhr.

Und wenn *er* es wäre? Was würde ich tun, fragte sie sich. Wenn er jetzt hier drin wäre, dann würde ich ihn mit irgendwas niederschlagen, einem Teller, einer Bratpfanne. Die Küchenmesser steckten vor ihr in einem Holzblock. Würde ich das tun, dachte sie. Würde ich es fertigbringen? Wäre ich wirklich in der Lage, eines von ihnen zu nehmen und damit zuzustechen?

Er sah auf und folgte ihrem Blick zu den Küchenmessern. Dann grinste er nervös zu ihr herüber. »Wissen Sie, wenn Sie wirklich Angst vor Einbrechern haben, können Sie auch die Polizei anrufen«, murmelte er, so als hätten sie die ganze Zeit von nichts anderem gesprochen.

»Ja die Polizei«, sagte sie versonnen. »Die sind eine große Hilfe.«

Dann wandte er sich rasch wieder der Arbeit zu. Eine Stunde später hatte er die Tür in etwas verwandelt, das mit seinen Schlössern und Riegeln Dagobert Duck Ehre gemacht hätte. Er zeigte ihr, wie sie funktionierten. Schließlich kam sie mit dem Schürhaken und testete die Riegel am oberen und unteren Rand. Sie waren von der Katzenklappe aus nicht zu erreichen.

Er packte hastig sein Werkzeug zusammen und ging zur Haustür. Die Rechnung schrieb er in der geöffneten Tür und akzeptierte den Scheck, noch bevor sie ihm die dazugehörige Karte zeigen konnte.

»Sollten Sie sich nicht besser die Nummer notieren?« sagte sie. »Schließlich könnte ich eine Betrügerin sein.«

Er warf ihr einen Blick zu. Du nicht, Lady, hörte sie ihn denken. Dazu bist du viel zu verrückt. Es gefiel ihr, daß er Angst vor ihr hatte. Sie bedachte ihn mit einem wilden Grinsen, als er die Karte zurückgab, und er machte, daß er davonkam.

Nachdem sie die Haustür abgeschlossen hatte, ging sie in die Küche zurück und kontrollierte noch einmal alle Schlösser und Riegel. Dann nahm sie die Cognacflasche vom Regal und genehmigte sich einen ordentlichen Schluck. Das tragbare Telefon hatte sie aus seiner Halterung an der Wand genommen und neben sich gelegt. Gern hätte sie jetzt Musik angemacht, schon um nicht so allein zu sein, aber man hätte die Anlage bis in den Garten gehört, und sie wollte ihn schließlich nicht provozieren. Als sie dann bereit war, schloß sie die Küchentür, setzte sich wieder auf ihren Platz und löschte das Licht.

Die Dunkelheit umschloß sie ganz unvermittelt. Sie wartete, und ihre Atemzüge waren tief und regelmäßig. Nach einer Weile hellte sich das Dunkel zu Dämmerlicht auf, so daß sie Umrisse erkennen konnte; den Brotkasten, die Regale, den Rahmen der Verandatür und die lebendige Schwärze der Nacht, die sich dahinter auftat. Sie schob ihren Stuhl zurück gegen die Wand. Von außen würde sie nicht zu sehen sein. Schließlich erreichte ihr Puls wieder seine normale Geschwindigkeit.

Etwa eine halbe Stunde hatte sie so gesessen, als das Telefon klingelte. Der Ton schnitt durch die Stille wie eine Klinge. Sie griff so hastig ins Dunkel, daß sie den Apparat verfehlte und er zu Boden fiel, wo sie erst umständlich nach ihm tasten mußte. Mit Mühe fand sie den richtigen Knopf.

»Hallo.« Es war die Stimme eines Mannes. »Ich dachte schon, du wärst nicht da.«

»Wer spricht da?« fragte sie unwirsch.

»Ich bin's, Malcolm. Weißt du nicht mehr? Wir haben neulich ...«

»Malcolm, ach ja.«

»Genau der. Wie geht's dir?«

»Prima.«

»Du klingst aber irgendwie nicht so. Was machst du denn?«

Im Dunkeln sitzen und einem Mann auflauern, dachte sie. »Ach, nichts Besonderes. Ich häng nur ein bißchen rum. Und du?«

»Na ja, dies und das. Hör mal ... ich ... äh. Es tut mir leid, aber ich hab meine Uhr bei dir liegenlassen.«

»Was?«

»Meine Uhr. Ich muß sie in deinem Schlafzimmer vergessen haben. Auf dem Nachttisch wahrscheinlich.«

»Deine Uhr?«

Zweifellos hätte ein Analytiker zu dieser Art von Vergeßlichkeit einiges zu sagen gewußt. Aber dafür werden sie ja schließlich auch bezahlt. Nach dem Grad deiner Verlegenheit zu schließen, geht es hier tatsächlich nur um deine Uhr, dachte sie.

»Äh, ja.«

»Und was soll ich tun? Sie dir schicken?«

»Ja, oder ... oder ich könnte schnell vorbeikommen und sie holen.«

»Wann denn?«

»Ich weiß nicht ... egal ... jetzt zum Beispiel. Ich habe gerade Schluß gemacht im Büro und ... morgen brauche ich sie ...«

»Nein.« Sie sagte es lauter als nötig. »Jetzt nicht. Heute abend geht es nicht. Ich ... äh ... ich hab noch zu tun.«

»Verstehe. Gut. Vielleicht könntest du sie dann doch schicken.«

Sie notierte sich die Adresse. Als sie bei der Postleitzahl war, fragte sie sich, ob sie den Anruf nicht doch falsch interpretiert hatte. Ob er vielleicht doch etwas anderes bezweckt hatte? Schwer zu sagen. Vieles war geschehen seit gestern abend. War sie überhaupt noch dieselbe Person? »Ich werde sie bestimmt morgen abschicken.«

»Danke.« Pause. »Ist wirklich alles in Ordnung bei dir?«

»Den Umständen entsprechend ja«, kam es lachend, bevor sie noch überlegen konnte.

Diesmal dehnte sich die Pause zur Stille. Schließlich erwiderte er ihr Lachen, aber eher gequält. »Gut, wir sehen uns.«

»Ja.«

Nachdem es in der Leitung geklickt hatte, legte sie das Telefon zurück. Sie spielte das Gespräch in ihrem Kopf noch einmal durch. Er mußte denken, sie sei nicht ganz dicht. Und er wäre nicht der erste.

Im Dämmerlicht schaute sie auf ihre Uhr. Halb zehn. Sie saß eine Weile und wartete einfach. Es war noch zu früh. Aber sie hatte ja die ganze Nacht vor sich, und er würde sie nicht im Stich lassen, dessen war sie sich sicher. Die Zeit verging. Sie mußte an Jake denken, wie er wartend neben dem Telefon saß und die Angst ihm an den Nerven zerrte. Warten. Sein Anruf würde anders sein als ihrer. Sie würden kein Geld wollen. Ihm lediglich mit dem Klang von Mirkas Stimme ein bißchen die Haut abziehen. Und natürlich sicherstellen, daß die Ware, die unterwegs war, überall durchkommen würde. Die Leute, die den Typen beschatten sollten, den der Antiquitätenhändler verpfiffen hatte, hatte er bereits zurückgerufen. In dem Moment, als draußen am Flughafen der Wagen angefahren war, war ihm klar, daß er das Spiel verloren hatte und auf alles eingehen würde, was sie verlangten. Er würde seinen Haß runterschlucken und für später aufheben. »Wann kriege ich sie zurück?«

»Keine Sorge. Morgen früh wirst du sie sehen.«

Um sechs Uhr morgens lag die kleine Schachtel mit dem blutigen, in Papiertaschentücher gewickelten Inhalt auf seiner Türschwelle. Das Blut war schnell getrocknet, und er hatte ihn erst von den Tüchern lösen müssen, an denen er festgeklebt war, kalt und stumpf unter der Berührung. Der Anblick war eher absurd als schrecklich, wie eine dieser Marzipanfrüchte sah er aus. Warum mußten es immer Finger sein? Vielleicht weil das die einzige Amputation war, die man ohne Arzt durchführen konnte. Schließlich sollten einem die Opfer nicht unter den Händen verbluten.

War das ihr Text oder der des Romans? Sie warf den Kopf zurück, um den Gedanken zu verscheuchen, als auf der anderen Seite der dunklen Küche die Katzenklappe aufsprang. Sie drehte sich um und konnte eine dunkle Gestalt ausmachen, kein Eindringling diesmal, sondern jemand auf dem Weg zu seinem Futternapf. Erleichtert stieß sie die Luft aus, die sie unwillkürlich angehalten hatte.

Millie ließ sich Zeit bei der Wasserschüssel, ihr Schlabbern wirkte in der Stille unnatürlich laut. Als sie genug hatte, sprang sie ihrem Frauchen auf den Schoß, streckte sich und kuschelte sich, begierig nach Streicheleinheiten, in ihre Hände.

Sie gab Millies Drängen gern nach, auch sie brauchte jetzt Wärme und Nähe. So saßen sie zusammen und warteten. Jetzt komm schon, dachte sie. Ich bin bereit für dich. Bereit, von meiner dunklen Ecke aus zuzusehen, wie dein auseinandergebogener Kleiderbügel dir eben diesmal keinen Zutritt verschafft. Aber du wirst zu spät merken, daß ich dir auf die Schliche gekommen bin. Dann werde ich dich beobachten, wie du durch den Garten dorthin zurückkriechst, von wo du gekommen bist, und in einem der Fenster, das bisher dunkel war, wird das Licht angehen. Ich werde wissen, wo du wohnst, und es der Polizei melden. Oder vielleicht auch nicht. Vielleicht werde ich dich auch einfach selbst fertigmachen und meine Rache an dir ausleben wie der Racheengel in meinen Träumen. Was würde dieser Engel tun? Was würde sie dabei fühlen? Der Gedanke erregte sie, aber er beunruhigte sie auch, und sie ließ ihn fahren.

Die Zeit verstrich. Nach einer Weile hörte sie auf zu denken und wurde ganz ruhig im Rhythmus der Nacht. Sie hätte jetzt ewig so warten können. Elf, zwölf, eins, zwei. Verandatür und Katzenklappe blieben geschlossen.

Um halb drei spürte sie, wie der Schlaf sie überkam. Ihr Körper war steif vom Stillsitzen und ihr Geist ganz benommen von der Ruhe um sie her.

Sie stand auf und ging zum Fenster hinüber, starrte ins Dunkel hinaus, aber der Garten war leer. Da draußen war niemand, das wußte sie sicher. Hatte sie sich verschätzt? Er würde heute abend nicht kommen. Sicher, aus seiner Sicht war es besser, zwischendurch auszusetzten, sie noch ein wenig in ihrer Furcht schmoren zu lassen. Und ihr brachte es nichts, wenn sie durch Schlafverlust die Nerven noch mehr strapazierte. Sie kontrollierte noch einmal alle Schlösser und Riegel, verschloß die Küchentür hinter sich und ging hinauf ins Bett.

13. Kapitel

SIE HATTE KEINE Ahnung, wovon sie aufgewacht war, konnte nicht mehr rekapitulieren, ob es ein wirklicher Laut oder ein Echo des Terrors aus ihrem Unterbewußtsein war, das durch ihre Träume hervorbrach. Sie wußte nur noch, daß plötzlich aller Schlaf sie verlassen hatte und sie hellwach war, mit offenen Augen, klarem Verstand und keinerlei Erinnerung daran, wie sie die Reise ins Bewußtsein zurückgelegt hatte.

Sie lag zusammengerollt auf der Seite, das Gesicht zur Tür gewandt. Die Digitalanzeige des Weckers sagte ihr, daß es 4.03 Uhr war. Sie lag bewegungslos da. Langsam gewöhnten sich ihre Augen an die Dunkelheit, bis sie schließlich die Gestalt an der halb geöffneten Schlafzimmertür ausmachte. Und da wußte sie, daß etwas ganz und gar nicht stimmte.

Augenblicklich erstarrte sie vor Angst, so als ob alles, wovor sie sich in ihrem Leben je gefürchtet hatte, sich hier und jetzt verschworen hatte und an die Tore ihres Gehirns klopfte. Sie blieb liegen, rührte keinen Muskel, nicht einmal ein Blinzeln erlaubte sie sich. Der Versuch, normal zu atmen, ließ ihre Brust schmerzen. Was soll das hier, fragte sie sich krampfhaft. Was ist das, was ich gerade empfinde?

Ihre Ohren antworteten schneller als ihre Augen; irgendwo hinter sich im Zimmer hörte sie ein langes Ausatmen, ganz gleichmäßig und kontrolliert, so daß der Seufzer beinahe etwas Rührendes hatte. Millie, schoß es ihr durch den Kopf, und der Nebelvorhang der Furcht hob sich für einen Moment und gab ihr das Denkvermögen zurück. Millie, die sich im Schlaf zu weit hinaufgearbeitet hatte. Sie wartete, es kam ihr wie eine Ewigkeit vor. Aber dann war es wieder da, diesmal war kein Zweifel mehr möglich. Das Geräusch war viel zu laut, viel zu nasal für Millie, das Ausatmen zu gedehnt, so als entwiche der Atem durch den Mund anstatt durch die Nase. Kein tierischer, sondern ein menschlicher Laut, ganz nah.

Womit ihr Verstand nicht fertig wurde, das drängte er weg. Es war einfach nicht möglich. Wie konnte jemand alle diese Schlösser geknackt haben? Es war ihre Phantasie, die den Verstand in Ferien geschickt hatte und sie nun ein bißchen erschrecken wollte. So wie an jenem Abend, als sie ihn auf der Treppe verfolgt hatte, nur um den Treppenabsatz leer zu finden. Lerne aus deinen Fehlern. Biete ihm die Stirn, und er wird sich, wie damals, in Rauch auflösen.

Sie schluckte, einmal, zweimal, und dann, mit einer Langsamkeit, die als Schlaftrunkenheit ausgelegt werden konnte, in Wirklichkeit aber die Lähmung der Angst war, rollte sie ihren Körper allmählich auf den Rücken. Und als ihre Füße sich weiter zum Fußende des Bettes schoben, stießen sie dort gegen ein Hindernis. Es war zu schwer und zu massiv, um ein Katzenkörper zu sein, und da wußte sie, daß der Alptraum diesmal Wirklichkeit war.

Sie erstarrte und vergaß, ihre Bewegung zu Ende zu führen. Die Zeit blieb stehen. Noch einmal öffnete sie die Augen und sah durch den Vorhang ihrer Wimpern eine Gestalt am Fußende ihres Bettes sitzen.

O Gott, laß mich ohne Schmerzen sterben. Der Gedanke explodierte im Epizentrum ihrer Seele und blendete alles andere für einen Moment aus. Ohne Schmerz und ohne Demütigung, bitte, bitte. Doch noch während sie es dachte, wußte sie, daß das unmöglich war. So einfach ist es nicht auf dieser Welt; und es war zu spät, um Bündnisse mit Gott zu schließen.

Wenn man nicht auf Gnade hoffen darf, dann bleibt nichts als Kämpfen. Aber wie? Das Telefon lag auf dem Nachttisch, meilenweit weg, und dazwischen nichts, was ihr hätte helfen können. Ich will nicht sterben, dachte sie wieder, bevor die Panik wie eine Welle in ihr hochstieg und alle Gedanken wegwischte. Nicht ich. Nicht jetzt. Sie schloß die Augen und versuchte, ihrer Seele Halt zu geben, indem sie sich auf ihr Atmen konzentrierte, es genauso entspannt und gleichmäßig werden ließ wie seines. Doch während sie das tat, wußte sie, daß er sich davon nicht irreführen lassen würde. Er rührte sich ein wenig in der Dunkelheit; sie konnte spüren, wie sich das Bett unter der Verlagerung seines Gewichts bewegte. Er weiß, daß ich wach bin, dachte sie. Er spürt es, genauso wie ich ihn spüre. Und wenn ich nicht bald etwas tue, werde ich in meiner eigenen Furcht ertrinken. Dann kann ich ebensogut tot sein.

Ihre Stimme, als sie es schließlich schaffte, etwas herauszubringen, war zum Zerreißen gespannt, aber doch stärker, als sie sich in Wirklichkeit fühlte.

»Wer sind Sie?«

Die Worte blieben in der Dunkelheit hängen. Er ließ ein boshaftes Kichern hören. »Na endlich.« Und gegen alle Erwartung war seine Stimme ähnlich wie sein Atem, beinahe sanft und ein wenig zischend.

Sie schluckte ihre Angst hinunter. »Wie sind Sie hier reingekommen?«

»Die Tür war offen.«

Nein, das stimmt nicht, dachte sie. Dann fiel es ihr ein. Natürlich hatte sie die Küchentür offengelassen. Aber das war gestern gewesen. Gestern abend. Es brauchte eine Weile, bis der Gedanke durchdrang. Gestern abend ... vor mehr als vierundzwanzig Stunden. Er war eine Nacht und einen Tag irgendwo in ihrem Haus gewesen.

»Wo ... wo sind Sie gewesen?«

Wieder dieses Kichern, halb Lachen, halb lautes Aufseufzen. »Das würdest du gern wissen, was? Überall. Ich hab euch belauscht, beobachtet.«

Es war die Art, wie er sprach, gar nicht so sehr, was er sagte; flach, ohne Gefühl. Unweigerlich zog sie die Beine an, um seiner Nähe zu entkommen.

»Keine Bewegung!« Die Stimme brach aus ihm hervor, rauh und gebrochen. Sie sah seinen Arm hinter dem Rücken hervorschnellen. Was hat er da, dachte sie. Was zum Teufel ist das?

Sie rührte sich nicht und schluckte dann den Speichel und die Furcht hinunter. »Ich muß mich aufsetzen«, sagte sie. »So krieg ich keine Luft. Ich muß sitzen.« Und ihre Stimme machte deutlich, daß sie die Wahrheit sagte.

Sie wartete. Von ihm kam nichts. Sie wartete noch ein bißchen, bevor sie sein Schweigen als Zustimmung nahm und sich Zentimeter um Zentimeter nach oben schob, bis sie sich schließlich gegen die Kissen aufrichten konnte und die Beine zu sich her zog.

»Das reicht!« bellte er.

Sofort hielt sie inne.

»Wenn du dich noch mal rührst, irgendwelchen Blödsinn machst, bring ich dich um. Verstanden?«

Sie nickte, die Augen wieder auf die Hand geheftet. Aber du hast es noch nicht getan, dachte sie. Dreißig Sekunden, und ich lebe immer noch. Und solange wir reden, bleibst du mir vom Leib.

Im Halbdunkel konnte sie ihn jetzt besser erkennen: Er war kleiner, als sie zunächst gedacht hatte, drahtig, mit kurzen Stoppelhaaren über einem schmalen, eingedrückten Gesicht. Und dünne Lippen. Dünne Lippen habe ich schon immer gehaßt, dachte sie, genauso wie mickrige Seelen, vertrocknet, ausgeleiert, nur am Nehmen interessiert, nicht am Geben. Der Gedanke ließ sie erschaudern. Gleich muß ich kotzen. Aber nein, das geht jetzt nicht; dazu ist keine Zeit. Sie schluckte wieder. Die Stille dehnte sich, und es schien ihn nicht zu stören. Vielleicht genoß er ihre Angst.

»Wie sind Sie auf mich gekommen?« fragte sie, als sie ihrer Stimme wieder mächtig war.

Wieder keine Antwort.

»War es die Musik?«

»Was?«

»Damals, vor vielen Monaten. War es die Musik?«

Diesmal lachte er. »Du hast im Garten getanzt.«

Habe ich, stimmt. Gott steh mir bei. »Mögen Sie Van Morrison auch?«

»Wen?«

»Van Morrison. Die CDs, die Sie mitgenommen haben. Sie waren beide von ihm.«

»Ach die. Die spiele ich nicht«, sagte er. »Die stehen auf der Fensterbank. Als Erinnerung an dich.«

Diese Bemerkung jagte ihr kalte Schauer über den Rücken. Die erste CD war im Juli verschwunden. Fast fünf Monate war das jetzt her. Fünf Monate schleichender Obsession, ohne eine Möglichkeit, sie auszuleben. Besser gar nicht dran denken, einfach weiterreden, die Worte fließen lassen. Sie versuchte, ihre Stimme unverbindlich klingen zu lassen. Konversationston. »Wenn ich rausschaue, kann ich dann Ihre Fenster genauso sehen, wie Sie meine?«

»Keine Fragen mehr«, sagte er, seine Stimme jetzt wieder voller Zorn. »Halt die Fresse. Kapiert?« Aus seinen Worten konnte sie das Echo von etwas anderem heraushören, aber sie kam nicht drauf, was es war.

»Tut mir leid.«

»Ja, ja, tut dir leid«, verhöhnte er verächtlich ihre Höflichkeit. Die Hand an seiner Seite zuckte. »Das sollte es auch, dir leid tun.«

Um nicht zu zittern, mußte sie ihre Muskeln eisern unter Kontrolle halten. Warum tut er nichts, dachte sie. Er muß doch merken, wieviel Angst ich habe. Warum bringt er nicht zu Ende, was er vorhat? Sie starrte in die Dunkelheit und wartete. Jetzt fiel ihr nichts mehr ein, was sie hätte sagen können. Er blieb, wo er war. Und plötzlich wußte sie, woher sie seine Worte kannte. Sie hatten auf dem Bildschirm gestanden. Mirkas Kidnapper, die sich ihr in der Zelle näherten ... Die Übersetzung. Wie weit hatte er sie gelesen?

»Du hast es mit ihm getrieben gestern, stimmt's?« Und zum ersten Mal kam Leben in seine Stimme. »Ich hab euch gehört. Hab gehört, wie ihr's getrieben habt.«

Wo war er gewesen? Vor der Tür? Im Bad? Es gab unzählige Möglichkeiten. Lieber nicht weiter darüber nachdenken. »Du mußt dich verdammt gut auskennen, wenn du solchen Schweinkram schreibst.«

»Welchen Schweinkram?« Natürlich wußte sie, was er meinte.

»Du weißt schon, was. Das Zeug in deinem Buch.«

»Wie viel haben Sie gelesen?«

»Oh, ich hab alles. Massen davon. Tonnenweise diesen Müll.«

»Aber wie ...?«

»Wie gesagt – Müll. Aus der Mülltonne. Dein Abfall.«

Die Mülltonne. Er hatte ihre Tonne durchwühlt und all die Seiten der frühen, später überarbeiteten und korrigierten Fassungen zusammengesammelt. Die Rohfassung war noch schonungsloser gewesen als die geglättete, spätere Version. Kein Wunder, daß er sie für ein geeignetes Opfer hielt.

»Ich hab das nicht geschrieben. Der Text ist nicht von mir. Es ist nur ein Buch, das ich übersetze.«

»Jaja, kann jeder sagen. Und natürlich bist du auch nicht wie diese Frauen.« Wieder lachte er.

Er zog seine Hand näher zu sich her, und sie sah jetzt, was er damit umklammert hielt. Eine Stück von dem Blumendraht, vom selben Knäuel, mit dem sie die Verandatür gesichert hatte. Krampfhaft versuchte sie zu denken, damit die Gefühle nicht die Oberhand bekamen. Der Blumendraht. Also war er im Keller gewesen. Hatte er sich dort auch versteckt? Hatte er dort unten geschlafen, während sie hier oben schlief, oder hatte er gewartet, bis das Haus ruhig war und dann seine Rundgänge unternommen, lauschend, beobachtend, alles berührend ...? Alles berührend ... alles, nur sie nicht.

Aber warum hatte er es nicht getan? In den vergangenen vierundzwanzig Stunden hätte er ausreichend Gelegenheit gehabt, sie zu überraschen, im Schlaf über sie herzufallen, sie in seine Gewalt zu bringen und seine Phantasien an ihr auszuleben. Aber statt dessen hatte er gewartet, bis sie von selbst erwachte. Und jetzt saßen sie hier, mit einem Ozean an Bettdecke und Ängsten zwischen sich, während er anzügliche Bemerkungen machte wie ein kichernder Teenager.

Sie sah ihn sich genauer an und wurde sich dabei ihrer eigenen Anspannung ebenso bewußt wie seiner. Die verkrampfte, starre Haltung verriet ihn, seine geballten Fäuste, die er dicht am Körper hielt. Vielleicht war sie nicht die einzige, die Angst vor dem hatte, was passieren würde.

Sie schob sich weiter zu den Kissen hinauf.

»Keine Bewegung!« schrie er. »Ich hab's dir doch gesagt.« Und dabei machte er eine fahrige Bewegung auf sie zu, hob die Hand, als wolle er zu einem Schlag ausholen. Da sah sie den Hammer in seiner erhobenen Faust.

Der Anblick ließ sie beide zusammenzucken. Für einen Moment fürchtete sie, die Kontrolle zu verlieren, aber unter einer Welle von Panik formte sich der Gedanke: Ich habe recht, er hat Angst. Im Grunde hat er genauso viel Angst wie ich. Nur mit dem Unterschied, daß er gewalttätig wird, wenn er sich fürchtet.

»Okay«, sagte sie schnell. »Okay. Ich hör schon auf.«

Sie wartete ab. Er auch. Dann ließ er den Hammer ganz langsam sinken. Beide Fäuste waren jetzt wieder dicht am Körper und umklammerten die Waffen. Sie versuchte, nicht hinzuschauen.

»Mir ist nur kalt, das ist alles«, sagte sie vorsichtig. »Verstehen Sie? Ich habe Angst, und deshalb friere ich. Ich möchte das T-Shirt überziehen, das da neben Ihnen auf dem Bett liegt. Geht das? Ich hole es mir und setze mich dann wieder hier hin. Nichts sonst. Ich verspreche es.«

Wieder dieses beredte Schweigen. Er hätte das Kleidungsstück greifen, es ihr zuwerfen können. Oder er hätte ihr noch einmal den Mund verbieten können. Statt dessen glotzte er sie nur an. Dann grunzte er.

Unendlich langsam und vorsichtig beugte sie sich vor bis in seine Reichweite, weiter als ihre Furcht es eigentlich zuließ. Er blieb starr. Sie griff nach dem T-Shirt, das auf der Bettdecke lag, und zog es rasch zu sich her. Doch als sie wieder in ihre alte Position zurückwollte, ließ etwas sie innehalten. So saßen sie für einen Moment, festgefroren in Raum und Zeit. Und dann, anstatt sich zurückzuziehen, drehte sie den Kopf zu ihm hin. Jetzt war er nah genug, daß sie seinen Atem spüren konnte. War da nicht ein Hauch von Pfefferminz? Hatte er für diese schreckliche Parodie eines Rendezvous einen frischen Atem haben wollen? Er schnaubte nervös, blieb aber reglos.

Sie riskierte einen Blick. Im fahlen Dämmerlicht wirkte seine Haut blaß, das Gesicht kantig. Und wieder diese dünnen, kleinen Lippen, verbissen und versiegelt. Nicht die Art von Mund, den eine Frau gern küssen würde.

Der Gedanke stieß sie ab, aber sie hielt ihn dennoch fest. Was riet man den Opfern von Vergewaltigern? Wenn du dich nicht mehr wehren kannst, dann leg dich zurück und laß es geschehen. So ein Quatsch! Wenn sie Widerstand leistete, würde er zuschlagen. Aber er konnte es tun, wann immer er wollte, konnte ihr auch jetzt mit seinem Hammer den Schädel einschlagen und sie dann in der Lache ihres eigenen Blutes ficken. Aber das wirst du nicht tun, dachte sie. Noch nicht. Du brauchst mich lebendig. Denn wenn ich tot bin, nimmt keiner Notiz von dir, und das ist es, worauf du aus bist.

Sie handelte jetzt ganz nach ihrem Instinkt, agierte in Bereichen, in die der Verstand nicht folgen konnte. Überlebenswille kämpfte gegen Angst. Sie zwang ihre Aufmerksamkeit zurück zu diesem Mund, so verkniffen und verächtlich. Sie versuchte, sich vorzustellen, wie sie mit dem Finger an diesen Lippen entlangfuhr, sie spielerisch öffnete, hineinglitt. Sex. Wie das Verlangen danach und die Angst davor einen Menschen so völlig kaputtmachen kann. Sie dachte an all die raffinierten Spielchen, die er unten in der Küche veranstaltet hatte. Wenn man sie in diesem Licht sah, dann zeugten sie von einer gewissen Scheu, so als könne er nicht ausdrücken, was er wirklich wollte. Nicht bis er Zeuge davon wurde, wie sie es mit einem anderen tat.

Nur daß er nicht bekam, was Malcolm bekommen hatte. Deshalb brauchte er ja den Hammer. Seine Gewalt und ihre Angst – das eine bedingte das andere. Aber vielleicht mußte es ja nicht zwangsläufig mit Blut und Horror enden. Vielleicht gab es andere Möglichkeiten. Es mußte sie geben ...

Tu es, dachte sie. Hör auf zu denken und tu es. Sei einmal im Leben mutig.

Sie bewegten sich nicht. Wie festgewachsen saßen sie in der Nacht.

»Legen Sie doch den Hammer hin«, hörte sie sich endlich sagen, und zu ihrer Überraschung klang ihre Stimme beinahe liebevoll. »Sie brauchen ihn jetzt nicht mehr. Ich verspreche Ihnen, nicht wegzulaufen. Wohin sollte ich auch gehen?«

Sie spürte mehr, als daß sie sah, wie seine Finger zuckten, dann wieder den Hammerstiel umklammerten. Im Kopf zählte sie bis zehn. Dann hob sie langsam, so langsam, daß er jede ihrer Bewegungen verfolgen konnte, ihre Hand zu seinem Gesicht. Er ließ ein Schnauben hören. Seine Rechte schnellte hervor und packte sie am Handgelenk. Er preßte ihre Hand gegen die Bettdecke, wobei er die Finger in ihre Haut grub. Sie registrierte den Schmerz, aber sie registrierte auch die Tatsache, daß er den Hammer losgelassen hatte.

»Schlampe!« stieß er hervor. »Du Schlampe!«

»Sie tun mir weh«, sagte sie zwischen zusammengebissenen Zähnen, während sein Griff sich noch verstärkte. »Das tut weh. Lassen Sie mich los.«

Er atmete jetzt schwer, so schwer, daß er nicht sprechen konnte.

»Bitte«, sagte sie; es war mehr ein ruhiger Befehl als ein Flehen. Als Antwort verstärkte er seine Umklammerung, seine Hand zitterte dabei vor Anstrengung. Der Schmerz ließ sie aufschreien, und sie konnte die Tränen kaum zurückhalten. Als sie dachte, sie könnte es nicht mehr länger ertragen, ließ der Druck seiner Faust ganz langsam nach, bis ihre Hand beinahe frei war. Es kostete sie ihren ganzen Mut, sie nicht sofort wegzuziehen. Statt dessen lag sie schlaff in der seinen, und sie ließ sie einen Augenblick dort. Beide fühlten sie diese Berührung, die jetzt ohne Brutalität war.

Als sie ihre Hand diesmal nach seinem Gesicht ausstreckte, war die Luft zwischen ihnen voller Erwartung. Und dieses Mal ließ er die Berührung zu. Zitternd folgten ihre Finger der Linie seiner Wange bis hinunter zum Mund und suchten nach kurzem Zögern behutsam ihren Weg zu den Lippen. Sein Mund öffnete sich ein wenig. Sie holte tief Luft, dann zog sie mit dem Zeigefinger seine Unterlippe herunter, bis das Zahnfleisch sichtbar wurde, spürte die Feuchtigkeit in seinem Mund. Der Laut, den er ausstieß, lag irgendwo zwischen Stöhnen und Knurren. Dann schnappte er nach ihr. Zuerst dachte sie, er hätte ihre Finger erwischt, sie zwischen seinen Zähnen zerbissen und zermalmt. Aber es geschah mehr aus Reflex als mit Absicht, eher so, wie wenn jemand vor einer Flamme zurückzuckt.

Entpann dich, dachte sie. Entspann dich. Vielleicht sagte sie es auch laut, denn es war für sie beide bestimmt.

Sie wartete und fing dann wieder von vorne an. Diesmal stieß sie mit dem Finger weiter vor, fuhr die Kanten seiner unteren Schneidezähne entlang und spürte, wie unregelmäßig und schief sie waren. Dann schlüpften die Finger unter die Zunge. Das Fleisch war ganz Muskel, kraftvoll und lebendig, fast wie ihre eigene Vagina. Ein Schauder lief durch ihren Körper, und sie mußte sich zwingen, die Finger nicht zurückzuziehen. Aber jetzt war nicht die Zeit für Zimperlichkeiten. Sie schob sich vom Bett hoch und bewegte sich auf ihn zu. Hörbar rangen sie nach Atem. Sie fühlte, wie sich seine Hand wieder zurückzog und instinktiv nach dem Hammer tastete. Seine Finger krampften sich um den Griff.

»Es ist gut«, sagte sie. »Du brauchst ihn nicht. Du mußt mir nicht weh tun. So macht man das nicht.«

Wo sie zuerst ihre Finger gebraucht hatte, benutzte sie jetzt die Zunge, schob sie durch das Gitter seiner Zähne. Dabei stellte sie sich alle ihre Liebhaber vor, die einen Kuß in Sex zu verwandeln gewußt hatten. Spielerisch die Lippen zu fassen kriegen, sie in den eigenen Mund holen, bis das gierige Ungestüm ihrer Zunge einen so weit bringt, daß man sich nur noch die Kleider vom Leib reißen und ihren Schwanz in sich reinstecken will. Sie machen, daß man verrückt nach ihnen ist... und das alles mit einem Kuß.

Erinnere dich jetzt daran, dachte sie, denn dein Leben hängt davon ab. Sie stieß die Zunge tiefer hinein. Sein Mund blieb schlapp. »Küß mich zurück«, flüsterte sie. »Nimm deine Zunge.«

Sie meinte, seinen Herzschlag zu hören. Seine Zunge bebte, dann fuhr sie wie eine Eidechse heraus. Sie spürte, daß die Spannung in ihm sich jederzeit entladen konnte, und fühlte die Hand mit dem Hammer über die Bettdecke näher kommen. Der Kuß dauerte an, die Zunge schoß in hilflosem Suchen hervor. Aber sie gab nicht auf. Gott steh mir bei, dachte sie. Du mußt mir helfen, jetzt das Richtige zu tun.

Sie umfaßte sein Gesicht mit beiden Händen. »Gut so«, murmelte sie. »Noch einmal.«

Diesmal tat er, was sie ihm sagte, und beide spürten, wie der Kuß sie verband. Als er tiefer eindrang, ließ sie die Hände über seinen Hals und langsam den Rücken hinuntergleiten. Die Wolle des Pullovers, den er trug, war grob und kratzig und fühlte sich feucht an. Er schwitzte in seinen Kleidern. Sie zog den Pullover hoch. Darunter trug er ein Hemd und eine Art Weste. Viel zu viele Klamotten. Seine Art, sich zu kleiden, war der ihren – zumindest bis vor kurzem – nicht unähnlich: All diese Lagen, um das Verlangen zu ersticken; die Hoffnung, es damit zu vertreiben. Als ihre Hand endlich auf nackte Haut traf, schnaufte er laut auf. Sie hielt inne, wartete, deutete die Zeichen und fuhr dann mit ihren Liebkosungen fort. Er wurde wieder lockerer. Sie ließ die Hände verweilen, dann schob sie eine über den Bund der Hose hinweg aufs Bett und zu seiner rechten Hand hinüber. Unter ihrer Berührung verkrampfte sich die Faust. Sie umfaßte sie und wartete, bis die Finger sich ganz allmählich voneinander lösten und der Hammer auf die Bettdecke rutschte. Sie schob ihn so weit weg, wie es möglich war, ohne daß er zu Boden fiel. Dann nahm sie seine Hand und streichelte mit dem Daumen seine Handfläche. Die Haut dort war überraschend weich, fast wie bei einem Mädchen. Weich und schweißnaß. Und auf einmal war sie sich ihrer Macht bewußt.

Als sie sich diesmal von seinen Lippen löste, folgte er ihr. Für einen Moment stieß dieser gierige, verzerrte Mund sie ab; der Geruch und der Speichel verursachten ihr Übelkeit. Doch sie machte weiter, saugte statt dessen seine Lippen in die ihren.

Inzwischen hatte sie die restlichen Kleider aus der Hose gezogen und ließ ihre Hände über seine Brust wandern. Die Haut fühlte sich trocken und rauh an, drahtige Haare kringelten sich um winzige Brustwarzen. Ein armseliger Körper. Ungepflegt. Ungeliebt. Was passiert mit solchen Menschen, dachte sie. Was alles entgeht ihnen? Wenn jemand nie berührt wurde, wie soll er wissen, wie man jemand anderen berührt? So ungerecht war das und so gefährlich. Sie nahm seine Hand und führte sie langsam zu ihrer Brust.

Der erste Kontakt ließ ihn erschaudern. Aber bevor er zurückweichen konnte, drückte sie das Gewicht ihres Körpers gegen ihn, schob ihr Fleisch in seine Handfläche und hörte ihn aufstöhnen. Es war ein dunkler, schmerzlicher Laut, der von weit unten heraufdrang. Zu ihrer eigenen Überraschung fand sie Gefallen daran, und der Ton verursachte ihr ein angenehmes Kribbeln im Magen. In diesem Moment wußte sie, daß in ihrer Furcht auch eine gewisse Lust war, die Lust, ihn in ihrer Gewalt zu haben. Aber zeigen darfst du es ihm nicht, dachte sie. Du darfst es ihn nicht spüren lassen.

Sie zeigte seinen Fingern den Weg, bis sie ihren Nippel fanden, der hart war vor Kälte und Angst – und auch von diesem plötzlichen, verworrenen Gefühl der Lust. Der erste Druck seiner Finger war so heftig, daß sie vor Schmerz die Luft einsog. »Vorsichtig!« flüsterte sie. Und diesmal hörte er auf sie. Langsam ließen sie sich zurücksinken. Dabei suchte ihr rechtes Bein nach dem Hammer und schob ihn vorsichtig mit der Fußsohle über die Bettkante.

Krachend landete er auf dem Boden.

Das Geräusch oder auch das Gewicht seines Körpers, das sie

gegen das Bett drückte, ließen die Angst für einen Augenblick zurückkommen. Beide spürten sie die Veränderung und die Spannung, die sie voneinander trennte. Sie fing sich zuerst und streckte sich nach ihm aus, um ihn zu küssen. Dabei gelang es ihr, sich ein wenig von seinem Gewicht zu befreien. Sie hatte nun eine Hand frei, die sie unter seinen Hosenbund schob, um den Knopf zu öffnen und mit dem Handballen den Reißverschluß aufzudrücken. Die Hand tastete sich unter dem ausgeleierten Gummi seiner Unterhose bis zu seinem Penis vor, der noch schlaff und zusammengekrümmt war. Du bist noch nicht bereit für mich, dachte sie in plötzlicher Panik. Ist das dein Problem? Brauchst du all die Gewalt, damit er steif wird?

Vielleicht hatte er diesen Gedanken erahnt. Als sie ihn berührte, wich er unvermittelt zurück. Zuerst dachte sie, sie hätte ihn verloren, merkte, wie er um Kontrolle rang und nach der Waffe tastete, die ihm seine Macht zurückgeben würde.

»Ist schon gut«, sagte sie schnell. »Alles in Ordnung.«

Sie zog ihre Hand nicht zurück von seiner Weichheit, sondern umschloß sie beinahe zärtlich, während sie mit der anderen ihr T-Shirt nach oben und über den Kopf streifte. Sie schob sich weiter zu ihm hin, so daß er ihren nackten Körper unter sich fühlen konnte. Instinktiv faßten seine Hände wieder nach ihr, wanderten von den Brüsten hinunter in die Magengegend, in unbeholfenen, hastigen Liebkosungen, und weiter nach unten, bis seine Finger das Dreieck ihrer Schamhaare fanden. Und während er das tat, hörte sie sich stöhnen.

Es kam einfach aus ihr heraus, mehr ein Stöhnen der Erleichterung als der Lust. Aber es half. Es half ihnen beiden.

Er zögerte, und sie wußte, daß er sich fürchtete, weiter vorzudringen, daß er in diesem Augenblick mehr Angst vor ihr hatte, als sie vor ihm.

Ich bin hier, sagte sie zu sich, obwohl der Gedanke überhaupt keinen Sinn ergab. Ich bin es, die das hier tut. Hier. Jetzt. Nicht jemand anderer, sondern ich.

»Ich bin hier.« Diesmal sprach sie es aus. »Und ich tue nicht bloß so. Du kannst mit mir machen, was du willst.«

Als sie das sagte, spürte sie eine zuckende Bewegung in seinem Penis. Er stöhnte auf, voller Schmerz und Lust, und seine Finger drangen in sie ein. Er war jetzt nicht mehr so unbeholfen, sondern drängend und gierig. Plötzlich wurde er immer hektischer unter dem Ansturm seiner rasenden Begierde. Zu ihrer eigenen Verwunderung fühlte sie, wie sie feucht wurde. Diese Entdeckung traf sie wie ein Schlag in die Magengrube. Sanft rieb sie jetzt seinen Schwanz und verhalf ihnen beiden zu weiterer Erregung. Ihr Atem ging rascher. Plötzlich wurde ihr klar, wie sehr er es brauchte, und sie schob sich unter ihn, so daß sie ihm den Weg weisen konnte. Es war nicht einfach, denn er war noch immer nicht ganz steif. Doch als sie seinen Schwanz zwischen ihre Schamlippen schob, richtete er sich weiter auf und glitt hinein. Wieder dieses Stöhnen. Sie hörte ihre eigene Stimme, und so, ohne daß er ihr Zeit ließ, sich zu bewegen, fühlte sie ihn in sich kommen. Zwei, drei Stöße, ein ruckartiger, holpriger Orgasmus, zu übereilt und zu roh, um wirkliche Lust zu bringen.

AIDS, dachte sie für einen schrecklichen, panischen Moment. AIDS und Tripper und jede Menge anderer Krankheiten, an denen ich als Strafe für meine Sünde dahinsiechen werde. Doch noch während sie sich diese Litanei aufsagte, drängte sich etwas anderes in den Vordergrund: Sie sah, daß er weinte.

Nach dem Orgasmus hatte er sich schwer auf sie fallen lassen. Jetzt versuchte er, sich aufzurichten. Seine Schluchzer kamen flach und zornig. Wild griff er um sich, und sie wußte, daß es seine Waffe war, die er suchte. Doch diesmal ging weniger Gewalt als Schmerz von ihm aus.

»Alles ist gut«, sagte sie mit Entschiedenheit. Sie stemmte sich ebenfalls hoch und legte die Arme um ihn, zog ihn mit aller Kraft an sich und hielt ihn, trotz seiner Versuche, sich zu befreien, fest. »Wirklich. Es ist alles in Ordnung. Du mußt jetzt nichts mehr tun. Es ist vorbei. Du hast es gemacht, und es war gut.«

Und als sie ihn so hielt und seinen Kampf zwischen Wut und Erleichterung spürte, erkannte sie, daß die Wut allmählich verebbte und nur das Weinen blieb.

So saß sie, vor Kälte und Adrenalin zitternd, in der Winternacht und hielt einen erbärmlich schluchzenden Mann in ihren Armen, der darüber weinte, daß die geplante Vergewaltigung sich am Ende in einen Liebesakt verwandelt hatte.

Mit der Zeit ließ das Schluchzen nach, und als er unruhig zu werden begann, ließ sie ihn los. Sie stand auf, zog sich einen Morgenmantel über, und während sie zur Tür ging, fühlte sie kalte Samenflüssigkeit an der Innenseite ihrer Schenkel hinabrinnen. Warum muß das immer so kalt sein, wo es doch gerade erst aus so heißen Tiefen hervorgebrochen ist. Sie wischte sich mit dem Morgenmantel ab und band den Gürtel fest. Ein Fuß tastete am Boden entlang. Als er das kalte Metall des Hammers entdeckt hatte, schob sie ihn weit unters Bett.

Er zog sich die Hose hoch und kämpfte mit dem Verschluß. Sie sehen immer so verloren aus, wenn sie sich danach in ihre Kleider zwängen, dachte sie, und ihr kamen Malcolm und ein Dutzend anderer Männer in den Sinn, die sich nach dem Lieben plötzlich vor ihren Augen in kleine Buben verwandelt hatten. Kein Wunder, daß sie ebenso dringend eine Mama brauchen wie eine Geliebte.

Dann – es schien eine Ewigkeit – blickte er endlich zu ihr auf, und in der Hoffnungslosigkeit seines Blicks wurde ihr klar, daß, was immer später auch geschehen würde, dieser Augenblick ihr gehörte, daß sie die Siegerin war und tun konnte, was sie wollte.

Jetzt hatte ihre Stimme wieder den vertrauten Klang, war nicht länger verzerrt von den Anforderungen der Verführung und von der Furcht.

»Jetzt ist es vorbei«, sagte sie ruhig und sah ihn dabei direkt an. »Verstehst du? Mit uns beiden ist Schluß. Was immer du dir vorgestellt hast, es ist zu Ende. Ich werde nichts unternehmen, mit niemandem darüber reden, und du auch nicht. Aber wenn du jemals wieder in meine Nähe kommst, gehe ich auf der Stelle zur Polizei. Und jetzt geh, und zwar durch die Vordertür. Sobald du zu Hause bist, wirf die CDs und die Übersetzung weg. Von jetzt an ist die Verandatür verriegelt, du kannst da nicht mehr rein. Damit ist endgültig Schluß.«

Er erwiderte nichts, schaute sie nicht einmal an. Statt dessen erhob er sich laut schniefend von ihrem Bett und sah sich um, als suche er etwas, das er nicht zurücklassen durfte. Aber er hatte ihr zugehört. Das wußten sie beide.

»Der Hammer ist weg«, sagte sie bestimmt. »Er ist weg, und du wirst ihn jetzt nicht mehr brauchen. Eigentlich hast du ihn ja nie gebraucht. Und jetzt möchte ich, daß du gehst. Auf der Stelle.«

Er wandte sich ihr zu. Sie gab den Weg zwischen ihm und der Tür frei, und während sie einander anstarrten, erkannte sie selbst im Halbdunkel ein Funkeln in seinen Augen, das sie nicht zu deuten wußte. Ihr war klar, daß sie ein Risiko einging, indem sie ihn ihren Sieg so deutlich spüren ließ. Aber in diesem Augenblick hatte sie einfach keine Kraft mehr für weitere Verstellungen. Alles, was sie wollte, war allein sein; der Wunsch danach war so stark, daß es weh tat. Er schnaubte unwillig und hob die Hand in einer aggressiven Geste, aber es stand keine wirkliche Gewalt dahinter. Die Hand verharrte eine Zeitlang in der Luft, dann ließ er sie fallen, drehte sich um und ging hinaus.

Sie blieb wie angewurzelt stehen, bis er die Treppe hinunter und durch die Haustür war. Sobald sie die Tür zuschlagen hörte, rannte sie zum Fenster am Treppenabsatz. Sie sah eben noch, wie er sich umdrehte und zu den Fenstern aufblickte, dann machte er kehrt und ging die Straße hinunter.

Sekunden später war sie unten in der Küche und starrte durch die Verandatür hinaus in den dunklen Garten. Die Stille war total.

Jetzt, wo es vorbei war, merkte sie, wie sie bebte. Ihre Beine zitterten so stark, daß sie sich kaum aufrecht halten konnte. Aber sie durfte noch nicht ausruhen; wachsam blieb sie an der Tür stehen. Schließlich wurde ihre Mühe belohnt. Am anderen Ende des nächtlichen Dunkels, etwa in der Mitte der Häuserreihe zu ihrer Linken, ging das Licht in einem Fenster im ersten Stock an. Erst als sich seine Position unzweifelhaft in ihr Gedächtnis eingeprägt hatte, gab sie ihrer Schwäche nach. Sie sank zu Boden und durchlebte alles noch einmal, die Berührung seiner Hand auf ihrer Haut, die klebrige Flüssigkeit, die er in ihr zurückgelassen hatte, seinen Speichel in ihrem Mund.

Sie spuckte seinen Nachgeschmack auf den Boden, und mit dieser

Geste des Angewidertseins wurde ihr klar, daß sie jetzt vor der Wahl stand. Entweder konnte sie dieser Nacht erlauben, alles, was danach kam, zu durchsetzen und zu verderben, oder sie versuchte, einfach loszulassen und sich davon zu befreien.

Wenn sie ihm an den Kragen wollte, dann jetzt. Sie stellte sich vor, wie sie die Polizei anrufen würde, sah den untersetzten jungen Constable an ihrem Tisch sitzen und mit weit aufgerissenen, staunenden Augen ihre Schauergeschichte in sein Notizbuch kritzeln. Aber bestimmt würden sie diesmal nicht ihn schicken. Nein, es würde eine Polizistin sein; weibliches Verständnis als Trost in der Verzweiflung. Sie sah schon das angelernte Mitgefühl in den Augen der Frau vor sich und stellte sich vor, wie sie ihr die Geschichte erzählen würde. Sie erkannte, daß es unmöglich war. Was zwischen ihnen vorgefallen war, war auf unbegreifliche Weise noch intimer als Gewalt, und sie würde nicht in der Lage sein, darüber zu sprechen. Zumindest nicht mit der Polizei.

War das auch ihm klar? Wußte er, daß sie sein Geheimnis wahren würde? Seines und ihres. Was machte er jetzt gerade? In Vorbereitung eines neuen Lebens ihren Geruch von sich abwaschen oder auf die blitzenden CDs auf seiner Fensterbank starren und alles noch einmal erinnern und durchleben? Ob er sie schon in die Mülltonne geworfen hatte?

Denk an das, was du ihm gesagt hast, ermahnte sie sich. Glaube daran. Du hast es getan, und jetzt ist es vorbei. Du hast dem Alptraum ins Auge geschaut und überlebt. Und nachdem es getan ist, sollte Schluß sein damit, und ihnen beiden sollte Vergebung und Erlösung zuteil werden, auch wenn diese Erlösung auf einem Boden der Erniedrigung und der Furcht gedeihen mußte.

Und so stand sie auf und machte sich langsam daran, ihr Leben wieder in die Hand zu nehmen.

14. Kapitel

Die Stunden bis Tagesanbruch verbrachte sie ruhig. Sie ging wieder nach oben und duschte, versuchte aber nicht, ihn aus sich herauszuwaschen. Dafür war es ohnehin zu spät, und sie wollte dieses Gefühl des Ekels lieber gar nicht erst aufkommen lassen. Sie putzte sich die Zähne, zog die Bettwäsche ab und ersetzte sie durch das knisternd neue Bettlaken und den Bezug, die Sally ihr vor einem halben Jahr zum Geburtstag geschenkt hatte. Sie benutzte die Bettwäsche zum ersten Mal, und es gefiel ihr, wie sich das Zimmer veränderte, wie es ihr fremd wurde.

Als sie die Bettdecke zurückschlug, entdeckte sie den Draht, der in die Falten gerutscht war. Den Hammer fand sie unter dem Bett. Zunächst wollte sie beides wegwerfen, doch als sie die Hand danach ausstreckte, schauderte sie vor der Berührung zurück. Schließlich versenkte sie seine Waffen in einer Saveways-Plastiktüte, um sie nicht mehr sehen zu müssen. Sie brachte die Tüte sogar bis hinunter zur Mülltonne, die neben dem Eingang stand. Dort allerdings fiel ihr ein, wer alles ihren Müll durchstöbern könnte, und nahm die Tüte wieder mit ins Haus, wo sie sie in den Tiefen eines Schrankes verbarg.

Hinter der Verandatür tat sich ein schwarzes Loch auf, diesmal ohne den Lichtstern der Elektrizität, der ihr den Weg zu ihm wies. Sie machte das Radio an. Es war eines dieser Programme, bei dem schlaflose Hörer anrufen und ihre ganz realen Alpträume zum besten geben. Ihr Gesprächspartner im Studio hörte ungeduldig zu und unterbrach mit blödsinnigen Bemerkungen, bis ihn die Geschichten endgültig langweilten und er die Anrufer mit einem Jingle ausblendete: einem Kreischen und dem Geräusch eines zu Boden fallenden Körpers.

Vielleicht war das eine Möglichkeit, es loszuwerden; anonym und öffentlich zugleich, wobei noch ein bißchen Nervenkitzel für den Radiomann mit abfiel. Der hatte ganz offensichtlich einen Hang zum Makabren. Aber womöglich hörte ein anderer, dünnlippiger Mann mit teigigem Gesicht jetzt ebenfalls zu, während er von seinem dunklen Fenster im ersten Stock zu ihr herüberstarrte. Wieder ließ sie den Blick über den Garten schweifen. Hatte er absichtlich sein Licht gelöscht, weil ihm klargeworden war, daß sie ihn genauso sehen konnte wie er sie? Der Gedanke trieb sie von der Glastür weg. Im Radio war jetzt eine Anruferin namens Fanny aus Hendon in der Leitung. Sie war rückwärts aus der Garage gestoßen und hatte ihren eigenen Hund totgefahren. »Na ja, Fanny. Schließlich kann jeder mit seinem Terrier machen, was er will!« Man konnte hören, wie er sich bemühte, nicht loszuprusten.

Sie schaltete ab. Dann löschte sie das Licht; es würde ohnehin nicht mehr lange nötig sein. Die Dämmerung kam, und der Himmel verblich bereits von durchsichtigem Violett zu stumpfem Wintergrau. Langsam nahm der Garten draußen Gestalt an. Das einzige, was sich dort bewegte, war die Katze. Sie sah Millie von der Gartenmauer springen und über den Rasen trotten. Ausnahmsweise war der schwarze Kater heute nicht in Sicht. Vielleicht hatte Millie ja auch einen Triumph zu verbuchen. Vielleicht hatte sie die Nacht mit ihm durchgefickt, bis er völlig erledigt in die Büsche gesunken war.

Sie leerte eine ganze Dose Katzenfutter in Millies Freßnapf. Seinen Dämonen die Stirn bieten macht hungrig. Dann wusch sie ihren Becher von gestern abend ab, stellte ihn zurück ins Regal und ging nach oben.

Dort fand sie die Schachteln, die noch aus dem Haushalt ihrer Mutter stammten. Sie enthielten eine Ansammlung von Dingen, die ihr für ihren eigenen Gebrauch zu alt oder zu fremdartig schienen, für den Flohmarkt aber zu persönlich waren. Bald entdeckte sie, was sie suchte: das alte Fernglas, das einmal ihrem Großvater gehört hatte. Sie wickelte es vorsichtig aus seinem schwarzen Filz; der Stoff verströmte den Geruch Londons während der Kriegszeit, eine Mischung aus Kordit und Gefahr in modrigem Dunkel. Das Glas in der Hand, erinnerte sie sich, wie schwer es damals in den kleinen Händen gewogen hatte.

Als Kind hatte sie ihrem Vater zugesehen, wie er es benutzte. Stunde um Stunde hatte er am Ende des Gartens gestanden, wo das Grundstück ans Marschland grenzte, das Fernglas auf einen, wie ihr schien, leeren Himmel gerichtet. Wartend hatte sie neben ihm gestanden, hatte teilhaben wollen an dem, was er sah. Aber ihre Versuche stillzuhalten, hatten regelmäßig in Ungeduld und Langeweile geendet, so daß er sie schließlich ins Haus geschickt hatte. Es war, als kämen die Vögel immer erst, nachdem sie gegangen war. Erst jetzt verstand sie: Man braucht viel Ausdauer und Geduld, um auf etwas zu lauern. Dann – und nur dann – wird es sich am Ende zeigen. Aber so lange hatte sie nie warten können, war zu beschäftigt damit gewesen, schnell groß zu werden. Jetzt war das anders. Jetzt wußte sie, welche Befriedigung aus dieser Art von Beobachtung gezogen werden kann.

Den besten Blick hatte man vom Schlafzimmer aus. Sein Fenster, soweit sie es bei Tageslicht ausmachen konnte, unterschied sich in nichts von den anderen in jenem Haus; es war leer und dunkel und wie ein altmodisches Wohnzimmer mit halben Scheibengardinen versehen. War es seine Küche oder sein Schlafzimmer? Die Küche wahrscheinlich. Links davon führte eine zur Hälfte verglaste Tür auf eine Plattform mit Eisenbalustrade, von der man über eine Wendeltreppe in den Garten gehen konnte. Wenn sie das Glas scharf stellte, konnte sie sogar die abblätternde Farbe an dem Schuppen neben der Treppe erkennen. Etwas aus der Ferne zu sich heranholen; sehen, was eigentlich nicht für einen bestimmt ist. War es das, was ihren Vater so fasziniert hatte? Der Garten war ungepflegt; wucherndes Gras und ausgewachsene Büsche mit einem zusammengestückelten Gartenweg an der Seite. Die Mauer am Ende war niedrig. Leicht konnte man hinübersteigen, und von dort mußte man nur durch einen weiteren Garten und über eine weitere Mauer, um zu ihrem zu gelangen. Sie durchlief diese Route mit dem Fernglas, holte sich jede ihrer Stationen nah heran, über Zäune und Grundstücksgrenzen, immer auf der Hut vor der Reichweite der Sicherheitslampen. Und dann das letzte Stück über ihren Rasen und durch die Katzenklappe. Ein Kinderspiel im Schutz der Dunkelheit.

Umherstreifen. Eine Beschäftigung für den Winter. Sie dachte an die vielen Schichten von Kleidung, die er angehabt hatte, den Schweiß auf seiner Haut und seinen klammen Körper auf ihrem. Ihr Mund füllte sich mit Speichel. Laß es vorbeigehen, dachte sie, laß es zur Ruhe kommen. Aber der Geschmack blieb. Sie stellte sich vor, es sei Sperma, und sah sich, wie sie sich über seinen schlappen, kleinen Schwanz beugte, daran saugte und ihn in eine Fontäne der Aggression verwandelte. Sie preßte die Zähne zusammen, und diesmal entrang sich ihr eine andere Art Stöhnen. Trau dich bloß nicht wieder her, dachte sie. Denk nicht einmal daran. In ihrem Mund mischten sich Speichel und Furcht, und sie schluckte beides hinunter.

Jetzt, wo sie ihn im Visier hatte – oder vielmehr seine Abwesenheit –, lag ihr daran, nicht mehr von ihm gesehen zu werden. In der Abstellkammer wurde sie ein zweites Mal fündig. Unter den Schachteln, die sie seit dem Tod ihrer Mutter nicht mehr angerührt hatte, war auch eine mit Stoffen. Darin fand sie ein Paar Spitzenvorhänge, die einst das Wohnzimmerfenster geziert hatten. Sie erinnerten sie an das Eingesperrtsein ihrer Teenagerzeit und die Besessenheit, mit der ihre Mutter sich abgeschottet hatte. Netzvorhänge hießen die Dinger bei ihr: »Wir können rausschauen, aber die draußen können uns nicht sehen.« »Die draußen«, bei ihr klang das, als wäre man in Feindesland. Daß ihre eigene Weigerung, den Regeln ihrer Mutter zu folgen, sie schließlich zum Opfer der Besessenheit eines anderen gemacht hatte, entbehrte nicht der Ironie. Wenn sie je Kinder hätte, würden die wiederum vor ihren Konventionen Reißaus nehmen und sich dann später mit Netzgardinen und Moralvorschriften umgeben?

Der Stoff in ihrer Hand weckte Erinnerungen an den obligatorischen Frühjahrsputz. »Du mußt sie zum Waschen in Kissenbezüge stecken, Liebes, sonst reißen sie dir in der Maschine kaputt.« Warum hatte nichts von dem, was ihre Mutter ihr beigebracht hatte, ihr wirklich genützt? Waren es durchweg die falschen Unterweisungen gewesen, oder hatte sie bei den richtigen nicht hingehört?

Manchmal dachte sie, ihre Mutter sei gestorben, um ihrer ständigen Enttäuschung über die Tochter ein Ende zu machen. Hätte sie ihr, Elizabeth, jetzt helfen können? »Ich hatte keine andere Wahl, Mutter.

Verstehst du? Es blieb mir nichts anderes übrig, als ihm den Hammer aus der Hand zu nehmen und seinen Schwanz in mich reinzustecken. Nur weiß ich jetzt nicht, ob ich besudelt oder geheilt bin.«

Aber mit Worten war es nicht getan. Was sie wirklich brauchte, war wohl eher ein Paar Arme, in die sie sich flüchten und wo sie sich ausweinen konnte. Vergiß es, Elizabeth. Deine Mutter ist tot und du wurdest vergewaltigt. Ihre Vorhänge sind der einzige Trost, den du von ihr erwarten kannst.

Sie machte die Abstellkammer wieder zu und trug ihre Beute nach unten. Ein Paar Vorhänge paßte genau vor das Schlafzimmerfenster. In Ermangelung einer Vorhangstange nagelte sie sie übers Fenster, und bei jedem Hammerschlag hoffte sie, die Mutter werde ihr die Löcher verzeihen, die sie in das zarte Gewebe riß (es war ihr Hammer, nicht seiner, aber trotzdem fühlte sie sich unbehaglich dabei).

Die Küche stellte sie vor größere Probleme. Die übrigen Stoffbahnen waren zu schmal für die Verandatür, so daß sie sich mit einem Bettlaken behelfen mußte, das, an die Holzrahmen der Türe genagelt, die Glasscheiben ganz bedeckte und unten sogar noch überhing. Millie würde lernen müssen, ihren Weg zur Katzenklappe unter dem Stoff hindurch zu finden.

Sie war mitten in der Arbeit, als das Telefon auf seinem Wandhalter klingelte. Der Hörer bebte unter dem Geräusch wie ein aufgeschrecktes, kleines Tier, das sich an einem Baum festkrallt. Wer auch immer es war, sie wollte jetzt nicht mit ihm reden. Der Anrufbeantworter zeichnete den Anruf auf. Oben in der Diele hörte sie das Murmeln von Stimmen, zuerst ihre, dann eine andere, die sie nicht erkannte. Sie wandte sich wieder den Vorhängen zu, als etwas an der gegenüberliegenden Häuserfront sie aufmerken ließ, der Schatten einer Bewegung drüben im ersten Stock. Rasch griff sie nach dem Fernglas und ortete die Stelle. Sie folgte der Bewegung, und eine Frau kam ins Bild, die, mit einem Baby auf der Hüfte, den Vorhang zurückschob. Richtige Richtung, aber falsches Haus. Langsam ließ sie das Glas weiter nach links zu einer Reihe Fenster im ersten Stock gleiten, hinter denen sich noch nichts rührte. Sie überprüfte die Stockwerke darüber und darunter. Kein Lebenszeichen. Aber jemand mußte doch auf sein. Einer wie der würde nicht ein ganzes

Haus allein bewohnen. Sie konnte sich ihn einfach nicht inmitten von so viel Platz vorstellen, verklemmt wie er war.

Sie legte das Glas beiseite. Warum machte sie sich überhaupt die Mühe? Er war einer von denen, die den Tag scheuen, weil es darin nicht genügend dunkle Ecken gab, in denen sie ihre Unzulänglichkeiten verstecken können. Und schließlich war er die ganze Nacht wach gewesen. Wahrscheinlich sogar länger. Nein, wenn sie ihn im Auge behalten wollte, mußte sie sich seinem Rhythmus anpassen. Dem Rhythmus der Katzen. Warum auch nicht? Sie hatte keine Verpflichtungen, außer weitere zwölf Kapitel aus dem Tschechischen zu übersetzen. Und wie bei der Prinzessin mit ihren Strohhaufen war die Nacht vielleicht gar nicht so ungeeignet, um dieses Material zu Gold zu spinnen.

Bevor sie nach oben ging, kontrollierte sie ein letztes Mal den Garten. Das Schlafzimmer wirkte einladend mit seinen Spitzenvorhängen, durch die das Winterlicht gedämpft hereinfiel. Der Raum schien jetzt sanfter, verbindlicher. Sie zog den Morgenmantel aus und schlüpfte nackt unter die Decke. Hinter geschlossenen Augen stellte sie sich das Haus vor. Es war leer und ihr wohlgesonnen. Sie konnte sich nicht erinnern, wann sie eingeschlafen war.

Unvermittelt schreckte sie auf. Es war dunkel, und zwischen ihren Beinen fühlte es sich feucht an; von ihrem Schenkel rann etwas aufs Laken. Die Panik nahm ihr fast den Atem. Sie tastete nach dem Lichtschalter und fuhr sich dann mit der Hand zwischen die Beine.

Als sie die Finger zurückzog, waren sie rot und klebrig. Sie schlug die Bettdecke zurück. Alles war voller Blut; es klebte in den Schamhaaren, war an den Schenkeln verschmiert und hatte einen satten Fleck auf dem Bettlaken hinterlassen. Ihre Panik verwandelte sich in Jubel. Sie blutete – zu früh –, das hieß, daß ihr Körper ihren Sieg mitfeierte, indem er sich von den Resten dieses Kerls reinigte, bis hinauf in die Gebärmutter. Jetzt würde sie keinen Arzt und keine »Pille danach« mehr brauchen. Ihr Körper würde sich selbst heilen. Sie stand auf, um ins Bad zu gehen, und freute sich an der leuchtendroten Spur, die an der Innenseite ihrer Schenkel hinunter auf den Teppich rann. Ihre eigene Wärme tröstete sie nach der Kälte seines Spermas.

Nachdem sie sich gewaschen und einen Tampon eingeschoben hatte, dachte sie zum ersten Mal seit Tagen wieder an ihre Arbeit, an Mirka, die von der Welt abgeschnitten in ihrer Zelle im Keller gefangen war. Was würde die tun, wenn ihr kleiner Finger nicht die einzige Stelle war, an der ihr Körper blutete? Man muß eine Frau nur lange genug einsperren, und es passiert unweigerlich. In Büchern ist von der Periode so gut wie nie die Rede. Menstruieren fiktive Frauen weniger regelmäßig als reale? Clarissa, Anna Karenina, Scarlet O'Hara – und keine einzige blutige Binde. Die wenigen Bücher, in denen sie sich an Monatsblutungen der Heldinnen erinnern konnte, spielten in Klosterschulen: Brutstätten der Schuldgefühle. Dort war offiziell nur eine Sorte Blut zugelassen, nämlich jene, die das Wunder vollbrachte, sich im Abendmahlskelch von Alkohol in Plasma zu verwandeln.

Wieder zog sie das Bett ab und rubbelte an dem dunklen Fleck, wo das Blut durchs Laken in die Matratze gesickert war. Das erinnerte sie an ein schickes Hotel in Glasgow, wo sie einmal mit Tom übernachtet hatte. Ihre Periode hatte sie überrascht, und sie hatte sich geniert, das Laken so dem Zimmermädchen zu überlassen. Mach dich doch nicht lächerlich, hatte Tom zu ihr gesagt. Schließlich wird sie dafür bezahlt, daß sie anderer Leute Flecken von den Betten entfernt.

Aber nicht solche Flecken, hatte sie erwidert, es sei denn, du möchtest den Eindruck erwecken, du hättest mich entjungfert. Da hatte er gelacht. Aber die Stichelei war unfair gewesen. Unter den vielen Männern, mit denen sie geschlafen hatte, war Tom einer der wenigen gewesen, dem es nichts ausmachte, sich mit Blut oder Sperma zu beschmieren.

Ihm hätte es sehr wohl etwas ausgemacht, überlegte sie. Was hätte er getan, wenn er seinen Schwanz aus ihr herausgezogen und ihn blutig gefunden hätte? Hätte die Furcht vor dieser Art von Blut ihn begierig auf eine andere gemacht? Hammer und Nägel. Vergewaltigung und Kreuzigung: Vielleicht lernen katholische Mädchen ja mehr über das Leben, als ihnen bewußt ist. Der Gedanke an ihn trieb sie zum Fenster, aber sie hatte den Tag verschlafen, und die Fenster der gegenüberliegenden Häuser leuchteten in einem anderen Rhythmus: Etwa ein Dutzend Familien nahm ihr Abendessen vor flackernden Bildschirmen ein. Man konnte die einzelnen Fenster nur schwer voneinander unterscheiden. Als sie endlich das fand, das sie für seines hielt, glich es allen anderen. Es war erleuchtet, aber undurchdringlich.

Sie schob einen Finger hinauf in ihren Schoß und tastete nach dem Tampon, der sich an den Rändern schon mit Flüssigkeit vollsog. Dann fuhr sie mit dem Finger über die Scheibe und hinterließ dort eine blutige Spur.

»Siehst du das?« sagte sie leise zu dem Glas. »Mein Blut ist stärker als dein Samen.«

Schwer zu sagen, ob sie das wirklich glaubte oder einfach nur den Klang ihrer Stimme in der Nacht hören wollte.

15. Kapitel

Sie setzte den Drucker auf dem Küchentisch ab, und ihr Rücken gab ein wenig nach unter dem Gewicht. Es dauerte eine Weile, bis alle Kabel richtig angeschlossen waren; *input* zu *output*, das richtige Männlein zum richtigen Weiblein. Aber am Ende paßte alles, und der Computer summte mit neuem Leben. Über allem lag der Duft von frischem Kaffee. Mitternacht, Donnerstag, und sie war wieder bereit für ihre Arbeit.

Diesen Punkt zu erreichen, hatte seine Zeit gebraucht. Die erste Nacht war dem Schmerz und dem Blut vorbehalten gewesen. Es waren solche Mengen, daß sie sich fragte, was genau ihr Körper auf diese Weise loswerden wollte. Eine Angst war damit von ihr genommen und ließ Raum für eine andere. Die telefonische AIDS-Beratung sagte ihr nur, was sie ohnehin schon wußte. Wenn sie sich infiziert hatte, würde es Monate dauern, bis das nachweisbar war, und sie würde dann zu einem Test kommen müssen. Wie standen die Chancen? Das hing natürlich davon ab, wer er war und was er vorher getrieben hatte. Dies wiederum brachte sie auf die Frage, wo er im Augenblick war. Die restliche Nacht verbrachte sie damit, die Überwachung virtuos zu organisieren; sie kontrollierte die Fenster, patrouillierte das Treppenhaus, lauschte jedem Knacken der Dielen.

Doch auch Furcht nützt sich ab, wenn sie nicht von neuem angefacht wird, und man kann nicht ewig am Rande des Nervenzusammenbruchs leben. In der zweiten Nacht war sie bereits vertrauter mit dem Rhythmus der Dunkelheit: Die Art, wie die Welt um sie herum etwa gegen Mitternacht oder ein Uhr langsam im Schlaf versank und nur noch das Brummen sporadischen Verkehrs zu hören war, das dann aber, zwischen zwei und vier, auch aufhörte. Um diese Zeit hätte man meinen können, man sei allein auf der

Welt. Die Isolation machte einen zur Ausnahme, zu etwas Besonderem, Einzigartigem und verhieß dem Bewohner dieses dunklen, stillen Zentrums Einsicht und Ruhe.

Aus dieser Vertrautheit zog sie Trost und fühlte sich fast privilegiert dabei. Die Regelmäßigkeit, mit der sie das Fenster kontrollierte, ließ nach, und wenn sie es tat, war es dunkel. Vielleicht hatte ihm ja die Begegnung mit ihr wieder zu einem normalen Schlafrhythmus verholfen.

Bei ihr war es umgekehrt. Sie gewöhnte sich allmählich daran. Am dritten Abend waren es denn auch nicht die Ketchupflecken, die sie aus ihrem Arbeitszimmer vertrieben, sondern die praktische Erwägung, daß die Nächte kälter waren als die Tage und daß die Zentralheizung im oberen Teil des Hauses nicht so effektiv arbeitete. Sie entschloß sich also, zum Arbeiten in die Küche umzuziehen.

Der Raum war klein und feucht, gerade zwei Meter mal eins fünfzig, ohne Fenster oder Oberlicht, nur eine nackte Birne brannte ständig. In einer Ecke stand ein Eimer, und ein behelfsmäßiges Bettgestell aus Metall nahm den übrigen Platz ein. Darauf lagen eine dünne Matratze und ein paar zerschlissene Decken.

Die Frau lag reglos da. Die schonungslose Beleuchtung schmeichelte ihren Zügen nicht, aber der fette Mann war auch nicht an ihrem Gesicht interessiert. Er hatte die Decken von ihrem Körper zurückgeschlagen und betrachtete wohlgefällig grunzend, wie der Rock im Schlaf über den Schenkeln hochgerutscht war. Er mochte die Art, wie Frauen unter Drogen schliefen; nachlässig und lasziv. Genau wie nach Sex.

Er kontrollierte die verletzte Hand, die sie an ihre Seite geschmiegt hatte. Der Verband hielt, und das Blut war gestillt. Kein Grund zur Sorge. Er verstand seinen Job: das Zufügen und Versorgen von Wunden. Es erstaunte ihn immer wieder, daß er das eine um so besser ausführte, je mehr das andere nötig wurde. Irgendwann hörten sie auf zu schreien. Selbst in seinen Träumen.

»Laß deine Pfoten von ihr, Christophe.« Die Stimme kam durch das Gitter oben in der Tür. »Du hast gehört, was man uns gesagt hat. Sie ist nicht wie die andere.«

Der fette Mann hob das Gesicht und schnitt eine Grimasse in Richtung des Gitters. »Bis jetzt, willst du wohl sagen. Aber was passiert, wenn ihr amerikanischer Bullen-Gatte sie holen kommt? Dann wette ich, daß wir sie beide zum Spielen haben.«

Er grinste und fuhr mit dem Finger ihren Schenkel hinauf bis zu ihrem Schoß. Die Frau rührte sich nicht.

Nichts produziert so viel Angst wie die Ahnung dessen, was passieren wird, dachte sie. Die perfekten Mechanismen der Angst; sie lassen dir keine Ruhe. Immer finden sie etwas Neues, womit sie dich schrecken können. Aber der fette Mann war zu sehr Karikatur, um beim Leser irgendwelche Zweifel darüber aufkommen zu lassen, daß er später heimgezahlt bekommen würde, was er jetzt austeilte. Die Zeit würde kommen, wo diese Typen gut daran täten, ihre Weichteile zu schützen. Auge um Auge ..., die simplen Regeln des Genres. Nicht daß Mirka die Genugtuung bekommen würde, ihnen eine reinzusemmeln. Das war natürlich Männersache. Wie viele Adjektive standen einer Übersetzerin zur Verfügung, wenn es um einen Schrei ging. Bald würde sie es wissen.

Sie schlug das Bettlaken zurück und suchte den Garten ab. Das Fernglas erforschte eine Landschaft aus Dunkelheit. Ob er wirklich schlief? Seit drei Nächten kein Lebenszeichen. Er hatte sich zu Herzen genommen, was sie ihm gesagt hatte. Oder hatte er die Veränderung an ihr gerochen? Wenn Angst einen Geruch hat, so müßte ihre Abwesenheit ebenfalls spürbar sein. Sie gab einen Schuß Whiskey in den Kaffee und wandte sich wieder dem Bildschirm zu. Dort in der Hauptstadt harrte Jake ungeduldig seiner Rache. Na gut, dachte sie, soll er noch eine Weile länger warten. Jetzt war es an den Frauen, die Nächte zu durchwachen und ihre eigenen Stimmen zu finden, um sie gegen die der Männer zu erheben. Alles, was man brauchte, war ein bißchen Einbildungskraft. Bei einer guten Übersetzerin würde man vermutlich nicht mal die Übergänge merken.

In einem Land, wo es an vielem mangelt, geht es den Gefängniswärtern in der Regel nicht viel besser als den Gefangenen. Der fette Mann schnarchte auf seinem Feldbett im Korridor, und die Jacke, in die er sich gewickelt hatte, mußte aushelfen, wo die Decke nicht hinreichte. Sein Komplize stieg über den Schlafenden, um durch das Gitter in die Zelle zu schauen, bevor er das Tablett abstellte und die Tür aufschloß.

Sie lag noch in genau derselben Position, mit dem Rücken zur Tür und die verletzte Hand zu sich herangezogen. Das hieß fünf Stunden ohne eine Bewegung. Er wußte das, denn er hatte sie regelmäßig kontrolliert. Armes Luder. Er hatte Christophe noch gewarnt, ihr nicht mehr als zwei von den Tabletten zu geben. Sie säßen ganz schön in der Scheiße, wenn sie ihnen unter den Händen verrecken würde. Dann war's aus mit der Knete. Vielleicht sollte er versuchen, sie zu wecken. Sie mußte mittlerweile ganz schön hungrig sein.

Mirka hatte registriert, wie der Schlüssel im Schloß gedreht wurde. Der Schmerz an der Hand pochte im Kopf im Takt mit ihrem Puls. Sie benutzte ihre unverletzte Hand, um die K.o.-Pillen weiter unter das Kissen zu schieben. Sie hatte sich die Tabletten wieder aus der Backe geholt, sobald der Fette verschwunden war.

Die ersten paar Stunden waren die schlimmsten gewesen. Da hatte sie kaum der Versuchung widerstehen können, sie doch zu nehmen. Vor lauter Schmerz konnte sie keinen klaren Gedanken mehr fassen. Aber vor dem Schlaf hatte sie noch größere Angst als vor der Agonie des Schmerzes; davor, was sie mit ihr machen könnten, sobald sie das Bewußtsein verloren hatte. Schließlich hatte sie herausgefunden, daß der Schmerz am besten zu ertragen war, wenn sie die Hand in einem bestimmten Winkel gegen die Magengrube stützte. So hatte sie gelegen, bewegungslos, mit dem Gesicht zur Wand, und hatte sich gezwungen, die blutgetränkte Gaze anzustarren, bis ihr der Anblick fast schon normal vorkam. Sie war jetzt eine Frau mit neun Fingern und einem Stummel, und nichts in der Welt konnte daran etwas ändern.

Die kleinen Finger. Geschichten fielen ihr ein, die ihr die Großmutter als Kind erzählt hatte, von Mädchen, die mit dem Ansatz zu einem sechsten Finger geboren wurden; Teufelszitze wurde das genannt, ein Mal des Bösen, an dem man die zukünftige Hexe erkennen konnte. Daher wurden sie in Gegenden mit starkem Aberglauben gleich nach der Geburt abgehackt.

Noch Jahre später hatte sie ihre Handkanten untersucht, um zu sehen, ob dort irgendwelche Narben sie als Hexe brandmarkten. Doch schon damals hatte sie genau gewußt, daß sie keine Hexe war, oder zumindest, daß ihr Zauber sich in anderen physischen Manifestationen äußern würde.

Als Kind war sie reizend gewesen, zart, mit honigblondem Haar und gutem Knochenbau. Doch die Pubertät hatte ihre Schönheit so übergangslos zur exotischen Sinnlichkeit reifen lassen, daß die Jungen des Dorfes wie schnüffelnde Straßenköter um sie herumgestrichen waren.

Sie wußte, daß sie die Wahl hatte, und deshalb hatte natürlich keiner von ihnen sie interessiert. Darin lag keine absichtliche Grausamkeit, es war ganz einfach unausweichlich gewesen. Sie wußte, daß sie sich nach etwas Besserem sehnte. Und auch damals schon hatte sie eine Ahnung gehabt, wie es zu bekommen war. Während ihre Freundinnen sich mit Jobs als Verkäuferinnen oder Sekretärinnen in der Lokalverwaltung zufriedengaben, büffelte sie mit unzureichenden Englischbüchern und verbrachte ihre Abende mit den britischen und amerikanischen Sendern ihres Kurzwellenempfängers statt mit Jungs. Was sie da hörte, war die Sprache kultureller Propaganda, aber die war immer noch bei weitem feiner als der Umgangston, den sie gewöhnt war.

In ihren frühen Zwanzigern dann hatte sie die Verbindungen ihres Onkels, eines Parteimitglieds und Apparatschiks, benutzt, um an ein Urlaubsvisum für die USA zu kommen. Ein paar Jahre später hätte die Geschichte ihr die Sache sehr viel leichter gemacht, aber das konnte sie nicht wissen. Außerdem wäre ihr, hätte sie gewartet, Jake nicht über den Weg gelaufen. Das geschah in einer U-Bahn von der 87sten Straße in die Innenstadt.

Er hatte keinen Dienst an dem Tag und saß mit einer Zeitung in der Bahn, als ein Idiot anfing, sie zu belästigen. Der Typ äffte ihren Akzent nach und bestand darauf, ihr die Sehenswürdigkeiten zu zeigen, bis Jake sich einmischte und ihn zusammenstauchte.

Von Anfang an war er anders als die anderen gewesen; älter, cooler, mit einer Sicherheit, die ihn als Profi in der Männerwelt auswies. Allerdings lag ihm die Rolle des Ritters offenbar nicht, denn nachdem er sie erst einmal gerettet hatte, schien er sie nicht länger zu beachten. Diese Gleichgültigkeit hatte ihn natürlich erst recht unwiderstehlich gemacht.

Am Ende war sie es gewesen, die ihm erklärte, daß sie jetzt einen Drink nötig habe, und nach seinem Arm faßte, als er sie aus dem Wagen und die staubigen Stufen hinaufbugsierte. Während dieses ersten Rendezvous erinnerte er sie an ein Dutzend gutaussehender amerikanischer Filmhelden der harten Sorte, wie sie ihr bislang nur auf flimmernden Bildschirmen begegnet waren. Solche Männer jammerten oder schmollten nicht, wenn sie etwas nicht bekamen, sie zogen einfach los und nahmen es sich. Diese Vorstellung hatte sich bei ihr derart festgesetzt, daß sie seine Rauhbeinigkeit sofort als Stärke auslegte. Erst später erkannte sie, daß sie auf anderen Empfindungen beruhte: Furcht, unterdrückter Wut und dem Anblick von zu vielem, was ein Mensch eigentlich nicht sehen sollte. Doch damals war sie bereits verliebt gewesen, in das Bild vom Retter mindestens genauso wie in den Mann selbst – auch das ein Kinomythos –, und sie hatte alles stehen und liegen lassen, um an seiner Seite zu sein.

»Sie werden sagen, ich hab dich wegen der Green Card geangelt«, neckte sie ihn am Abend vor der Hochzeit. Sie lagen in seinem winzigen Appartement in Brooklyn auf dem Bett; schweißgebadet vom Sex und von der fehlenden Aircondition, während draußen der Verkehr und die Neonreklame für eine entsprechende Lightshow sorgten.

»Nun, zumindest können sie nicht behaupten, du hättest es wegen Geld getan«, hatte er erwidert und von neuem die Arme nach ihr ausgestreckt.

Komisch, daß alles genauso schnell wieder vorbei sein konnte, wie es angefangen hatte. Wie lange hatte es gedauert, bis sie ihren Fehler erkannt hatte? Bis sie eingesehen hatte, wie machtlos sie war gegen seinen Schmerz, geschweige denn ihn zufriedenstellen konnte. Amerikanische Männer. Sie hatte nicht gedacht, daß sie so kompliziert waren. Hatten ihnen die freie Marktwirtschaft und der Rock 'n' Roll nicht alles gewährt? Die Freiheit der Wahl sollte doch eigentlich keine Zeit für Neurosen lassen. Aber die schmerzliche

Komplexität seines Gefühlslebens ließ erste Zweifel in ihr aufkommen, ob der Kapitalismus tatsächlich das Allheilmittel war, für das sie ihn gehalten hatte.

Sogar der Sex verwirrte sie. Sein Verlangen nach ihr war fast schon krankhaft. Er schien anzunehmen, daß der Besitz ihres Körpers ihm auch ihre Seele ausliefern würde, und um sicherzugehen, daß ihm das eine nicht entglitten war, mußte er das andere dauernd besitzen. Im Laufe des ersten Jahres war der Sex von einer Offenbarung zur Gewohnheit geworden und schließlich zum Alptraum verkommen. Verlangen. Abhängigkeit. Eifersucht. Und das entsprechende Leistungsvögeln. Dieser Ausdruck begegnete ihr sehr viel später in einem Roman, und sie mußte laut lachen, weil er die Sache so treffend auf den Punkt brachte. Später kam ihr der Gedanke, daß daran auch die vielen Filme schuld waren. Zu lange hatten sie Michael Douglas' blankem Arsch zugesehen, wie er sich im Rhythmus der Musik hob und senkte, während sich unter ihm eine Frau in lustvollem Stöhnen wand. Einmal hatte sie versucht, mit Jake darüber zu sprechen, aber er wollte nichts davon wissen. Sex ist keine Sache, über die man redet. Das verdirbt die Spontaneität. Aber schon damals hatte er gewußt, daß es vorbei war und daß er sie verlieren würde.

Jetzt würde er immerhin ein Stück von ihr als dauerhaftes Andenken haben: die Teufelszitze in einem rotgemusterten Taschentuch als Geschenk verpackt und an die Haustür geliefert. Wie würde er reagieren? Seine Wut würde den Schmerz vermutlich übersteigen.

Jakes Wut. Die andere Seite seines Schmerzes. Wie gut, daß sie mit beidem nichts mehr zu schaffen hatte. Ihn zu verlassen war wunderbar gewesen. Zum ersten Mal in ihrem Leben war sie sich wie eine Erwachsene vorgekommen. Nun erst war ihr amerikanischer Traum Wirklichkeit geworden. Unabhängigkeit. Es hatte ihr gefallen, in dieser Stadt allein zu sein. Sie hatte einen Job in einer aufstrebenden Galerie gefunden, die sich auf östliche Kunstschätze spezialisierte, die inzwischen den Markt überschwemmten. Ihr Aussehen und ihre Sprachkenntnisse brachten ihr genug ein, um ein kleines Appartement im Village zu mieten. Das war lange, bevor der brasilianische Diplomat sie umworben hatte, ein älterer, sanfter Mann mit olivenfarbener Haut und langen, grazilen Fingern. Jemand, der sie umsorgte, sie in Restaurants führte und sie innerhalb wie außerhalb des Bettes mit Feingefühl behandelte. Mit ihm zu schlafen hatte etwas Elegantes, das sowohl ihren wie seinen Bedürfnissen gerecht wurde, ohne daraus Besitzansprüche abzuleiten. Er mußte sich dabei weder selbst bestätigen noch beweihräuchern. Und wenn hier weniger Leidenschaft im Spiel war, dann hatte das nur den Vorteil, daß es auch weniger schmerzte. Für sie war es, mittlerweile, der ideale Tausch.

So war sie also glücklich gewesen. Bis eines Tages das Telefon klingelte und sie am anderen Ende ihre Muttersprache gehört hatte. Was für ein außerordentliches Pech, dachte sie sich. Wieder war sie eine Gefangene in jenem Land, aus dem sie schon einmal so mühevoll geflohen war. Der Lockvogel in einem undurchschaubaren Spiel der Rache, ausgesetzt für einen zornigen Mann, der nicht mehr zu retten war und den sie schon lange nicht mehr liebte. Und der – würde er es nur endlich einsehen – auch sie nicht mehr liebte. Nein. Es gab keinen strahlenden Ritter in dieser Geschichte. Falls Jake sie retten würde, dann nur, um sie von neuem in Besitz zu nehmen. Auf ihn zu warten, hieße nur ein weiteres Mal lebenslänglich.

Die Tür schloß sich, und sie hörte, wie der Mann ein Tablett auf dem Metalltischchen abstellte. Sie spannte sich, um unter seiner Berührung nicht zu zucken.

Er legte eine Hand auf ihre Schulter und schüttelte sie ein wenig. »Wach auf.«

Eine andere Stimme diesmal. Einheimisch, aber nicht aus der Stadt. Also nicht der mit dem Messer. Sie tastete nach den Pillen unter dem Kissen. Dann öffnete sie die Augen und drehte sich um. Der Schmerz in der Hand flammte auf und trieb ihr unwillkürlich Tränen in die Augen. Sie schaute hinauf in sein Gesicht und meinte, dort Mitgefühl aufblitzen zu sehen.

»Tut es noch weh?«

Nein, der hier war nicht wie der andere. Diesem Mann schien der Gedanke an den Schmerz, den sie ihr zugefügt hatten, fast schon peinlich zu sein. Sie wagte nicht zu sprechen, nickte nur.

»Setz dich auf. Es wird dir besser gehen, wenn du was ißt.«

Der Dialekt war jetzt deutlicher herauszuhören. Der Singsang seiner Stimme ließ sie die Hitze um den Küchenherd ihrer Großmutter wieder spüren. Sie sah eine Horde Halbstarker auf dem Dorfplatz, die ihre Transistorradios an die Ohren hielten und schier umkamen vor Langeweile. Ich kenne dich, dachte sie. Ich hab dich schon hundertmal getroffen: der Dorfjunge mit dem Hunger nach der großen, weiten Welt. Und ich weiß ganz genau, was du willst.

Sie fühlte ein Ziehen im Bauch. Hunger oder Furcht? Sie würde es herausfinden. »Ich glaube, ich schaffe es nicht allein. Könntest du...«, sagte sie und benutzte ebenfalls die vertraute Anrede. »Könntest du bitte...«

Jemand klingelte an der Haustür. Zurück in ihrer englischen Küche registrierte sie das Geräusch mit klopfendem Herzen. Wer klingelte denn mitten in der Nacht bei ihr? Jemand. Aber gewiß nicht er. Er würde es nicht wagen.

Sie sah auf die Uhr. In Wirklichkeit war gar nicht mehr Nacht. Es war 7.21 Uhr: Dämmerung um die Zeit der Wintersonnenwende. Sie hatte überhaupt nicht gemerkt, wie lange sie gearbeitet hatte. Gerne hätte sie den Text jetzt noch einmal durchgelesen, um zu sehen, wie anders er wirkte. Falls es zu offensichtlich war, könnte sie ihn immer noch ändern.

Es klingelte wieder, nachdrücklicher diesmal. Auf dem Weg zur Haustür begegnete sie im großen Spiegel in der Diele einer Frau: tiefliegende Augen, blasses Gesicht, die Haare unordentlich. Ungekämmt. Widerspenstig. Innen wie außen. Das also passiert, wenn man sich nicht mehr kümmert, dachte sie. Sie mußte Mirka unbedingt mit einer anderen Art von Schönheit ausstatten.

Sie schaute durch das Guckloch in der Tür. Auf dem Gehweg stand eine verzerrte Gestalt im Anzug; ein breites Gesicht starrte zu dem Fischauge hinauf. Sie brauchte eine Weile, um ihn zu erkennen. Aber schließlich war es auch lange her. Oder zumindest empfand sie es jetzt so.

Sie machte die Türe auf, ließ aber die Kette in ihrer Verankerung, wie eine Rentnerin, die sich den Ausweis des Gasmanns zeigen läßt. Durch den Spalt linste er zu ihr herein. Er wirkte kompakter, als sie ihn in Erinnerung hatte. Für einen Moment sah sie seinen nackten Oberkörper mit den Bauchmuskeln kurz vor dem Fettansatz wieder über sich. Oder wirkte er nur so breit, seit sie ihn mit jenem Körper verglich, der nach ihm gekommen war?

Auch ihn schien ihr Anblick zunächst zu verwirren. Sie versuchte sich vorzustellen, was er sah. Na und, schließlich hatte er sie ohnehin als verrückt abgestempelt.

»Hallo, Elizabeth.«

»Hallo, Malcolm.«

»Ich hab dich hoffentlich nicht geweckt?«

»Nein.«

»Ich war nicht sicher, ob du so früh schon auf bist.«

»Ich war gar nicht erst im Bett.«

Wenn er überrascht war, dann behielt er es für sich. Er stand einfach da und wartete, daß sie die Tür ganz öffnen würde.

»Aber du hast doch meine Botschaft auf dem Anrufbeantworter gehört?« sagte er, als sie keine Anstalten dazu machte. »Als du nicht zurückgerufen hast, habe ich angenommen ...« Er zögerte, als er ihren verständnislosen Ausdruck sah. »Ich komme wegen meiner Uhr.« Auch jetzt gab sie kein Zeichen des Verstehens. »Meine Uhr, weißt du nicht mehr? Ich habe sie hier vergessen. Du hast sie doch nicht schon abgeschickt, oder?«

Seine Uhr. Natürlich. Uhren. Hämmer, wie sorglos diese Männer doch mit ihrem Eigentum umgingen. »Ach ... ja, ich wollte, aber ich bin nicht dazu gekommen.«

Er nickte. »Das habe ich mir gedacht. Deshalb habe ich gesagt, daß ich sie am Morgen vor meiner Reise holen komme. Aber du hast den Anrufbeantworter wohl nicht abgehört.«

»Nein.« Der Apparat stand in der Diele. Sie hatte den ganzen Tag geschlafen und sich nicht darum gekümmert. In der Nacht hatte sie dann gar nicht mehr daran gedacht.

»Komm doch rein«, sagte sie schließlich widerwillig und warf einen Blick auf die Straße hinter ihm. Sie war leer. Dann erst schloß sie die Tür, ließ die Kette aus der Verankerung gleiten und öffnete ihm. »Wo sagst du, hast du sie liegenlassen?«

»Hm ... neben dem Bett.«

»Warte hier«, befahl sie, machte kehrt und nahm gleich zwei Stufen auf einmal.

Sie brauchte nicht lange, um zu merken, daß keine Uhr da war. Weder neben noch unter dem Bett. Und auch nicht auf dem Kaminsims oder im Bad. Doch als sie hinunterging, um es ihm mitzuteilen, war er verschwunden. Dann hörte sie Geräusche aus der Küche.

Er stand bei der Glastür und starrte zwischen abschirmenden Händen hinaus in die Dunkelheit. »Was tust du denn hier unten?« fragte sie ärgerlich.

Er fuhr herum, zeigte aber kein Anzeichen von Schuld. »Ich dachte, ich hätte was klopfen hören. Hast du es nicht auch gehört?«

»Nein.« Das einzige, was sie jetzt hörte, war das Klopfen ihres eigenen Herzschlags im Kopf. Sie drängte sich an ihm vorbei, griff nach dem Fernglas und schaltete das Außenlicht ein. Der Garten war leer, aber sein Licht war an.

Sie starrte einen Moment hinüber, bevor sie sich wieder Malcolm zuwandte. Erst nach ein paar tiefen Atemzügen traute sie sich zu sprechen. Er hatte sie die ganze Zeit im Auge behalten. Jetzt zuckte er leicht mit den Achseln und beugte sich zu ihrem Bildschirm hinunter. Wieder drängte sie sich an ihm vorbei und drückte »Beenden«. »Wollen sie die Änderungen speichern?« fragte der Bildschirm zurück. Sie wählte »Ja«, die Zeichenzählung raste dahin, dann verschwand die Schrift.

»Sieht interessant aus«, bemerkte er über ihre Schulter hinweg.

Mein Gott, der Kerl hatte vielleicht Nerven. Welche Rechte glaubte er denn aus dieser einen Nacht ableiten zu können? »Das ist meine Arbeit«, knurrte sie und schaltete den Computer aus.

»Und da hast du die ganze Nacht drangesessen?«

»Ja. Aber deine Uhr kann ich nirgends finden«, sagte sie, um ihn auf ein anderes Thema zu bringen, während ihre Gedanken immer noch draußen waren. »Bist du sicher, daß du sie hier vergessen hast?«

»Na ja, ich nehme sie nur beim Schlafen ab. Und bei mir zu Hause ist sie nicht«, sagte er gelassen.

»Vielleicht hast du sie bei jemand anderem gelassen.«

»Ich nehme das als Kompliment«, murmelte er trocken. »Aber ich denke, ich weiß, mit wem ich zusammen war.«

Da hast du's gut, hätte sie beinahe hinzugefügt, hielt sich aber noch rechtzeitig zurück. Paß auf, dachte sie. Die Nacht war lang und du bist nicht mehr an Menschen gewöhnt. Gib acht, was du ihm erzählst.

»Irgendwie sieht es hier anders aus als letztes Mal.« Er sah sich neugierig in der Küche um.

»Ich muß bald abgeben«, sagte sie unvermittelt. »Da ist es einfacher in der Nähe des Kühlschranks zu arbeiten.«

Er deutete auf die Verandatür. »Und wozu das Laken?«

»Gegen die Spiegelung auf dem Bildschirm. Und ich bin nicht versucht rauszuschauen.«

»Außer wenn du Vögel beobachtest«, sagte er ruhig.

Sie überhörte das. Eine knisternde Stille entstand zwischen ihnen. Sie dachte daran zurück, wie sie das letzte Mal hier in der Küche gestanden hatten, seine Hände, wie sie ihre Schenkel hinaufglitten, seine Zunge in ihrem Ohr. Der Gedanke ließ Speichel in ihrem Mund zusammenlaufen. Falsche Zunge, sagte sie sich, falsche Hand. Bring die zwei jetzt nicht durcheinander.

Sie sah ihm ins Gesicht. Wenigstens hatte er Lippen. In einer anderen Welt könnte sie ihn vielleicht wieder attraktiv finden, nicht aber in dieser. Nicht jetzt. Noch nicht. Mein Gott, was würde er wohl von ihr denken, wenn sie es ihm erzählte? Es würde ihn zu Tode erschrecken. Jeden anderen wahrscheinlich auch. Sogar sie selbst, wenn sie sich erlaubte, darüber nachzudenken. Würde es ihr helfen, mit einem Mann zu schlafen, der keinen Hammer dabei hatte? Vielleicht. Aber der hier war nicht der richtige. Hier stand ein Mann auf dem Weg zu seiner Arbeit. Der Gedanke reizte sie zum Lachen. Schon in Ordnung, dachte sie. Gleich wird er gehen. Dann konnte sie den Garten durchsuchen. »Möchtest du einen Kaffee?« Der Satz war heraus, noch bevor sie ihr Einverständnis geben konnte.

Er schien zu überlegen. »Gern, wenn du sowieso einen ...«

»Ach herrje, eigentlich ... Entschuldigung, ich hab ganz vergessen, daß ich gar keinen im Haus habe.«

Er hielt ihrem Blick stand und versuchte nicht, seine Belustigung zu verbergen. »Ich trinke auch Tee.«

»Die Milch ist aus«, sagte sie mürrisch. »Es gibt nur noch saure.«

»Und wie sieht's mit heißem Wasser aus?«

In ihrer Erinnerung hatte er diesen Sinn für Humor nicht gehabt. Aber andererseits waren sie damals auch nicht sonderlich an Konversation interessiert gewesen. Tom konnte auch so sein, dachte sie. Bevor er anfing, alles und jedes als Angriff zu sehen. Seinerzeit hatte sie das sehr attraktiv gefunden. Was hatten Sally und sie immer gesagt? Ein Typ, der dich zum Lachen bringt, bringt dich auch zum Orgasmus. Damals waren vor allem Männer im Bett wichtig gewesen, aber das war lange her. Immerhin war es möglich, daß sie in dieses Stadium zurückgekehrt war, ohne es zu merken.

»Gut«, hörte sie sich sagen. »Aber da ist immer noch mein Abgabetermin.«

»Und ich muß um zehn ein Flugzeug erwischen. Meinst du, das schaffe ich ohne Uhr?«

Er ließ sich am Ende des Tisches nieder, vorsichtig darauf bedacht, die herumliegenden Papiere nicht durcheinanderzubringen. Dann schaute er zu, wie sie den Wasserkessel anwarf und die Becher vom Regal nahm. Was denkt er jetzt von mir, fragte sie sich. Sieht er es mir an? Kann man es von außen sehen?

»Ist es noch dasselbe?«

»Was?«

»Dasselbe Buch, an dem du neulich gearbeitet hast?«

»Ja.«

»Und wann muß es fertig sein?«

»Anfang Januar.«

»Schaffst du das?«

»Wahrscheinlich. Wenn ich Weihnachten durcharbeite.«

»Du Glückliche.«

»Magst du Weihnachten nicht?« Er schnitt eine Grimasse. »Kennst du irgend jemand über fünfzehn, der es wirklich mag?«

»Fährst du nach Hause?« Komisch, daß man es immer noch so nannte, auch wenn man längst selbst einen Hausstand gegründet hatte.

»Da hab ich nun wieder Glück. Vater oben in Irland, Mutter in Australien. Ich bin fair zu beiden und besuche keinen.«

»Und was tust du statt dessen?«

»Mich betrinken, Gras rauchen und Videos gucken.«

»Wirklich?« Unwillkürlich mußte sie lachen, denn Drogen hätte sie ihm nicht zugetraut. Aber was erfuhr man schon bei einem One-night-Stand?

»Warum so überrascht? Seh ich nicht so aus?«

»Weiß nicht.«

»Du solltest mich mal ohne Anzug sehen.«

»Das habe ich«, sagte sie gelassen und stellte den Tee vor ihn hin. »Und, hast du was dagegen?«

»Gegen Gras, meinst du?« Sie zuckte die Achseln. »Nein. Das meine ich nicht. Es ist nur ... na ja, so lange her. Irgendwie bin ich inzwischen jemand anders geworden.«

»Sag bloß, du bist jetzt auf der Büßerschiene.«

»Wie kommst du denn darauf?« fragte sie unwirsch.

»Oh, keine Ahnung. Muß was mit deiner Intensität zu tun haben.« Und wieder hielt er ihrem Blick stand. »Schon gut. Ich meinte es mehr als Kompliment.«

Sie tranken schweigend ihren Tee. Plötzlich fiel ihr ein, daß sie dringend das Fenster kontrollieren mußte, aber mit Malcolm am anderen Ende des Tisches ging das schlecht.

»Tut mir leid wegen der Uhr.«

»Solange du sie nicht an jemand weitergegeben hast«, sagte er achselzuckend.« Sie sah ihn fragend an, doch er lächelte. »Ich habe«, sagte er nach einigem Zögern, »über unser Zusammensein nachgedacht.«

»So. Und?«

»Eigentlich hatte ich das gar nicht vor. Ich meine das Nachdenken.«

»Vielen Dank.«

Er lachte. »Damals dachte ich, du seist ein bißchen zu verrückt für mich.«

»Da magst du recht haben.«

»Aber dann habe ich gemerkt, daß es mir gefällt.«

»Was meinst du? Meine Verrücktheit?«

»Ja ... und anderes auch.« Und nach einer langen Pause: »Es war schön, mit dir zu schlafen.«

»Tatsächlich? Ich fand es eigentlich nicht so überwältigend.«

Einen Moment lang starrte er sie an, dann fing er an zu lachen. »Vielleicht liegt es daran.«

»Was liegt woran?«

»Daß ich über dich nachgedacht habe. Weil du einem nicht das sagst, was man erwartet. Ist das dein letztes Wort in dieser Sache, oder denkst du, mit ein bißchen Übung könnten wir uns noch verbessern?«

Das kommt darauf an, mit wem ich dich vergleiche, dachte sie. Aber der Gedanke erwärmte sie nicht, im Gegenteil, er ließ sie erschaudern. Nein, dachte sie, darauf kann ich mich nicht einlassen. Sie schüttelte den Kopf. »Es hat nichts mit dir zu tun. Ich .. ich bin anderweitig gebunden.«

»Ach so ist das.« Sie konnte spüren, wie er zurückwich. »Das hättest du mir eher sagen sollen. Tut mir leid. Mein Fehler.«

»Wirklich nicht. Es ist nur irgendwie noch nicht ganz ausgestanden.«

»Mit dir und deinem Typen?«

»Eh, nein ... Nein. Jemand anders.«

»Okay, gut. Jedenfalls wünsche ich dir viel Glück.« Er trank seinen Tee aus und stand auf. »Vielleicht ein andermal.«

Ja, dachte sie, ein andermal, und schaute ihm nach. An der Tür drehte er sich noch einmal um. »Darf ich dir was sagen?«

»Schieß los.«

»Sally und Patrick machen sich Sorgen um dich. Vor allem Sally. Sie denkt, du hast Probleme.«

»Ach wirklich. Und was ist deine Meinung?«

»Ich?« Er klang überrascht. »Ich maße mir da kein Urteil an. Ich hatte schon immer eine Schwäche für seltsame Frauen.«

»Sag Sally bitte, sie soll sich nicht aufregen«, erwiderte sie heftig. »Es ist die Arbeit. Ich hab einfach zu viel um die Ohren, das ist alles.«

»Okay, okay, ich werd's ausrichten. Jedenfalls hoffe ich, daß alles klappt mit deinem Buch und, äh ... dieser anderen Sache. Falls meine Uhr doch noch auftauchen sollte – du hast ja meine Adresse.«

Sie begleitete ihn nicht hinaus, saß nur da, bis sie die Haustür hinter ihm zuschlagen hörte. Dann griff sie nach seinem Becher und knallte ihn gegen die Wand.

16. Kapitel

Selbst im hellen Tageslicht war der Garten leer und sein Fenster jetzt verwaist. Natürlich hatte er genug Zeit gehabt wegzugehen, vorausgesetzt, er war überhaupt dagewesen. Sie hielt das Fernglas so lange auf die eine Stelle gerichtet, bis ihr die Augen weh taten. Ein Klopfen um zwanzig nach sieben morgens? Irgendwas stimmte da nicht. Vielleicht hatte Malcolm sich verhört oder gelogen. Er konnte das alles erfunden haben, um in ihre Küche zu kommen. Eine derart starke Anziehungskraft hätte sie sich gar nicht zugetraut. »Tut mir leid, ich bin schon vergeben.« Immerhin, es war nicht ganz gelogen.

Aber halb, das merkte sie jetzt, war so gut wie ganz. Zwanzig Minuten später, als sie sich den Kaffee aufbrühen wollte, von dem sie behauptet hatte, er sei ausgegangen, brachte sie tatsächlich nicht mehr genug Bohnen zusammen, um die Mühle zu füllen. Auch der Kühlschrank ließ sie im Stich: kein Kaffee, keine Milch, nicht einmal Orangensaft oder ein Fitzelchen Butter für die harten Brotreste. Seit sie im Zustand der Belagerung lebte, hatte sie keinen Gedanken mehr an praktische Dinge verschwendet. Wann war sie zum letzten Mal einkaufen gewesen? Es mußte mindestens eine Woche her sein, und damals hatte sie lauter exotisches Zeug heimgeschleppt, statt an die täglichen Notwendigkeiten zu denken.

Es war jetzt 8.40 Uhr. Wenn sie gleich losging, würde sie wieder zurück sein, bevor es voll wurde. Der Gedanke, das Haus allein zu lassen, behagte ihr nicht. Aber selbst wenn er die Gestalt am Fenster gewesen war, so würde er es wohl kaum wagen, am hellichten Tag irgendwas anzustellen. Und abgesehen davon, wie sollte er jetzt hereinkommen? Sie ging zurück zur Verandatür und kontrollierte die Riegel. Warum hatte sie ihn dort drüben nicht ein einziges Mal gesehen? Es mußte doch Zeiten geben, wo er sich in diesem Raum aufhielt. Es sei denn, sie beobachtete das falsche Fenster und er wohnte gar nicht dort. Womöglich war jemand nur einfach in der Nacht aufgestanden, um sich ein Glas Wasser zu holen? Womöglich hatten die Überwachung und all die Vorsichtsmaßnahmen der falschen Person gegolten? Zu viele Fragen für einen leeren Magen. Was sie brauchte, war eine neuer Blickwinkel.

Die High Street troff vor Weihnachtsstimmung. Transparente vor dem Kaufhaus verkündeten, daß den Kunden nur noch sechs Einkaufstage blieben. Diese Tatsache schien der Rest der Welt teuflisch ernst zu nehmen, denn die Straßen hatten auch am Wochentag ihre Samstagsdichte erreicht. Passanten mit zielstrebig gesenkten Köpfen, entschlossen, mehr Geld auszugeben, als ihnen zur Verfügung stand, und das für Menschen, an denen ihnen eigentlich nichts lag.

Sie hatte die Weihnachtszeit nie gemocht. Schon als Kind hatte sie dem Zauber mißtraut, hatte unter dem Aroma von Tannenduft und Instant-Bratensoße den Hauch von Verwesung und Betrug gewittert. Man tat es der Kinder wegen. Kein Wunder, daß alles so reibungslos ablaufen mußte. Als Einzelkind in eine bereits zehn Jahre bestehende Ehe hineingeboren zu werden, mochte den Eltern als ein Wunder erscheinen, für das Kind war es eher eine Belastung. Wäre es anders gewesen, wenn sie noch Geschwister gehabt hätte? Immerhin hätte dann die Verantwortung für die elterlichen Träume nicht allein auf ihren Schultern gelastet. Lange nachdem sie bereits Bescheid wußte, mußte sie noch »ans Christkind glauben«, nur um ihren Eltern den Spaß nicht zu verderben. Was für eine Erleichterung war es gewesen, alldem den Rücken zu kehren. Als es mit Tom noch gut lief, hatten sie sich einfach abgesetzt, hatten Last-Minute-Flüge nach Marokko oder Skandinavien gebucht und den Tag besoffen im Hotelbett oder am Strand verbracht.

Sie dachte an Malcolm, wie er sich Marihuana-Zigaretten und zum x-ten Mal *Tote schlafen besser* reinzog. Reizte sie das? Es hing davon ab, was ihr anderer Freier vorhatte. Weihnachtsabend. Vielleicht sollte sie dieses Jahr die Kamine zustopfen oder besser noch ein Feuer anzünden. In diesen Tagen waren seltsame Verhaltensweisen eher entschuldbar.

Im Supermarkt hielt sie es kaum aus. Wie der Unbekannte war sie jetzt ein Geschöpf der Nacht, das die vielen Lichter und Menschen scheute. Im Laden wimmelte es nur so von Leuten mit Einkaufswagen, die gewissenhaft ihren Einkaufspflichten nachkamen, während *Jingle Bells* wie aus Duschköpfen von der Decke träufelte. Eine Art stumme Panik schien über der Szene zu liegen; der Auftakt zu einem Horrorfilm. Komisch, dachte sie, mit einem Eindringling in meinem Schlafzimmer werde ich fertig, aber eine Runde durch den Supermarkt kurz vor Weihnachten schaffe ich nicht.

Sie versuchte, sich auf ihre Liste zu konzentrieren. Durch die Obst- und Gemüseabteilung ging es einigermaßen problemlos, dann arbeitete sie sich durch die Dosenregale und Gefriertruhen.

Die Fertigmahlzeiten fesselten ihre Aufmerksamkeit, und sie wählte die Gerichte nach Ländern aus: Lammcurry, Thai-Hühnchen, Paella, süß-saure Krabben. Wenn sie es richtig anstellte, würde sie nicht mehr raus müssen, bevor sie mit dem Buch fertig war. Ihre Verpflegung würde allemal besser sein als die von Mirka. Vielleicht würden ein paar kulinarische Phantasien helfen. Wenn Männer über Sex phantasierten, dann könnte sie mit Vorstellungen von Rahmsoße und Kurzgebratenem spielen. Sie warf einen Stapel Tiefkühlkost in ihren Wagen und ließ sich dann am Ende noch von einem Pastagericht verlocken.

In diesem Moment sah sie ihn.

Er stand, die Hände in den Jackentaschen, am Ende des Ganges, gute fünf Meter von ihr entfernt, ohne Einkaufswagen, ohne Einkäufe, einfach so neben dem Regal mit den Cornflakes und dem Müsli, und beobachtete sie.

Später fragte sie sich, wie sie so sicher sein konnte, daß er es war. Sie hatte ihn schließlich nie bei Tageslicht gesehen und kannte ihn mehr vom Gefühl als vom Aussehen her. Dennoch hatte sie ihn sofort erkannt; weniger seinen Körper oder sein Gesicht hatte sie wahrgenommen – obwohl sein Mundschlitz sie schaudern ließ –, sondern die Spannung, die von ihm ausging und die den Raum zwischen ihnen durchschnitt wie ein Laserstrahl.

Beide standen sie wie gelähmt. Ihr Inneres krampfte sich zusammen, ihr Herz raste, während ihr das Paket mit der tiefgefrorenen

Pasta ein Loch in die Finger brannte und sein Blick sich in ihr Gehirn bohrte.

Dann lächelte er. Ein nervöses, verkniffenes Grinsen, das seine Zähne bloßlegte und von Schmerz und Lust gleichermaßen sprach. Seiner oder ihrer? Das löste endlich den Bann. Sie spürte seinen Geschmack wie Erbrochenes im Mund. Sie hob die Hand, und bevor sie noch wußte, was sie tat, schleuderte sie die Pasta nach ihm. Das eisige Gewicht traf ihn mit voller Wucht an der Brust, das Lächeln allerdings löschte es nicht aus. Eine alte Dame, vor deren Füßen die Packung krachend landete, stieß einen spitzen Schrei aus. Die Schachtel platzte und spuckte verschiedene Folienbehälter aus. Den Gang entlang wandten sich jetzt immer mehr Leute neugierig um.

Ihre Hand griff in den Wagen und erwischte die Ketchupflasche, den Ersatz für sein Pseudoblut. Aber sie war zu langsam. Als sie die Flasche hochhob, war er bereits verschwunden. Sie sprintete den Gang entlang und sah gerade noch, wie er in eine Frau mit Kind hineinrannte. Das Kind landete rücklings in einer Pyramide aus Keksdosen. Die Mutter kreischte, während die Dosen krachend zusammenstürzten und der Kleine in Tränen ausbrach. Als sie sich endlich an den beiden vorbeigedrängt hatte, war er bereits unterwegs durch die Kassensperre.

Mittlerweile sah der halbe Laden zu, wie er sich durch die Schlange der Wartenden drängte. Ein Mann in einer Regenjacke wollte ihn zurückschieben; es verletzte seine englischen Vorstellungen von Fairneß, daß jemand sich vordrängelte. Aber da war der Übeltäter schon vorbei und rannte auf die automatischen Türen zu. Sie verfolgte das Ganze von der anderen Seite der Absperrung aus, die Flasche immer noch umklammert und nach Atem ringend. Um sie herum machte die allgemeine Empörung sich Luft.

»Ist alles in Ordnung, Love?«

»Was hat er Ihnen getan?«

»Er hat Ihren Geldbeutel geklaut.«

»Ja, ich hab gesehen, daß er was in der Hand hielt. Und das am hellichten Tag. So was Unverschämtes.«

»Verdammtes Gesindel.«

Sie hörte nicht hin. Was wäre geschehen, wenn sie ihn erwischt hätte? Wieviel Schaden kann man mit einer Ketchupflasche anrichten?

Als der Mann vom Sicherheitsdienst endlich kam, fand sie, daß er zu jung aussah für seinen Job. Seine Erleichterung war deutlich zu spüren, als sie ihm sagte, es sei nichts, sie habe überreagiert, als der Mann sie belästigt habe, ihr Geldbeutel aber sei noch da.

»Recht so, junge Frau«, kommentierte ein runzliger Alter, während sie selbstbewußt zu ihrem Wagen zurückging. »Solchen Männern muß man auf die Finger klopfen. Meine Tochter ist auch so eine wie Sie. Die läßt sich nichts gefallen.« Sie war so durcheinander, daß sie nicht kapierte, ob er den Mann oder den Typen vom Sicherheitsdienst meinte.

Sie starrte auf die Vorräte in ihrem Einkaufswagen. Wo er jetzt wohl war? Schlich er sich durch die Gärten zurück, um noch einmal sein Glück mit dem Kleiderbügel und der Katzenklappe zu versuchen? Sie atmete ein paarmal tief durch und widmete sich dann wieder ihrer Liste. Wenn sie das nächste Mal wegging, würde sie die Klinke der Verandatür an die nächste Steckdose anschließen. Das würde ihm einen anständigen Schock versetzen.

Doch während sie das dachte, sah sie sein Gesicht mit dem grimmigen kleinen Lächeln vor sich und versuchte, die Unverschämtheit und den Triumph, die darin lagen, auseinanderzudividieren.

Es kostete sie fast eine halbe Stunde, ihre Einkäufe zu Ende zu bringen. An der kürzesten Kassenschlange hatte sie eine Frau mit zwei randvollen Wagen vor sich. Ungeduldig und resigniert reihte sie sich dahinter ein und starrte auf den Ständer mit den Zeitschriften, die einen in letzter Minute noch zum Kauf animieren sollten. Gedankenlos las sie die Überschriften: »Wie man sein Weihnachtsfest zum Erfolg macht«. Darunter sah man ein kleines Mädchen unter einem Christbaum, dessen Kleid farblich zum Baumschmuck paßte. Gab es tatsächlich Leute, die ihr Leben damit zubrachten, Tischdekorationen zu basteln?

Neben den Illustrierten überboten sich die Lokalblätter mit ihren Schlagzeilen. Sie sah nur mit halbem Auge hin, nahm die Worte wahr, nicht aber ihre Bedeutung. Dreimal mußte sie es gelesen haben, bevor es endlich in ihr Bewußtsein drang. Dann allerdings verdrängte es augenblicklich alles andere:

HAMMER VON HOLLOWAY SCHLÄGT WIEDER ZU

Sie griff nach der Zeitung, mußte sie aber wieder hinlegen, denn ihre Hände zitterten derart, daß sie das Kleingedruckte nicht lesen konnte. Endlich gelang es ihr. Komisch, für die meisten wäre diese Nachricht kaum schockierend gewesen; der eher alltägliche Bericht über das übliche Ausmaß an innerstädischer Gewalt und ungelöstem Verbrechen.

> Wieder einmal sind Frauen auf den Straßen Nord-Londons nicht mehr sicher, nachdem eine junge Frau in den frühen Morgenstunden des Mittwoch angegriffen wurde. Das Opfer ist eine Schwesternschülerin, die auf dem Heimweg von ihrer Nachtschicht im Whittington Hospital überfallen wurde. Ihr Angreifer, den sie später als Weißen von mittlerer Größe und schlanker Gestalt beschrieb, trug eine Maske und hatte einen Hammer bei sich. Er zerrte sie auf der Holloway Road in eine Seitengasse, wo er sie sexuell mißbrauchte. Dies ist bereits der achte derartige Überfall, der sich im Laufe der vergangenen sieben Monate in dieser Gegend ereignet hat. Die Behörden sprechen mittlerweile vom Hammer von Holloway.
> Die Polizei rät allen jungen Frauen der Gegend, die Sicherheit ihrer Türen und Fenster zu überprüfen und auf dem Heimweg von Weihnachtsfeiern besonders vorsichtig zu sein. Es sei angeraten, nur in Begleitung zu gehen oder ein Taxi zu nehmen. Die Verfassung des Opfers wurde als zufriedenstellend bezeichnet.

Zufriedenstellend. Nicht gerade das Wort, das sie in diesem Zusammenhang benutzen würde. Am frühen Mittwochmorgen. Gestern also. Kein Wunder, daß es kein Lebenszeichen von ihm gab. Er war viel zu beschäftigt gewesen. Der achte Überfall in sieben Monaten. Oder war es der neunte? Die Frage war bloß, wer das zehnte Opfer sein würde. So viel zur Macht der Erlösung.

17. Kapitel

Das Polizeirevier lag in einer Seitenstraße neben der Bibliothek; noch so eine fürchterliche Mesalliance aus dem Brutalo-Stil der sechziger Jahre und dem Bürgerstolz des 19. Jahrhunderts. Zur Zeit als die Bibliothek erbaut worden war, hatte man die Polizei wohl noch nicht nötig gehabt oder zumindest nicht ein ganzes Haus voll davon. Hier ungefähr wäre damals die Stadt zu Ende gewesen, und man hätte Englands grüne Auen und blühende Landschaften leicht mit dem Rad erreichen können.

Auf dem Gedenkstein des Bibliotheksgebäudes stand die Jahreszahl 1875. Damals hatte man sich in London noch mehr mit kleinen Taschendieben als mit Jack the Ripper herumgeschlagen. Doch die einzigen Taschen, für die die Jungs heutzutage Interesse zeigten, waren jene innerhalb des Körpers, was noch lange nicht hieß, daß man sie zu sich nach Hause einladen sollte.

Sie stand noch immer draußen am Eingangstor und hörte sich selbst zu, wie sie ihre Geschichte erzählte.

»Ich hatte einfach zu viel Angst, um irgendwas anderes zu tun. Er sagte, er würde mir weh tun, wenn ich nicht gehorchte.« Sie hatte zwar keine Blutergüsse vorzuweisen, wohl aber die Waffe, sicher verpackt in der Safeways-Plastiktüte. Sie mußten ihr glauben, schließlich war es die Wahrheit.

Aber auch wieder nicht die ganze Wahrheit. Nein. Die ganze Wahrheit war wilder. Etwas, das selbst sie nicht verstehen wollte. Wieder sah sie sein angespanntes, kleines Gesicht vor sich, spürte die Elektrizität, die durch seinen Körper lief und sich in ihr entlud. Sie wußte nur zu gut, daß es Dinge gab, die sie nicht erzählen konnte.

Erzähl ihnen eben das, was du erzählen kannst, sagte sie sich. Erzähl es ihnen, dann bist du immerhin einiges davon los.

Ein blauer Ford Fiesta kam mit unnötig heftigem Quietschen auf der gelben Doppellinie gegenüber dem Gebäude zum Stehen, und zwei Männer in blauen Anzügen stiegen aus. Bullen in Zivil, wenn auch mit wenig zivilisiertem Fahrstil. Der eine von ihnen fiel ihr auf, als sie die Straße überquerten; um die Dreißig, mit dem Gesicht eines Wiesels. Ihre Erfahrung mit der Polizei beschränkte sich auf die Meldung zweier gestohlener Fahrräder, um die Versicherung abkassieren zu können, und den jungen Mr. Plod neulich abends. Aber diese Typen hier wirkten weniger wohlwollend.

»Vor drei Tagen? Warum kommen Sie dann erst jetzt?«

»Ich habe gerade erst den Bericht in der Zeitung gesehen.«

»Aber es muß ihnen doch klargewesen sein, daß er es möglicherweise wieder versuchen würde. Warum haben Sie es nicht gleich gemeldet?«

»Ich hatte Angst.«

»Wovor?«

»Ich weiß nicht. Vor ihm. Vor mir selbst.«

Sie registrierte, wie er seinem Kollegen einen Blick zuwarf und sich dann wieder ihr zuwandte. »Ist es richtig, daß Sie die Polizei bereits vor einigen Wochen verständigt haben, Fräulein Skvorecky? Es gab da Probleme mit einem Stapel CDs.«

»Stimmt.«

»Und Sie meinen, es war derselbe Mann? Er hat nicht zufällig über seine musikalischen Vorlieben gesprochen?«

Die Eingangstür zum Revier fiel krachend hinter ihnen zu. Sie stand noch einige Minuten davor, dann ging sie weg.

Im nachhinein betrachtet hatte sie sowieso kaum eine Wahl gehabt. Doch sie erinnerte sich nicht an einen bewußten Entschluß. Es lag einfach auf dem Weg nach Hause. Auch nach dem dritten Läuten blieb die Tür verschlossen. Schließlich haben wir die letzte Woche vor Weihnachten, dachte sie, da sind alle guten Bäffchenträger im saisonbedingten Streß.

Sie hatte ihre Kirche schon ziemlich herausgeputzt. Die zentrale Glastür war mit zwei gigantischen Kränzen aus Stechpalme verziert; satte, glänzendgrüne Blätter und blutrote Beeren. Darüber verhießen schablonierte Buchstaben aus weißem Sprühschnee »Uns ist ein

Kind geboren«. Nicht schlecht, befand sie; durchaus geschmackvoll. Die Entsprechung zum geistlichen Hochglanzjournal. Sie warf einen Blick durch die Türen und fand den Hauptaltar unter einem eindrucksvollen Gebinde aus mehr Stechpalme, Farnen und Beerensträuchern.

Aber nicht überall war die geschickte Hand der Dekorateurin hingedrungen. Vor einer Nische auf der Seite, die offensichtlich die Krippe beherbergen sollte, sah sie eine Gestalt (die Pastorin?) auf Knien verstreute Teile vom Boden aufklauben, während über ihr ein Mann im weißen Overall, einem Engelslehrling gleich, unsicher auf der Spitze einer Leiter balancierte und verzweifelt versuchte, riesige rote Buchstaben von der Wand zu schrubben. »MARY SUCKS AND JESUS FUC ....« Um die fehlenden beiden Buchstaben herum war der weiße Putz bereits in ein schrilles, verschmiertes Pink übergegangen. Es sah so aus, als sei hier jemand nicht bloß mit Ketchup am Werk gewesen.

Leise stieß sie die Tür auf und trat ein. Die beiden waren so beschäftigt, daß sie sie nicht bemerkten.

»Das geht so nicht, Catherine.« Der Engel rang nach Luft. »Ich komm mit der Leiter nicht mal richtig ran. Es kann Stunden dauern.«

Die Pastorin sah ihn von unten an. »Ich kann aber den Schulgottesdienst nicht mehr absagen, Jim. Da ist nichts zu machen. Im Notfall müssen wir ihn eben mit der Schmiererei da oben abhalten.«

»Warum streichen Sie nicht einfach drüber?« sagte Elizabeth, nachdem ihre Schritte auf dem Parkett sie angekündigt hatten.

Oben auf der Leiter schlug der Engel heftig mit den Flügeln. »Hey, was machen Sie denn hier?« So wirst du dich nie in die Lüfte erheben, dachte sie. »Die Kirche ist geschlossen. Haben Sie das Schild nicht gesehen?«

»Nein. Das müssen diese Vandalen abgerissen haben. Hallo, Reverend Baker«

»Hallo, Elizabeth. Wie geht es Ihnen?«

Die Stimme klang okay, aber als sie sich aufrichtete, wurde deutlich, daß die heitere Catherine nicht länger Ruhe und Gelassenheit verströmte. Das volle gelockte Haar sah jetzt nicht mehr ganz so perfekt aus. Widerspenstige Strähnen gingen ihre eigenen Wege, so als sei hier mehr zu kurz gekommen als nur der Morgengottesdienst. Ob ihr das bewußt war? Vielleicht bewahrte einen der Glaube – neben seinen vielen anderen Segnungen – ja auch vor der Eitelkeit. Sie erinnerte sich an ihr eigenes Gesicht im Garderobenspiegel. Möglicherweise hatten sie ja doch etwas gemeinsam. Sie zuckte die Achseln. »Ich bin nur auf dem Weg nach Hause hier vorbeigekommen.«

Die Frau lächelte ihr zu, so als würde sie die Lüge verzeihen, wohl aber zur Kenntnis nehmen. Dann ließ sie den Blick nach oben wandern.

»Was meinst du, Jim? Wäre Überstreichen nicht besser? Auf jeden Fall würde es schneller gehen.«

»Hmm. Aber wie soll ich von der Leiter aus da hinkommen? Wie um alles in der Welt haben die das bloß geschafft?«

»Du könntest eine Rolle benutzen. Oder wir könnten einen Pinsel an einen Besenstiel binden. In der Sakristei stehen jede Menge rum.«

»Hmm«, machte er wenig begeistert. »Das könnte gehen.«

Elizabeth bückte sich und half, vom Boden aufzuheben, was sich als bunte Scherben von Schäfern und Weisen aus dem Morgenland herausstellte. Verstreut lagen sie zwischen Stroh und Farn. »Wann soll der Gottesdienst denn anfangen?«

»Um eins«, sagte die Pastorin leise, und diesmal klang ihre Stimme definitiv ein wenig müde.

Elizabeth reichte ihr die untere Hälfte vom Jesulein; plumpe, fleischfarbene Beinchen, die taktvoll in weißen Windeln endeten. »Was machen Sie mit der Krippe?«

Sie zog eine verzweifelte Grimasse. »Ich fürchte, da bleibt mir nur die Macht des Wortes.«

Einen Augenblick lang schien es, als wolle sie sich dem Selbstmitleid hingeben, aber statt dessen atmete sie tief durch und richtete sich auf, während sie die Hände an ihrem Rock abwischte. »Das ist reine Zeitverschwendung. Wir werden die Krippe nie bis ein Uhr wieder hinkriegen. Jim, warum probierst du das mit dem Streichen nicht aus? Geh und kauf einen Eimer Farbe und eine Rolle. Geld ist in der Wechselkasse.«

»Wollen wir's hoffen«, erwiderte er, während er von der Leiter stieg. »Vielleicht haben sie das ja auch mitgenommen.«

»O je, daran habe ich noch gar nicht gedacht.«

»Schon in Ordnung. Viel war sowieso nicht drin. Nicht, nachdem wir damit den Blumenschmuck bezahlt haben. Ich hab genug in der Tasche.«

Beide sahen sie ihm nach, wie er aus der Kirche stapfte. Jeder seiner plattfüßigen Schritte auf dem Parkett hallte durchs Kirchenschiff.

»So, Elizabeth. Endlich.« Sie strich sich das widerspenstige Haar aus den Augen. »Was kann ich für Sie tun?«

»Ich glaube, ich ... ich komme lieber ein andermal vorbei. Sie haben hier schon genug am Hals.«

»Nein. Wirklich nicht. Die Typen haben mir den Tag zwar gründlich verdorben, aber meine Gemeindemitglieder sollen das nicht ausbaden müssen.« Gemeindemitglied. Wie tröstlich das klang. Und auch irgendwie vereinnahmend. Schwer zu entscheiden, welches von beiden. »Aber wenn es Ihnen nichts ausmacht, könnten wir hier in der Kirche miteinander reden. Ich habe kein gutes Gefühl, wenn niemand hier ist.«

»Meinen sie denn, die kommen wieder?«

»Nein. Ich möchte nur die Kirche jetzt nicht allein lassen«, sagte sie und lächelte, als sie merkte, wie pathetisch diese Formulierung klang. Doch jetzt war nicht die Zeit, sich mit den Empfindlichkeiten anderer Leute aufzuhalten. Sie setzten sich in die zweite Bankreihe, die Pastorin mit Blick auf die zerstörte Krippe. »Offenbar passiert so was öfter vor Weihnachten«, seufzte sie.

»Vandalismus, meinen Sie?«

»Ja.«

»Glauben Sie, es ist so ähnlich wie mit Selbstmord? Viele Leute fühlen sich dann irgendwie ausgeschlossen.« Sie dachte dabei auch an sich selbst.

Die Pastorin zuckte die Achseln. »Nun ja. Die Geburt eines Kindes zu feiern hat viel mit Familie und Zusammengehörigkeit zu tun. Wenn man nicht dazugehört, besteht vielleicht die Versuchung, das alles gewaltsam zu zerstören.«

»Das ist aber sehr nachsichtig gedacht.«

»Sie hätten mich vor einer halben Stunde sehen sollen. Da war ich weniger nachsichtig.«

»Was haben die Leute gemacht, bevor es Religion gab?«

»Wie grundsätzlich meinen Sie das?«

»Oh. Ich meine nur an Weihnachten.«

»Sie haben die Wintersonnenwende gefeiert in der Hoffnung, daß bald Frühling wird. Dunkelheit und Licht. So groß ist der Unterschied gar nicht. Sie sollten am Weihnachtsabend zu unserem Gottesdienst kommen. Die ganze Kirche ist nur mit Kerzen beleuchtet. Es sieht ganz wunderbar aus.«

»Ist das eine Anleihe bei den Heiden?«

Reverend Baker lachte. »Wahrscheinlich. Natürlich wäre es unklug, das zuzugeben. Aber wie steht's bei Ihnen? Was macht Ihr Hausgeist dieser Tage?«

Sie musterte ihr Gegenüber, dann zuckte sie noch einmal kaum merklich die Achseln. Es war wir vor der Polizeistation. Wenn es darauf ankam, fehlten ihr die Worte. »Immerhin benutzt meiner bloß Ketchup«, sagte sie schließlich. »Das wäscht sich leichter wieder ab.«

»Ketchup?« Catherine runzelte die Stirn. »Warum erzählen Sie nicht die ganze Geschichte?«

»Weil ich nicht weiß, ob ich die richtigen Worte finde.«

»Dann versuchen Sie es.«

Sie seufzte. Wo anfangen? »Glauben Sie an Vergebung?«

Die Frau sah sie einen Moment lang prüfend an. »Ja. Das tue ich.«

»Das ist schließlich die Parteilinie, oder?«

»Da haben Sie recht.« Sie lächelte. »Aber das ist nicht der Grund, warum ich daran glaube.«

»Und wie steht es mit Erlösung?«

»Hmm ... Ich denke, die Antwort ist dieselbe. Nur daß das mehr mit Gott zu tun hat als mit mir.«

»Das heißt, der Sünder muß es mit sich selbst ausmachen?«

»In gewisser Weise ja.«

Elizabeth blickte auf ihre Hände hinunter und stellte fest, daß sie noch immer ein Stück der Krippenfiguren hielten. Es war der Torso eines Königs, der ein goldenes Kästchen trug. War Gold darin oder Myrrhe? Es war alles so lange her, daß sie sich nicht mehr erinnern konnte.

»Was haben Sie gemacht, bevor Sie Pastorin wurden?«

»Ich? Ich war Lehrerin an einer Gesamtschule im Londoner Osten.«

»Das war sicher ganz schön hart.«

»Nun ja ... es war eine Herausforderung.«

»Dann haben Sie also schon mit dieser Art von Kids zu tun gehabt?« Sie deutete auf die Wand.

»Vielleicht. Lieber wär's mir, wenn nicht.«

»Und was ist passiert? Haben Sie Ihren Glauben an die Erziehung verloren?«

Sie lächelte. »Ich würde es anders ausdrücken. Mein Glaube an etwas anderes ist stärker geworden«, sie hielt inne. »Wissen Sie, ich habe mir damals geschworen, daß ich nie mehr selbstgerecht daherreden wollte, wenn Gott eines Tages Frauen als Geistliche zuläßt. Aber dieses Versprechen ist schwerer zu halten, als man denkt.«

Wohl so eine Art Berufsrisiko, dachte Elizabeth. »Ich würde mir da keine Sorgen machen. Wenn ich so zurückdenke, dann sind Sie besser als viele.«

Ihre Stimmen hallten in der kalten Luftsäule über dem Altar. Sie sah sich um. Nicht gerade ein eindrucksvolles Bauwerk: Es war zu neu, um eine eigene Ausstrahlung zu haben, und hatte zu wenig verschwiegene Plätze, in denen der Geist verweilen konnte. Trotzdem war das Gefühl, das der Raum vermittelte, nicht unangenehm. Vielleicht kommt es ja weniger auf die Räumlichkeiten an als auf die Menschen; Schichten von Spiritualität, die sich über die Jahrhunderte ablagern, die die Mauern durchdringen, die Luft einfärben. Wie viele verstörte Menschen hatten vor ihr hier gesessen auf der Suche nach Trost und Wahrheit?

»Mußten sie jemals jemandem vergeben, der es nicht verdient hatte? Jemand, der etwas sehr Schlimmes getan hat?«

»Elizabeth, ich ...«

»Ich meine jetzt nicht im Sinne der Beichte. Sagen wir, jemand kommt zu Ihnen und erzählt Ihnen etwas. Etwas, das Sie eigentlich der Polizei melden sollten. Aber Sie können es nicht preisgeben, weil es vertraulich ist.«

Ihr Gegenüber überlegte kurz. Dann sagte sie mit Bestimmtheit: »Montgomery Clift.«

»Wie bitte?«

»Montgomery Clift in *Ich bekenne*. Ein Film von Hitchcock. Clift spielt einen katholischen Priester, dem ein Mörder sich anvertraut. Als junges Mädchen habe ich ihn mir x-mal angesehen. Ich hab nämlich für ihn geschwärmt.«

»War der nicht schwul?«

»Ja. Das wußte ich damals nicht. Aber irgendwie paßt diese Geschichte doch, meinen Sie nicht.«

Das Schweigen, das folgte, ließ sie erst einmal dauern. Sie sah Elizabeth geduldig wartend an, ließ ihr Zeit, bedrängte sie nicht.

»Ich hab sie angerufen, aber sie waren nicht da«, sagte Elizabeth endlich. »Es ist kein Poltergeist.«

»Was ist es dann?«

»So was Ähnliches wie hier.« Sie seufzte.

»Sie meinen Einbrecher?«

Aber als sie den Mund aufmachte, um es zu erklären, brauchte sie ihre Atemluft plötzlich viel dringender dazu, die Tränen zurückzuhalten. Sie wollte nicht weinen, aber irgendwie wußte sie, daß es helfen würde. Also ließ sie den Tränen freien Lauf.

Die Frau legte ihre Hand zärtlich auf Elizabeths und ließ sie eine Weile dort. Später dann sagte sie mit großer Sanftheit: »Wissen Sie, Elizabeth, Sie brauchen nur um Hilfe zu bitten, dann wird sie auch gewährt werden.«

»Von Ihnen oder von Gott?«

»Von beiden. Das verspreche ich.«

Sie schniefte laut. »Ich lasse mich nicht zum Opfer machen.«

»Nein. Da bin ich sicher.«

»Und ich finde, wenn jemand einem weh tun will, dann hat man das Recht, sich zu wehren.«

»Ist es das, was sie getan haben?«

»Ich...«

»Catherine.« Die Stimme eines Mannes drang laut durch das Kirchenschiff. »Catherine, entschuldige, aber die Polizei ist da.«

Sie stieß einen ungeduldigen Seufzer aus. »Danke, John, sag ihnen, ich bin in fünf Minuten da.«

Er zögerte. »Ich habe ihnen schon gesagt, daß du beschäftigt bist, aber sie sagen, es sei wichtig und sie bräuchten dich jetzt gleich.«

»Fünf Minuten, John.« Aus diesen wenigen Worten konnte man die ehemalige Lehrerin heraushören. Sie wandte sich Elizabeth zu, augenblicklich wieder bei der Sache, aber die Gelegenheit war vorüber. Bei Erwähnung der Polizei war Elizabeth bereits aufgestanden. »Bitte gehen Sie jetzt nicht.«

»Ich muß. Ich .. ich muß noch arbeiten.«

»Hören Sie, wenn Ihnen etwas zugestoßen ist oder Sie etwas getan haben, das Sie erschreckt, dann müssen Sie mit jemandem darüber reden. Es geht nicht von selbst weg.« Diesmal war die Stimme nachdrücklich.

Wie vernünftig, dachte sie. Sie ist so gut und so vernünftig. Was hätte sie an meiner Stelle getan? Verständnis für seine Lage aufgebracht und ihn heimgeführt in den Schoß der Kirche anstatt in ihren eigenen? Glauben verbreiten, statt Sperma aufnehmen. Nein. Man konnte es nicht verstehen, wenn man es nicht erlebt hatte. Und selbst dann ...

»Elizabeth?«

»Und wie hat sich Montgomery Clift verhalten? In dem Film?«

Die Frau starrte sie einen Moment lang verständnislos an, dann sagte sie beherrscht: »Er hat den Mann dazu überredet, sich zu stellen.«

»Kneifen nennt man das«, erwiderte Elizabeth mit einem verächtlichen, kleinen Lachen. »Ich glaube, Sie gehen jetzt besser. Man wartet auf Sie.«

Am anderen Ende der Kirche wartete der Mann noch immer. Reverend Baker schickte einen Blick zu ihm hinüber, der aller Nächstenliebe entbehrte. »Es wird nicht länger als zehn Minuten dauern«, sagte sie dann zu Elizabeth. Versprechen Sie mir, daß Sie bis dahin auf mich warten?«

Schweigen.

»Versprechen Sie es.«

Sie nickte.

»Gut. Wollen Sie hier warten oder lieber rüber in das Gemeindehaus gehen?

»Hier.«

»Danke. Vielleicht können Sie Jim ein paar Ratschläge geben, wenn er mit der Farbe zurückkommt. Ich fürchte, er hat zwei linke Hände.«

Sie sah der Pastorin nach, während sie am Altar vorbei zur Tür ging, die der Mann ihr aufhielt. Die Stille kehrte zurück, nachdem beide gegangen waren. Sie saß und starrte auf das Graffiti an der Wand. Wenn Gott gewollt hätte, kam es ihr in den Sinn, dann hätte er ja etwas dagegen unternehmen können. Zum Beispiel, indem er die Tür einbruchsicher gemacht hätte, oder er hätte in dem Moment, wo die Farbe die Wand berührte, einen Blitz durchs Kirchenschiff schicken können. Es war ja nur ein Kleiner-Jungen-Streich. Mit ein wenig Phantasie hätte er die Übeltäter leicht auf den rechten Weg zurückgebracht.

Und was hätte er in ihrem Fall tun können? Den Mann impotent werden lassen? Auch ein sinnvolles Hobby wäre hilfreich gewesen, das ihn von den Mülltonnen anderer Leute fernhielt. Aber so lief das natürlich nicht. Wenn es hart auf hart kam, dann scherte Er sich einen Dreck darum. Man mußte nur das Kleingedruckte lesen, um zu wissen, daß man letzten Endes allein dastand. Freier Wille. Was die versprochene Fürsorge betraf, so schien ihr das Ganze genauso zweifelhaft wie verbriefte Bürgerrechte. Sicher würde Catherine Baker auch da einen Dreh finden. Aber ihren Trost anzunehmen hieße auch, den Seinen zu akzeptieren. Und Er hatte sich ja bereits als unfähig erwiesen. »Wo warst du in der Stille der Nacht, als ich reif war für die Bekehrung?« fragte sie in den leeren Raum hinein.

Das Hauptportal ging auf und der verschmierte Engel kam hereingestampft, beladen mit einem Farbkübel und einem Roller in der Plastiktüte. Er warf ihr einen mürrischen Blick zu, als er an ihr vorbeiging. Sie wartete, bis er ihr den Rücken kehrte, dann stand sie auf und ging hinaus.

18. Kapitel

SEINE STRASSE WAR Tavistock Crescent, soviel stand fest. Sie mündete in ihre eigene Straße und führte von dort in einem anmutigen Halbkreis bis zur nächsten stillen Wohnstraße. Ausgewogene Bebauung mit den für die Gegend üblichen dreistöckigen Reihenhäusern aus dem späten 19. Jahrhundert. Wie anderswo auch hatten sie Wiedergeburten in den verschiedensten Modetrends durchlaufen: Einfamilienhäuser waren erst in Wohnschlafzimmer zerstückelt, dann zu respektablen Appartements für Existenzgründer saniert worden. Nun wurden sie, sofern sie Käufer fanden, wieder in Einfamilienhäuser zurückverwandelt. In ihrem Inneren mußten die Linoleumschichten wie in einem Baumkuchen übereinanderliegen, an dem Generationen von Mietern mitgebacken hatten.

Sorgfältig zählte sie die Hausnummern ab. Von ihrer Küche aus sah sie das linke Ende der Häuserreihe, nach rechts hin war ihr die Sicht versperrt. Wenn sie richtig gezählt hatte, war es das achtzehnte Haus. Das hieß, es mußte die Nummer 36 oder 38 sein.

Keines der beiden Häuser war in besonders gutem Zustand, aber die 38 war eindeutig der Verlierer. Von den Fenstern im Parterre blätterte die Farbe, und an der Tür mit den gesprungenen Milchglasscheiben splitterte in einer Ecke das Holz. Sie überquerte die Straße und stieg die Treppen zur Eingangstür hinauf. Es gab zwei Klingelknöpfe, aber keine Namen dazu. Keiner von beiden sah allerdings so aus, als würde er einen Ton von sich geben. Sie drückte den unteren. Von tief drinnen kam ein schwacher Ton. Dann Stille. Dann Schritte.

Die Tür öffnete sich in einen Korridor mit Malerleitern und Abdeckfolien. Eine junge Frau in Jeans und Pullover stand mit einem Baby im Arm im Türrahmen.

Sie dachte zurück an jene Nacht, als sie mit dem Fernglas ein gewisses beleuchtetes Fenster abgesucht hatte. Also schon wieder das falsche Haus. »Hallo. Entschuldigen Sie die Störung. Ich dachte, hier wohnt ein Mann, den ich suche. Groß, schlank, Bürstenschnitt. Ich glaube mich zu erinnern, daß er Nummer 38 gesagt hat.«

»Tut mir leid. Hier wohnt nur die Familie Cranwright.« Sie sagte es mit diesem unverkennbaren Akzent, der vom fernen Australien und von Surfstränden kündet; sonnige Vokale für trübe Wintertage. »Sie sind hier erst vor ein paar Monaten eingezogen, vielleicht hat er vorher hier gewohnt.«

»Ah so. Sie kennen nicht zufällig die Leute von nebenan? Es könnte auch Nummer 36 gewesen sein.«

Sie zuckte die Achseln. »Ich bin nur das Kindermädchen. Ich wohne nicht hier. Aber ich glaube, das da drüben sind einzelne Wohnungen. Ich hab immer wieder andere Leute rauskommen sehen.«

Sie sah gut aus mit ihrem schnörkellosen Haarschnitt und der Restbräune. Frisch eingeflogen. Hatten sie ihr vorher erzählt, wie düster englische Städte sein konnten? Daß man seine Fenster sichern und sich vor Schritten in engen Straßen in acht nehmen mußte? Aber er würde wohl nicht den Fehler machen, in seinem eigenen Garten zu wildern. Eher der Typ, der in fremden Revieren seiner Beute auflauert.

»Vielen Dank auch.«

»Kein Problem.«

Wollen wir's hoffen. Sie ging auf die andere Straßenseite zurück und nahm Nummer 36 in Augenschein. Dieses Haus war, wie sie jetzt sah, ohnehin das passendere. Im Parterre hingen vergilbte Stores, die von einem Dschungel von Topfpflanzen gegen die Scheiben gepreßt wurden. Drinnen mußte es dunkel sein, aber bestimmt nicht tropisch. Im Stockwerk darüber – seinem – gab es Jalousien; nicht die dünnen, die jetzt in Mode waren, sondern dicke Holzstäbe, ein Überbleibsel aus der Zeit, als skandinavische Möbel in Mode waren. Ihre Tante mütterlicherseits hatte solche gehabt, und sie erinnerte sich, wie sie an langweiligen Sonntagnachmittagen mit dem Finger die Stäbe entlanggefahren war und reichlich

Staub geerntet hatte. Inzwischen waren sie ein sicheres Anzeichen für möbliertes Wohnen.

Möbliertes Wohnen. Sie hatte es nur einmal probiert, als Station zwischen der Wohnung eines Freundes und ihrer eigenen, und fand es schrecklich. Es war schließlich schon schwer genug, herauszufinden, was man mit seinem Leben anstellen wollte; und zwischen den Sachen anderer zu sitzen, machte es einem nicht gerade leichter. Damals hatte sie so schnell wie möglich wieder ausziehen wollen. Am schlimmsten waren die Nächte gewesen. War man empfänglich für den Wahnsinn, dann spürte man ihn nachts am deutlichsten.

Ja, ja, dachte sie, ich kenne dich gut. Deinen mickrigen Körper, deine verkniffenen Lippen, deinen widerlichen Hammer und den Draht. Wieder sah sie das seltsame, nervöse Lächeln vor sich. Was wollte er bloß von ihr? Verständnis? Vielleicht sogar Mitgefühl? Aber nein. Du bist und bleibst ein hoffnungsloser Fall. Ich wette, du sitzt jetzt da drin, schneidest die Schlagzeilen der Lokalpresse aus und klebst sie in dein Album. Sich eine Biographie zimmern. Nur mit dem Unterschied, daß in diesem Fall so viele andere damit zerstört wurden.

Aber jetzt war ein für allemal Schluß. Sie benutzte die Telefonzelle am Ende der Straße und erfragte die Nummer bei der Auskunft – über den Notruf zu gehen schien ihr riskant.

Ein Mann meldete sich. Nachdem sie ihm erzählt hatte, worum es ging, wollte er ihren Namen wissen und sie dann mit der richtigen Person verbinden. Schließlich stellte er durch, auch ohne ihren Namen erfahren zu haben. Eine andere Stimme meldete sich: »Detective Inspector Groves.«

»Sind Sie für den Holloway Hammer zuständig?«

»Ja. Ich bin Mitglied des Fahndungsteams. Mit wem spreche ich bitte?«

Sie holte tief Luft. »Der Mann, den Sie suchen, wohnt Tavistock Crescent 36. Der Bezirk ist N 19. Die mittlere Klingel.«

»Tavistock Crescent 36«, wiederholte er langsam. »Verstehe. Darf ich fragen, woher Sie das wissen?«

»Ich weiß es eben.«

»Kennen Sie den Namen dieses Mannes?«

»Nein.«

Er überlegte einen Moment. »Hören Sie, wenn Sie uns irgend etwas in Zusammenhang mit diesem Fall mitteilen können ... Ich kann Ihnen absolute Diskretion zusichern.« Seine Stimme war vorsichtig, wie einstudiert; fast ein wenig gelangweilt.

»Ich habe Ihnen doch schon gesagt, er wohnt Tavistock Crescent 36. Und mit ziemlicher Wahrscheinlichkeit ist er jetzt zu Hause.«

»Ja, in Ordnung. Sie können sich darauf verlassen, daß wir dem nachgehen. Aber ich muß Ihnen sagen, daß wir täglich durchschnittlich zwei bis drei Anrufe dieser Art bekommen, und da müssen wir Prioritäten setzen. Wenn sie allerdings bereit wären, uns Ihre ...«

Konnten sie den Anruf in die Telefonzelle zurückverfolgen, überlegte sie. Möglich war so was schon. Sie halten einen dann so lange in der Leitung, bis sie den Anruf orten können.

»Hören Sie, er trägt einen Hammer mit sich herum und ein Stück Schnur oder Draht. Er ist groß und dürr und hat eine rauhe Stimme. Und er will reden, bevor er es tut, genießt es, wenn Leute sich vor ihm fürchten. Ich bin sicher, die anderen acht Frauen werden Ihnen dasselbe erzählen. Glauben Sie mir, das hier ist kein Scherz.«

Mit klopfendem Herzen knallte sie den Hörer auf die Gabel.

Als sie zu Hause ankam, begann die Tiefkühlkost bereits aufzutauen. Sie stieß die Post mit dem Fuß beiseite und verstaute die Packungen im Tiefkühlfach. Dann machte sie sich einen starken Kaffee. Es hatte keinen Sinn, jetzt ins Bett zu gehen. Ihr Adrenalinspiegel war viel zu hoch. Sie stellte sich vor, wie sie von der gegenüberliegenden Straßenseite aus zusah, wenn sie ihn aus dem Haus und in ein Polizeiauto zerrten. Das wäre ein Traum, für den der Schlaf sich lohnte. In Wirklichkeit würden die Mühlen natürlich viel langsamer mahlen. Ihr anonymer Anruf käme erst mal auf die Liste mit all den anderen, würde vielleicht noch Nachforschungen erfordern. Wie lange konnte es dauern? Eine Stunde? Zwei? Egal. Während die anderen arbeiteten, würde sie dasselbe tun.

Unten in Mirkas Kellerloch ließ sie jetzt alle Eleganz beiseite. Action war angesagt, und was sie schrieb, entsprach durchaus ihrer eigenen Stimmung. Sie ließ Mirka herzzerreißend, süß und so von

Schmerzen geplagt sein, daß sie ihr Essen nicht selbst schneiden konnte. Der junge Mann tat es für sie. Er saß neben ihr auf der Bettkante und attackierte ein ekliges Fleischstück mit einem Messer, das schärfer war, als es aussah. Während sie langsam kaute, brachte sie ihn zum Erzählen. Geschichten aus dem Dorf, und wie sich dort alles verändert hatte nach dem Zusammenbruch des alten Systems; Geschichten von Armut und enttäuschten Erwartungen und dann das Auftauchen neuer Möglichkeiten. Sie war überrascht, wie dumm er war. Eigentlich hatte sie gedacht, die Aufgaben wären klar verteilt: Der Dünne hatte Köpfchen und der Fette Muskeln. Um so besser für sie.

Im Gegenzug entwarf sie Panoramen in grellen Farben; Neonlicht und Big Business, die Gehwege mit Gold gepflastert. Und sie sah seine Augen im Widerschein aufleuchten. Da er Bestechung erwartete (würde das besser funktionieren? War es wirklich nur die Habgier, die ihn trieb?), war er auf Verführung nicht vorbereitet. Deshalb nahm er die Wärme ihres Körpers an seinem Schenkel und die Art, wie ihre Lippen um die Gabel herum feucht wurden, nicht bewußt wahr. So kam es, daß Mirka erfuhr, wie es ist, wenn man sich an einem Dorfjungen aufgeilt und wenn dessen schwielige Finger schließlich ihren Weg in ihre Feuchtgebiete finden.

Elizabeth ließ sie alle Register ziehen, die schmatzenden Geräusche des Sex und ihr eigenes exzentrisches Stöhnen, um damit das Klappern des Messers zu übertönen, als sie es von dem Metalltablett neben das Bett gleiten ließ. Und natürlich ließ sie Mirka auch leiden. Mit ihrer verletzten Hand mußte sie seinen Schwanz reiben – die gesunde brauchte sie natürlich für das Messer –, während die Berührung den Schmerz wie einen Lavastrom durch ihren Körper jagte und sie aufjaulen ließ. Dieser Laut hätte sie verraten, wäre er nicht schon zu weit hinüber gewesen, um ihn zu bemerken.

Die Playboy-Freuden des amerikanischen Sex. Beide hatten sie genug davon im Kino gesehen, aber sie war diejenige, die tatsächlich dort gewesen war, Erfahrung hatte. Gib den Jungs, was sie haben wollen, und sie werden ihre Wachsamkeit für einen Moment vergessen. Sanft drückte sie ihn aufs Bett hinunter und glitt kniend an seinem Körper hinab. Dabei folgte sie ihrer Zunge wie einer Fremdenführerin bis in jene Bezirke, die er aus den Hochglanzprospekten kannte. Er stöhnte auf und schob ihren Kopf tiefer hinunter zu seinem Geschlecht. Da wußte sie, daß sie ihn hatte und daß seine Lust ihm die Kontrolle geraubt hatte.

Während ihre Zunge tiefer glitt, schob sie die gesunde Hand nach oben, bis die beiden sich auf dem weichen Stück Fleisch direkt über seinem Penis trafen. Keine Zeit zum Denken jetzt. Sie rammte das Messer hinein und trieb es dann weiter hinauf, spürte, wie der Stahl durch Sehnen und Fleisch drang. Während sie das tat, richtete sie sich auf und bedeckte seinen Mund mit dem ihren. Sie sog die Schreie aus ihm heraus, nahm sie in sich auf und schluckte sie hinunter.

Im selben Augenblick, wo er sich vor Schmerz aufbäumend von ihr befreite, war sie auch schon an der Tür und draußen. Dann warf sie die Tür hinter sich zu und schob die Riegel vor.

Das Holz dämpfte seine Schreie, doch sie waren immer noch laut genug, um den Fetten zu wecken. Sie griff nach dem nächstbesten Gegenstand; ein schwerer, gußeiserner Wasserkessel stand am Boden neben einem Campingkocher. Sie hob ihn auf und ließ ihn mit aller Kraft auf seinen Kopf niedersausen. Der Schlag saß; sie fühlte, wie Metall auf Knochen traf; doch sie wußte, daß es noch nicht genug war. Er brüllte auf, langte nach ihr und gleichzeitig nach seinem Kopf. Sie ließ den Kessel fallen, floh die Kellertreppe hinauf und durch die Tür. Sie hörte ihn hinter sich herstolpern. Das Schloß hier oben war weniger stabil. Unter dem ersten Stoß seiner Schulter würde es nachgeben. Aber wenn es eine Gerechtigkeit gab auf der Welt, dann würde sie zu dem Zeitpunkt nicht mehr hier sein.

Verzweifelt starrte sie ins Halbdunkel eines leeren Raums. Steinboden und Schatten war alles, was sie erkennen konnte. Es roch nach Moder und Verfall; zu viel Regen kam durch die verrotteten Fensterrahmen. Kein Wunder, daß sich niemand um ihre Schreie geschert hatte. Das Haus war eine Ruine.

Hinter ihr erbebte die Kellertür unter seinem Gewicht. Sie rannte hinaus in den Korridor und von dort in einen anderen kleinen Raum mit einer eisernen Kochstelle unterm Kamin und einer Tür, die nach draußen führen mußte. Sie war verschlossen. Mirka rüttelte wie verrückt daran, als sie hinter sich ein Geräusch hörte. Sie wirbelte gerade rechtzeitig herum, um einen zusammengekauerten Schatten im Türrahmen zu sehen. Kein Gesicht, kein Körper, nur ein Umriß mit nach vorn geworfenen Armen.

»Nicht sch ...!« kreischte sie, aber sie brachte das Wort nicht zu Ende, weil um sie der Raum explodierte.

Sie tippte so schnell, daß die Buchstaben unter ihren Fingern durcheinandergerieten. Als sie eine Pause machte, um den Text noch einmal durchzulesen, mußte sie unwillkürlich grinsen. Ein törichtes, verzerrtes Lächeln. Blödsinn. Totaler Quatsch, ein Klischee nach dem anderen, das übliche Zeug ohne den mindesten Hauch von Raffinesse oder Originalität. Aber wen kümmert's, solange es bei den Leuten ankommt. Hatte man erst mal zu reden aufgehört auf der Leinwand, dann blieb ohnehin nur noch Action. Jetzt wären die Kinobesucher bereits im gemeinschaftlichen Adrenalinausstoß geeint; kleine Wellen von Zustimmung und Heiterkeit würden durch den Zuschauerraum laufen. Daß das ganze ziemlicher Schund war, kam diesem Bedürfnis entgegen; es war gerade die Primitivität, die Befriedigung brachte.

Sie markierte den neuen Text und druckte die Seiten aus. Vorher sicherte sie den Text. Später konnte sie ihn immer noch umschreiben.

Sie schaute auf die Uhr: 14.55 Uhr. Schon zwei Stunden waren vergangen, seit sie angerufen hatte. Was würde sie darum geben, sein Gesicht zu sehen, wenn die Polizei vor seiner Tür stand.

Warum auch nicht? Schließlich war Weihnachten, da hatte jeder das Recht auf eine kleine Bescherung, selbst wenn man ein wenig drauf warten mußte.

Sie beschloß, einen Ausflug zu machen. Aus einer der Einkaufstüten fischte sie einen Laib Brot, säbelte sich ein dickes Stück ab und verarbeitete es zu einem ziemlich barbarischen Sandwich: Käse als Isolierschicht und obendrauf viel Mayonnaise. Die eine Hälfte verschlang sie bereits beim Einpacken. Jetzt, wo sie etwas zwischen die Zähne bekam, merkte sie, wie hungrig sie war. Sie füllte die Thermosflasche mit Kaffee und fand auch noch ein paar Tüten mit

Chips. Das Ganze sah aus wie das Mittagessen eines Bauarbeiters. Dann raffte sie die Manuskriptseiten zusammen, verstaute sie mit ein paar Musikkassetten in einer Plastiktüte und zog los.

Draußen waren die Temperaturen merklich gesunken. Eisiger Wind fegte die letzten Blätter durch den Rinnstein und über die Straße. Sie bog in seine Straße und parkte das Auto auf der gegenüberliegenden Seite, ein wenig entfernt von seinem Eingang, aber so, daß sie ihn durch den Rückspiegel im Auge hatte. Sie schaltete den Motor ab. Allerdings wurde es nach einer halben Stunde so kalt, daß sie ihn wieder anmachen mußte. So saß sie im Wagen, die Augen auf den Rückspiegel geheftet, während muffige Heizungsluft um sie herum aufstieg. Sie sah Frauen mit quengeligen Kindern im Schlepptau von den letzten Weihnachtskaufzügen heimkehren und die Nanny von nebenan, die den Kinderwagen vorsichtig die Treppe hinuntermanövrierte. Das Baby, verpackt in einen wattierten Skianzug mit passender Mütze und Handschuhen, wurde hin- und hergeschüttelt und brüllte aus voller Kehle.

Frische Luft. Sie konnte einen umbringen. Doch mit der Zeit fühlte sie selbst das dringende Bedürfnis danach. Die verbrauchte Luft aus dem Gebläse machte sie schläfrig. Wenn sie nur ein bißchen den Kopf zurücklegte und die Augen schloß... Nein, jetzt noch nicht. Später war genug Zeit zum Schlafen, tief und fest in der Gewißheit, daß diesmal niemand sie aufschrecken würde. Sie schaltete den Motor ab und ließ die Kälte ihre Müdigkeit vertreiben.

Um halb fünf war es dunkel. Sie beobachtete einen Mann und seinen kleinen Sohn, wie sie einen überdimensionierten Weihnachtsbaum die Treppe zu ihrem Haus hinaufschleppten. Eine Eingangstür, über und über mit Weihnachtsdekorationen behängt, öffnete sich in eine Diele und schloß sich dann hinter den beiden. Dort drin mußte es warm sein.

Was würde sie jetzt tun, wenn sie noch mit Tom zusammen wäre? Wenn alles anders gelaufen wäre? Würden sie sich an den Schaufenstern der Reisebüros die Nase nach Last-Minute-Schnäppchen plattdrücken, oder wären sie inzwischen weiter? Würde sie dem Westend mit einer Miniaturausgabe von Tom unterm Mantel trotzen? Ein winziges, zerknautschtes Gesicht, das sich gegen ihre ausufernden

Brüste drückte? Eine Zeitlang war das ein beinahe reizvoller Alptraum gewesen: Das Hausmütterchen spielen, jenes Gefühl von Familienzugehörigkeit wiederherstellen, das ihr durch den Tod ihrer Mutter für immer abhanden gekommen war. Aber das waren nur Tagträume; das Gefühl, man müsse das Paradies neu erschaffen, obwohl man im Grunde seines Herzens doch heilfroh war, daraus vertrieben worden zu sein.

Und was hatte sie statt dessen? Achtzigtausend Wörter Schund auf ihrer Festplatte und die Spermaflecken eines Vergewaltigers – und Liebhabers – auf dem Laken, den sie anonym an die Polizei verpfiffen hatte. Nicht gerade eine Geschichte, mit der man Mütter begeistert. Vielleicht sterben manche Menschen eben genau zum richtigen Zeitpunkt, um sich vor den Tatsachen des Lebens zu schützen.

Sie rieb sich die Augen und schenkte sich einen Kaffee ein. Nach den ersten Schlucken ging es ihr besser. Aber als sie den Becher auf dem Armaturenbrett abstellen wollte, verschätzte sie sich mit der Entfernung, und der Kaffee schwappte ihr auf den Schoß und über die Manuskriptseiten. Er war noch so heiß, daß sie aufschrie. Sie riß die Tür auf, stand dann fluchend draußen in der Kälte und versuchte, den Stoff ihrer Hose von der Haut wegzuziehen. Eine alte Frau, die vorbeikam, schüttelte den Kopf über ihre Sprache.

Sie stand noch immer da, als der Ford Fiesta mit den zwei Männern auf der anderen Straßenseite hielt. Der auf dem Beifahrersitz senkte den Kopf, um durchs Wagenfenster die Hausnummer erkennen zu können. Dann stiegen beide aus.

Eilig zog sie sich in ihr Auto zurück, aber keiner der beiden bemerkte sie. Der Fahrer strich sein Jackett zurecht, tauschte einen schnellen Blick mit seinem Kollegen, dann stiegen sie die Stufen zu Nummer 36 hinauf.

Wie festgefroren saß sie auf ihrem Platz, ihr Blick klebte am Spiegel. Sie sah, wie einer die Klingel drückte und dann mit den Händen in den Taschen wartete, während der andere sich über das Geländer beugte, um die Fenster im Auge zu behalten. Gelungene Darbietung. Wer jetzt die Tür öffnete, würde keinen Zweifel haben, wer draußen stand. Zu viel einstudierte Lässigkeit lag in ihren Bewegungen. Sie warteten. Wieder klingelte er. Am mittleren Fenster meinte sie, eine Bewegung der Vorhänge wahrzunehmen. Wenn sie es sah, mußten die beiden es auch bemerkt haben. Ihr Herz machte einen Sprung vor Freude. Würde er jetzt herunterkommen? Wahrscheinlich wäre er völlig verschlafen, das Hirn noch verklebt mit den Träumen von Gewalt in Toreinfahrten und dem Spaß, den er dabei hatte. Aber sie würden nicht ohne ihn wieder fortgehen. Noch einmal sah sie den Mann die Klingel drücken, diesmal länger. Oh, die Freuden des Polizeidienstes!

Zwei Minuten später öffnete sich die Tür einen Spalt, doch alles, was sie sah, waren zwei Rücken in Anzügen. Einer der beiden Anzüge trat ein wenig zur Seite, während sein Träger in der Tasche nach dem Ausweis wühlte. Eine endlose Sekunde lang passierte gar nichts. Dann öffnete sich die Tür weiter, die beiden gingen hinein, und die Tür schloß sich hinter ihnen.

Sie saß ganz still und versuchte, ihre Erregung im Zaum zu halten. Wie lange würden sie brauchen? Eine halbe Stunde? Eine Stunde? Noch länger? Würden sie das Haus durchsuchen müssen? Aber ohne einen Durchsuchungsbefehl würden sie wohl kein Beweismaterial finden. Und wenn sie noch einmal weggingen, konnte er es verschwinden lassen. Nein, eine Durchsuchung würde nicht nötig sein. Sie brauchten nur mit ihm zu reden, um Bescheid zu wissen. Sie würden es in seiner Stimme hören, die Begierde in seinem Atem riechen, sehen, wie seine obsessiven Phantasien wie Läuse durch sein Hirn krochen. Immerhin war es ihr Job. Sie wurden dafür bezahlt.

Sie lehnte sich zurück. Die Uhr auf dem Armaturenbrett zeigte 17.13 Uhr. Sie schaltete das Radio ein und suchte lange, bis sie etwas Erträgliches fand. Musik paßte jetzt nicht. Sie brauchte das gesprochene Wort. Nachrichten auf BBC 4, das war irgendwie beruhigend. Diese Sprecher, so hatte man den Eindruck, würden selbst den Weltuntergang überdauern.

Es klang allerdings, als stünde er unmittelbar bevor. So kurz vor Weihnachten und immer noch kein Frieden auf Erden. Ein atemloser Reporter berichtete aus Bosnien, wo der jüngste Friedensplan unweigerlich zu weiteren Kampfhandlungen führen mußte. Sie versuchte zuzuhören, doch die Wörter entglitten ihr immer wieder und verschwanden so unvermittelt, wie sie gekommen waren. Eine Meldung folgte der anderen, und der Zeiger rückte gegen sechs. Sicher hatten sie Verdacht geschöpft, denn sonst würden sie nicht so lange drin bleiben. Wahrscheinlich überprüften sie die Zeitangaben, sprachen über die Frauen, und vielleicht gaben sie per Telefon seine Angaben in den Polizeicomputer ein. Einer wie er hatte sicher ein Strafregister; hier eine Anzeige wegen Tätlichkeit, dort eine wegen Belästigung. Alles sicher gespeichert im Elektronenhirn des großen Bruders, zusammen mit dem Kontostand und den Labortests. Hatten sie auch sein HIV-Ergebnis? Ein Schauder lief durch ihren Körper. Nur jetzt nicht den Triumph mit einer neuen Angst kaputtmachen.

Doch während sie in den Spiegel starrte, machte, was sie da sah, ihren Triumph ohnehin zunichte. Drüben auf der anderen Straßenseite ging ein Mann zügig in ihre Richtung. Er trug eine Regenjacke, hatte ein schmales Gesicht mit Bürstenhaarschnitt und hielt die Hände zum Schutz vor der Kälte in den Taschen vergraben. Sein Anblick drehte ihr den Magen um. Schnell duckte sie sich, wandte aber den Blick nicht vom Rückspiegel. Er kam näher. Dann ging er an Nummer 36 vorbei und an Nummer 38. Er bog in die Nummer 40 ein und nahm zwei Stufen auf einmal. Für einen, der so lange nicht geschlafen hat, wirkte er ganz schön fit.

Genau in dem Moment, als er den Schlüssel ins Schloß steckte, öffnete sich in Nummer 36 die Tür und die beiden Zivilbeamten kamen ohne Begleitung heraus. Sie federten die Stufen hinunter zu ihrem Wagen. Einer sagte etwas zu dem anderen. Der verzog das Gesicht und lachte. Die Autotüren öffneten sie elektronisch.

Von seiner Position auf dem Treppenabsatz hatte auch er sie bemerkt. Einen Augenblick lang starrte er sie an, dann wanderte sein Blick die Straße hinauf und hinunter. Sie duckte sich. Als sie wieder auftauchte, war er weg. Die Tür hatte sich mit Nachdruck hinter ihm geschlossen. Der Fiesta bog ohne zu blinken aus seiner Parklücke und fuhr an ihr vorbei.

Sie knallte die Faust auf das Armaturenbrett. Wie konnte sie so blöd sein? Nur ein Haus weiter. Sie stellte den Spiegel so ein, daß sie die Nummer 40 im Blick hatte, und fand, daß das mittlere Fenster genauso aussah wie alle anderen, sauber und anonym und ohne ein lauerndes Gesicht dahinter.

Die Radioschlagzeilen hatten sich wieder der Kriegsgefahr in Bosnien zugewandt. Was ist zu tun, wenn all die guten Pläne gescheitert sind und man sich selbst auf die Friedenstruppen nicht mehr verlassen kann? Bald würde sie es herausfinden. Denn nun mußte sie die Sache selbst in die Hand nehmen.

19. Kapitel

WENN ER ES so lange ohne Schlaf aushielt, dann würde sie das auch schaffen.

Vier Stunden gestand sie sich zu. Sie stellte den Wecker auf 22 Uhr, wachte dann aber ohne sein Rasseln auf. Zunächst dachte sie, sie hätte verschlafen, so dunkel und totenstill war es im Zimmer. Es war eher wie am frühen Morgen. Inzwischen aber konnte sie zwischen Tag und Nacht nicht mehr unterscheiden. Ihr Körper schien seiner selbst überdrüssig, so als sei der Schlaf nur eine Droge gewesen, die zwar vergessen ließ, aber keinen inneren Frieden brachte. Die Leuchtanzeige des Weckers zeigte ihr, daß es tatsächlich erst kurz vor zehn war. Steh auf, dachte sie, und folge seiner Spur.

Erst als sie aus dem Fenster sah, wurde ihr klar, wieso alles so anders war. Die Welt draußen war weiß, die Luft voller wirbelnder Flokken, und eine dicke Schneedecke senkte tiefe Stille über alles. Was vor wenigen Stunden noch bescheidene Vorstadtgärten gewesen waren, hatte sich in eine Winterlandschaft mit Schneeskulpturen verwandelt. Es war so verblüffend, so völlig unerwartet, daß sie ganz benommen war vor Begeisterung, und sie nahm die Schönheit, die sich ihr darbot, als Trost in einer ansonsten trostlosen Welt. Erbärmlich. War Gott also nicht mehr als eine gelegentliche Kaltfront? Zwei Grad mehr, und das hier wäre als Regen niedergegangen; jener öde, erbarmungslose englische Regen, der einem in die Knochen fährt und jeglichen Optimismus ertränkt. Das hier war kein Trost, sondern ein billiger Trick der Natur, eine Art Trompe-l'œil des Geistes.

Auf der anderen Seite der Gärten war sein Fenster ein Licht unter vielen. Sie griff nach dem Fernglas und stellte es scharf. Und diesmal erwischte sie ihn. Über dem Rand der Scheibengardine erschien eine

Gestalt. Ihre Hand zitterte, und die Gestalt verschwand. Sie riß sich zusammen, und diesmal holte sie das Rund eines Gesichts in ihr Blickfeld, an den Rändern unscharf und verzerrt wie ein 3-D-Bild.

Er stand unmittelbar vor dem Fenster und sah hinaus in den fallenden Schnee. Im Schutz ihres dunklen Schlafzimmers konnte er sie bestimmt nicht sehen. Nun, zum ersten Mal, wurde sie selbst zum Voyeur.

Er stand so lange da, daß ihre Hand vom Halten des Glases schmerzte. Die Begegnung im Supermarkt fiel ihr ein, wie er erstarrt vor den Regalen mit den Cornflakes und dem Müsli gestanden hatte. Dann sein Bild, wie er auf ihrem Bett saß, lauernd, wartend, mit dieser endlosen, unheimlichen Geduld. Ja, er war gut darin, sich unauffällig zu machen, zu existieren, ohne wirklich da zu sein. Aber darin lag ja auch sein Problem. Während andere am Leben teilhatten, konnte er nur vom Rand aus zusehen, um dann irgendwann zuzupacken. Was er wohl jetzt dachte? Blieb auch ihm die Luft weg bei diesem Anblick? Wie frisch gefallener Schnee so rein. Vielleicht wollte er ihn ficken. Ihn mit einer Fontäne aus Urin besudeln und dann zusehen, wie der Dampf aus der Spur kleiner Brandlöcher aufstieg. Oder hatte diese geheimnisvolle Verwandlung bewirkt, daß er derartige Reinheit jetzt auch für sich anstrebte? Hoffte er, auch seine physische Landschaft eines Morgens verwandelt zu finden? Ein friedvolles, neues Bild seiner Selbst. Sie hörte wieder, wie seine Stimme gebebt hatte unter dem Druck all seiner unverarbeiteten Wut. Sie fühlte noch einmal den kalten Schweiß auf seiner Haut und wie seine Brust nach Luft gerungen hatte, als der Zorn sich in Tränen auflöste. Das Schlimme am Bösen ist wahrscheinlich, daß der Teufel selbst immer genau weiß, wie sehr er sich versündigt hat, und daß ihn das erst recht verzweifelt und grausam werden läßt. Er kann dann noch so oft den Spiegel zertrümmern, am Ende muß er doch immer in sein eigenes Angesicht schauen. Und muß es aufs neue zerschlagen, wieder und wieder.

Er verschwand aus dem Bannkreis ihrer Linse, und sie irrte suchend umher, um ihn wieder einzufangen. Einige Sekunden lang hatte sie ihn verloren, bis er plötzlich mit etwas in der Hand wieder auftauchte. Ein Lappen? Ein Geschirrtuch? Nein, es waren Handschuhe; er zog sich ein Paar Handschuhe an. Dann verschwand er noch einmal, kam wieder. Diesmal wickelte er sich einen Schal um den Hals. O Gott, er macht sich fertig, um wegzugehen.

Sie war gefangen zwischen Angst und Erregung, während er sich mit den Händen das Gesicht rieb, sich dann durch die Haare fuhr, so als wolle er an ihnen ziehen und sehen, wie weit die Kopfhaut nachgab. Selbst die Grimasse in seinem Gesicht konnte sie erkennen. Endlos schien er so zu stehen, den Kopf mit der Kraft der eigenen Hände nach hinten gezerrt. Es sah aus, als würde es weh tun, fast eine Geste der Selbstbestrafung. Oder galt sie der Vorbereitung? Dann drehte er sich um, und das Licht ging aus.

Sie handelte, ohne lange zu überlegen. Es war ganz simpel. Da sie sich in Kleidern zum Schlafen hingelegt hatte, brauchte sie weniger als eine halbe Minute, um ihre Schuhe anzuziehen und das Haus zu verlassen. Die Flocken fielen jetzt dichter und heftiger, so daß sie ihre stechende Kälte auf dem Gesicht spürte, bevor sie noch den Wagen erreicht hatte. Der Schnee knirschte unter den Füßen. Mittlerweile lag er gut einen halben Meter hoch. Seit Stunden mußte es nun schon schneien.

Sie fuhr so vorsichtig wie möglich durch Straßen, auf denen die ersten Reifenspuren bereits zu überfrieren begannen. Die Scheinwerfer hatte sie voll aufgeblendet, aber als sie in seine Straße einbog, blendete sie vorsichtshalber ab. Dicke Flocken taumelten gegen die Windschutzscheibe und bildeten perfekte Eiskristalle, bis der Scheibenwischer sie in wäßrigen Matsch verwandelte. Der Schnee war überall, und die Welt fand in Zeitlupe statt. Das nutzte sie zu ihrem Vorteil. Sie fuhr vorsichtige Fünfzig und bog eben um die Ecke, als unmittelbar vor ihr seine Haustür aufging und eine Gestalt die Treppe herunterkam. Er war kaum zu erkennen in einem dieser riesigen Mäntel, die die russische Armee durch ein halbes Jahrhundert kommunistischer Herrschaft warm gehalten hatten, jetzt aber nur noch für die Army Stores taugten. War er also einer von den Typen, die auf alte Armeebestände standen? Klamotten mit gewalttätiger Vorgeschichte. Es wunderte sie nicht.

Wenn er sich jetzt umdrehte, würde er mit Sicherheit ihr Auto bemerken. Es war das einzige, das unterwegs war. Aber heute war nicht das Wetter für interessiertes Herumschauen. Wind kam auf, der einem den Schnee waagerecht ins Gesicht trieb, so daß Gehen nur mit gesenktem Blick möglich war. Am Fuß der Treppe klappte er seinen Kragen hoch und wandte sich nach rechts, dorthin, wo Tavistock Crescent in die Hauptstraße einmündete.

Nachdem sie an ihm vorbei war – nicht zu langsam und nicht zu schnell –, behielt sie ihn im Rückspiegel im Auge. Er blickte nicht auf. Die High Street, auf die er zusteuerte, war eine der Hauptverkehrsadern und auch um diese Zeit noch stark befahren. Als sie die Kreuzung erreichte, hatte sie also einen Grund, um zu warten und ihn herankommen zu lassen. Er ging nach links, überquerte auf dem Zebrastreifen die Straße und bog dann in eine andere Seitenstraße ein.

Sie folgte ihm langsam. Inzwischen hatte er einen guten Vorsprung gewonnen, und es schneite jetzt so heftig, daß die Sicht immer schlechter wurde. Unmittelbar vor ihr fuhr ein Wagen aus einer Parklücke und kam dabei ins Rutschen. Während sie wartete, bis er sich wieder fing, löste sich seine Silhouette im weißen Gewirbel des Schnees auf.

Die Lichter des Pubs, die auf einmal vor ihr auftauchten, hätten aus einem Roman von Dickens stammen können; inmitten des grimmigen Winters versprachen sie Geselligkeit und die Wärme eines Kaminfeuers. Aber warum sollte es gerade ihn dort hinziehen. Er war einer, der seinem Leben und seinen Geschäften in Einsamkeit nachging.

Sie war keine fünfzig Meter hinter ihm, als er vor dem Eingang stehenblieb und die Tür öffnete. Er stampfte mit den Füßen auf, um den Schnee abzuschütteln, oder vielleicht auch, damit sie wärmer wurden. Fünfzig Meter, dreißig, zehn. Als die Tür hinter ihm zuschlug, brachte sie den Wagen zum Stehen und fand schließlich einen Parkplatz auf der gegenüberliegenden Straßenseite.

Hatte er womöglich ihren Wagen bemerkt und benutzte das Pub nur als Ablenkungsmanöver? Nein, er konnte sie nicht gesehen haben. Er hatte nicht ein einziges Mal aufgeblickt, sie war sich ganz sicher. Was nun? Wenn sie ihm ins Pub folgte, riskierte sie, erkannt zu werden. Doch wenn sie im Auto blieb, wäre sie bis zu seiner

Rückkehr wahrscheinlich schon in eine Art vorzeitige Leichenstarre übergegangen. Die Tatsache, daß sie schon so viel Zeit im Auto verbracht hatte, gab schließlich den Ausschlag.

Um ihre Tarnung hätte sie sich keine Sorgen zu machen brauchen. Das Pub war gerammelt voll und Bewegung kaum möglich, jemanden zu entdecken noch weniger. Während man unten kaum einen Schritt tun konnte, war man oben von üppiger Weihnachtsdekoration umrankt. Gigantische Glitzerglocken und Schleifen aus fransigem Lametta hingen von der Decke, zum Teil so tief, daß größere Zeitgenossen zu ihnen hinauflangen konnten. In einer Ecke waren sie bereits heruntergepflückt, und die Bedienung war mit einem überdimensionalen Lamettakrönchen geschmückt. Das Lokal vibrierte vor einer Wohlgelauntheit, die an Hysterie grenzte, und die Hintergrundmusik hatte sich so mit dem Stimmengewirr verwoben, daß man nicht hätte sagen können, ob es Bing Crosby oder Hip Hop war. Aber wen interessierte das.

»Have yourself a merry little Christmas.«

Schon eher Dantes Inferno, aber sie war noch nie ein Pubgänger gewesen. Wenn ich mich hier mehr zu Hause fühlen könnte, dachte sie, wäre die Welt dann leichter zu meistern?

Nachdem sie ihr Studium abgeschlossen hatte und nach London gezogen war, hatte sie ein paar Jahre in einer Band gesungen, die regelmäßig in einem Pub in Notting Hill spielte. Anderthalb Jahre war sie dabei gewesen, als sie Tom kennenlernte. In dieser Zeit kam er jedesmal, wenn sie auftraten, um sie dort singen zu hören, und konnte kein Auge von ihr lassen. Für sie war es eine einzigartige erotische Erfahrung: Nur für einen ganz speziellen Menschen da unten zu singen und zu wissen, daß der es kaum erwarten konnte, bis sie von der Bühne kam und er ihr die Zunge in ihren Hals stecken und die Kleider vom Leib reißen konnte. Sie verstand jetzt, was die Jungs daran fanden, welche Macht diese Art von Aufmerksamkeit einem gab. Nachdem sie es einmal erfahren hatte, konnte sie dieses Gefühl für sich nutzen. Ihr wurde klar, daß dies das gewisse Etwas war, das aus ihrer zugegebenermaßen guten Stimme den großen Erfolg machen konnte. Sie hätte dieses Wissen nutzen können, um ihren Auftritten eine neue Qualität zu geben. Aber es kam anders. Als ihre Beziehung intensiver wurde, ließ sie so viele Proben sausen, daß die Band ihr schließlich den Laufpaß gab. Tom reagierte verärgert statt mitfühlend. Er fand, sie sei zu gut für die Jungs. Aber auf der anderen Seite ermutigte er sie auch nicht, es mit anderen zu versuchen. Zu dieser Zeit hatten sich ihre Plattensammlungen bereits irreversibel vermischt, seine klassischen Kuckuckseier in ihrem Rock 'n' Roll-Nest, und ihr Leben war so erfüllt von ihm, daß sie fast schon geglaubt hatte, weder die Musik noch die Band zu vermissen.

Schwächling war das Wort, das Sally gebrauchte. Siehst du denn nicht, daß du dich total von ihm vereinnahmen läßt? Er will dich gar nicht mal so sehr für sich selbst, er kann es nur nicht ertragen, daß du mit anderen zu tun hast.

Sie starrte auf die Menschenmassen. Keine Kunst, die Dinge klar zu sehen, wenn alles vorbei war. Rechtzeitig klug sein, darauf kam es an. Würde sie das jetzt besser können? Wieder sah sie sich auf ihrem Bett sitzen, das T-Shirt über die Brüste streifen und die Hand eines Fremden zu ihren Nippeln führen. Vielleicht hatte sie doch etwas gelernt aus Toms Egoismus. Zumindest ihr Instinkt zur Selbstverteidigung war geschärft. Und zur Rache.

Sie sah sich um. Hier war sie zwar nicht in ihrem Element, er aber noch viel weniger. Wo würde er hier seine verkorkste, kleine Seele verstecken? An der Bar vielleicht, wo er sich über sein Glas beugen und seine Boshaftigkeit mit dem Gefühl des Ausgeschlossenseins füttern konnte, während um ihn herum das Leben tobte. Doch als sie sich endlich bis nach vorn durchgeboxt hatte, war er nicht da. Sie überlegte, ob sie etwas zu trinken holen sollte, um weniger aufzufallen. Aber die Chancen, den Blick der Frau hinter der Bar einzufangen, waren gleich null, und es kümmerte sich ohnehin niemand um sie.

Einen Moment lang setzte die Musik aus, um dann noch lauter zu dröhnen; eine Mauer aus Phil-Spector-Sound. Eine Gruppe von Leuten neben ihr johlte begeistert, und ein paar dissonante Stimmen fielen in Stadionlautstärke ein: »I saw Mummy kissing Santa Claus«. Männer in Anzügen auf der Suche nach ihrer Jugend. Sie drehte sich in die andere Richtung und versuchte, von ihnen wegzukommen.

Da entdeckte sie ihn. Er saß lachend und redend an einem überfüllten Tisch nahe dem Fenster, eingezwängt zwischen einem Typen und einem Mädchen. Ganz schön fix, dachte sie. Das Mädchen war jung, noch keine zwanzig, mollig vom Babyspeck und mit zu viel Make-up. Sie trug eines dieser Glitzerkleider, die Kaufhäuser um Weihnachten herum im Angebot haben und für die man weder am Bauch noch an den Schenkeln Fett haben durfte. Sie hatte beides und sah aus wie ein Weihnachtsgeschenk. Fragte sich nur, welcher Name auf dem Kärtchen stand.

Sie zog sich in die Menge zurück, aber er hatte sie bestimmt nicht gesehen. Dazu war er viel zu beschäftigt. Fasziniert beobachtete sie ihn. In angeregter Stimmung wirkte er lange nicht so furchterregend. Ein Typ wie jeder andere, so schien es. Doch je länger sie ihm zusah, desto mehr eindeutige Signale registrierte sie. Zum einen war da dieses Starren. Er wandte den Blick nicht von dem Mädchen und nickte eifrig zu allem, was sie sagte, während ein nervöses Lächeln über seine Lippen glitt. Ihr schien daran nichts aufzufallen. Ihre Wangen waren gerötet, und sie kicherte unablässig. Vor ihr stand ein halbleeres Glas, das nach Coke mit Rum aussah, und zwei leere standen schon daneben. Was würde sie sagen, wenn man sie warnte? Kümmern Sie sich um Ihren eigenen Kram, wäre die wahrscheinlichste Reaktion. Recht hätte sie. Schließlich arbeitete man das ganze Jahr hart genug, da mußten ein oder zwei Ausrutscher schon drin sein. So lief das also ab: Die entsprechenden Sensoren waren abgeschaltet, so daß die Warnsignale nicht registriert wurden, und im entscheidenden Moment sagte man dann »ja«, wo man besser »nein« gesagt hätte. So einfach war das. Und jeden von uns erwischt es früher oder später einmal.

Ihr schauderte bei dem Gedanken. Aber so einfach war es dann doch wieder nicht. Wenn das Mädchen jetzt ja sagte, gäbe es jede Menge Zeugen, die sahen, wie sie mit ihm das Pub verließ. Und selbst in einem alkoholgetrübten Hirn blieb immer noch genug für die Rekonstruktion eines Fahndungsfotos hängen. Wurde er allmählich leichtsinnig?

Zu ihrer Rechten sagte die Freundin des Mädchens etwas, und sie wandte sich ihr lachend zu. Augenblicklich veränderte sich sein Ausdruck. Alle Lebhaftigkeit war aus seinem Körper gewichen. Er saß bewegungslos, die Augen gesenkt. Sie spürte, wie er sich innerlich zurückzog, alle Zugbrücken einholte. Als er nun das Mädchen neben sich musterte, lag etwas anderes in seinem Blick.

Sie konnte nicht ertragen, ihn weiter anzusehen. Und hier drinnen würde sie ihn nicht herausfordern, nicht zwischen all den Leuten. Sie bahnte sich ihren Weg zur Tür. Schon läutete zum ersten Mal die Glocke für die letzten Bestellungen. Keiner kümmerte sich darum.

Draußen hatte es beinahe aufgehört zu schneien, aber der Wind war eisig. Sie stellte die Heizung im Auto so hoch es ging und behielt die Uhr im Auge: 22.56, 22.57, 22.58. Quälend langsam verstrichen die Minuten.

Um zehn nach elf strömten die ersten heraus auf die Straße. Sie hatte beide Ausgänge im Blick, aber der Andrang war so groß, daß man leicht jemanden übersehen konnte. Ihr Herz begann schneller zu schlagen. Etwa um Viertel nach elf entdeckte sie das Mädchen. Es trug einen weiten, grauen Mantel, der noch offen war, so daß das Kleid hervorblitzte. Einen Augenblick lang dachte sie, es sei *sein* Mantel. Doch als das Mädchen mit der eisigen Luft in Berührung kam, beeilte es sich, den Mantel mit einem langen Gürtel zu schließen, und schützte sich mit einem eindeutig mädchenhaften Kragen gegen den Wind. Unmittelbar hinter ihr kam die Freundin, ebenfalls weihnachtlich angeheitert, und gemeinsam staksten sie kichernd und sich gegenseitig stützend die Straße hinunter. Zwei junge Frauen unterwegs zu einem weiteren Weihnachten mit Mum und Dad und dem Rest ihres Lebens. Wie oft entgeht man so knapp seinem Schicksal? Wie oft trifft es jemanden zwei oder drei Plätze weiter, und man wird es nie erfahren.

Sie richtete ihre Aufmerksamkeit wieder auf die Türen. Der Menschenstrom riß nicht ab, aber keine Spur von ihrer Beute. Vielleicht war er, zusammen mit vielen anderen, noch geblieben. Verübeln konnte man es ihnen nicht, daß sie weitertrinken wollten bei solchem Wetter. Und sicher würde die Polizei so kurz vor Weihnachten die Augen für eine Viertelstunde mit Stammkunden schon mal zudrücken. War er hier bekannt? Das gewohnte freundliche Gesicht an einem Freitag- oder Samstagabend?

Warum auch nicht? Es wäre nicht das erste Mal, daß sich der nette Mitmensch als Monster entpuppte. So war es zumindest gewesen, als Peter Sutcliff und der Yorkshire Ripper sich als ein und dieselbe Person erwiesen. Unser Peter. Der harmlose Zeitgenosse von nebenan. Ein bißchen verschlossen, aber durchaus liebenswert. Immer aufgelegt zu einem Drink mit den Jungs. Einer, der gut mit Kindern umgehen konnte. Und höflich. Nur nicht in jenen Nächten, wo ihn sein eigener Vollmond mit dem Zimmermannshammer losziehen und sein Sperma in die Körperhöhlen von Prostituierten spritzen ließ. Abgesehen davon war er ein ganz normaler Typ.

Die Gedanken lenkten sie von ihrem Job ab, und beinahe hätte sie ihn übersehen. Er hatte es eilig, hielt den Kopf gesenkt und hatte ganz offensichtlich ein Ziel vor Augen. Aber welches? Nach Hause ging er jedenfalls nicht. Sie wartete dreißig Sekunden lang, bevor sie den Wagen anließ. Sie hatte ihn nach wie vor im Blick. Knapp zweihundert Meter weiter kam er auf die Hornsey High Road. Er bog links ein und ging hinauf bis zur Bushaltestelle in nördlicher Richtung. Dort hatte sich bereits eine kleine Schlange gebildet. Die Leute stampften mit den Füßen und hauchten in ihre Handschuhe oder – wie im Fall eines ziemlich angeheiterten Pärchens – wärmten sich eng umschlungen. Er hielt sich fern von der Schlange und schlüpfte statt dessen in den Eingang eines nahen Geschäfts, wo die Dunkelheit ihn verbarg. Falls er sich hinaus in die Vororte begeben wollte, würde er es logischerweise vermeiden, von seinen Mitfahrern gesehen zu werden.

Sie fuhr vorbei und stellte das Auto fünfzig Meter weiter ab. Mittlerweile war sie Expertin im Observieren durch den Rückspiegel. Allerdings wagte sie diesmal nicht, den Motor laufen zu lassen. Diesmal mußten sie eben beide frieren. Die Uhr zeigte 23.35 Uhr.

Endlich kam um zehn vor zwölf der Bus, freudig begrüßt von der kleinen Schar, die inzwischen auf etwa fünfzehn angewachsen war. Alle drängelten gleichzeitig hinein, um dem kalten Wind zu entkommen. Auch das Pärchen löste sich nicht voneinander. Es dauerte eine Weile, bis sie alle mit Fahrkarten und Plätzen versorgt waren. Da kam noch ein Mann über den Gehweg gerannt.

Der Bus wartete auf ihn, ließ ihn aufspringen und fuhr davon. Doch ein Fahrgast fehlte. Er hatte sich nicht gerührt in seinem Versteck.

20. Kapitel

Es hatte wieder angefangen zu schneien; Spitzenvorhänge aus Schneeflocken flirrten vor dem gelben Licht der Straßenlaternen und senkten sich dann lautlos auf die Gehwege. Dort, wo er stand, mußte ihm ganz schön kalt sein. Aber er harrte aus, festgehalten im Schutz der Finsternis, wie ein Insekt auf einem Blatt.

Ein Mann und eine Frau kamen an die Haltestelle und versuchten, den Fahrplan zu entziffern. Wie ein Wunder tauchte plötzlich weiter unten auf der Straße die gelbe Leuchtschrift eines freien Taxis auf. Die beiden winkten ihm verzweifelt, und es hielt tatsächlich an. Als sie sich in die Kabine drängten, konnte man ihren Bewegungen die Erleichterung geradezu ansehen. Es war jetzt zehn nach zwölf. Die Zeit der Nachtbusse war angebrochen.

Zehn Minuten später war es so eiskalt im Auto, daß sie die Hände in die Achselhöhlen steckte, um sie warm zu halten. Als sie wieder aufblickte, sah sie die Gestalt eines jungen Mädchens auf die Haltestelle zugehen. Ihre Kleidung war nichts für dieses Wetter; ein kurzes Mäntelchen über Jeans, hochhackige Stiefel, ein Schal, der kaum der Rede wert war, und nicht einmal eine Mütze. Sie ließ einen behandschuhten Finger über den Busfahrplan gleiten und versuchte, die Ziffern unter dem Schnee zu erkennen. Im Hauseingang hinter ihr rührte sich etwas. Das Mädchen mußte ihn aus dem Augenwinkel gesehen haben, denn sie fuhr herum und sagte dann etwas, so als würde sie jemandem antworten. Wahrscheinlich erkundigte sie sich, ob der letzte Bus schon abgefahren war.

»Keine Ahnung«, würde er sagen. »Bin selbst gerade erst gekommen.«

»Aber hier fahren doch auch Nachtbusse?«

»Vielleicht in 'ner halben Stunde oder Stunde.«

Sie zuckte die Achseln und rieb sich energisch die Hände. »Das ist ein Wetter, was? Vielleicht kriegen wir ja sogar weiße Weihnachten.«

»Schon möglich.«

Das Mädchen zögerte, dann wandte sie sich wieder der Haltestelle zu. Ihre Körpersprache ließ erkennen, daß ihr die Sache nicht geheuer war.

Was hatte er wirklich zu ihr gesagt? Vielleicht hatte er sie dazu eingeladen, ihm in der Dunkelheit Gesellschaft zu leisten. Offensichtlich war sie vernünftiger als ihre Klamotten.

Später fuhren zwei Taxis vorbei. Beide waren besetzt, aber durch das Schneetreiben konnte sie das nicht gleich erkennen. Sie winkte dem ersten, ließ aber enttäuscht die Hand sinken, sobald sie den Fahrgast auf dem Rücksitz bemerkte. Dann sah sie einigermaßen verloren dem zweiten nach.

Inzwischen lagen die Gehwege verlassen, und die Schneedecke wurde von Minute zu Minute dichter. Man sah ihr an, daß sie nervös wurde. Wenn sie noch lange so stand, würde sie sich in eine Eisprinzessin verwandeln. Weitere fünf bis zehn Minuten vergingen. Jetzt waren keine Fußgänger mehr unterwegs, und auch Autos fuhren kaum noch. Die Welt begab sich zur Ruhe und ließ sie und ihn allein zurück in diesem Winterwunderland. Endlich schien sie einen Entschluß gefaßt zu haben. Nach einem letzten Blick in die Dunkelheit wandte sie sich um und stapfte, so schnell es der Schnee erlaubte, die Straße Richtung Seven Sisters hinunter.

Eliza fühlte, wie ihr ganzer Körper sich anspannte. Vom Auto aus starrte sie unverwandt auf den Eingang neben dem Schaufenster. Zehn Sekunden, fünfzehn, zwanzig. Der Schnee hatte das Mädchen schon fast ganz verschluckt, als er loszog. Mit gesenktem Blick, den Kopf im Kragen vergraben, setzte er die Füße vorsichtig in die Spuren, die sie im jungfräulichen Schnee zurückgelassen hatte.

Ihr Herz machte wilde Sprünge, während sie ihn beobachtete; und wieder fühlte sie die Angst wie Erbrochenes die Kehle hochsteigen. Für einen Augenblick war sie wieder in ihrem Schlafzimmer, mitten in jener Nacht, als sie, hellwach und mit bloßliegenden Nerven, den Atem eines Fremden neben sich gespürt hatte.

Sie drehte den Zündschlüssel, und der Motor sprang an. In der tiefen Stille des Schnees wirkte das Geräusch unglaublich laut. Diesmal hörte er es. Diesmal wandte er sich um und blickte ihr entgegen. Würde er den Wagen wiedererkennen? Oft genug mußte er vor ihrem Haus daran vorbeigegangen sein. Aber für derartige Überlegungen war es jetzt zu spät.

Sie bog in die Fahrbahn ein und fuhr an ihm vorbei. Das Mädchen war knapp fünfzig Meter weiter vorn. Durch den Rückspiegel sah sie ihn die Szene beobachten. Als sie neben dem Mädchen stoppte, hielt auch er an und schlüpfte in die nächste Einfahrt.

Falls sie den Wagen hatte kommen hören, so zeigte sie es nicht. Elizabeth kurbelte das Fenster herunter, um die Aufmerksamkeit des Mädchens zu erregen. Ein Wirbel aus Schneeflocken wehte herein.

»Entschuldigen Sie.«

Als sie merkte, daß eine Frauenstimme sie ansprach, drehte sich das Mädchen um und blieb stehen, kam aber nicht näher.

Elizabeth holte tief Luft. »Ich ... ich habe zufällig gesehen, wie ... Ich meine, ich bin auf dem Heimweg von einer Party und habe sie dort an der Bushaltestelle stehen sehen. Der letzte ist offensichtlich schon weg.«

»Ja«, antwortete sie mit dem Charme eines Rottweilers.

»Ich muß auch Richtung Norden. Ich wohne da. Wollen Sie nicht ein Stück mitfahren? Um diese Zeit und bei diesem Wetter werden Sie so leicht kein Taxi kriegen.«

Das Mädchen starrte sie an. Es sah gut aus; dunkles Haar umrahmte ein herzförmiges Gesicht, und das hübsche Näschen war schon ganz rot vor Kälte. Sie neigte den Kopf, so als könnte sie irgendwie riechen, ob hier Ärger zu erwarten war. Eine extra dicke Flocke fiel auf ein Auge, und sie blinkte sie weg. »Äh, vielen Dank, ist nicht nötig. Ich wohne nur ein paar Straßen weiter.«

Es war klar, daß sie beide logen. Das Mädchen mußte etwas bemerkt haben. Elizabeth überlegte krampfhaft, was sie sagen könnte, um ihr Vertrauen zurückzugewinnen, aber ihr Hirn war wie leergefegt. Die junge Frau hatte sich abgewandt und ging weiter die Straße hinunter.

Scheiße. Sie versuchte, sich in ihre Lage zu versetzen. Eine verlassene Straße spät in der Nacht, und eine Frau, die eine Mitfahrgelegenheit anbietet. Es hatte Zeiten gegeben, da hätte man so eine Situation nicht weiter hinterfragt. Aber das war, bevor die sexuellen Gelüste einer Rosemary West auf den Titelseiten aller Zeitungen prangten. Das wiederum hatte an Myra Hindley erinnert und daran, wie sehr die Welt sich verändert hatte. Heutzutage war eine Frau am Steuer keine Garantie dafür, daß nicht Männer auf dem Rücksitz lauerten. Die Welt war so verdorben, daß junge Mädchen sogar an ihrer Vorsicht zugrunde gehen konnten.

Im Rückspiegel meinte sie, eine Bewegung im Hauseingang wahrzunehmen. O nein, diesmal nicht. Zwanzig Meter weiter blieb sie noch einmal neben dem Mädchen stehen.

»Nein, hören Sie. Gehen Sie nicht weiter.« Ihre Stimme war jetzt laut und eindringlich. In der Stille des Schnees konnte er bestimmt jedes Wort mithören. Und wenn schon. »Ich will Ihnen ja keinen Schreck einjagen, aber Sie haben doch sicher gehört, daß in dieser Gegend erst kürzlich junge Frauen überfallen worden sind. Offenbar ist ein Verrückter mit einem Hammer unterwegs, der die Mädchen vom Gehweg zerrt und sie vergewaltigt und zusammenschlägt. Diese Woche hat es in allen Zeitungen gestanden. Die Polizei hat junge Frauen davor gewarnt, abends alleine unterwegs zu sein.«

»Ach du meine Güte!« Das Mädchen zögerte noch immer. Sicher war in ihrem hektischen Leben keine Zeit, um die Lokalnachrichten zu lesen. Aber irgend jemand mußte es ihr doch erzählt haben, das sah man an dem leichten Zucken, das über ihr Gesicht lief. Jetzt mußte Elizabeth Klartext reden. »Hören Sie, ich verstehe ja, daß Sie Bedenken haben, in ein fremdes Auto zu steigen, aber ich meine, Sie sollten das Angebot annehmen. Zufällig habe ich den Typen bemerkt, der Sie an der Haltestelle angesprochen hat. Er ... Ich glaube er ist Ihnen gefolgt.«

Diesmal stand Panik im Gesicht des Mädchens, während seine Augen die Straße absuchten.

»Auch du meine Güte«, sagte sie wieder, aber jetzt kam sie näher ans Wagenfenster heran und nahm Elizabeth genauer in Augenschein. Was sie sah, war eine Frau, die geradewegs aus dem Bett kam und nicht mehr in den Spiegel geschaut hatte, bevor sie ins Auto gestiegen war. Wahrscheinlich machte sie einen übleren Eindruck als er. Sie spürte das Zögern der anderen. Ich hätte mir wenigstens die Haare kämmen sollen, dachte sie. Was hatte jenes junge Mädchen gedacht, als es damals in das Auto der West eingestiegen war? Ein nettes Paar, zweifellos. Und das mütterliche Gesicht der Frau hatte die Andeutung von Wildheit in den Augen des Mannes wettgemacht. Sie wandte den Blick nicht von dem Mädchen. Vertrau deinem Instinkt, wollte sie ihm sagen. Das ist es, was mir das Leben gerettet hat.

Die andere inspizierte jetzt das Innere des Wagens, versuchte, nicht nur auf, sondern auch zwischen die Sitze zu spähen. Gar nicht so dumm, dachte Elizabeth. »Ich wohne gleich hinter Manor House«, sagte das Mädchen endlich. »Von hier sind es ungefähr vier Kilometer. Liegt das auf Ihrer Strecke?«

»Klar doch, kein Problem.« Sie grinste vor Erleichterung. »Steigen Sie ein.«

Während das Mädchen um das Auto herum zur Beifahrertür ging, warf Elizabeth einen Blick in den Spiegel und meinte, eine Hand aus dem Hauseingang hervorschnellen zu sehen. Na, wie fühlst du dich jetzt, dachte sie triumphierend. Hab ich dir deinen Hauptgewinn geradewegs unter der Erektion weggeschnappt. Soll dir doch der Schwanz abfrieren, bevor du ihn nach Hause tragen kannst, du Mistkerl. Während das Mädchen noch mit dem Sicherheitsgurt hantierte, fuhr sie los.

Bei besserem Wetter hätte die Fahrt nicht einmal eine Viertelstunde gedauert. Jetzt brauchten sie doppelt so lange. Die Straßen glichen Eisbahnen. Kurz vor Finsbury Park kamen sie an einem Unfall vorbei; ein Laster hatte sich um eine Straßenlaterne gewickelt, und zwei Polizeiwagen waren bereits zur Stelle und hatten eine Seite der Fahrbahn abgesperrt.

»Sieht aus, als hätte er die Abzweigung nicht erwischt«, sagte sie beiläufig.

»Ja«, erwiderte das Mädchen. »Hoffentlich ist ihm nichts passiert.«

Sie krochen die Seven Sisters Road entlang. Wie ein UFO kam ihnen aus der Dunkelheit ein Streufahrzeug entgegengerumpelt, die gelben Warnleuchten blinkten hektisch durchs Schneegestöber.

»Wahnsinn, dieses Wetter«, sagte das Mädchen leise.

»Das kann man wohl sagen«, antwortete Elizabeth. »Kann mich nicht erinnern, wann London das letzte Mal so ausgesehen hat.

»Es heißt, dieses Jahr kriegen wir eine weiße Weihnacht.«

»Glauben Sie, daß es so lange halten wird?«

»Warum nicht. Sind ja nur noch drei Tage.«

Drei Tage. Nein, das konnte nicht stimmen. Wie lange war es her, daß sie im Supermarkt gewesen war? Zwei Tage? Bestimmt nicht länger. Sie war so gefangen von Arbeit, Schlaf und Angst, daß sie völlig die Orientierung verloren hatte. Das Mädchen sagte etwas.

»Wie bitte?«

»Ich sagte, wenn es hält, dann ist es die erste seit sechsundzwanzig Jahren.«

»Tatsächlich?«

»Ja. Und damals hat's auch nicht so viel Schnee gegeben wie jetzt.«

Elizabeth schaute das Mädchen von der Seite an. Es war selbst nicht älter als sechsundzwanzig; wahrscheinlich war es damals noch gar nicht auf der Welt. »Woher wissen Sie das?«

»Nachgeforscht. Ich brauche es für eine Programmidee, an der ich arbeite.«

Nachdem sie erst einmal angefangen hatte zu reden, war sie kaum mehr zu bremsen. Es stellte sich heraus, daß sie am Empfang einer kleinen, unabhängigen Fernsehgesellschaft mit Sitz in den Docklands arbeitete. Zwar war es erst ihr zweiter Job, aber sie war entschlossen, sich bis in die Produktion hochzuarbeiten. Darum dachte sie sich nebenbei Sendungen aus. Die Gesellschaft steckte noch in den Anfängen, so daß es kaum etwas zu tun gab für sie. Man gab sich liberal, und ihr Chef ermutigte sie. Er hatte gesagt, er wollte ihre Ideen aufgreifen, sie vielleicht sogar zu dem einen oder anderen Festival mitnehmen, damit sie die richtigen Leute kennenlernen konnte. In dieser Branche ging es nämlich nicht so sehr darum, was man konnte, sondern wen man kannte. Allerdings dauerte es eine Weile, bis man die richtigen Kontakte hatte. Natürlich kein Vergleich zu dem Provinznest in Devon, wo sie herkam. Dort paßten alle, die was zu sagen hatten, ins Hinterzimmer jedes x-beliebigen Pubs in Axminster, und dann wäre immer noch Platz. London war da natürlich viel spannender. Mit einem Auto wäre alles einfacher, dann wäre sie auch heute abend nicht gestrandet, aber bei ihrem Gehalt... Nun ja, sie mußte eben abwarten, bis ihre erste Idee realisiert wurde. Das war, so ließ sie durchblicken, nur eine Frage der Zeit. Sie stoppte kurz, um Atem zu holen. »Und was machen Sie beruflich?« fragte sie dann.

Die Ampel vor Manor House kam in Sicht. Elizabeth murmelte etwas von Übersetzen für einen Verlag, dann lenkte sie die Unterhaltung behutsam zurück auf die Bushaltestelle.

»Ja, er hat mir einen ziemlichen Schreck eingejagt. Ich hatte ihn überhaupt nicht gesehen. Er sagte, ich hätte den letzten Bus verpaßt und daß es vermutlich eine Stunde oder länger dauern würde, bis der Nachtbus käme.«

»Und er? Hat er auf den Nachtbus gewartet?«

»Keine Ahnung. Wahrscheinlich. Ich dachte, er würde mir anbieten, ein Taxi zu teilen, aber das hat er nicht getan.«

»Hätten Sie denn angenommen?«

Vorwurfsvoll sah das Mädchen sie an. »So blöd bin ich auch wieder nicht. Der Typ war sowieso nicht ganz sauber. Das hat dann den Ausschlag gegeben, als Sie sagten, er wäre mir nachgegangen.«

Plötzlich stand ihr das Bild einer mit Abfall übersäten Toreinfahrt vor Augen und ein junges Mädchen, das gegen die Wand gedrängt wurde. Die Jeans würden ein gewisses Hindernis darstellen. Es war schon schwierig genug, aus ihnen herauszukommen, wenn man sich ausziehen wollte, geschweige denn, wenn man nicht wollte. Womöglich würde er sich über Nieten und Reißverschlüsse hinwegsetzen und der Einfachheit halber das Messer nehmen. Aber wie sollte er sie zum Schweigen bringen? Er würde beide Hände brauchen, um sie festzuhalten, während er mit den Klamotten beschäftigt war. Würde er sie knebeln? Die Zeitungen hatten nichts davon erwähnt. Aber bei diesem Wetter wäre es ohnehin egal. Niemand würde ihr Schreien hören. Gänsehaut lief ihr über den Rücken. Sie wollte das Mädchen noch fragen, ob es ihn wiedererkennen würde, aber dazu kam es nicht mehr.

»Hier ist es.«

»Wie?«

»Sie können mich hier rauslassen.«

Sie waren immer noch auf der Hauptstraße. Trotzdem hielt sie an. »Sind Sie sicher?«

»Ja. Es sind nur noch ein paar Häuser. Ich wohne da hinten in der Seitenstraße. Das ist prima so. Vielen Dank auch.«

Hatte sie etwas Falsches gesagt? Aber vielleicht war es ja nur vernünftig, einer Fremden nicht zu zeigen, wo genau man wohnte. Sie ließ es auf sich beruhen. Schließlich hatte er ihnen unmöglich hierher folgen können. Und es war höchst unwahrscheinlich, daß in einer Nacht wie dieser im Umkreis von sieben oder acht Kilometern gleich zwei Triebtäter unterwegs waren. Selbst die Hölle muß sich an die Regeln der Statistik halten.

Sie wartete im Wagen, bis das Mädchen die Straße hinuntergegangen und in einem der Hauseingänge verschwunden war. Dann verriegelte sie die Türen von innen und fuhr langsam nach Hause.

Irgendwann während der Rückfahrt hörte es auf zu schneien. Bei so wenig Verkehr hatten die Straßen eine Art geisterhafter Schönheit. Selbst Holloway Road wirkte geradezu erhaben. Als sie vor dem Haus aus dem Auto stieg, hallte das Zuschlagen der Tür wie Donner durch die andachtsvolle Stille.

Sie schaute sich um. Die Straße war von Eiskristallen überzogen. Die parkenden Autos wirkten mit ihrem dicken Pelz aus Schnee wie gestrandete Schafe. In ein paar Stunden, wenn die Kinder des Viertels sich mit Schneebällen bewaffneten, würden sie von Handschuhspuren übersät sein. Aber jetzt noch nicht; jetzt warfen die Straßenlaternen fahle Schatten auf die makellosen Oberflächen. Alles war wie verzaubert.

Sie blickte in den Nachthimmel. Ohne einen einzigen Stern wirkte er schwer, so als sollte noch einiges kommen. In einem Fenster im Oberstock des Nachbarhauses entdeckte sie ein Gesicht, das sich wie ein kleiner weißer Mond gegen die Scheibe drückte. Die Nachbarn hatten einen sechsjährigen Sohn, dem sie manchmal auf seinem Schulweg begegnete. Ein netter Junge. Vielleicht ein wenig zu behütet für sein Alter, fand sie, aber was wußte sie schon. Er hatte bestimmt noch nie in seinem Leben so viel Schnee gesehen, und das könnte seine erste weiße Weihnacht werden. An Schlaf war da natürlich nicht zu denken.

Sie winkte zu ihm hinauf. Er winkte auch, dann zog er sich verschüchtert zurück. Sie versuchte, sich daran zu erinnern, wie es war, wenn einem das Herz vor lauter Wunder überquoll. Und was bekam man dafür, sobald man erwachsen war? Nichts als ein bißchen sauer verdiente Klugheit. Und wenn man Glück hatte vielleicht noch ein Zipfelchen inneren Frieden. Es war einfach nicht genug. Ich will mein Staunen zurück, dachte sie wütend. Ich will wieder so intensiv empfinden können.

Was hatte ihre Mutter immer gesagt? Sei vorsichtig mit deinen Wünschen. Am Ende bekommst du, was du dir gewünscht hast, und dann stellt sich heraus, daß es gar nicht das ist, was du haben wolltest.

Bereits als sie den Schlüssel im Schloß drehte, ahnte sie, daß etwas nicht stimmte. Nur wußte sie nicht, was es war. Sie stand in der Diele und lauschte. Nichts. Kein Geräusch. Sie schaltete das Licht an und ging zur Treppe. Von hier aus konnte sie bis hinauf unters Dach sehen. Immer noch nichts. War er irgendwo hier drinnen? War es das, wovor ihr Gefühl sie warnte? Nein, das war unmöglich. Wie hätte er hereinkommen sollen?

Dann fiel ihr Blick auf den Anrufbeantworter auf dem Tisch in der Diele. Die Ansage verzeichnete einen Anruf. Es war bestimmt nichts drauf gewesen, als sie weggegangen war; sie hatte irgendwann gestern nachmittag alle anderen Botschaften gelöscht. Während ihre Augen im Raum umherwanderten, drückte sie auf Rücklauf. Surrend lief das Band zurück, stoppte und startete wieder.

Sie hatte seine Stimme seit jener Nacht nicht mehr gehört, erkannte sie aber sofort; gepreßt, zischend, emotionslos, so als hätte er sich die Sätze vorher ausgedacht und dann zu viel geübt. Auf eigentümliche Weise paßte diese Stimme nicht zu der Spannung, die in seinem Körper steckte.

»Hallo CYR J109.« Sie brauchte eine Weile, bis sie kapierte, was er mit der Nummer meinte. »Immer dasselbe mit den Frauen am Steuer. Nie wissen sie, wer Vorfahrt hat. Ich wollte dich nur darauf aufmerksam machen. Falls du mich *jemals* wieder schneiden solltest, werde ich dasselbe mit dir tun.« Eine kurze Pause folgte. »Oder ist es das, worauf du aus bist?« Die Worte ließen sie erschauern. Ihn ließen sie auflachen. »Draußen schneit's die sprichwörtlichen Katzen und Hunde, findest du nicht? Und schlaf gut.«

Die Maschine schaltete sich aus. Sie spulte zurück und hörte sich seine Botschaft noch einmal an. Wenn sie das jemand anderem vorspielen würde, hätte der keine Ahnung, wovon gesprochen wurde. Das war ja wohl beabsichtigt. Sie aber drehte und wendete jedes einzelne Wort. Was zum Teufel meinte er mit »Hunde und Katzen schneien«? Sie dachte nach. Dann stürzte sie hinunter in die Küche.

Die Tür war verschlossen, und der Raum war dunkel und leer, und das Laken hing noch genau so vor der Glastür, wie sie es verlassen hatte. Hastig schaltete sie das Außenlicht an.

Die vordere Hälfte des Gartens war plötzlich von geisterhaftem Licht erfüllt; eine Eislandschaft, erstarrt und ehrfurchtgebietend schön. Bis auf einen kleinen Makel: Dieser Schnee hatte bereits seine Jungfräulichkeit verloren.

Mitten durch den Garten führte eine Spur kleiner Pfoten, die sich zart und präzise in den Schnee gedrückt hatten. Zwischen ihnen verlief eine Reihe dunkler Flecken.

Noch bevor sie nach draußen ging, wußte sie, daß es Blut war.

21. Kapitel

DIE SPUR VERLIEF sich am Rand, wo die Blumenbeete begannen, so als hätte das Tier nicht mehr die Kraft gehabt, sich bis zur Katzenklappe zu schleppen.

Füße und Knie versanken im Schnee, als sie unter die Büsche kroch. Irgendwo hier, tief unter Stechpalme und Säckelblume, war Millies Lieblingsversteck; ein Platz, wo eine Katze auch im heißesten Sommer Schatten fand. Jetzt herrschte dort Finsternis. Nicht einmal der Schnee war bis hierher gedrungen. Nur Dunkelheit und Kälte.

»Millie . . .!« rief sie leise. »Millie!«

Der Strahl der Taschenlampe fand die Katze zuerst. Die Art, wie sie dalag, ließ sie sofort annehmen, daß sie tot sei. Sie hatte sich nicht eingerollt, um die eigene Wärme zu speichern, sondern lag ausgestreckt auf der Seite, das eine Bein unnatürlich vorgestreckt. Es sah aus, als hinge die Pfote nur lose daran. Ein Ohr war übel zugerichtet, und das Nackenfell wirkte feucht und verklebt. Doch als sie eine Hand nach dem kleinen Körper ausstreckte, merkte sie, daß er warm war. Der Kopf fuhr herum, wie bei einer schmerzhaften Berührung. »Mein Gott, Millie. Was ist passiert?« Die Katze öffnete das Schnäuzchen, um es ihr zu erzählen, doch alles, was herauskam, war rasselnder, stoßweiser Atem.

Sie nahm den schlaffen Körper so behutsam wie möglich hoch und brachte ihn zurück auf die freie Fläche des Rasenplatzes.

Der Frost und die Stille hüllten sie ein. Da hörte sie am Ende des Gartens ein lautes Rascheln. Sie fuhr herum, und das Herz schlug ihr fast bis zum Hals vor panischem Schrecken. Der schwarze Kater floh Richtung Gartenmauer. In ihren Armen zitterte und fauchte Millie; sie war hin und her gerissen zwischen Schmerz und Angriff als bester Verteidigung. Elizabeth schloß sie fester in die Arme und wartete, bis der kleine Körper wieder in sich zusammensank.

Drinnen holte sie ein Handtuch aus dem Wäscheschrank und wickelte das Tier sorgfältig in seine wärmenden Falten, bevor sie den Notdienst anrief. Eine verschlafene Stimme meldete sich; Mr. Vet zweifellos im kuscheligen Bett mit Mrs. Vet und einem Wurf kugelrunder, schnarchender Welpen am Fußende.

Sie schilderte den Sachverhalt nüchtern und sachlich, nicht mit den hysterischen Übertreibungen einer Katzennärrin. Er horchte auf, als sie das Rasseln in der Lunge beschrieb.

»Sie bringen sie besser gleich her«, sagte er ein wenig außer Atem. Es hörte sich an, als sei er schon aus dem Bett und im Begriff, sich mit dem freien Arm anzuziehen. »Halten Sie sie warm, und geben Sie ihr nichts zu trinken. Für alle Fälle.«

Er erwartete sie an der Tür seiner Praxis, den Schnee noch an den Stiefeln. Ihr kam es vor, als seien sie beide die einzigen Menschen, die nicht schliefen auf dieser Welt. Er hielt ihr die Tür auf und schloß dann wieder ab. Drinnen war es eiskalt. Es würde eine Weile dauern, bis die Heizung Wirkung zeigte.

Sie gingen in den Behandlungsraum. Er legte den kleinen Körper auf den Tisch und untersuchte ihn. Als er das verletzte Bein anhob, jaulte Millie auf und zuckte zurück. »Verzeihung, mein Mädchen. Ich werd's nicht wieder tun.« Mit der Rechten hielt er sie fest, während die Linke das Fell im Nacken untersuchte.

Sie konzentrierte sich auf sein Gesicht; der Schlaf hing ihm noch im Augenwinkel. Waren Tierliebhaber auch besser im Umgang mit Menschen? Wahrscheinlich nicht.

»Können Sie bitte helfen, sie zu halten, während ich die Lunge abhorche?« Er zog sein Stethoskop heraus, und sie versuchte, die schmerzloseste Position zu finden, um das Tier zu halten. Doch Millie hatte den Kampf aufgegeben. »Rauft sie oft mit anderen Katzen?« Er runzelte fragend die Stirn.

»Hm .. ich weiß nicht. Es gibt da einen schwarzen Kater, der immer bei uns herumstreicht. Die haben sich schon mal ein paar Kratzer verpaßt. Aber ...«, sie brach ab.

»Was aber ...?«

Sie schüttelte den Kopf. Seine Aufmerksamkeit wandte sich wieder der Katze zu. Er horchte ihr die Brust ab, dann legte er das Stethoskop weg und nahm sich wieder das Bein vor.

»Ich bin mir zwar nicht sicher, aber es sieht nach einer Falle aus. Die Wunden an Ohren und Nacken stammen ziemlich sicher von einem Kampf. Aber die Pfote ist zur Hälfte abgetrennt. Das stammt eher von einem Metallbügel.«

Metallbügel ... Sie schluckte. »Ich ... ich hab da einen Nachbarn ... der, na ja, er hat schon mal angedroht ... Sagt, er duldet keine Katzen in seinem Garten.«

»Und Sie meinen, der könnte so was getan haben?«

»Ich weiß nicht. Möglich ist es schon.«

Er schnaubte wütend. »Dann würde ich sagen, Sie setzen sich gleich morgen mit dem Tierschutzbund in Verbindung und zeigen ihn an.«

Warum nicht? Vielleicht würden die ja besser reagieren als die Polizei, dachte sie verbittert. Hauptsache, sie schickten keine Frau.

»Wird sie durchkommen?«

»Nun, das mit dem Bein wird eine Weile dauern, aber ich kann keine inneren Verletzungen feststellen. Ich glaube nicht, daß die Lunge verletzt ist. Was ich vermute ist, daß sie erschrocken ist und dann Erbrochenes in die Luftröhre gekriegt hat. Die Atembeschwerden, die sie hat, könnten daher rühren. Sie hat, was auch immer sie angegriffen hat, abgewehrt. Ich gebe ihr jetzt eine Narkose, flicke das Bein zusammen und behalte sie zur Beobachtung hier. Morgen mache ich dann noch ein paar Röntgenaufnahmen. Können Sie morgen nachmittag anrufen und nachfragen?«

»Natürlich.«

Er streckte die Hand aus und kraulte die Katze liebvoll unterm Kinn. Ich möchte wetten, das macht er mit allen Damen so, dachte sie. »Du hast noch mal Glück gehabt«, sagte er sanft. »Es wird alles wieder gut.«

Jetzt sind wir schon zu zweit, dachte sie.

Im Haus war es totenstill ohne Millie. Aus dem Keller hatte sie sich einen Hammer, Nägel und die Rückwand eines alten Bilderrahmens geholt. Der Lärm weckte wahrscheinlich die halbe Nachbarschaft –

es war gerade mal fünf vorbei –, und sie ging nicht eben professionell zu Werke, aber es funktionierte. Nichts und niemand sollte die Katzenklappe benutzen, bevor Millie wieder heimkam.

Sie starrte hinaus in den Garten. Der Schnee war in Unordnung geraten; eine Blutspur, tiefe Abdrücke von verschiedenen Katzenpfoten und ihre eigenen unbeholfenen Fußstapfen. Kein Fremder hatte, soweit sie sehen konnte, den Garten betreten. Was immer man Millie angetan hatte, es war nicht hier geschehen.

Eine Falle. Es war eine so gemeine, abgeschmackte Art, Rache zu nehmen, die eher ins Kino als ins wirkliche Leben paßte. Schlag zu, wo's die Familie am härtesten trifft: Schlachte das Meerschweinchen. Aber Melodram hin oder her, die Rechnung war aufgegangen. Schließlich *war* Millie ihre Familie. Eine andere hatte sie nicht. Und das Bild des Tieres, dem ein Stahlgebiß das Bein zerfleischte, war genau die Art von Vorstellung, die sie nicht ertragen konnte. Diese Mischung aus Hilflosigkeit und Schmerz, das Gefangensein in den Machtphantasien eines anderen.

Erst stiehlt er mir meine Musik. Dann versucht er, mich zu vergewaltigen, und jetzt verstümmelt er meine Katze. Das nennt man Zuwendung, dachte sie. Oder Obsession. Er liebt mich, er liebt mich nicht ... Der Witz von der Frau fiel ihr ein, die von einem Gorilla vergewaltigt wurde und nun im Krankenhaus liegt. »Ich hätte ja nichts dagegen gehabt«, sagt sie, als sie im Krankenhausbett zu sich kommt. »Aber daß er nie anruft oder Blumen schickt ...« Sie hatte mal darüber lachen können. Wenn Frauen nur tatsächlich ihren Spaß hätten bei Vergewaltigungen. Dann stünde es schlecht um die Jungs.

Sie schloß die Küchentür hinter sich ab und nahm das tragbare Telefon mit hinauf ins Wohnzimmer. Dort zündete sie ein paar Kerzen an, machte Feuer im Kamin und goß sich dann einen großzügigen Cognac ein. Hör auf, an ihn zu denken, sagte sie sich, er will ja nur, daß du genauso verrückt wirst wie er. Das ist es, was ihm seine Befriedigung bringt, ihm Macht über dich gibt. Also dreh den Spieß um und vergiß ihn.

Sie griff nach der Fernbedienung und zappte sich durch die Fernsehkanäle. Zwei zeigten nur das Testbild, auf einem lief ein Sportquiz und ein anderer brachte eine Dokumentation über Rockbands der sechziger Jahre; ein Jahrzehnt in Schwarzweiß, als noch Revolution in der Luft lag. So jedenfalls behaupteten es die Texte. Kaum zu glauben inzwischen. Sie selbst war zu jung, um viele der Bands aus erster Hand zu kennen, aber die Carnaby-Road-Anzüge und Pilzköpfe wirkten auf lachhafte Weise beruhigend. Wie hatte sich jemand durch solche Frisuren bedroht fühlen können? Schaut sie euch doch an! Alles an den Sechzigern klebte noch zu sehr am Resopal der Fünziger, um wirklich ernstgenommen zu werden.

Oder bestand das Geheimnis der Vergangenheit gerade darin, daß sie sich im Rückblick so viel unschuldiger präsentierte als die Gegenwart? Sie versuchte, sich das England des Schwarzen Todes vorzustellen, die Armeen von Flagellanten und Kreuzrittern, Kriege und öffentliche Hinrichtungen. Wie viele Frauen wurden damals wohl vergewaltigt und mißhandelt? Wahrscheinlich war es ein Volkssport. Und die Frauen? Hatten die anders darüber gedacht als heute? Etwas, das derart gang und gäbe war, konnte wohl kaum als so traumatisch empfunden werden. Mit ziemlicher Sicherheit verursachte ein ungewollter Schwanz weniger Schmerz als ein Zahnabszess. Und er war weniger lebensbedrohend. Unsere Rasse ist, was Schmerz angeht, ziemlich verweichlicht. Als das Leben der Menschen noch voll davon war, sind sie sicher besser damit fertig geworden. Immerhin, je mehr Schmerz man in diesem Leben ertragen hatte, desto bessere Karten hatte man im nächsten. Leg dich zurück und denk an den Himmel. Immer noch besser als an England denken. Aber wäre es nicht trotzdem befriedigender gewesen, dem Bösewicht eine glühende Eisenstange in den Arsch zu rammen? In einer Welt, die mit dem Schmerz so vertraut war, wußte man sicher gut Bescheid über Bestrafung und Rache.

Und schon wieder gehen deine Gedanken zu *ihm* zurück, dachte sie. Du gibst ihm die Genugtuung deiner Besessenheit. Hör auf damit! Hör auf! Sie leerte ihr Glas, schenkte nach und nahm noch einen tiefen Schluck. Die Flüssigkeit wärmte besser als jedes Kaminfeuer, aber schließlich kam die Kälte auch von innen und nicht von außen.

Auf dem Bildschirm erschienen ein paar hübsche Gesichter –

anscheinend waren damals jede Menge davon unterwegs; interessant auch, wie die dazugehörigen Körper aus heutiger Sicht viel zu mager wirkten, zu jungenhaft – und machten dann Platz für die beängstigend jungen Rolling Stones. Jaggers riesiger Mund vor der Kamera symbolisierte frech die von ihm zur Schau gestellte Fuck-you-Lust. Sie spielten ein Stück, das sie von einer CD kannte, einen der frühen Hits, als sie ihre Hommage an Rhythm and Blues noch unverhohlen herausgeschrien hatten. »Under my Thumb«. Eine altmodische Geschichte, die Jungs benehmen sich schlecht und glauben, daß die Mädchen drauf abfahren. Vielleicht sollte sie voll aufdrehen, damit es durch den Garten bis zu ihm hinüber dröhnt.

Die Sechziger gingen nahtlos in Werbespots für Shampoo und neue Automarken über, gefolgt von der Wiederholung einer Talkshow über den Raubbau an Rohstoffen, und dann war's Zeit für *Breakfast Time.*

Im Wohnzimmer war kein CD-Player – der Nachteil an einer Trennung war, daß alles, was sich zunächst verdoppelt hatte, wieder halbiert wurde –, weshalb sie sich auf Platten beschränken mußte. Wie archaisch die sich inzwischen anfühlten, klapprig und sperrig im Vergleich zu jenen silbrigen kleinen Raumfähren des Klangs. Eine geradezu klassische Zusammenstellung. Der Soundtrack zur TV-Dokumentation einer weiteren Epoche; eine Welt, in die Toms musikalische Verachtung noch nicht gedrungen war, in der ihr keiner eingeredet hatte, daß Erwachsenwerden bedeutet, die Musik ihrer Jugend gegen etwas Ernsthafteres und Substantielleres einzutauschen. Sie fuhr mit den Fingern die Reihe der ausgefransten Hüllen entlang. Jede Berührung eine andere lange Nacht, eine andere Affäre, ein anderer Sommer. Sie kamen und gingen. Warum war alles, was damals ganz einfach gewesen war, heute so schwierig? Lag es tatsächlich an der Übung? Übung und Lebensstil. Um Männer zu treffen, muß man sich aus dem Haus begeben, Elizabeth. Nicht unbedingt, gab sie sich selbst zur Antwort, wenn man lange genug wartet, kommen sie zu dir auch ins Schlafzimmer ...

Sie wandte sich gücklicheren Zeiten zu: Eddy Grant, wie er einen karibischen Strand entlangwandert und dabei von Brixton singt. *Electric Avenue.* Gerade mal zwanzig war sie gewesen, als dieses

Album erschien, und auf eines der Liebeslieder war sie damals total abgefahren. Nicht so sehr auf den eher albernen Text, sondern auf diese träge, sexy Stimme: »My heart does a tango with every little move you make, I love you like a mango, wish we could make it every day.« Auch jetzt ging ihr das Lied in die Beine. Sie tanzte sich mit dem leeren Glas in der Hand in den neuen Morgen hinein, während draußen der Schnee wirbelte.

Als es Zeit war, die Platte umzudrehen – seltsam, daß nicht alle Stücke auf einer Seite Platz hatten –, war die Cognacflasche endgültig leer, und sie fühlte sich wesentlich aufgeräumter.

Sie legte sich aufs Sofa und nahm das Zimmer in Augenschein. Seit Tom weg war, hielt sie sich selten hier oben auf. Hier hatten sie Gäste gehabt. Gäste haben: etwas, das ihr jetzt undenkbar schien; es klang so nach verheiratet sein. Sie hatte augenblicklich keinerlei Bedürfnis danach, konnte sich nicht einmal vorstellen, daß sich das je wieder ändern würde.

Ja, der Raum wirkte unbewohnt. Sie hatte sich nicht die Mühe gemacht, die Überbleibsel neu anzuordnen, und die Lücken, wo einst Möbel gestanden hatten, strahlten etwas Trostloses aus. Hatte die Chaiselonge eigentlich wirklich ihm gehört? Sie erinnerte sich jedenfalls, daß sie sie damals bei der Auktion in Wales mit *ihrer* Scheckkarte bezahlt hatten. Es war ohnehin wahnwitzig gewesen, das Ding zu kaufen. Für die Rückbank war es zu breit, und so blieb ihnen nichts anderes übrig, als es im Kofferraum zu verstauen und Mitte Januar den Weg zurück nach London mit offener Klappe zu fahren. Damals hatten sie das lustig gefunden; eine von diesen gemeinsamen Unternehmungen, auf die sie sich etwas zugute hielten und die sie vom Rest der Menschheit unterschieden. Oder vielleicht waren sie damals einfach nur glücklich gewesen. Glücklich sein war so ein unkompliziertes Gefühl. Eigentlich mehr die Abwesenheit von Gefühl, die Erfahrung von Normalität, die Gewißheit, daß nichts weh tut.

Ganz bestimmt war es ihr Geld gewesen. Na ja, jetzt war es auch egal. Wenigstens hatte sie die Holzgiraffe noch, die sie im Gepäckfach einer Chartermaschine von Kenia heimgebracht hatten und der bei der Ankunft ein Ohr abgebrochen war. Sie hatten sich nie die

Mühe gemacht, es wieder anzukleben. Zu einem früheren Zeitpunkt in ihrer Beziehung hätte Tom das für sie getan, damals aber war ihre Zweisamkeit bereits von Egoismus durchsetzt. Deine Giraffe, dein Problem. Keine Ahnung, wo das Ohr hingekommen war. Vielleicht hatte Tom es mitgenommen.

Die einohrige Giraffe. Hieß das, daß auch das Zimmer nun ewig so bleiben würde, während sich der Staub der Jahre über die Szene senkte? Plötzlich fiel ihr auf, daß sie seit langem nicht mehr in Kategorien der Zukunft dachte.

Wer würde sie in fünf Jahren sein? Wäre sie allein? Wäre es denn schlimm, wenn der Raum für immer so bliebe? Wahrscheinlich wäre es besser als so manche Alternative. Was sollte sie schon mit einem neuen Liebhaber anfangen? Die Möbel eines anderen würden auch einen anderen Geschmack mitbringen, andere Prioritäten, andere Spielregeln.

Trotz all dem Trennungsschmerz würde sie ihre neugewonnene Unabhängigkeit nur ungern wieder aufgeben, das war ihr inzwischen klar. Besser allein bleiben. Wenn man seiner selbst nicht überdrüssig war, dann gab es eigentlich keinen vernünftigen Grund, warum das Leben nicht eine Folge von gelegentlichen One-night-Stands sein sollte. Zumindest, solange der Sex sicher war und Spaß machte. Vielleicht sollte sie Malcolm wieder mal einladen und ihm ein paar Nachhilfestunden geben, ihm zeigen, wie er es anstellen mußte, damit sie beide gleichzeitig kamen. Zu wissen, wie man fragt; eine Fähigkeit, die jeder erst lernen muß.

Er hätte wahrscheinlich gar nichts dagegen, vielleicht wäre es ihm ja lieber so. Träumt nicht jeder Junge von einem Mädchen, das weiß, was es will? Sex ohne Verpflichtung. Er wirkte ohnehin nicht wie einer, der sich partout an der Milchrechnung beteiligen will. Hier war sie sicher vor den Phantasien einer gemeinsamen Zukunft.

Sie dachte Malcolm, sah aber jemand anderen. *Ihn* sah sie vor sich, seinen verkrampften Körper am Ende ihres Bettes, fühlte die Berührung seiner trockenen Haut und das abrupte Leben, zu dem sein Penis in ihrer Hand erwacht war. Schließlich erinnerte sie sich, wie feucht sie geworden war und wie Panik sich mit Macht vermischt hatte, als er in ihr explodiert war.

Wenn man sich nicht als Opfer fühlte, dann war man vielleicht auch keines. Möglicherweise war es Zeit, sich das einzugestehen und auf das Gefühl der Macht zurückzugreifen, das diese Begegnung ihr vermittelt hatte.

Für die zurückhaltende Frau, die sie eigentlich war, jonglierte sie mit einer Menge gefährlicher Phantasien. Das mußte am Alkohol liegen. In nüchternem Zustand hätten solche Gedanken sie erschreckt. Wann war sie eigentlich das letzte Mal betrunken gewesen? Sie konnte sich nicht erinnern, wußte nur, daß sie jetzt nicht nüchtern werden wollte. Sie stand auf, die Spannung in ihren Gedanken trieb sie vom Sofa.

Diesmal konnte sie keine Musik finden, die zu ihrer Verfassung paßte. Der ganze Rock, in den sie während der Siebziger hineingewachsen war, schien ihr zu gelassen, zu versöhnlich. Selbst Springsteens großstädtische Alpträume enthielten zu viel Mitleid. Was sie brauchte waren die Clash. Auch wenn sie damals das richtige Alter hatte, war Punk nie ihre Kragenweite gewesen. Zu sehr »Scheiß drauf« das Ganze. Aber trotzdem hatte sie den Protest, der dahinterstand, gut gefunden, hatte mit dem Gedanken gespielt, daß sie so hätte sein können, wäre sie nicht zu sehr sie selbst gewesen.

Vielleicht war es ja noch nicht zu spät. Vielleicht konnte sie auch jetzt noch so werden. Sie machte sich auf die Suche nach mehr Alkohol. Auf dem Schrank mit der Hausbar fesselte ein Familienfoto ihre Aufmerksamkeit. Ihr Vater und ihre Mutter standen auf einer Wiese; sie lachte jung und hübsch in den Wind, während er – wie immer – älter und ernsthafter wirkte. Was hatten die beiden eigentlich im Bett miteinander gemacht? Die ersten zehn Jahre ihrer Ehe hatten sie versucht, ein Kind zu bekommen, und es hatte nicht geklappt. Das bedeutete regelmäßiges Vögeln. Lief es auf die Höflichkeit eines David Niven und die Kopfschmerzen einer Doris Day hinaus, oder war es für ihren Vater eine Möglichkeit gewesen, gegen seine verzweifelte Hoffnungslosigkeit anzukämpfen? Sex, jedermanns dunkles Geheimnis.

In den Tiefen der Hausbar fand sie eine ungeöffnete Flasche Glenmorangie, die Tom beim Ausräumen übersehen haben mußte. Es würde ihn grausen, wenn er sähe, wie sie den guten Scotch in ihr

Cognacglas goß. Aber er sah es ja nicht. Sie konnte tun und lassen, was sie wollte. Und mit wem sie wollte.

Aber was wollte sie? Ging es hier um die Macht der Machtlosen? Dafür hatte sie ein gewisses Talent. Die sieben Jahre mit Tom waren Beweis genug. Am Ende war ihr Zusammenleben mehr ein Nebeneinander als ein Miteinander gewesen. Was genau hätte das bedeutet, wenn man es auf die körperliche Ebene übertragen hätte? Der Stapel Pornohefte neben dem Bett fiel ihr wieder ein. Sie hatten mehr als Aphrodisiakum denn als Anleitung gedient. Wenn sie weniger Angst gehabt hätte, wäre er vielleicht kühner gewesen. Und wohin hätte sie das geführt? Der Gedanke daran brachte die alte Angst zurück. Wer spricht hier? Bin ich das? Elizabeth Skvorecky, alleinstehend, weiß, weiblich, auf der Suche nach einer Zukunft?

Weißt du, was dein Problem ist? Du müßtest mehr zu verlieren haben, mehr vom Leben verlangen. Dann wärst du nicht so zimperlich, wenn es darum geht, Risiken einzugehen. Aber rückblickend mußte sie feststellen, daß ihr eben das immer gefehlt hatte. Selbst als Kind war sie mit dem Gefühl aufgewachsen, daß die Welt eigentlich für jemand anderen gemacht war, jemand, der mehr im Mittelpunkt stand, während sie sich mit der Rolle des gelegentlichen Zaungastes begnügen mußte.

Ob es *ihm* ähnlich ging? Teilte er mit ihr das Gefühl, nicht dazuzugehören? Wer weiß, vielleicht waren sie ja füreinander bestimmt, und sie sollte sich dieses Gefühl zunutze machen, ihm eine Einladung zum Abendessen schicken. Man mußte nur rechtzeitig die Notbremse ziehen oder den Eispickel unterm Bett bereithalten.

Mit einem Hammer konnte man freilich eine viel größere Sauerei anrichten. Was hatte er mit den anderen Frauen angestellt, jenen in den Parterrewohnungen und Toreinfahrten? Man brauchte nicht drei Tage Krankenhaus, um sich von einer Vergewaltigung zu erholen. Was hatte man den Zeitungslesern vorenthalten? Du brauchst nur nachzudenken. Wenn der Schmerz eines anderen einem Lust bereitet, dann gibt es keinen Grund aufzuhören. Bist du auf so was vorbereitet, Elizabeth? Hat das Leben dich schon so weit gebracht?

Der Scotch fühlte sich rauher an auf den Geschmacksknospen als der Cognac. Manchmal kommt der Wolf im Schafspelz. Es konnte aber auch genau umgekehrt sein. Wie, wenn er sich mit all dieser Gewalttätigkeit nur vor Schmerzen schützte? Wenn seine Tränen realer waren als sein Hammer?

Warum mußte das mit dem Sex so verdammt kompliziert sein? Warum konnte er oft nur im Dunkeln zum Leben erwachen? Sie fuhr sich mit den Händen über die Augen, dann weiter hinauf ins Haar und genoß den Schmerz, als sich die Kopfhaut spannte.

Genau wie er es getan hatte.

Es hatte eine Zeit gegeben mit Tom, ganz am Anfang ihrer Beziehung, als sie nicht genug von ihm bekommen konnte: Jede ihrer Körperöffnungen sollte ganz und gar erfüllt sein von seinem Geruch und seiner Männlichkeit. Ihm zuzusehen, wie er eine Münze aus der Hosentasche zog, oder die Art, wie er von einem Tisch im Restaurant aufstand und zum Klo ging, hatte sie unheimlich erregt. Sie hatte sich dieser Erregung willig ausgeliefert. Und Tom hatte das natürlich gewittert. Der clevere Tom.

Auch *er* war clever.

Wenn du es tun willst, dann mußt du es jetzt tun, dachte sie. Besoffener kannst du nicht mehr werden. Und wenn du noch tiefer ins Glas schaust, wird dir bloß schwindlig.

Sie stand auf, nahm ihr Glas mit und ging – nur ein klein wenig unsicher auf den Beinen – in die Küche hinunter. Dort schaltete sie den Computer ein.

22. Kapitel

»... RUFEN SIE DIE Rezeption, wenn Sie etwas brauchen, egal was. Wir stehen jederzeit zu Ihrer Verfügung.«

Der Manager wandte sich ihr zu und sagte etwas auf tschechisch. Sie nickte, murmelte eine Antwort und lächelte ihm zu. Dann schloß sich die Tür lautlos hinter ihm.

Es war die beste Suite des Hauses, eine Mischung aus verblichener alter Pracht und Aufbruchstimmung. Dieser Charme würde nicht lange überleben. Eine der großen Hotelketten würde ihn bald dem internationalen Standard gleichmachen; das Fax, die Minibar und die Duschhaube – Kreditkartenkultur, so geeignet fürs Geschäft und so ungeeignet für das eigentliche Leben.

Aber so weit war es noch nicht. Jetzt war es spektakulär genug, um Schauplatz der folgenden Szene zu sein.

Jake sah zu, wie die Tür sich schloß, dann drehte er sich nach ihr um. Sie saß auf dem Bett. Jemand hatte was zum Überziehen für sie aufgetrieben; eine formlose Strickjacke, die ihr um die Schultern hing und das blutige, zerfetzte Kleid verdeckte, und ein Paar Schuhe, plump und ganz und gar nicht ihr Stil. Man hatte ihr auch angeboten, den Finger frisch zu verbinden, aber sie konnte den Gedanken an den Schmerz ebensowenig ertragen wie die Fürsorge. Also blieb der gruslige, kleine Verband, und die Wunde wurde mit Schmerzmitteln behandelt statt mit einem Antiseptikum. Ihr war das recht. Sie wollte keinen klaren Kopf. Sie wollte schlafen. Und allein sein.

Er starrte sie an. Sie kannte diesen Blick. Beinahe zwei Ehejahre lang hatte sie mit diesem Blick gelebt, und sie fürchtete sich immer noch davor. Er glaubt, daß er mich liebt, dachte sie. Er glaubt, daß ich seinem Leben einen Sinn gebe, und das wichtigste für ihn ist, mich zu besitzen. Lieber Gott, bitte laß das nicht alles wieder von vorn anfangen. Nicht jetzt.

Er kam auf sie zu und kniete zu ihren Füßen nieder. Er roch nach Blut und Tod. Sein Gesicht war ziemlich mitgenommen; das eine Auge unter einer Verletzung halb geschlossen und die Lippen aufgeplatzt und geschwollen. Nicht jeder ist bereit, kampflos zu sterben. Die Platzwunde würde das Küssen schwierig machen. Aber schließlich wäre es nicht das erste Mal. Man gewöhnt sich daran, hatte er ihr seinerzeit gesagt. Damals hatte sie gedacht, das könnte sie nie. Wer hatte recht behalten, er oder sie?

Er nahm ihre unverletzte Hand in seine Hände und hielt sie einen Moment, dann griff er nach der anderen. Sie zuckte zurück. Er sah zu ihr auf und hielt ihrem Blick stand, dann streckte er die Hand noch einmal aus. »Ich werde dir nicht weh tun«, flüsterte er.

Diesmal ließ sie ihn gewähren. Er achtete darauf, den Finger nicht zu berühren, und drehte die Hand behutsam, so daß seine Finger die weiche Haut der Handfläche streicheln konnten. Liebevoll folgte er der Lebenslinien bis fast an den Rand des Stumpfes. Sie hielt den Blick hartnäckig gesenkt, bis sie ihm endlich in die Augen sah. Er litt größere Schmerzen als sie. Wie viele Male waren wir schon an diesem Punkt, dachte sie. Er hob ihre Hand an den Mund und küßte sanft die Innenseite.

»O Gott, ich dachte schon, ich hätte dich verloren«, sagte er, und seine Stimme war brüchig. »Als ich in die Zelle gekommen bin und all das Blut sah, dachte ich, ich hätte dich endgültig verloren.«

Sie schloß die Augen, und die Szene lief noch einmal vor ihr ab wie auf einer Leinwand. Sie sah sich die Stufen hinaufhasten, in einen Raum, in den nächsten, ihr Herz hatte so laut gepocht wie das Hämmern an der Tür hinter ihr. Dann drehte sie sich um und sah den Schatten im Türrahmen. Sie hörte Schüsse und Jakes Stimme von irgendwo, die sie anschrie: »Hinlegen!«

Doch da war sie schon am Boden, zuckte zusammen im Rhythmus der Kugeln, die von hinten kamen und in einen massigen Körper einschlugen, der in einem unkontrollierten Veitstanz hin und her gerissen wurde, lebendig auch nach dem Tod. Und jede Kugel hatte einen Schauer aus Blut und Gewebefetzen niedergehen lassen. So viel Blut, daß sie beide am Ende ganz davon bedeckt waren.

»Bist du in Ordnung?« hatte er gebrüllt, sobald er neben ihr war.

Sie brauchte ihren Kopf nicht selbst zu bewegen, er tat es von allein; ein heftiges Zittern hatte sie erfaßt, das sie nicht unterdrücken konnte. Er versuchte, ihr aufzuhelfen, aber sie stieß ihn zurück. »Da ist noch einer...«, stammelte sie. »Unten... noch einer... ich hab...«

»Ist ja gut. Ist gut, mein Liebes.« Er nahm sie fest in die Arme und sagte es ihr so deutlich, daß sie es endlich verstand: »Der ist auch tot.«

Wieder fühlte sie, wie das Messer in ihn hineinglitt, hinein und dann hinauf. Sie spürte, wie sein Stöhnen in ihren Mund quoll. »Hab ich... hab ich ihn umgebracht?«

»Nein.« Und diesmal grinste er. »Aber ich.«

Sie öffnete die Augen und blickte auf ein verblaßtes, fliederfarbenes Tapetenmuster. Kein verlassenes Bauernhaus mehr, keine Leichen. Es war vorbei. Es würde nie wieder passieren.

»Ich dachte, ich hätte dich verloren«, murmelte er wieder.

Die Erinnerung brachte sie einander näher. Er legte seinen Kopf auf ihr Knie. Sie streckte die gesunde Hand aus und strich ihm übers Haar. Ihre Finger blieben an kleinen Partikeln hängen: die Gehirnmasse eines anderen. Sie hatte nicht gesehen, was da unten in der Zelle passiert war, aber sie wußte, daß ihr Entführer sich gewehrt hatte. Selbst mit aufgeschnittenem Magen und runtergelassenen Hosen.

Einer muß am Ende gewinnen. Einer muß der Sieger sein. Beweisen sie sich auf diese Weise ihre Männlichkeit? Vielleicht, aber trotzdem brauchen sie eine Frau, damit sie's auch wirklich glauben und damit jemand sie am heimischen Herd willkommen heißt. Da werden Männer zu Knaben. Der Kopf zwischen den Brüsten rutscht zwischen die Beine.

Nur ein Mal noch, ein einziges Mal, dachte sie, und dann kannst du endlich schlafen.

Nein, Elizabeth, so geht's nicht.

Kopfschüttelnd lehnte sie sich vom Bildschirm zurück, während sie den Cursor durch die letzten drei Abschnitte des Textes laufen ließ, um ihn zu markieren.

Das schreibst du besser noch einmal, sagte sie zu sich. Es hat keinen Zweck, Mirka jetzt schon die Oberhand gewinnen zu lassen. Wen interessieren schon ihre Lebensweisheiten? Es ist die Weisheit einer Frau, die Männer fertigmacht. Laß sie weniger mit dem Kopf arbeiten und mehr mit dem Körper. Hirn ist hier nicht gefragt. Und vergiß nicht, für wen du schreibst.

Sie löschte den Text. Die Wörter taumelten ins Nichts, und eine neue Mirka tauchte daraus auf: wütender, besser zu ficken, überzeugender.

Sie öffnete die Augen und blickte auf ein verblaßtes, fliederfarbenes Tapetenmuster. Kein verlassenes Bauernhaus mehr, keine Leichen. Es war vorbei. Es würde nie wieder passieren.

»Ich dachte, ich hätte dich verloren«, murmelte er wieder.

»Nein«, ihre Stimme schwankte vor Erschöpfung. »Du kannst mich nicht verlieren, Jake. Es gibt keinen Ort, wo du mich nicht finden würdest.«

Er blickte zu ihr auf, weil er den Widerstand in ihren Worten spürte. »Stimmt. Da hast du recht, Kleines.«

Sie starrten einander an. Der ewige Wettstreit zwischen ihnen. Immer lief es auf dasselbe hinaus. Das wußte er, und er war gut darin. Er richtete sich auf. »Willst du was trinken?«

Sie schüttelte den Kopf.

»Aber ich.«

In einer Ecke des Zimmers befand sich eine Art Bar. Das Schloß klemmte. Nachdem er ein paarmal daran gezerrt hatte, trat er dagegen, und es gab nach. Er angelte drei Miniatur-Bourbons heraus und goß sie in ein Zahnputzglas. Nach einem tiefen Schluck sagte er:

»Können wir drüber reden?«

Wieder schüttelte sie den Kopf.

Er sah sie eine Weile an. »Ich würde aber gern drüber reden.«

Sie stieß ein kurzes Lachen hervor. »So, auf einmal bist du es, der reden will. Und du meinst nicht, daß es ein bißchen spät ist, jetzt damit anzufangen?«

Er stöhnte auf, und es war deutlich, daß er seinen Zorn nur mühsam zurückhielt. Früher war er stolz gewesen auf ihr Englisch. Wie schnell sie es gelernt hatte und wie bezaubernd es klang. Jetzt hörte er nur noch Sarkasmus heraus und Widerspenstigkeit.

»Schließlich bin ich mit dir verheiratet, Mirka. Und ich liebe dich. Ich will wissen, was sie mit dir gemacht haben.«

Eine Pause entstand. Dann sagte sie mit kalter, betont sachlicher Stimme: »Sie haben mir den Finger abgeschnitten.«

»Und das war alles?« Er musterte sie eindringlich.

»Wieso?« fragte sie ärgerlich. »Was möchtest du denn gern, daß sie sonst noch getan hätten, Jake?«

Wütend drehte er sich von ihr weg und ließ sich in einen Sessel gegenüber dem Bett fallen. Ein weiterer Schluck aus dem Zahnputzbecher, dann fuhr er sich mit den Händen übers Gesicht. Er sah sie nicht an, während er sprach.

»Weißt du, seit du gegangen bist, habe ich jede Nacht von dir geträumt. Jede, aber auch jede verdammte Nacht … Ich brauchte nur die Augen zu schließen, und schon warst du da, standst vor mir in diesem grünen Kleid. Du weißt schon, das, wo man die Nippel durchsah. Ich starrte dich an und stellte mir vor, wie ich an diesen Nippeln saugen würde, wie ich den Träger von deiner Schulter streifen und fühlen könnte, wie das Gewicht deiner Brust schwer und warm in meiner Hand liegt.«

Sie saß ganz still. Das hatte überhaupt nichts mit ihr zu tun. Er sprach zu sich selbst, und sie spielte die Rolle des Beichtvaters und nicht die der Ehefrau. Aber das war wohl schon immer das Problem ihrer Beziehung gewesen.

»Du denkst, ich hätte mich besonders geziert damals in der U-Bahn, als wir uns kennengelernt haben. Aber du hast keinen blassen Schimmer, was wirklich los war. Hast nichts kapiert.

Vom ersten Moment an wußte ich, du und sonst keine. Du warst in einem Café auf dem Broadway, zwischen 86ster und 87ster Straße. Ich hab dort was gegessen, als du reinkamst. Du hast dich an einen Tisch am Fenster gesetzt und von der Frühstückskarte bestellt. Du hast nicht kapiert, daß die nur bis elf Uhr galt. Der Typ war nett zu dir. Wahrscheinlich war er scharf auf dich. Oder er hat sich erinnert, wie es ist, wenn man die Sprache nicht richtig kann. Du hast ein Sandwich mit Speck, Salat und Tomaten und Pommes dazu bestellt, wie er es dir empfohlen hat. Sagte noch, das sei typisch amerikanisch. Nachher hast du sogar gesagt, es hätte geschmeckt. Dann hast du gezahlt und bist die zehn Blocks bis zum Museum zu Fuß gegangen. Weißt du das noch?

Dort hast du dich ziemlich gelangweilt. Man sah es dir an. Ich hätte dir das gleich sagen können. Naturgeschichte. All dies tote Zeug. Mir war klar, daß es dir mehr ums pralle Leben ging. Nichts los da drin. Ich wette, das hast du vergessen. Und du kannst dich auch nicht an mich erinnern, hast mich überhaupt nicht wahrgenommen. Tja, Baby, die Polizei, dein Freund und Helfer. Wir Bullen sind gut darin, Leuten hinterherzuschnüffeln, ohne daß sie's merken.

Nicht mal auf dem Bahnsteig in der U-Bahn hast du mich bemerkt. Stimmt's? Wie romantisch, daß wir an derselben Haltestelle eingestiegen sind.

Bin mir nicht sicher, was ich veranstaltet hätte, wenn der Kerl dich nicht angequatscht hätte. Womöglich hätte ich was inszenieren müssen. Aber so wurdest du mir auf dem Tablett serviert, und dir war's recht so. O ja, du glaubst vielleicht, daß du Angst hattest, aber ich hab's in deinen Augen gelesen. Es war genau das, wofür du in die Staaten gekommen warst. Um Angst zu haben und umkämpft zu sein, um von jemandem begehrt zu werden. Natürlich war dir das nicht klar. Du hast nur funkelnde Sternchen und Neonlicher gesehen. Wie ein Kind mit einem Malkasten. Den Horror hast du nicht bemerkt, den ganzen Beschiß, die Aggression, die aus den Graffitis spricht. Du hast nur die leuchtenden Farben gesehen. Das war Amerika für dich. Das Land der Großbuchstaben, wo Frauen nicht so tun müssen als ob und wo es jede Menge harte Männer gibt.

Wir haben einander gesucht, Mirka. Siehst du das denn nicht? Ich war doch bloß so cool, damit du denken konntest, du hättest mich erobert. Es sollte nach deinem Kopf gehen. Oder zumindest solltest du das glauben.«

Im Zimmer war es still. Sie spürte ihren Puls in der verletzten Hand klopfen. Die Wirkung der Schmerzmittel ließ langsam nach.

Er ließ den Kopf gegen den Sessel sinken. »Du kannst mich jetzt nicht verlassen, Mirka. Es geht einfach nicht. Wohin sollst du auch gehen? Was kannst du schon tun? Diese Alten mit zarten Händen, mit ihrem Akzent, ihren Scheckkarten und Diamantarmbändern; auf die Dauer würde dir das nicht genügen.«

Deutlich hörbar atmete sie ein. Er blickt auf.

»Hast du vielleicht gedacht, ich weiß nicht Bescheid?« lachte er. »Du hast es mit mir zu tun, Baby, deinem guten, alten Jake. Nicht einmal aufs Scheißhaus kannst du gehen, ohne daß ich davon weiß. Oh, pardon. Auf solche Sprüche stehst du nicht, wie? Wie würde er sich wohl ausdrücken? Ich weiß schon. ›Für Damen‹, höchstwahrscheinlich.«

Aber ohne ihren Widerspruch machte es keinen Spaß. Eine Pause entstand.

Schließlich holte sie tief Luft. »Ich werde nicht mit dir zurückgehen, Jake«, sagte sie leise. »Ich habe beschlossen hierzubleiben.«

»Hier?«

»Ja, hier. Ich gehe nach Hause.«

»Nach Hause.« Und diesmal war es ein lautes, verächtliches Lachen.

»Das soll wohl ein Scherz sein. Was ist los? Hat das Rumfummeln mit diesem Bauernburschen dein Heimweh geweckt?«

»Ich ...«

»Mein Gott, Mirka, es ist Zeit, daß du erwachsen wirst.« Er schnitt ihr das Wort ab. »Hierbleiben? Hier bricht doch alles zusammen. Oder ist dir das vielleicht nicht aufgefallen? Ich kann dir sagen, was hier läuft. Die haben weder das Geld noch die nötigen Ideen, um den Laden hier über die Runden zu bringen. Wenn man derartig im Hintertreffen ist, tut Kapitalismus einfach zu weh. Die Leute werden unzufrieden mit der Zeit, und dann macht sich der Unmut von unten Luft. Verbrechen kann man genauso exportieren wie jede x-beliebige Ware. Und wohlgemerkt, wir sprechen hier nicht über eine ferne Zukunft. Die Jungs haben sich bereits bestens etabliert. Was glaubst du wohl, wer diese Dorfdeppen bezahlt hat, damit sie dich gefangenhalten? Die Heuschreckenschwärme sind angekommen, Mirka.

Und du hast ja keine Ahnung, wieviel Macht diese Typen haben. Das sind Experten. Halb Amerika gehört denen. Was bedeutet für die schon so ein popliges, kleines Land? Die kaufen sich alles und jeden, und wer sich nicht kaufen läßt, muß dran glauben. Du hältst mich für den großen Macker, Mirka. Aber verglichen mit denen bin ich ein Dreck. Selbst wenn ich ihnen gelegentlich einen Tritt in den Arsch geben kann.«

Lachend nahm er den nächsten Schluck. »Du wirst nicht hierbleiben. Du wirst mit mir zurückgehen.«

Sie ließ ihn ausreden. Dann sagte sie: »Nein, Jake, das werde ich nicht.«

Er knallte sein Glas auf die Armlehne des Sessels. »Also was ist? War es bloß der eine, oder durfte der Fette auch ran?«

Sie wartete einen Moment, bevor sie antwortete.

»Wovon redest du eigentlich?« fragte sie ruhig, obwohl sie es genau wußte.

»Du weißt verdammt genau, wovon ich rede, Mirka. Seine Hose hing ihm an den Knöcheln. Ich hatte den Eindruck, daß er dazu überredet worden ist.«

»Jake.« Sie erhob sich vom Bett, und zum ersten Mal belebte sich ihr Blick. »Hör mir zu, Jake. Die haben mir den Finger abgeschnitten. Wenn du nicht gekommen wärst, hätten sie mich getötet.«

»Aber ich bin ja gekommen, Mirka. Du hast doch, zum Teufel, gewußt, daß ich kommen würde.«

»Zum Teufel mit *dir*, Jake, und mit deinem ewigen Supermann-Getue. Du willst, daß ich rumsitze und warte, bis du zur Tür hereinstürzt wie in einem dieser Filme. Ich wollte nicht von dir gerettet werden. Kapierst du das denn nicht? Ich wollte mich, verdammt noch mal, selber retten.«

Er hörte zu. Schließlich mußte er sie irgendwie zum Reden bringen, zurück in die Arena. »Also, dann erzähl mir davon«, sagte er so beiläufig, als wäre es ein Gesprächsthema wie jedes andere.

Sie seufzte. »Er war eben ein Bauernjunge. Er wußte nicht, was mit ihm geschah. Alles, was er wollte, war, reich zu werden.«

Eine Pause entstand. »Und jetzt ist er tot.«

»Ja, ich weiß. So sind sie dir am liebsten. Hast du Luis auch schon umgelegt? Aber da bist du besser ein bißchen vorsichtig. In Amerika haben Diplomaten mehr Macht als Bullen. Auch gute Bullen wie du.«

Diesmal war er es, der schwieg.

»Du hast ein falsches Bild von mir, Jake. Vielleicht war ich einmal so, wie du mich siehst, fasziniert von Sternchen und Neonlichtern. Aber ich habe mich verändert. Du hast mich angesteckt. Auch ich habe jetzt diese Krankheit, diesen amerikanischen Virus. Doch sterben will ich nicht daran. Ich werde gehen und mich auskurieren. Und ich gehe ohne dich.«

Lange starrte er den Teppich an, während seine Zähne über die verletzte Lippe fuhren. Dann seufzte er. »Ich liebe dich, Mirka.« Er sagte es so leise, daß sie ihn kaum verstand. »Das ist alles, was ich dazu sagen kann.«

»Nein, das stimmt nicht, Jake. Du liebst das Bild, das du dir von mir gemacht hast. Mich liebst du schon lange nicht mehr. Du mußt mich gehen lassen.«

Er antwortete nicht gleich. Wie alle guten Polizisten hatte er ein perfektes Timing. »Und? Ist er gekommen?«

»Was?!«

»Ich hätte ihn ja selber gefragt, aber als ich ihn zu fassen kriegte, hatte er Probleme, sich zu äußern. Aber er war immer noch scharf auf dich. Das merkte man an der Art, wie er auf mich losgegangen ist.«

»Jake«, sagte sie so langsam, als spräche sie mit einem Kind und wollte sichergehen, auch verstanden zu werden. »Jake, ich habe ihm ein Messer in den Bauch gerammt.«

»Ich weiß. Und ich weiß auch, wie sich das anfühlt. Dasselbe hast du nämlich mit mir gemacht. Nur daß ich zu dem Zeitpunkt keine Erektion hatte.«

Sie ging zu ihm hinüber, nahm ihm das Glas aus der Hand und schleuderte es gegen die Wand. Es zerbarst in einer Fontäne aus Splittern. »Ist es das? Ist das alles, was du willst? Eine Erektion? Dann komm her. Ich schieb dir den Stumpf meines Fingers in den Arsch.«

Er brach in ein dröhnendes Lachen aus. »Hört, hört. Die Worte einer Dame.«

»Und wo, glaubst du, hat sie diese Worte gelernt? So was steht nicht in den Englischbüchern.«

Sie starrte ihn an, machte dann auf dem Absatz kehrt und ging zurück zum Bett. Er rührte sich nicht von der Stelle. Eine Zeitlang schwiegen sie beide. Seufzend schüttelte sie den Kopf, wie um sich Klarheit zu verschaffen. Dann blickte sie zu ihm auf. »So, und was jetzt?«

Er zuckte bloß die Achseln, während sie einander anstarrten. Sie öffnete den Mund ein klein wenig, und ein fragender Ausdruck lag auf ihrem Gesicht. Er stand von seinem Sessel auf und ging geradewegs auf sie zu, bis sein Körper dem ihren sehr nahe war. »Warum sollte ich denn nicht eifersüchtig sein, Mirka?« sagte er, ohne sich zu rühren. »Schließlich liebe ich dich mehr, als irgend jemand anders es könnte. Was ist daran so schlecht?«

Eine Sekunde lang schloß sie die Augen, bevor sie sich wieder seinem Blick aussetzte. Langsam streckte er die Hand aus, hakte seinen Zeigefinger in den Ausschnitt ihrer Strickjacke und zog ihn in Zeitlupe über die Schulter hinunter, wobei er den Träger ihres Kleides mitnahm. Am Ellbogen angekommen, war ihre Brust entblößt. Sie bewegte sich nicht. Er auch nicht.

»Warum sagst du mir nicht, wie sehr dir das hier stinkt? Sag mir doch, daß ich meine verdammten Pfoten wegnehmen soll.«

»Nimm deine verdammten Pfoten weg«, sagte sie. Aber es klang nicht so, als meinte sie es auch.

Er grinste und schob dann seine Handfläche unter ihre Brust, die er leicht anhob. »Frierst du nicht?« Er ließ die Hand zu ihrem Nippel gleiten und knetete ihn zwischen den Fingern. »Da schau her. Deine ganz eigene Erektion.« Sie holte tief Luft. »Ach, ich hab ja ganz vergessen, daß du Erektionen nicht magst. Zu brutal, zu amerikanisch, stimmt's?«

Er ließ die Hand fallen. Als er den zweiten Träger in Angriff nahm, wollte der sich zunächst nicht lösen. Er zerrte daran. Sie zuckte zurück. Langsam beugte er sich zu ihr hinunter und nahm den anderen Nippel in den Mund. Als der soweit war, schob er ihn mit der Zunge aus dem Mund wie den Kern einer Frucht, so daß er bebend aufgerichtet zwischen ihnen stand.

»Weißt du, was ich jetzt mache?« fragte er über sie gebeugt.

Sie schüttelte den Kopf.

»Ich werde dich ficken. Oder sollte ich mich lieber anders ausdrücken? Was meinst du, Mirka? Gefällt es dir besser, wenn wir ›Liebe machen‹?«

Nein. Ficken war richtig. Er meinte das aus ihrem Körper zu lesen. Aber was sie sagte war etwas anderes. »Du hast überhaupt keine Ahnung, was ›Liebe machen‹ bedeutet, Jake.«

Seine Hand holte aus, als wollte er zuschlagen. Sie zuckte nicht zusammen, blieb regungslos. Aber sie war ja auch nicht diejenige, die verletzt wurde. »Nein? Glaubst du das wirklich? Na gut, dann hör mir zu, Mirka. Du bist es, die nicht weiß, was das heißt. Du glaubst es zwar, aber du hast keine Ahnung.« Diesmal zitterte seine Stimme vor Wut. »Du bist diejenige, die es aus uns herausgewaschen hat. Nach und nach hast du es herausgewaschen, hast die Liebe verwässert und ersäuft, bis nichts mehr übrig war als ficken. Man bringt dir Gefühle entgegen, und du trittst einen mit Füßen. Weißt du, wie es sich anfühlt, wenn man zurückgestoßen wird? Hast du eine Ahnung, wie das ist, wenn du jemanden liebst, der einem ins Gesicht sagt, daß er heute abend keine Lust hat? Entweder zu aufgedreht oder zu abgeschlafft oder zu sehr mit sich selbst beschäftigt. Zu verrückt einfach... Weißt du, wie einem da zumute ist? Wenn man so mit dir umspringen würde, Baby. Da wäre einem dein Haß sicher. O ja, wertlos und zurückgestoßen hättest du dich gefühlt. Aber mit unsereinem kann man das ja machen. Die Jungs sind hart im Nehmen. Sex ist schließlich nur Sex. Geh doch ins Bad und hol dir einen runter, Jake. Es baut die Spannungen ab, wenn man es mit der Kloschüssel macht statt mit seiner Frau.«

All das hätten sie sich viel, viel früher sagen müssen. Wie grausam, es jetzt zu tun, wo es zu spät war.

»Das ist nicht wahr, Jake«, sagte sie wütend. »Es stimmt einfach nicht. Wir haben miteinander geschlafen, ein ganzes Jahr lang. Aber du hast nie genug gekriegt. Am Ende war's dann eben bloß noch Ficken.«

»Nein. *Du* hast damit angefangen, hast am Ende bloß noch Theater gespielt.«

»Mein Gott...«, jetzt war sie es, die lachte. »Das war es also, was deine Gefühle verletzt hat.«

»Hast du ihm auch bloß was vorgemacht?«

Sie fegte die Frage mit einer ärgerlichen Handbewegung beiseite.

»Ich sagte, hast du ihm auch bloß was vorgemacht?«

»Nein«, antwortete sie nach einer Weile, und ihre Stimme war dabei so beherrscht, wie seine laut war. »Bei ihm war es echt.«

»Und was war sein Trick? Hat er dich um Erlaubnis gebeten?«

»Das mußte er nicht. Er wollte mich einfach. Das ist was anderes, als jemanden ständig zu brauchen.«

Diesmal schlug er zu. Nicht hart – schließlich kannte er sich aus damit –, aber hart genug, daß sie rücklings aufs Bett fiel. Dann stieg er auf sie und preßte ihre Hüften nach unten. Sie starrte ihn an, machte einen Versuch, sich zu befreien, aber er drückte mit seinem ganzen Gewicht auf sie. Sie verharrte bewegungslos. Etwas war zwischen ihnen geschehen. Sie fühlten es beide: Begierde überkam sie, Leidenschaft und Furcht flossen ineinander und explodierten wie in einer chemischen Reaktion.

»Nun?« sagte er schließlich atemlos. »Begehrt anstatt gebraucht. Ist das so besser?«

Sie warf ihr Haar zurück auf die Bettdecke und hob die Arme über den Kopf. Eine bewußt provozierende Geste der Unterwerfung. »Warum strengst du deine Phantasie nicht ein bißchen an?« Sie hielt inne. »Und gib acht auf meine Hand.«

Ihre Augen waren auf sein Gesicht geheftet, während er an ihrem Körper herabglitt und sie Stück für Stück bis auf den Slip auszog. Er spielte mit der Zunge an ihren Nippeln, fuhr dann langsam mit dem Finger an ihrem Bauch herunter und nahm die Spur der dunklen Haare auf, die unterhalb des Nabels begann und in ihrem Slip verschwand. Der Finger schob sich unter den Gummizug. Sie zitterte. Er zog ihn wieder zurück. Dann, den Stoff mit dem Handballen streichelnd, glitt die Hand zwischen ihre Beine, tastete und fühlte, bis sie fand, was sie suchte. Sein Zeigefinger rieb die Erhebung ihrer Klitoris in ihrer seidigen Umhüllung. Sie begann sich unter seiner Berührung zu bewegen, und er nahm ihren Rhythmus auf, den Blick immer noch unverwandt auf sie gerichtet. Sie spürte, wie der Stoff feucht wurde, stöhnte leise auf und schloß die Augen. Er hielt inne. Fragend schaute sie ihn an.

»Das gefällt dir, was?« sagte er mit kühler Stimme, und es war mehr eine Feststellung als eine Frage. Sie nickte, ein wenig verunsichert von diesem neuen Jake. »Dann sieh mich gefälligst an, Lady. Ich will nicht, daß du dabei an einen anderen denkst.«

Seine Finger bewegten sich von neuem, fühlten ihre Feuchtigkeit durch den Stoff. Er spürte, wie sie dem Orgasmus immer näher kam. Sie richtete sich auf, um ihn zu küssen, doch er stieß sie zurück.

»Willst du mich noch?« fragte er, während er zusah, wie ihre Lippen sich öffneten und ihr Atem heftiger ging. Lachend schüttelte sie den Kopf und schob sich ihm entgegen. »Dann halt still.«

Er spielte weiter mit ihr, und dann, als er ihre Erregung anwachsen spürte, riß er den Slip nach oben, so daß der Stoff in die Spalte schnitt. Sie keuchte. Er schob die Hand unter ihren Hintern und hob ihn vom Bett. Die eine Hand hielt sie so, die andere rieb und tastete weiter. Mit unbewegtem Gesicht sah er zu, wie sie kam, seine Macht ebenso genießend wie ihre Lust. Erst dann senkte er den Kopf und fuhr mit der Zunge in ihren feuchten Spalt.

Als sie diesmal zum Orgasmus kam, konnte sie es fast nicht ertragen. Sie riß sich los, um Atem zu holen, und wälzte sich auf die Seite. Die verletzte Hand stieß gegen die Bettdecke, und sie schrie auf vor Schmerz.

Er griff nach einem Kissen und legte es neben sie. »Hier«, flüsterte er, »leg sie hier drauf.« Sie gehorchte. »Und sei still. Ich hab dir doch gesagt, ich will dein Gestöhne nicht hören.« Beide wußten sie, daß hier von Lust die Rede war, nicht von Schmerz.

Mit dem Knie fuhr er hinauf unter ihre Schenkel und zog sie zu sich, bis sie quer über ihm lag, den Hintern in der Luft. Diesmal ließ er die Finger von hinten in sie gleiten, rein und raus. Rein, raus. Sie war jetzt so naß, daß beide es hören konnten. »Na, das nenn ich eine Erektion«, sagte er sanft, während er ihre Klitoris gegen die Finger preßte.

»Komm schon, Baby. Machen wir's noch mal.« Diesmal bebte ihr ganzer Körper. Und als es vorbei war, versuchte sie, sich zu ihm umzudrehen.

»Nein«, erwiderte er kalt. »Erst wenn du bereit bist für mich.« Leise stöhnte sie auf.

Er gab ihr einen Klaps auf den Hintern. »Soll das heißen ›ja‹?«

»Ja.« Sie stieß es atemlos hervor, während sie ihren Körper wieder zu ihm hin drehte.

Doch er drückte sie abermals nach unten. Er streichelte sie, bevor er sie schlug, einmal, zweimal und noch einmal. Präzise, rhythmische Schläge, gerade hart genug, um weh zu tun. Sie keuchte, machte aber keinen Versuch, sich zu befreien.

»Also, sag es mir. Ich will es von dir hören.«

Der nächste Schlag war heftiger.

»Ich will dich«, flüsterte sie, und beide fühlten sie, wie ihr Hintern sich spannte und sich ihm entgegenwölbte. Lachend streichelte er ihn. »Mich oder das da?« Und die weiteren Schläge waren laut genug, sie aufstöhnen zu lassen.

»O mein Gott!« Ihre Stimme war heiser vor Verlangen. Wieder schlug er sie, dann schob er seinen Finger in sie hinein und schob sie vor sich auf die Knie, bis er sie von hinten nehmen konnte. Als sein Schwanz in sie eindrang, erbebten sie beide vor Lust.

»O Gott!« Es war nicht auszumachen, wessen Stimme das war. Es war so schnell vorbei, daß sie beide nach Atem rangen. »Scheiße«, sagte er. »Verdammte Scheiße. Sorry, tut mir leid.«

Sie warf ihren Kopf gegen seine Schulter. »Nein, nein«, lachte sie. »Es war gut. So gut.«

Sie verloren das Gleichgewicht und fielen seitwärts aufs Bett. Er stieß einen tiefen Seufzer aus, dann schmiegte er sich an sie und zog sie fest zu sich her. Unbeholfen faßte sie mit der gesunden Hand nach hinten, um ihn zu halten. »Siehst du«, sagte sie. »Man braucht nicht erst alt und grau zu werden, um es richtig zu machen.«

Draußen schlug die Turmuhr eins. Der Beginn eines neuen Tages. Weihnachten. Ein Tag, der wie jeder andere dazu geeignet war, neu anzufangen. »Also, was meinst du?« sagte er nach einer Weile. »Soll ich mir einen Job im diplomatischen Dienst suchen? Wir könnten dann hier in Prag leben.«

Sie lächelte. Die Barrieren waren gefallen, die vor ihrem Herzen und die vor ihrem Körper. »Das besprechen wir morgen.«

Er drehte sie zu sich. »Was? Denkst du vielleicht, wir schlafen jetzt?« Und streckte seine Hand nach ihr aus.

23. Kapitel

JEMAND WARF EINEN Schneeball gegen die Fensterscheibe.

Der Aufprall ließ sie hochfahren. Sie blickte auf, immer noch ganz benebelt von ihren Liebesspielen, und mußte sich erst von den Worten lösen. Aus den Gärten drang das Schreien von Kindern. Langsam stand sie auf. Sie fühlte sich benommen, und die Knie zitterten. Es war, als hätte sie selbst den Moment der Ekstase und der Erleichterung mit jemandem geteilt, und jetzt wollte sie nicht diejenige sein, die aufstehen und Tee machen mußte.

Als sie das Bettlaken beiseite schob, war noch eine Spur schmelzender Eiskristalle an der Scheibe. Kurz darauf landete der nächste Schneeball unmittelbar neben dem ersten. Sie kamen aus dem Nachbargarten. Man konnte alle von drüben hören; Mum, Dad, den kleinen Jonny und seine Freunde, Schnee und Gelächter sausten durch die Luft. Wieder sah sie sein Gesicht an die nächtliche Fensterscheibe gepreßt. Nach so wenig Schlaf mußte er jetzt müde sein. Aber was machte das schon, die Aufregung würde ihn durch den Tag bringen. Dasselbe galt auch für sie.

Sie wandte sich wieder dem Computer zu und ging zurück zur Mitte der Szene. Mirkas und Jakes Lust rollte vor ihr auf dem Bildschirm ab. Hatte sie das wirklich geschrieben? Sie versuchte, sich vorzustellen, wie *er* das lesen würde. Konnte man so vögeln? Sie wußte nicht, mit wem sie hier sprach. Mit ihm oder mit sich selbst. Sie las den Text noch einmal durch. So würde es nicht gehen. Trotz des Spiels mit Macht und Unterwerfung war die Lust viel zu ausgewogen verteilt. Erotische Aggression war keine echte Aggression. Zu viel Verlangen war mit im Spiel und zu wenig Angst, zu wenig Panik. Sie mußte es noch einmal probieren, es bösartiger machen, schmerzhafter. Entweder das oder auf das Original zurückgreifen. Aber das war leblose Prosa, konventionell und ohne den Funken einer Idee. Der übliche I-love-you-Fick für einen Mann, der alles bekam, was er wollte, einschließlich einer Frau, die auf seine Macho-Nummer mit der Knarre abfuhr. So was würde ihn nicht anmachen. Das Zeug war ja noch sentimentaler als Liebe.

Nein, das hier war ihr Text, und den würde er zu lesen kriegen. Warum auch sollte sie ihm eine weitere Vergewaltigung offerieren. Die konnte er schließlich jede Nacht haben. Er war auf das aus, was er nicht kriegen konnte, diesen Cocktail aus Furcht und Komplizenschaft. Wenn sie nur recht behielt. Am zwölften Weihnachtstage, da gab meine Liebste mir ... fünf güldne Ringlein, zwei Turteltäubchen und einen Müllsack voll weggeschmissener Liebesspiele. Dieses Geschenk würde nicht mal ein Kärtchen brauchen.

Sie druckte das Kapitel aus und sah zu, wie der Bildschirm die Seitenzahlen anzeigte. 7, 8, 9, ... Dauerte Sex wirklich so lange? Ihr Blick fing den einen oder anderen Satz auf.

»– und beide fühlten sie, wie ihr Hintern sich spannte und sich ihm entgegenwölbte. Lachend streichelte er ihn. »Mich oder das da?« Und die weiteren Schläge waren laut genug, sie aufstöhnen zu lassen ...«

Waren das ihre Wünsche, oder war es nur der Alkchol? Wenn sie die Szene jetzt beiseite legen und ein bißchen schlafen würde, dann würde sie ernüchtert aufwachen und es sich schließlich anders überlegen.

Die letzten Sätze surrten durch den Drucker, die Seite war noch warm. Immerhin hatte sie die Einladung deutlich rübergebracht:

»Draußen schlug die Turmuhr eins. Der Beginn eines neuen Tages. Weihnachten. Ein Tag, der wie jeder andere dazu geeignet war, neu anzufangen ... Die Barrieren waren gefallen, die vor ihrem Herzen und die vor ihrem Körper ...«

Nein, nach etwas Schlaf würde es sich wie das Gefasel einer Verrückten lesen, wahnwitziger Mut und kein Hirn. Ein Grund mehr, es jetzt zu tun.

Sein Fenster auf der anderen Seite der Gärten war dunkel. Bestimmt schlief er wie ein Baby, eingelullt vom Wissen um den Schmerz, den er anderen zugefügt hatte. Sie raffte die Seiten zusammen und stopfte sie in einen benutzten braunen Umschlag. Darauf schrieb sie in großen Buchstaben: Jake und Mirka. Letzte Szene, erste Fassung. Eine durchaus sinnvolle Methode, seine Texte zu archivieren. Sobald die letzten Änderungen gemacht waren, warf man alle früheren Fassungen weg. Wie konnte man ahnen, daß irgendwelche Perversen einem die Mülltonne durchwühlen würden?

Sie ging sofort raus, denn sie fürchtete, ihr Mut könnte sie am Ende doch noch verlassen. Draußen hatten das Tageslicht und unzählige schmutzige Fußstapfen der Schneelandschaft den Glanz genommen. Eine alte Frau streute mit fast biblischer Geste Salz auf dem Gehweg aus, während die Straße einer Horde Kinder – alt genug, um ohne Bedenken allein nach draußen geschickt zu werden – als Rodelbahn diente. Sie öffnete einen der bereits vollen schwarzen Müllsäcke und legte den Umschlag zusammen mit ein paar verstreuten Manuskriptseiten obenauf.

Von einem Fenster an der Vorderseite des Hauses behielt sie die Szene im Auge. Eine Stunde verging. Allmählich machte sich der Schlafentzug bemerkbar. Ein Pärchen mit einem Baby im Kinderwagen ging vorbei, es folgten ein Mann im Regenmantel und eine Gruppe Teenager. Keiner blieb stehen, keiner warf einen Blick auf den Abfall. Warum sollten sie auch? Wenn er jetzt käme, würde es ihm dann sofort ins Auge fallen? Hatte sie es zu offensichtlich gemacht? Sie stellte sich ihn vor, wie er am Eingang stand und mit den Augen die Tonnen inspizierte. Schließlich würde er den Umschlag entdecken, der so ordentlich und einladend dalag. Würde er noch auf der Straße zu lesen anfangen oder bis zu Hause warten? Würde er wissen, daß der Text an ihn gerichtet war?

Natürlich würde er es wissen. Die Botschaft auf dem Anrufbeantworter, die Besuche, die Verstümmelung der Katze. Sie hatten eine Beziehung miteinander, daran war nicht zu rütteln. Aber warum dann der Umweg über die Mülltonne? Wenn sie einen Brief an ihn richtete, konnte sie ihn genausogut an seiner Haustür abliefern. Nur so konnte sie sicher sein, daß er ihn rechtzeitig erhielt.

Sie warf sich eine Jacke über und ging rasch hinaus, den Kopf tief in den Kragen vergraben, damit später niemand behaupten konnte, er habe sie erkannt. Eine unnötige Vorsichtsmaßnahme, da kaum jemand unterwegs war, und die wenigen Passanten waren viel zu sehr damit beschäftigt, nicht auszurutschen, als daß sie registriert hätten, was um sie herum vorging.

Auf den Stufen zu seiner Haustür erkannte sie noch schwach die Abdrücke seiner Stiefel, aber sie waren schon überdeckt vom Schnee, der am frühen Morgen gefallen war. Also war er seither nicht mehr weggegangen. Sie setzte die eigenen Füße in die bereits vorhandenen Fußstapfen und bewegte sie hin und her, um ihre Abdrücke unkenntlich zu machen. Erstaunlich, an was man alles denkt, wenn man die Zeit dazu hat. Ist es das, was Polizisten tun? Ein Spiel spielen, das es gar nicht gibt? Als sie den Umschlag in den Briefschlitz werfen wollte, fiel ihr auf, daß sein Name nicht drauf stand. Er würde natürlich auch so Bescheid wissen. Aber wenn ihn ein anderer vorher in die Hände bekam, was dann? War es Vorsicht oder Feigheit, was sie noch zögern ließ? Wenn du willst, daß der Kerl dich besucht, dann mußt du ihn dazu einladen. Aber wenn du es zu auffällig machst, wird er sich hüten zu kommen. Der Umschlag klebte an ihren Fingern, weigerte sich, durch den Schlitz zu rutschen. Sie machte kehrt, und ohne auf die neuen Spuren zu achten, die sie hinterließ, ging sie nach Hause. Ihr Herz raste noch immer, als sie in ihre Straße einbog und die Gestalt vor ihrer Haustür bemerkte.

Sie drückte den Finger auf den Klingelknopf, und sie sah großartig aus. Der Mantel war ganz offensichtlich der letzte Schrei: dicker, schwarzer Wollstoff in üppig schwingender Fülle, dazu ein schwarzweißer Schal, der bei jeder anderen an einen Fußballklub erinnert hätte, an Sally aber wie direkt aus dem Modejournal wirkte. Die richtige Garderobe. Eines von Sallys großen Talenten.

Wenn sie eine ebenso gute Hand mit Kleidern hätte, was würde ihrem Erfolg dann im Weg stehen? Patrick natürlich ausgenommen. Waren sie wirklich einmal gute Freundinnen gewesen? Ewigkeiten mußte das her sein.

Sie legte den Umschlag beiläufig auf der offenen Mülltüte ab, als sie durchs Gartentor ging. »Hallo, Sally.«

Sie sah, wie Sally beim Klang ihrer Stimme erschrocken herumfuhr. Anscheinend waren alle ein bißchen schreckhaft dieser Tage. Hatte auch sie über den Vergewaltiger gelesen, der in dieser Gegend sein Unwesen trieb? »Meine Güte, du hast mich vielleicht erschreckt. Ich hatte dich drinnen vermutet.«

»Ich hab mir ein bißchen die Beine vertreten.«

»Ah so«, sagte Sally und versuchte, sich ihre Zweifel angesichts Elizas unzulänglicher Bekleidung nicht zu sehr anmerken zu lassen. »Nun, da haben wir die Dame höchstpersönlich. Und ich habe meine Wette gewonnen.«

»Gegen wen?«

»Patrick. Er sagte, du würdest bestimmt nicht aufmachen.«

»Hab ich ja auch nicht.«

»Aber er weiß es nicht.« Grinsend breitete sie die Arme aus.

Elizabeth wollte näher kommen, geradewegs in diese Umarmung hineinlaufen und von den Armen gehalten werden, aber sie merkte, daß es nicht ging. »Und was sonst führt dich hierher?« fragte sie statt dessen in scheinbar unbeschwertem Ton. »Ich dachte immer, an Weihnachten wäre jeder bis zum Umfallen beschäftigt.«

»Genauso ist es. Wir sind absolut eingedeckt mit Partys. Aber letztes Jahr habe ich meine Lektion gelernt: Diesmal lege ich nur fest, was auf den Tisch kommt, die restliche Arbeit machen die, die dafür bezahlt werden. So.« Eine für Sally ganz untypische nervöse Kurzatmigkeit zeigte an, daß der Konversationston sie nicht täuschen konnte. »Und wie geht es dir, mein Liebes?«

Was sollte das? »Ich weiß nicht recht. Wie sehe ich denn aus?«

Sallys Zögern war Antwort genug. »Wann hast du denn das letzte Mal in den Spiegel geschaut?«

»Es war ein harter Tag, Sally«, stöhnte sie. »Ich bin hundemüde. Das ist alles.«

Eine peinliche Pause entstand. Nasser Schnee rutschte von einem der Fensterbretter und platschte vor ihnen aufs Pflaster. Sally wischte Schneeklumpen von ihrem Mantel.

»Hör mal, ich weiß ja, daß du an diesem gräßlichen Buch arbeitest, aber wenn du nicht scharf auf noch mehr Leichen bist, solltest du mich hereinbitten. Hier draußen werden wir beide erfrieren.«

Sie seufzte. »Sally, ich ...«

»Du wirst mich nicht wieder los, bevor ich nicht mit dir gesprochen habe, Liza«, unterbrach Sally sie. »Also schließ schon auf.«

Das war die alte Sally, die schlanke, aufsässige Blondine – wobei sich das Blond über die Zwischenstufen hennarot und gesträhnt inzwischen zu ihrem ureigenen Kastanienbraun gewandelt hatte –, die damals in der zweiten Semesterwoche an ihre Tür geklopft hatte, um zu fragen, ob sie einen Joint mit ihr teilen wolle. Am Ende waren sie derart bekifft, daß sie es nicht mehr bis ins Bett geschafft hatten, sondern einfach in ihrem Zimmer zusammensackten. Am nächsten Morgen hatten sie sich in eine Neun-Uhr-Vorlesung geschleppt, wo Sally dann auch prompt eingepennt war. Während sich ihre Freundschaft über die Jahre festigte, nahm das Rauchen ab und das Trinken zu, aber anderes blieb konstant. Eines davon war die Sally, die kein »nein« akzeptierte. Damals hatte sie das gemocht, hatte es als Zeichen der Zuneigung genommen. Jetzt war sie sich da nicht mehr so sicher.

Sie führte Sally ins Wohnzimmer und nicht in die Küche. So würde sie weder das Laken vor der Verandatür sehen noch den Computer, der die wilde Vögelszene im Speicher barg. Auch so nahm Sally sofort eine visuelle Bestandsaufnahme vor. »Hat Tom tatsächlich die Chaiselongue mitgenommen? Es war doch gar nicht seine, oder irre ich mich?« Sallys Vater war Immobilienmakler gewesen, und ihr Bruder hatte mit einem Partner eine Steuerkanzlei. Manches ist eben doch genetisch bedingt.

Sie zuckte die Achseln. »Das Fürsorgerecht war strittig.«

»Im Klartext heißt das: sein Geschmack, aber dein Geld. Immerhin gehört jetzt dir, was du anschaffst. Warum stellst du eigentlich nicht die Rattanliege aus dem Gästezimmer hier rein? Die würde sich gut machen.«

»Möchtest du Tee oder Kaffee?«

»Ach, egal.« Sally machte Anstalten, ihr zu folgen.

»Nein, nein ... bleib nur hier, Sally. Ich bringe alles rauf. Vielleicht hast du inzwischen noch ein paar gute Ideen.«

Unten in der Küche schlug sie das Laken zurück. Keine Bewegung drüben. Vielleicht hätte sie bei ihm klingeln sollen. Warum sollte er mehr Schlaf bekommen als sie? Je schneller er aufwachte, desto schneller würde er ihre Botschaft erhalten. Steh auf, du Glückspilz. In der nächsten Straße quellen die Mülltonnen schon über. Adrenalin schwappte wie eine heiße Woge durch ihren Körper. Um sich wieder unter Kontrolle zu bringen, hantierte sie mit dem Teetablett; Zuckerdose, Milch, sogar ein paar Kekse. Sie wollte Sallys Zweifeln an ihrem Geisteszustand nicht noch weitere Nahrung geben.

Im Wohnzimmer hatte Sally die Möbel zugunsten der Musik aufgegeben. Ihre Augen rotierten in dem Versuch, das Label auf dem Plattenteller zu lesen. »Mein Gott, Liza, das ist ja die reinste Zeitreise. Ich wußte gar nicht, daß du so was überhaupt besitzt. Ich dachte immer, du stehst nicht auf Punk. ›Rauher Sound und gespielte Wut‹, war das nicht dein Kommentar? Du wirst mir doch nicht retro werden? Hab ich dir schon erzählt, daß Patrick den Bruder von Malcolm McLaren jetzt als Klienten hat? Die Geschichten solltest du hören! Oh, Kekse gibt's auch. Sag bloß, du ißt wieder.«

Sallys Art, die Unterhaltung ganz allein zu bewältigen, war eigentlich immer eine ihrer tröstlichen Eigenschaften gewesen. Als würde man fließendem Wasser lauschen. Sie goß sich Tee ein und nahm von dem Buttergebäck. Warum hab ich auf einmal solche Aggressionen gegen dich, dachte sie. War das immer schon so zwischen uns, oder hat sich eine von uns verändert? Wenn sie jetzt unterm Bett nachschaute, würde sie dort die Reste einer abgelegten Haut finden? Die Überbleibsel der alten, bedürftigen Elizabeth, die so nach Freundschaft lechzte, daß ihr egal war, mit wem sie sich zusammentat? Schlangen streifen ihre Haut ab, weil sie wachsen. Und wie war das bei ihr? Ging es hier um Wachstum oder um Überdruß?

»Also«, sagte Sally, die sie von ihrem Platz auf dem Sofa aus genau beobachtete. »Soll ich dich ausfragen, oder erzählst du von allein?«

Elizabeth holte tief Luft. »Sally, mir geht's nicht besonders heute morgen. Um ehrlich zu sein, ich hab ein bißchen viel getrunken.«

»Nur gut, daß du's wenigstens noch merkst. Ich dachte, du wärst schon so weit, daß du dir aus Versehen Cognac statt der Milch übers Müsli kippst. Wann hast du damit angefangen?«

»Ungefähr zwei Wochen nachdem Tom ausgezogen ist.« Sie sah im Gesicht ihres Gegenübers Verständnis aufflackern und lächelte. »Nein, nein, das war nur ein Scherz. Von einem Morgensäufer bin ich noch weit entfernt. Das stammt noch von gestern abend. Und ich bin nicht ins Bett gekommen.«

»Ach so, hab schon gehört von deinen nächtlichen Gewohnheiten.«

Sie verzog das Gesicht. »Sag mal, Sally, wie gut kennst du diesen Malcolm eigentlich?«

»Welchen Malcolm?« grinste Sally. »Tut mir leid. Ich mach es dir nicht gerade leicht.«

»Nein.«

»Okay. Ich schlage einen Deal vor: Ich rede keinen Unsinn mehr, und du weichst mir nicht länger aus. Einverstanden?«

Sie zuckte gleichgültig die Achseln. Im Grunde hätte Sally sich nicht zu kümmern brauchen, jetzt ebensowenig wie damals. Aber sie war gut zu ihr gewesen in Zeiten, wo andere nicht den kleinen Finger gerührt hatten. Das mußte sie ihr zugestehen. »Einverstanden.«

»Dann sag mir jetzt, was mit dir los ist.«

»Mir geht's prima.«

»Das sieht man dir aber nicht an. Im Gegenteil, du siehst furchtbar aus. Wenn Tom irgendwas ...«

»Tom hat nicht das geringste damit zu tun. Ich denke überhaupt nicht mehr an ihn. Das hier hat einzig und allein mit mir zu tun. Ich hab mich da in was hineinmanövriert ... Es ist wegen der Arbeit, und ich komme irgendwie nicht los davon. Dieses verrückte Buch ... Weißt du, das ist der Grund, warum ich mich nicht mehr gemeldet habe. Es hat mich einfach völlig vereinnahmt. Alles, was ich tue, ist schreiben, schlafen und wieder schreiben.«

»Aber wieso denn? Ich dachte, Charles hat dir bis zum Frühjahr Zeit gegeben.«

»Das hat sich inzwischen geändert. Der Film wird früher rauskommen, und deshalb brauchen sie den Text schneller.«

»Du meine Güte, Liza, dann sag ihm eben, er soll sich einen anderen Übersetzer besorgen.«

»Das geht nicht. Und überhaupt. Es mag ja verrückt klingen, aber ich habe Spaß daran.«

»Spaß woran? An dem Buch oder dem Zeitdruck?«

»Hm, ich weiß nicht recht... beides vielleicht. Ich muß niemanden treffen, muß zu niemandem nett sein, muß mir nichts vormachen. Ich kann so ungesellig sein, wie ich mag.«

Eine Pause entstand. Sally starrte sie an, als wolle sie das Ausmaß des Schadens abschätzen. »Hört sich an, wie eine Art von Doris-Lessing-Wahn. Also wie verrückt bist du wirklich? Hast du irgendwelche Visionen?« Ihre Besorgnis war ernstgemeint.

Wenn's nur das wäre... dachte sie. Dann lächelte sie. »Nein, nein, keine Visionen. Ich hab alles im Griff.«

»Das bezweifle ich.« Sally schüttelte den Kopf. »Ich war zwar früher das Enfant terrible, aber die mit der Macke warst immer schon du. Deshalb haben wir uns wahrscheinlich auch angefreundet. Ich war in der Lage, Dinge zu tun, die du dich nicht getraut hast. Aber was du dir manchmal zusammengeträumt hast, ist weit über meine Grenzen hinausgegangen.«

»Dieser spezielle Traum würde dir bestimmt nicht gefallen«, murmelte Elizabeth.

»Ich dachte, du hättest Spaß daran?«

»Mal so, mal so«, erwiderte sie schulterzuckend.

»Paß nur auf, daß dir die Sache nicht über den Kopf wächst.« Und nach einer kurzen Pause: »Wie war's übrigens mit Malcolm? Oder soll ich besser nicht fragen?«

»Du weißt doch sowieso schon alles.«

»Aber Herzchen, so ein Naseweis bin ich nun auch wieder nicht. Er hat lediglich verlauten lassen, daß du ein bißchen seltsam bist und daß er das mag. Schließlich ist er ein alter Romantiker, unser Malcolm. Patrick sagt, aus ihm wird nie ein vernünftiger Geschäftsmann. Viel zu sehr fasziniert vom freien Fall, als daß er es weit bringen würde auf der Erfolgsleiter.« Sie seufzte. »Ich glaub, dir ist gar nicht bewußt, wie sehr du uns in den letzten Monaten beunruhigt hast. Ich dachte wirklich, du hättest nicht mehr alle Tassen im Schrank.«

Die Tassen im Schrank, war es das, war ihr fehlte? Vom anderen

Ende des Raums aus fixierte sie Sally wie durch ein umgedrehtes Fernrohr; zu winzig, um ernstgenommen zu werden. Paß auf, wo du hintrittst, dachte sie. Du könntest sie plattmachen. Dann ließ sie Sally wieder ihre normale Größe annehmen. Sag was. Sie wartet darauf. »Tut mir leid, Sally. Ich wollte dich nicht erschrecken. Mach dir keine Sorgen. Das wird schon wieder.«

Sally sah sie scharf an. »Mehr willst du dazu nicht sagen?«

Sie versuchte, sich vorzustellen, wie sie ihr Schauermärchen vor Sally entfaltete: Poltergeist und Pastorin, Einbruch und Vergewaltigung, Entführung und Rache. Tun, was andere nicht mal zu träumen wagen. Und wohin hat sie das geführt? Hatte sie gar nicht mehr bemerkt, daß sie die Grenzen überschritten hatte, bis es schließlich zu spät war zum Umkehren? »Sally, bitte, ich kann jetzt nicht. Später vielleicht.«

»Also gut.« Sie stellte ihre Teetasse ab. »Heißt das, du kommst an Weihnachten nicht zu uns?«

»Weihnachen?«

»Ja, Weihnachten. Du weißt schon, Babys ohne Ficken, Geburt ohne Schmerz. Ich habe nichts unversucht gelassen und mindestens vier- oder fünfmal eine Nachricht auf deinem Anrufbeantworter gesprochen.«

»Entschuldige, Sal.« Sie überlegte, ob sie lügen sollte. Erzähl, daß du schon was vorhast, eine Einladung aufs Land zu Freunden der Mutter. Jake und Mirka, ein ältliches Paar, aber ganz reizend und noch so vital und unternehmungslustig. »Tut mir leid.«

»Nicht mal auf einen Drink heute abend?«

Sie schüttelte den Kopf.

Nach einer Pause sagte Sally: »Patrick hat überlegt, ob er Tom einladen soll.«

»Nur zu. Dem steht nichts im Weg.«

»Ja. Ich meine nur. Soll ich ihm was ausrichten?«

»Sag ihm, es freut mich, daß er wieder eine Freundin hat. Du brauchst nicht so überrascht dreinzuschauen. Ich habe sie im Hintergrund gehört, als wir vor ein paar Wochen telefoniert haben. Ist sie denn nett?«

Es dauerte eine Weile, bis Sally antwortete. »Sie ist in Ordnung.«

»Und was macht sie?«

»Sie ... äh ... ich glaube, sie schreibt noch an ihrer Doktorarbeit.«

Natürlich. Warum in die Ferne schweifen ... Also hatten Sally und Patrick sich schon mit den beiden getroffen. Würden sie in sein Lager abwandern? Das kam öfter vor. Paare trennten sich und gruppierten sich neu, dabei ging es mehr um Gewohnheit und gemeinsamen Lebensstil als um Loyalität. Und außerdem hatte Sally schon immer eine Schwäche für Tom, in der denkbar freundschaftlichsten Weise, versteht sich. Sie war da nicht die einzige. Plötzlich fing sie an zu überlegen.

»Wie lange geht das denn schon mit den beiden?«

Sie zuckte vage die Achseln. Trotz ihres losen Mundwerks war Sally nie eine gute Lügnerin gewesen.

»So lange also.«

»Hör mal, Liza ...«

»Laß nur. Du brauchst dich nicht unloyal zu fühlen. Es ist vorbei zwischen uns. Ich habe ihn gehen lassen, samt der Chaiselongue. Und irgendwie kann ich ihn auch verstehen. In den letzten Monaten war ich keine sehr angenehme Gesellschaft. Sag ihm schöne Grüße, wenn du ihn siehst. Ich wünsche ihm gute Reise.«

»Und was soll ich sagen, wenn er sich nach dir erkundigt?«

»Erzähl ihm, daß es mir blendend geht.«

Sally sah sie eine Weile an, dann schüttelte sie den Kopf. »Nein, ich werde ihm die Wahrheit sagen. Und die lautet, daß ich keine Ahnung habe, wie es dir wirklich geht, und daß du dich in letzter Zeit ziemlich verändert hast. Vielleicht entspricht das ja ...«

Sie griff nach ihrer Tasche. »Beinahe hätte ich's vergessen. Hier ...« Sie kramte etwas hervor. »Dein Weihnachtsgeschenk.« Und mit einer Grimasse fügte sie hinzu: »Irgendwie wußte ich gleich, daß du nicht kommen würdest.«

Es war lang und dünn und weich, geschmackvoll in Goldfolie verpackt und mit einem leuchtendgelben Anhänger versehen. Sally hatte keine Frauenzeitschriften nötig. Sie war ein Naturtalent.

»Es besitzt magische Fähigkeiten. Du mußt es nur für die richtige Person tragen.« Sie stand auf und zog sich ihren Mantel über. Der edle, tiefschwarze Stoff wirbelte um sie herum.

Als Sally diesmal die Arme ausstreckte, nahm sie das Angebot an. So standen sie einen Moment und umarmten sich.

»Vielen Dank, Sal«, sagte sie, als sie sich losmachte. »Ich ruf dich dann an.«

»Das will ich schwer hoffen. Andernfalls schicken wir dir die Polizei auf die Hütte.«

Was weißt du schon, dachte sie. Was weißt du schon.

Sie bemerkte ihn erst, als sich die Tür hinter Sally geschlossen hatte. Er mußte schon dagewesen sein, als sie und Sally hereinkamen, denn sonst hätte sicher jemand geläutet. Oder doch nicht? Es war ein quadratischer kleiner Umschlag mit ihrem Namen darauf. Handgeschrieben. Als sie ihn aufhob, merkte sie, wie ihre Hand zitterte. Sie sah sich die Schrift genauer an: klein, aber flüssig, mit Füller und nicht mit Kuli geschrieben. Während sie hinausging, um die Mülltonne zu kontrollieren, riß sie den Umschlag auf. Könnte das *seine* Handschrift sein? So säuberlich, so vernünftig? Und was würde er ihr antworten? Nein, eine Erwiderung konnte es noch nicht sein. Der Umschlag war ja noch da.

Eine Weihnachtskarte fiel in den Schnee; die Tuschezeichnung einer Kirche mit einem strahlend bunten Stern darüber. Sie hob sie auf. Der Messias kommt nach Holloway. Wenn du keinen Sex haben kannst, dann bleibt immer noch die Religion. Auf der Karte folgten der frohen Botschaft Catherine Bakers ordentlich geschriebene Sätze:

»Heute abend zünden wir die Kerzen an. Der Gottesdienst beginnt um Mitternacht. Morgen gibt es um zehn Uhr einen Familiengottesdienst und anschließend ein Glas Glühwein im Gemeindehaus. Bitte kommen Sie. Alle Geister sind herzlich eingeladen. Ich hoffe, es geht Ihnen besser. Und rufen Sie an, wenn Sie Hilfe brauchen. Jederzeit.«

Weihnachten. Zeit des guten Willens für alle Menschen. Für alle, bis auf einen.

24. Kapitel

Das Problem mit Besuch ist, daß er einem den Zeitplan durcheinanderbringt. Auf der anderen Seite gefiel es ihr, plötzlich so viel zu tun zu haben: Sie ging durchs Haus und sah es nun mit Sallys Augen: Die Ringe, die die Teetassen hinterlassen hatten, die ungesaugten Teppiche, Vernachlässigung und Schmutz, wohin man blickte. Schließlich wäre es nicht gut, einen falschen Eindruck zu erwecken.

Es kostete sie nahezu zwei Stunden, das Haus umzukrempeln. Nach all der körperlichen Anstrengung – dem Schrubben, Saugen und Polieren – fühlte sie sich besser. Die Fron der Hausarbeit; doch in einer Welt, die aus den Fugen geraten war, schienen die Wonnen wiederhergestellter häuslicher Ordnung um so süßer.

Aber ihr blieb jetzt keine Zeit, sie auszukosten. Nachdem sie Weihnachten so lange vor sich hergeschoben hatte, gab es nun noch unendlich viel zu erledigen. Bei diesem Wetter wäre sie zwar zu Fuß genauso schnell wie mit dem Wagen. Aber wohin dann mit den ganzen Einkaufstüten? Sie schrieb eine Liste und machte sich auf den Weg.

Zunächst einmal ins Haushalts- und Elektrogeschäft: zwei Ketten mit bunten Lichtern, eine Dose Holzlasur und Spachtelmasse. Wieder zu Hause, suchte sie im Keller nach den Überresten von Toms Werkstatt. Sie fand eine paar schwere Schraubenzieher und den einen oder anderen Schraubenschlüssel. Nicht genug, um etwas zu bauen, wohl aber, um etwas zu zerstören.

Der Schlosser hatte ganze Arbeit geleistet. Das zweite Schloß könnte sie ja damit erklären, daß sie den Schlüssel des ursprünglichen verlegt hätte, aber die zusätzliche Verriegelung war fest verankert, und am Ende mußte sie einige häßliche Löcher in das Holz stemmen, um sie loszumachen. Sie spachtelte die Löcher nach besten Kräften wieder zu. Dennoch sah es ziemlich verheerend aus, und sie setzte ihre Hoffnung auf die Holzlasur. Wie lange würde die Spachtelmasse zum Trocknen brauchen? Einige Stunden vermutlich, aber sie hatte ja noch Zeit. Dann machte sie sich daran, das Brett von der Katzenklappe zu entfernen. Sein Fenster war dunkel. Um so besser. Es wäre nicht gut, wenn er zu früh käme.

Die nächste Einkaufsrunde gestaltete sich festlicher. Auf dem Markt waren die besten Christbäume natürlich schon verkauft, nur die Übergrößen und Kümmerlinge standen noch da. Es war, als würde man sich den Häßlichsten aus einem Wurf herauspicken und ihm ein gutes Zuhause anbieten; ein Hund ist was auf Dauer, aber ein Christbaum nur für Weihnachten. Sie entschied sich also für den größten, den sie tragen konnte, und handelte ihn so weit herunter, daß ihr noch Geld für Blumen und einen Kranz aus Stechpalmen blieb. »Und ein frohes Fest, Darling«, wünschte ihr der Mann, als er ihre dreißig Pfund einsackte.

Den Baum hatte sie außen an der Telefonzelle abgestellt, während sie anrief. Es klingelte dreimal, bevor der Anrufbeantworter sich einklickte. Stumm hängte sie wieder ein. Vorsicht war besser als Nachsicht.

Sie steckte den Baum in einen Eimer und befestigte ihn mit ein paar zerbrochenen Backsteinen, dann plazierte sie ihn im Wohnzimmer neben dem Fenster. Die Zentralheizung brachte seine Säfte noch einmal in Wallung, und der süßliche Geruch von Tod ließ Erinnerung in ihr hochkommen; das Treibhaus des Familienlebens, gezwungene Fröhlichkeit und zu viel Sherry. Aber jetzt war nicht der Moment für Selbstmitleid. Seit langem hatte sie keinen Baum mehr geschmückt, so daß sie nicht sicher war, wieviel Baumschmuck man für ein Exemplar dieser Größe brauchte. Aber Lichterketten und Lametta machten sich gut, und wenn sie die Fensterseite etwas großzügiger bedachte, würde er von der Straße aus überzeugend genug aussehen. Den Kranz befestigte sie an der Eingangstür, wozu sie Blumendraht benutzte – nette Idee, dachte sie –, und trat dann ein paar Schritte zurück, um ihr Werk zu bewundern. Sehr festlich und durchaus einladend. Sie machte einen Kontrollgang zur Mülltonne. Der Umschlag war noch da, die Kanten des schwarzen Müllsacks falteten sich um seine Ecken wie mißgestaltete Blütenblätter. Er würde kommen wie die Biene zum Blütenstaub. Was sollte er auch sonst tun? Während der Rest der Welt sich in den Schoß der Familie verkrochen hatte, würde er sich auf die Suche nach den Alleingebliebenen machen. Jemand, mit dem er sein Elend teilen konnte. Und schließlich wußte er ja bereits, wie empfänglich sie war.

Die Spachtelmasse in der Küche war immer noch klebrig. Sie schmirgelte die Fläche ab, so gut es ging, und versuchte es mit der Lasur. Sie erwog, das Laken abzunehmen und die Tür zu öffnen, damit die ausgebesserten Stellen schneller trockneten; eine weitere Willkommensbotschaft in einer gefrorenen Welt. Aber jede Minute zählte, und sie hatte noch eine Menge zu tun.

Kurz nach vier rief sie bei der Polizei an. Ihr stämmiger junger Sergeant war gerade dienstlich unterwegs, aber sie ließ es dringend erscheinen. Sie machte dem Beamten am Telefon ausreichend den Mund wäßrig, damit ihre Informationen auch bestimmt die richtige Adresse erreichten. Er notierte ihre Nummer und versicherte, man würde sich bei ihr melden. Keine Viertelstunde verging, bis sie zurückriefen.

Es war, soweit sie sich erinnerte, nicht der Mann, mit dem sie letztes Mal gesprochen hatte, aber sicherheitshalber verstellte sie ihre Stimme. Er hörte genau zu, doch das mochte weniger an ihrer Stimme als an dem liegen, was sie zu erzählen hatte.

»... und Sie sagen, da stand jemand vor Ihrem Fenster?«

»Ja.«

»Können Sie ihn beschreiben?«

»Nicht wirklich. Es war dunkel, als ich in die Küche kam, und als ich ihn entdeckt hatte, war ich so erschrocken, daß ich sofort das Licht angeschaltet habe. Da ist er dann weggerannt.«

»Und wohin?«

»Ich weiß nicht. Am Ende des Gartens ist er in der Dunkelheit verschwunden. Die Mauer dort ist nicht besonders hoch. Und von da aus kann er überall hin.«

»Sie wissen aber nicht wohin?«

»Nun ja, ich habe in den Häusern drüben unmittelbar danach Lichter angehen sehen, aber ich kann Ihnen nicht genau sagen, welche Fenster das waren. Und das muß ja auch nicht er gewesen sein; könnte genausogut ein Zufall sein.«

Eine Pause entstand, und sie hörte ihn mit einem Stift auf Papier kratzen.

»Und Sie wohnen in der ... Dalmead Road, ja?«

»Ja.«

»Und welches wäre dann die Straße, die parallel zu Ihrer verläuft?«

»Äh ... keine Ahnung ... da muß ich überlegen. Das wäre ... Augenblick mal, das müßte Tavistock Crescent sein.«

»Stimmt. Und wann war das genau?«

»Vorgestern.«

»Also vor dem Schnee?«

»Ja.« Keine Fußabdrücke. Man kann schließlich nicht alles haben.

»Ist es richtig, daß Sie das bislang nicht gemeldet haben?«

»Nein. Das heißt, ich habe es einem anderen Mann erzählt, dem Beamten, den ich wegen dieser Vorfälle in meiner Küche angerufen habe. Aber vorbeigekommen ist seither niemand, und – ehrlich gesagt – er schien nicht sonderlich beeindruckt von dem, was ich ihm erzählt habe.«

»Und Sie meinen, daß das alles zusammenhängt?«

»Ja«, sagte sie ruhig, aber nachdrücklich. »Ja, das glaube ich.«

»Nun, wir bekommen eine Menge solcher Anrufe, aber ich bin sicher, daß der Kollege, mit dem Sie gesprochen haben, die Sache gewissenhaft bearbeitet hat. Ich werde mir auf jeden Fall seinen Bericht ansehen.«

Einen Moment lang sagte keiner etwas. Wie schmackhaft mußte der Köder sein, den sie auswarf? Offenbar hatten sie noch nicht angebissen. Langsam bekomme ich Übung im Anlocken von Männern, dachte sie. Am besten gleich noch einen Brocken hinterherwerfen. »Ähm ... da ist noch etwas anderes.«

»Ja?«

»Das hat mich dazu gebracht, noch einmal bei Ihnen anzurufen. Als ich heute morgen aufwachte, war eine Botschaft auf meinem Anrufbeantworter. Ich glaube, sie stammt von ihm.«

»Warum glauben Sie das?«

»Nun, weil es irgendwie bedrohlich klingt.«

»Und was sagt er?«

»Das ist es ja. Ich verstehe nicht, was er meint. Auf jeden Fall sagt er etwas von schneiden...«

Den Bruchteil einer Sekunde war Stille am anderen Ende. »Haben Sie dieses Band noch?«

»O ja, natürlich. Es ist noch im Apparat.«

Jetzt konnte man den Speichel geradezu aus seinen Mundwinkeln tropfen sehen. »Gut, ich komme innerhalb der nächsten Stunde vorbei, Miss... äh... Skvorecky. Bleiben Sie ganz ruhig, und machen Sie sich keine Sorgen.«

»Vielen Dank. Das ist sehr nett von Ihnen.«

Nachdem das Haus in Ordnung war, konnte sie sich selbst noch ein wenig herrichten. Sie stieg unter die Dusche, gönnte ihrem Haar eine Pflegespülung und sich ein paar frische Klamotten. Nichts Auffälliges, aber geschmackvoll; ein Paar ordentliche Hosen und einen Pullover mit Polokragen. Sie probierte auch dezenten Schmuck, entschied sich aber dann dagegen. Die Augen umrahmte sie mit Eyeliner – so wirkten sie größer –, und legte einen Hauch Lippenstift auf, den sie dann aber wieder abtupfte, weil er zu grell wirkte. Dann überprüfte sie das Ergebnis im Spiegel. Die wilde Frau war domestiziert, obwohl ein kundiger Blick durchaus noch Anzeichen hätte finden können. Die Augen funkelten ein wenig zu sehr, und die Frisur war aus der Fasson; so lange sich selbst überlassen, hätte das Haar mehr als nur einen Kamm gebraucht, um wieder in Form zu kommen. Aber sie hatte ihr Bestes getan. Die Frau, die ihr aus dem Spiegel entgegenschaute, war attraktiv genug, um Opfer zu sein, aber sie hatte den Täter auch nicht provoziert. Die richtige Garderobe für eine Verhandlung in Sachen Vergewaltigung, dachte sie; vorher genau abwägen, damit man nicht auf einmal als die Beschuldigte dastand.

In der Küche gelang es ihr gerade noch, die Blumen in eine Vase zu stecken, als auch schon die Klingel läutete. Ein letzter prüfender Blick: Abgesehen von dem Bettlaken vor der Glastür konnte sich die Küche sehen lassen, gemütlich und nicht zu gestylt. Sie schob eine CD aus Toms Hinterlassenschaft in den Player und stellte ihn an. Die berühmten Eingangstakte eines schwermütigen Cellokonzerts klangen durch den Raum. Es mußte eine schwache Aufnahme sein, sonst hätte Tom sie nicht zurückgelassen. Aber ihr unbedarftes Ohr konnte das ohnehin nicht unterscheiden.

Auch die beiden Polizisten machten keine Bemerkung in dieser Richtung. Wahrscheinlich waren es dieselben, die sie vor seinem Haus beobachtet hatte, aber jetzt aus der Nähe war sie sich nicht sicher. Ihre Aufmerksamkeit war zu lange nur auf einen Mann gerichtet gewesen. Alles andere schien verschwommen und unscharf an den Rändern. Sie versuchte, den Ausdruck in ihren Gesichtern zu deuten. Der eine schien von der harten Sorte zu sein, der andere war einfach nur müde. Zu viel Spätdienst. Das Dezernat für Wirtschaftskriminalität war sicher angenehmer, was den Schlafrhythmus anbetraf. Doch es entging ihnen nichts; ihre Kleidung, die Musik, die Blumen, der nicht vorhandene Staub und das Bettlaken, das vor die Verandatür genagelt war.

Das Angebot einer Tasse Tee nahmen sie an, doch, wie es schien, mehr um sie zu beobachten, als um ihn zu trinken. Während sie mit ihren häuslichen Verrichtungen beschäftigt war, hielt der eine das Gespräch in Gang, und der andere ließ den Blick umherschweifen. Mit einer Hand schob er das Tuch beiseite und sah hinaus. Dann wandte er seine Aufmerksamkeit dem Zustand der Tür zu. Als er sich wieder umdrehte, bemerkte sie – zu spät –, daß die Tube mit Spachtelmasse noch auf dem Regal oberhalb der CDs lag.

Aber zunächst einmal interessierten sie sich für andere Dinge. Sie saßen vor ihren Teetassen und ließen sie ihre Geschichte noch einmal aufrollen; eins nach dem anderen, in allen Einzelheiten, so als hätte sie sich den perfekten CD-Turm, der einst diese Küche geziert hatte, zum Vorbild genommen. Wie unschuldig das letztlich alles klang; kein Grund, sich wirklich aufzuregen. Aber nachdem damit alles angefangen hatte, wollten sie auch das genau zu den Akten nehmen.

»Sie wollen damit sagen, daß sie vermuten, jemand sei hier eingedrungen?«

»Ja. Es hatte zumindest den Anschein.«

»Nur hier unten oder auch noch anderswo im Haus?«

»Nur hier«, sie hielt inne. »Aber nachts oder wenn ich weg bin, schließe ich die Küchentür zur Sicherheit immer ab. Wenn also wirklich jemand hier drin war, hätte er keinen Zugang zum übrigen Haus gehabt. Zumindest nicht, ohne die Tür aufzubrechen. Und das hätte ich oben hören müssen.«

»Haben Sie das dem anderen Beamten erzählt?«

»Äh ... um ehrlich zu sein, das weiß ich nicht mehr. Unser damaliges Gespräch lief nicht so gut. Wie ich ja am Telefon schon sagte, ich hatte den Eindruck, daß er mir nicht recht glaubte.« Sie lächelte. »Und ich kann es ihm nicht verübeln. Ich konnte es ja selbst nicht glauben. Als ich an dem Morgen, nachdem er hier war, herunterkam und den gedeckten Tisch und die Katzenkekse vorfand, da wurde ich so hysterisch, daß ich sogar an einen Poltergeist dachte. Da habe ich dann den hiesigen Geistlichen aufgesucht.«

Wenn sie es ihnen nicht erzählte, würden sie es anderweitig in Erfahrung bringen.

»Und wie ist der Name?« Nur der Vollständigkeit halber, natürlich.

»Catherine Baker. Ich habe auch die Nummer hier, wenn Sie wollen. Sie war sehr verständnisvoll, aber natürlich konnte sie mir nicht helfen. Sie war genauso ratlos wie ich.«

»Aber jetzt meinen Sie, Sie könnten es erklären?«

»Ja«, sie sah zu ihnen auf. »Ja, das kann ich.«

Und sie führte die beiden zur Verandatür.

Zuerst erzählte sie, und dann, als sie ihre ungläubigen Gesichter sah, folgte eine Demonstration. Sie schlüpfte in die eiskalte Nacht hinaus und bat, die Tür hinter ihr zuzumachen. Dann schob sie den Kleiderbügel durch die Klappe, langte damit nach oben und fummelte am Türgriff herum, bis er sich bewegte. Die Sache war gewagt. Natürlich wollte sie nicht von ihrem Verehrer beobachtet werden, zumindest jetzt noch nicht. Aber wenn man etwas erreichen wollte im Leben, mußte man eben Risiken eingehen. Bibbernd kam sie in die Küche zurück. Sie waren ganz offensichtlich von der Vorführung beeindruckt, aber dann wanderte ihre Aufmerksamkeit wieder zu den notdürftig ausgebesserten Löchern und der Tube Spachtelmasse auf dem Regal zurück.

»Ich bin selbst erst heute morgen draufgekommen«, sagte sie schnell. »Ich bekam solche Angst, nachdem ich wußte, wie er hereingekommen ist. Ich habe das Bettlaken festgenagelt und mir ein paar Riegel besorgt, um die Türen und die Katzenklappe abzusichern. Aber ich hab sie nicht richtig festmachen können.« Sie schenkte ihnen ein schiefes Lächeln. »Ich fürchte, es ist ein ziemlicher Pfusch geworden.«

Der Erschöpfte nickte ihr verständnisvoll zu. Mädchen, die nicht mit den Werkzeugen der Jungs umgehen können. Ihre Welt war natürlich voll von solchen weiblichen Wesen. »Und Sie meinen, das war es, was er vorhatte, als er da draußen vor der Glastür stand?«

»Ich weiß nicht genau. Auf jeden Fall hielt er etwas in der Hand. Obwohl...«

»Ja?«

»Obwohl es schwerer wirkte als ein Stück Draht oder Rohr. Es sah mehr nach... hmm... irgendwie mehr nach einem Hammer aus.« Diesmal erlaubte sie ihrer Stimme einen Unterton von Furcht.

Das Wort entfaltete seine Wirkung. Sie mußten sich nicht einmal gegenseitig ansehen, um sich darauf aufmerksam zu machen. Im Gegensatz zu all den Gespannen, die sie aus Filmen kannte, schienen diese beiden hier das nicht mehr nötig zu haben. Was würde Jake wohl von ihrer Technik halten?

»Wir würden uns jetzt gerne das Band anhören«, sagte der Hartgesottene vorsichtig. Der Erschöpfte war auf einmal hellwach.

Sie ging in die Diele voraus und spielte ihnen das Band vor. Seit gestern abend hatte sie die Stimme nicht mehr gehört. Die Gänsehaut, die ihr über den Rücken lief, mußte sie nicht vortäuschen.

»Hallo CYR J109. Immer dasselbe mit den Frauen am Steuer. Nie wissen sie, wer Vorfahrt hat. Ich wollte dich nur darauf aufmerksam machen. Falls du mich jemals wieder schneiden solltest, werde ich dasselbe mit dir tun. Oder ist es das, worauf du aus bist? Draußen schneit's die sprichwörtlichen Katzen und Hunde, findest du nicht? Und schlaf gut.«

Sie stoppten, spulten zurück, spielten das Band wieder ab und noch einmal. Es schien ihnen zu gefallen, seine Stimme zu hören, so als enthielte sie etwas, wonach sie schon lange gesucht hatten.

»Wann, sagen Sie, haben Sie diese Botschaft erhalten?«

»Na ja, ich habe sie erst heute morgen gehört, aber er muß sie schon gestern abend draufgesprochen haben.«

»Waren sie weg?«

»Nur kurz. Ich hatte eine eilige Arbeit abgeschlossen und mußte sie beim nächsten Postamt einwerfen, damit sie heute früh gleich weggeht. Es war mitten im Schneesturm, deshalb habe ich den Wagen genommen.«

»Und das auf dem Band ist dann wohl Ihre Autonummer?«

»Genau.«

»Aber an einen Vorfall können Sie sich nicht erinnern?«

»Nein, es ist nichts Ungewöhnliches passiert.« Sie machte eine Pause. »Aber weil das Band es aufzeichnet, mußte er ja vorsichtig sein, was er sagte.« Sie zuckte entschuldigend die Achseln, so als hätte sie eben etwas besonders Blödes gesagt. Den beiden war nicht anzumerken, was sie dachten.

»Und warum haben Sie uns nicht schon heute früh verständigt?«

Sie seufzte. »Ich wußte nicht recht, wie Sie reagieren würden. Einerseits klingt es ja gar nicht so bedrohlich. Wenn man es allerdings in Verbindung mit all den anderen Sachen sieht ... Ich weiß auch nicht.« Sie stockte. »Ich nehme an, daß es gerade jetzt jede Menge alleinstehende Frauen gibt, die sich die Nächte mit allen möglichen Ängsten um die Ohren schlagen. Sie haben ihn doch noch nicht, oder?«

Keiner der beiden antwortete. »Sind Sie einverstanden, wenn wir das Band mitnehmen?«

Sie nickte, ließ die Kassette aus dem Apparat springen und gab sie ihnen. Eine kurze Stille entstand. Das kann doch um Himmels willen nicht alles gewesen sein. Was ich denen erzählt habe, könnte ja immerhin wahr sein.

»Da ist noch etwas«, sagte sie ruhig.

»Ja?«

»Er hat wieder angerufen.«

»Wann war das?«

»Kurz bevor ich heute nachmittag mit Ihnen telefoniert habe. Es muß zwischen drei und vier gewesen sein, genau weiß ich es nicht. Ich habe abgenommen, deshalb ist der Anruf nicht aufgezeichnet.«

»Und was hat er gesagt?«

Sie schluckte, jetzt spiegelte sich Entsetzen in ihren Zügen. »Äh ... er hat nur zwei Worte gesagt ›Bis bald‹.« Sie zögerte. ›Ich glaube, er rief aus einer Telefonzelle an.«

Diesmal tauschten die beiden einen Blick, und sie war froh, so weitsichtig gewesen zu sein. Selbst wenn es ihnen gelang, den Anruf zu orten, würde ihnen eine Telefonzelle auf der Holloway Road keine Aufschlüsse geben. Jemand, der vorsichtig genug war, nicht den eigenen Apparat zu benutzen, dem waren auch Handschuhe zuzutrauen. Trotzdem würden sie der Sache möglicherweise nachgehen. Das hatte sie allein dem Schnee zu verdanken, sonst hätte sie bestimmt nicht so weit gedacht.

»Werden Sie ihn erwischen?«

Er runzelte die Stirn und tat so, als hätte er die Frage nicht gehört. Dann stieß er einen Seufzer aus. »Sagen Sie, Elizabeth, fahren Sie über Weihnachten weg?«

Aha, jetzt redete man sich schon mit Vornamen an. Warum auch nicht? Ihre Beziehung würde bald ohnehin noch intimer werden.

»Nein, nein. Ich ... ich wüßte nicht wohin. Meine Eltern sind beide tot, und außerdem kann ich gar nicht weg; ich muß mit meiner Arbeit weiterkommen. Das war ja auch der Grund, weshalb ich sie dann doch verständigt habe. Plötzlich ist mir klargeworden, wie es die nächsten paar Tage hier sein würde. Die meisten Nachbarn fahren weg ...«, sie ließ ihre Stimme verebben, und eine Pause entstand. »Natürlich habe ich auch Freunde. Wenn Sie es für richtiger halten, könnte ich zu denen gehen.«

Ein weiterer Blick wurde gewechselt. Diesmal schien es darum zu gehen, wer die Sache zu Ende brachte. Es war, wie immer, der Hartgesottene, dem der Job zufiel. »Das können Sie natürlich tun, aber nach dem, was sie uns erzählt haben, besteht natürlich die Möglichkeit, daß auch später noch etwas passiert.«

»Aber was bleibt mir denn anderes übrig?« Ihrer Stimme war das Zittern jetzt deutlich anzumerken.

Er legte einen Takt Pause ein. Vielleicht gleicht ja das Leben, wenn's wirklich spannend wird, tatsächlich einem Fernsehfilm. »Wir könnten uns hier einquartieren und Sie schützen.« Er sah sie an, während sie die Bedeutung seiner Worte realisierte.

Sie zählte bis sechzig, und als das nicht lang genug schien, gab sie noch vierzig zu. Dann sagte sie gefaßt: »Wenn Sie das tun, können Sie mir denn garantieren, daß sie ihn erwischen, bevor er mich erwischt?«

»Das versprechen wir.« Er lächelte. »Schließlich ist das unser Job.«

Zwanzig Minuten später brachte sie die beiden zur Haustür. Der Abend war hereingebrochen, und die Straßenlaternen warfen ihren schmutzigen Neonglanz auf den ruinierten Schnee. Den schwarzen Müllsack krönten jetzt Chipstüten und die Styroporverpackung eines Hamburgers. Der Umschlag war verschwunden. Sie lächelte in sich hinein.

Im Haus klingelte das Telefon. Der Text hatte kein »um Antwort wird gebeten« enthalten. War sie bereit, sich anzuhören, was er zu sagen hatte? Möglicherweise brauchte er ja noch ein bißchen Ermutigung. Sie nahm ab: »Hallo?«

Der Mann am anderen Ende der Leitung klang freundlich, aber geschäftsmäßig. Schließlich war es nach fünf am Heiligen Abend, und niemand wollte über die Feiertage auf einem toten Tier sitzenbleiben.

»Tut mir leid, daß ich Ihnen das sagen muß. Ich versuche seit anderthalb Stunden, Sie zu erreichen, aber die Leitung war ständig besetzt.«

»Aber Sie sagten doch, es bestünde keine ...«

»Ich habe gesagt, ich *vermute*, daß keine inneren Verletzungen vorliegen. Aber mit letzter Sicherheit kann man das nicht wissen. Sobald wir feststellten, daß sie ein Lungenödem hat, haben wir abgesaugt und Steroide gegen den Schock verabreicht, aber Katzen können sehr heftig auf Schock reagieren. Am Ende war es einfach zu viel für sie. Ihr Herz hat nicht mehr mitgemacht. Es tut mir wirklich leid.«

»Verstehe«, sagte sie, obgleich sie nichts verstand, nichts sah, nichts hörte. Das Schweigen wuchs. Du mußt etwas sagen, dachte sie. »Hat sie leiden müssen?«

»Nein, sie hat keine Schmerzen gehabt, da bin ich sicher. Sie ist ganz friedlich gestorben.«

Er schilderte es wie das Hinscheiden einer viktorianischen Großmutter hinter seidenen Bettvorhängen im Kreise ihrer Lieben. Und ich habe mich nicht mal von ihr verabschiedet, dachte sie.

Millie, der Vogelkiller, das warme Gewicht am Ende des Bettes, das Schnurren von tief unten, die Herrscherin des Gartens, die sich am Ende vor den schwarzen Schatten gefürchtet hatte. Du hättest zurückschlagen müssen, mein Mädchen, ich hab's dir doch gesagt. So wie ich hättest du deine eigenen Fallen aufstellen sollen.

Am anderen Ende der Leitung wurde seine Geduld von den Zeigern der Uhr auf die Probe gestellt.

»Hören Sie, ich muß Sie das leider fragen. Was soll mit dem toten Tier geschehen? Wir könnten es hier entsorgen, aber wenn sie möchten, heben wir es bis nach den Feiertagen auf. Ich mache jetzt nämlich die Praxis zu.«

Jetzt? Sie konnte jetzt unmöglich das Haus verlassen. Die Riegel waren nicht mehr an der Tür, und außerdem gab es noch eine Menge zu tun. Millie würde ihr verzeihen. »Vielen Dank. Ich hole sie nach den Feiertagen ab.«

»Am achtundzwanzigsten haben wir morgens wieder normale Sprechstunde. Und wenn Sie wirklich meinen, daß jemand sie vorsätzlich verletzt hat, dann sollten Sie das der Polizei melden. Es besteht ja die Möglichkeit, daß er so was wieder tut.«

Sie ging in die Küche, wusch Millies Freßnapf und füllte ihn mit Katzenkeksen. Unten im Keller, in der Kiste mit dem Gartengerät, fand sie eine Dose Unkrautvertilger und goß einen kräftigen Schuß darüber. Das Trockenfutter würde das Gift schnell aufsaugen und sich in saftige Leckerbissen verwandeln. Dann stellte sie den Napf ordentlich neben Millies Wasserschüssel. Jedes gastliche Haus bietet seinen Besuchern an Weihnachten einen kleinen Imbiß an.

Eine Handvoll unbehandelter Katzenkekse streute sie durch die

Katzenklappe nach draußen auf den gefrorenen Schnee. Sie kullerten wie braune Würfel über einen weißen Teppich. Heute nacht spielte sie die gute Fee.

Sie steckte Computer und Drucker aus und trug sie wieder nach oben. Dann holte sie die Trittleiter aus dem Keller, entfernte vorsichtig das Laken von der Tür und schaltete das Außenlicht ein. Der überfrorene Schnee funkelte im Strahl des Scheinwerfers. Sie löste die Verriegelung und öffnete die Tür zum Garten.

Eisige Luft drang herein. Es war so kalt, daß sie Mühe hatte zu atmen. Wie weit doch der Sommer und die Musik der tausend Möglichkeiten zurücklagen. Sie wechselte Dvořák gegen einen dieser Bob-Seger-Zusammenschnitte, Teil der Beute ihres Fischzugs in dem New Yorker Musikladen. Komisch, wie diese Zusammenstellungen die Emotionen neu mischten. Bis man den neuen Rhythmus akzeptiert hatte, war das Zuhören einigermaßen irritierend. Aber sie wußte genau, was sie suchte. Für Bob Seger hatte sie immer Zeit; dieser alte Rock 'n' Roller, der sich nicht scheute, Gefühle zu zeigen ... oder zu singen, was er wollte. Seine Stimme bahnte sich ihren Weg in die schneeerfüllte Dunkelheit, ein Liebeslied aus dem Ödland der Sehnsucht von Frankie Miller.

»I'm looking for a woman,
Who's looking for a man
Who's looking for a time,
Like she ain't ever had.
Just a sweet fashion lady,
Stepping dynamite
Who's gonna take me for granted
In the heat of the night ...«

Sie stand in der Tür und sang die Worte mit, während ihr Atem Rauchsignale in die Nacht hinaussandte. Nicht gerade die unsterblichen Verse eines Donne oder Yeats. Aber sie drückten aus, was gesagt werden mußte.

»Come on Baby, don't run away.
Look here in my face,
Be it night or day.
I ain't got no money, but I sure got a whole load of love.«

Auf der anderen Seite der Gärten aus einem ganz bestimmten Fenster im ersten Stock blinkte ein Licht, hell wie der Stern von Bethlehem. Bildete sie sich das nur ein, oder lehnte dort seine Silhouette am Fensterrahmen?

25. Kapitel

KURZ VOR ACHT kamen sie, und dafür, daß Weihnachtsabend war und sie bestimmt Besseres mit ihrer Zeit anzufangen wußten, wirkten sie erstaunlich enthusiastisch. Andererseits war ein Einsatz, bei dem der Hammer von Holloway gefaßt wird, genau jener Stoff, aus dem Beförderungen sind.

Im Licht des Weihnachtsbaums hatte sie an einem der vorderen Fenster gesessen, die Straße im Auge, und auf sie gewartet. Die Tür zur Küche war von innen sicher verschlossen, und der Schlüssel steckte in ihrer Tasche. Sie hatte sie vorbeifahren sehen und beobachtet, wie sie ihren Wagen etwas weiter oben parkten, um nicht aufzufallen. Als sie ausstiegen, hatten sie sich vergewissert, daß niemand sie beobachtete. Was sie diesmal ins Haus bekam, war eher ein Gespann als ein Paar: Der Erschöpfte von vorhin und eine Frau, beide in sportlicher Kleidung; sie trug Jeans und eine Daunenjacke, er Pullover und Anorak zu seiner Anzughose. Ein Mann und eine Frau. Würden sie in verschiedenen Zimmern schlafen? Würden sie überhaupt schlafen?

Als sie die Straße überquerten, rutschte die Frau auf dem Eis aus, und er reichte ihr die Hand, während sie das Gleichgewicht wiederfand. Sie war jünger als er und durchaus attraktiv, wenn auch ein wenig stämmig gebaut. Waren sie ein Liebespaar? Oder war es wie in den Filmen? Coole Professionalität, die nur dürftig den Krieg der Geschlechter maskiert, seitdem Frauen sich in die angestammten Territorien der Männer hineingeboxt hatten. In einer Situation wie dieser mußte wahrscheinlich eine Frau anwesend sein – sicher gab es da Richtlinien –, für den Fall, daß sie nicht rechtzeitig zugegen waren und jemand zum Abwischen der Tränen benötigt wurde.

Aber nicht diesmal. Nicht heute abend. Heute lag der Sieg bereits in der Luft. Beförderung für alle.

Zwei Polizisten über Weihnachten zu beherbergen war eine gesellschaftliche Verpflichtung, vor die man sich nur selten gestellt sieht. Zum Glück schienen sie alle drei ähnlich veranlagt; ruhig und mehr an der Arbeit als an Konversation interessiert. Doch ein Thema gab es, über das sie gerne mehr erfahren wollten, und das war *er*. Sie hielt sich mit ihren Antworten zurück und verspürte fast so etwas wie Eifersucht gegenüber ihrem Wissensdurst. Die beiden interpretierten ihre Zurückhaltung als Furcht und bedrängten sie nicht weiter. Statt dessen wandten sie sich dem Haus zu, kontrollierten die Fenster und Schlösser, versuchten, seine Bewegungen vorauszuberechnen. Dabei hatten sie besonderes Augenmerk auf die Küche. Aber sie waren sich der Fenster in der Häuserreihe auf der anderen Seite der Gärten wohl bewußt. Sie schalteten jedesmal das Licht aus, bevor sie die Küche betraten, so daß er – dachten sie von ihm auch als *er* – sie nicht sehen konnte. Sie untersuchten die Katzenklappe und das Schloß der Verandatür. Dann ging der Mann – Detective Inspector McCormick, aber sie konnte ihn David nennen – nach oben, während die Frau, Veronica (den Nachnamen hatte man ihr auch gesagt, aber sie hatte ihn noch im selben Augenblick vergessen) bei ihr blieb und beim Teemachen behilflich war. Die Unterhaltung plätscherte dahin. Einmal allerdings kam Veronica auf die Katze zu sprechen. Elizabeth erzählte ihr, sie sei eine Streunerin; manchmal sähe man sie längere Zeit nicht. Das also erkläre das vor der Katzenklappe verstreute Futter, wollte Veronica wissen.

»Ja. Ein kleiner Wegweiser nach Hause. Manchmal braucht sie das.«

Aber es war mehr die Frage einer Katzenfreundin als Teil der Ermittlung, und bald darauf versandete die Unterhaltung dann auch.

Zum Tee wärmte sie ein paar Pastetchen auf, und sie aßen sie oben im Wohnzimmer, wo sie sich vorsorglich von den Fenstern fernhielten. Sie sah sich im Zimmer um und versuchte, es durch die Augen der beiden zu sehen; die Lücke, wo ehemals die Chaiselongue gestanden hatte, und das einsame Geschenk unter dem Weihnachtsbaum. Alles in allem ein ziemlich tristes Ambiente. Aber ihr Leben ging diese zwei nichts an, sie hatten es lediglich zu retten.

Die Uhr schleppte sich von acht nach neun. Die beiden ließen durchblicken, es sei das beste, wenn sie sich ganz normal verhielt, tat, was sie sonst auch getan hätte um diese Tageszeit. Aber das Wort normal schien aus ihrem Wortschatz getilgt zu sein. Eine Zeitlang beschäftigte sie sich damit, ihren Schreibtisch aufzuräumen, Papiere von einer Seite zur anderen zu schieben, aber die Wände schienen zu pulsieren unter den letzten Spuren des Ketchup, und die Lichter von drüben strahlten heller als alles, was sie zur Verfügung hatte.

Als ihr nichts mehr einfiel, was sie hätte tun können, ging sie hinunter, um sich etwas Warmes zu trinken zu machen. Es war schon nach zehn, und sie hatten ihre Stellung bezogen: der Mann in dem Zimmer, das nach hinten und am nächsten zur Küche lag, und die Frau im Wohnzimmer zur Straße hin. Die Lichter waren aus, und alles war ruhig. Von den letzten Fällen her mußten sie ungefähr wissen, wann er seine Streifzüge unternahm, und konnten daraus ein gewisses Muster ableiten. Die tiefe Ironie des Ganzen wurde ihr bewußt. Da saßen sie mit all ihren Theorien, Berichten und Vermutungen, die sie einem potentiellen Opfer nicht anvertrauen würden. Und da war sie, die den Mann, den sie suchten, nicht nur kannte, sondern ihn im Bett gehabt, ja ihm sogar Liebesbriefe geschrieben hatte.

Irgendwann würde sie ihnen von den Stellen aus dem Roman erzählen müssen. Aber jetzt war es dafür noch zu früh. Bevor sie sie nicht in seiner Wohnung fanden, konnte sie schließlich nicht wissen, daß er sie geholt hatte. Wie sollte sie ahnen, wer in ihrem Müll herumwühlte.

Das hieß auch, daß sie Charles eine Version der Sexszene schicken mußte, damit er dessen Authentizität bestätigte. Armer Charly, er mußte denken, sie sei verrückt geworden. Es sei denn, sie würde fest dabei bleiben, daß ihr Text Wort für Wort dem Original entsprach. Immerhin war er auf einen Bestseller aus, und er würde sich nicht lange zieren, wenn es darum ging, ihn auch zu bekommen. Womöglich würde sie ja in Zukunft groß rauskommen im Sex-and-Crime-Geschäft, reich und berühmt werden, um dann am Ende ein Buch über eine Frau zu schreiben, die gejagt wird von einem …

Sie bot noch einmal Tee an, aber sie lehnten ab. Ihre Arbeit hatte begonnen, und sie wollten allein gelassen werden. Während sie die Küche aufräumte, konnte sie spüren, wie sich die beiden in ihren jeweiligen Zimmern auf die Nacht vorbereiteten. Die Spannung ihrer Gegenwart lag wie dichter Nebel über dem Erdgeschoß.

Sie bereitete ihren Schlaftrunk und ließ dann die Küchentür bewußt hinter sich offen. Noch einmal schaute sie zurück in die Dunkelheit. Nun komm schon, dachte sie. Heute gibt's hier was umsonst. Du mußt nur kommen und es dir holen.

»Ich gehe jetzt ins Bett.« Sie streckte den Kopf in das Zimmer, wo der Mann im Dunkeln saß. »Die Zentralheizung habe ich angelassen. Manchmal macht sie komische Geräusche, so ein Knarren oder Knacken. Nur daß Sie nicht denken...« Sie ließ den Satz in der Luft hängen.

»Danke«, sagte er ruhig. »Seien sie unbesorgt. Es wird schon werden.«

»Ja.«

Gegenüber hatte sich Veronica in einen Lehnstuhl hinter der Tür zurückgezogen. Sie sah aus, die Hände im Schoß, als mache sie eine Yogaübung.

Sie wünschten sich eine gute Nacht, aber Eliza konnte es nicht dabei belassen. Sie setzte sich auf die Kante des Sofas und sagte nach einer Weile: »Ich glaube nicht, daß ich schlafen kann.«

Die Polizistin nickte ihr mitfühlend zu. »Haben Sie nichts zum Einnehmen?«

Sie schüttelte den Kopf. Dann wanderte ihr Blick hinüber zum Christbaum in seiner ganzen Pracht. »Das ist wirklich eine seltsame Art, den Weihnachtsabend zu verbringen, finden Sie nicht?«

Die Frau lächelte. »Ich könnte mir was Schöneres denken.«

»Aber bei weitem nicht so aufregend, was?« Sie zögerte. »Haben Sie auch manchmal Angst?«

»Nicht wirklich. Bei dieser Art von Einsatz ist das Warten das schlimmste.«

»Und wenn dann was passiert?«

»Dann ist man viel zu beschäftigt, um Angst zu haben.«

»Ja«, sie mußte wieder an den Mann am Fußende ihres Bettes

denken. »Das kann ich mir vorstellen. Dann hoffen wir also, daß Sie etwas zu tun bekommen heute nacht.«

Die Frau schien sie im Dunklen zu beobachten. »Sie brauchen keine Angst zu haben«, sagte sie leise. »Wir sorgen schon dafür, daß er nicht in Ihre Nähe kommt.«

Sie klang so überzeugt, als sei damit ein persönlicher Sieg verbunden. Hatte sie vielleicht einige der anderen Opfer befragt? Hatte sie gesehen, wozu er fähig war? Sie schwankte zwischen Neugierde und Nicht-wissen-Wollen. »Für den Fall, daß ich das Beste verschlafe, viel Spaß.«

Oben ließ sie sich ein Bad einlaufen, aber die Vorstellung, nackt dazuliegen, machte sie so verwundbar, daß sie das Wasser ungenutzt wieder ablaufen ließ. Vom Schlafzimmerfenster aus blickte sie über die Gärten und zu den hell erleuchteten Fenstern hinüber, die durch die Kälte funkelten. Würde dieser Ausblick ihr jemals wieder normal vorkommen? Inmitten der eisigen Rasenfläche des Nachbargartens stand eine plumpe Gestalt, verbeulter Hut auf einem Kopf von der Größe eines Schneeballs, einen Schal um den dicken Hals und eine Nase, die nach Karotte aussah; ein moderner Schneemann, der versuchte, den Illustrationen der Kinderbücher gerecht zu werden. Keiner weiß heutzutage mehr, wie man solche Sachen richtig macht, dachte sie. Wir kopieren bloß noch etwas, von dem wir glauben, daß wir es einmal kannten, auch wenn es nie wirklich existiert hat.

Sie ging zur Tür und schaltete das Licht an. Bei offenen Gardinen begann sie, sich auszuziehen. Dabei versuchte sie, ihre Silhouette im Fensterrahmen aus dem Blickwinkel eines Voyeurs zu sehen, die Fernglasaugen gierig vor Schlüssellochlust; hier ein kurzer Blick auf die Innenseite der Schenkel, wenn die Strümpfe hinuntergerollt werden – Strumpfhosen hätten die Eleganz ihrer Phantasien zu sehr geschmälert –, die Linie der Brüste, wenn die Frau sich das T-Shirt über den Kopf streift. Der Moment, wo die Hüllen den Kopf bedeckten, war sicher das beste. Auf diese Weise hatte man weniger Probleme mit der Person. Das alles dachte sie, während sie ihren Pullover aufknöpfte, die Hose auszog und den BH aufhakte. Ihre Langsamkeit war die einzige Konzession an den potentiellen Spanner. Würde *er* ihr jetzt zusehen? Wenn er ihren

Brief erhalten hatte, dann würde er sie ohnehin ausziehen, wenn auch nur in seinem Kopf. Sie zitterte, als sie das Nachthemd überstreifte.

Wann würde er kommen? Würde er warten, bis sie schlief? Vielleicht funktionierte es ja nur dann, wenn man sein Opfer überraschen konnte, es aus seinen Träumen in den realen Alptraum riß. Da würde er Pech haben. Diesmal würde er es nicht einmal bis zum Treppenabsatz schaffen.

Sie schlüpfte ins Bett. Das Laken fühlte sich kalt an. Sie erinnerte sich, wie ihr Blut, vermischt mit seinem Sperma, an der Innenseite ihrer Beine hinuntergelaufen war. Wieder sah sie sein Gesicht, wie er sich abwandte und das Zimmer verließ wie ein schmollendes Kind. Und wenn er überhaupt nicht zurückkäme? Wenn die bloße Tatsache, daß sie ihn herwünschte, ihn davon abhielt? Oder hatte er womöglich ihre Falle gewittert? Sie tastete nach der Plastiktüte unter ihrem Kopfkissen und fühlte den Hammer durch die dünne Hülle. Die hatte sie hier versteckt, bevor die Polizei kam. Eine Vorsichtsmaßnahme für den Fall, daß er ihre Einladung als Vorwand nahm, um ohne Waffe zu erscheinen. Auf diese Weise konnte sie beides vorweisen: Tatwaffe und Fingerabdrücke. Irgendwann würde sie die Tüte unten oder draußen im Garten deponieren müssen. Aber dazu war es noch zu früh. Erst mußte der Kleiderbügel durch die Katzenklappe geschoben werden und am Schloß kratzen. Würde sie dieses spezielle Geräusch bis hier oben hören? Warum nicht? Wie oft hatte sie es seither in ihrem Kopf gehört.

Aber soweit war es noch nicht. Der Wecker neben dem Bett zeigte 22.56 Uhr. Heiliger Abend. Sie dachte an Catherine Baker, wie sie am Altar stehen würde, vor der frisch geweißelten Wand, der neu errichteten Krippe, während Hunderte von flackernden Kerzen an ein heidnischeres Fest erinnerten.

Im Radio hörte sie sich durch Bing Crosby, die Beatles und ein Jazzprogramm, bis sie erwischte, was wie Radio 3 klang: Ein Mann, der gerundete Vokale in ein Kirchenschiff schickte und von Zeiten sprach, als Weihnachtslieder noch heidnische Tänze waren, eine Bedrohung für die institutionalisierte Religion, aber doch zu mächtig, um ignoriert zu werden. Also hatte die frühe Kirche sie sich zu eigen gemacht und geglättet, hatte den Tanz verbannt und den Geist gezähmt. Aber alles immer noch im tiefsten Winter. Und wie sollte man sich da warm halten ohne zu tanzen?

Sie stellte sich Catherine Baker vor, wie sie ihren steifen Kragen von sich schleuderte und auf dem Altar zu den Klängen energiegeladener Weihnachtsgesänge herumwirbelte. Dann sah sie, wie ein paar Männer durch das Kirchenportal eintraten, die Tänzerin auf den Altarstufen niederwarfen und ihr den Talar bis über die Hüften hochzerrten: ein Bild der Ausbeutung, genauso abgeschmackt und lächerlich wie die Karottennase des Schneemanns.

Der Kommentator hörte auf zu reden, und ein Chor ließ die himmlischen Heerscharen Gott in den höchsten Tönen preisen. Chorknaben. Nichts übertrifft diese letzte Süße ihrer Stimmen, bevor das Testosteron zuschlägt. Leider kann man sie nicht ewig bewahren. Es wäre nicht fair, ihnen den Saft abzudrehen. Jeder braucht Saft.

Sie lag und lauschte in die Dunkelheit. Die Lesung erzählte von Zensus und Aufbruch, von Stall und Niederkunft. War diese Geburt ebenso fleckenlos wie die dazugehörige Empfängnis? Haben die Kühe die Plazenta gefressen, das Blut aufgeleckt und das Kindlein gesäubert, bevor es in die ersten Windeln gewickelt wurde? Große rauhe Zungen auf den winzigen schleimigen Gliedern? Diese Art von Detail schafft es nicht bis in die Evangelien. Statt dessen beeilte sich der Chor, zu den Hirten, den Weisen und zum Happy-End zu kommen. Dann wünschte der Sprecher allen ein frohes Weihnachtsfest.

Mitternacht.

Man konnte die Welt aufatmen hören, als der Zeiger hinüberruckte.

Sie schaltete das Radio ab und verharrte in der Stille. Letztes Jahr um diese Zeit hatte sie mit Tom das Himmelbett eines Luxushotels in Nordfrankreich geteilt. Ihre Körper so weit als möglich voneinander entfernt. Sie waren mit der frühen Fähre angekommen, eisiger Wind über schwarzer See und viel Cognac, um den Magen zu beruhigen. Dann waren sie zweieinhalb Stunden durch ein Tal zu einer kleinen Ortschaft gefahren, das alle Reiseführer als hinreißend empfahlen, mit Burgruine und verschlafenen Sträßchen, wo hinter Klappläden Frustration à la Madame Bovary lauerte. Der Ort war zu malerisch, um darin unglücklich zu sein. Also hatten sie früh mit dem Trinken begonnen, um den Schmerz zu betäuben. Spritziger Weißwein zu frischen Winteraustern, die salzig und kalt wie die Nordsee schmeckten, gefolgt von drei weiteren Gängen mit den entsprechenden lokalen Roten – Tom kannte sich aus mit Wein – und am Ende Proben einiger ausgesuchter, aromatischer Cognacs. Je mehr sie tranken, desto weniger mußten sie miteinander reden. Diese Methode des Nichtkommunizierens hatten sie über die vergangenen Monate hinweg bereits perfektioniert.

Oben im Zimmer war er dann sofort eingeschlafen, schnarchend, wie es oft vorkam nach zu viel Alkohol. Wenn das Hotel nicht ausgebucht gewesen wäre, hätte sie ein anderes Zimmer genommen. Aber so hatte sie für Stunden wach gelegen und zu rekonstruieren versucht, wie es so weit hatte kommen können, wohin die ganze Lust und Leidenschaft verschwunden war. In dieser Nacht hatte sie einen Schwur getan. Nächstes Jahr um diese Zeit wollte sie, was immer auch geschah, allein sein. Und wie schlimm das auch sein würde, so schlimm wie dies hier konnte es nicht sein.

Von all den Wegen, die von ihm wegführten, war dieser hier nicht auf ihrer Karte verzeichnet gewesen. Im vergangenen Jahr hatte sie zwei Männer gehabt; den einen hatte sie das Fürchten gelehrt, der andere sie. Bei dem einen hatte sie geweint, den anderen hatte sie zum Weinen gebracht, und keiner von beiden hatte gewußt, was körperliche Lust bedeutet. Ich will einen Liebhaber, dachte sie. Einen Mann, der keine Angst vor mir hat und auch keine vor sich selbst. Jemand, der seine Finger in mich hineinsteckt und dabei mein Herz berührt. Was hatte ihr schwuler Freund Maurice einmal zu ihr gesagt? Wenn du die Faust eines anderen in dir spürst, kannst du dir vorstellen, wie sie durch deinen Körper hindurchgeht und nach deinem Herz greift. Liebe und Schmerz. Romantik war nur der Zuckerguß auf dem Kuchen: zu süß, um wirklich nach etwas zu schmecken.

Sie setzte sich, gegen ihr Kissen gestützt, auf und blickte in den leeren Raum. Wieder sah sie vor sich, wie er am Fußende ihres Bettes saß und sein Körper vor Spannung bebte. Hast du wirklich gedacht, du könntest einfach hier hereinschneien und mich ficken, dachte sie. Meinst du, du hast ein Recht auf mich, oder auf die Frau im Pub, oder die an der Bushaltestelle? Dafür wirst du jetzt erfahren, wie es ist, wenn man solche Angst hat.

Sie wollte den drahtigen Körper und sein schiefes Grinsen nicht länger sehen und schloß die Augen. Zuerst versuchte sie, an etwas anderes zu denken, dann an gar nichts. Sie versuchte zu schlafen. Sie versuchte, wach zu bleiben. Immer noch kein Laut, gar nichts.

Es mußte gegen drei sein, als sie das Geräusch von unten hörte. Eine Art metallisches Scharren, das so schnell wieder vorbei war, daß sie fast dachte, sie hätte es sich nur eingebildet. Aber ihr Körper hatte es auch gespürt, und eine Welle der Panik, heiß und kalt zugleich, lief durch sie hindurch. Sie zog den Plastikbeutel unter ihrem Kopfkissen hervor, stieg aus dem Bett und schlich zum Treppenabsatz. Niemand hatte ihr gesagt, wie sie sich verhalten sollte, wenn es soweit war. Aber wenn *er* es war, mußte sie ihn unbedingt sehen. Sie wartete. Etwa eine Minute später hörte sie etwas anderes, Schritte und das Knarren der Dielenbretter. Das ganze Haus schien auf einmal die Ohren zu spitzen.

Sie hockte sich hin und lugte zwischen dem Treppengeländer hindurch. An der Treppe, die zur Küche hinunterführte, stand eine Gestalt gegen die Wand gepreßt, mehr ein Schatten als ein Mensch. Im Türrahmen des Wohnzimmers war der reglose Umriß Veronicas zu erkennen. Die Polizistin wandte den Blick nach oben und sah sie an der Treppe. Mit einer kurzen Handbewegung schickte sie Elizabeth weg, aber in dem Moment ging ihr Partner auf die Tür los, und im Bruchteil einer Sekunde war Veronica hinter ihm.

Elizabeth hörte, wie die Küchentür – wahrscheinlich unter seinem Tritt – gegen die Wand knallte und das Licht anging. Sie wartete auf die Rufe. Aber sie kamen nicht. Nichts. Dann hörte sie das Schlagen der Katzenklappe und ein rauhes, kleines Lachen. Das Licht ging wieder aus. Schnell verstaute sie die Plastiktüte oben an der Treppe und ging auf Zehenspitzen hinunter.

Die beiden waren schon wieder zurück.

»Was ist passiert?«

Unwillig warf er den Kopf in ihre Richtung, ganz offensichtlich verärgert, sie hier zu sehen.

»Nichts. Gehen Sie wieder ins Bett.«

»Ich möchte wissen, was los ist.«

Veronica zuckte die Achseln. »Ich glaube, Ihre Katze ist nach Hause gekommen.« Sie hielt inne. »Aber sie hatte keine Zeit zum Fressen, wir haben sie gleich wieder verjagt.«

Sie hatten sich eine Medaille der Königlichen Tierschutzvereinigung verdient. Aber was soll's, dachte sie. Der Kater wird wiederkommen. Der Magen würde den Sieg über den Schwanz davontragen. So einer war leicht zu verlocken.

Plötzlich fühlte sie sich ziemlich flau und brauchte etwas zu trinken. Sie machte ein paar Schritte die Treppe hinunter.

»Bleiben Sie oben«, sagte er bestimmt.

»Ich will mir Wasser holen.«

»Dann gehen Sie ins Badezimmer.«

»Ich habe aber kein Glas.«

»Dann nehmen Sie eben den Zahnputzbecher.«

»Es ist besser, wenn er kein Licht sieht«, sagte Veronica in freundlicherem Ton. »Er wird nicht kommen, solange er glaubt, daß sie wach sind.«

Womit es euch Idioten ja bestens gelungen wäre, ihn abzuschrekken, indem ihr das Licht eingeschaltet habt, dachte sie. Aber alles, was sie sagte, war: »Na gut.«

Der Mann machte auf dem Absatz kehrt und ging in sein Zimmer zurück. Interessant, wie leicht so ein Profi zu verunsichern war. Es mußte ja auch peinlich sein, wenn man all sein Adrenalin und seine Bravour für nichts und wieder nichts aktivierte.

»Vielleicht kommt er ja gar nicht mehr. Vielleicht ist es ihm zu kalt«, sagte sie zu Veronica.

Doch während sie sprach, sah sie ihn an der Bushaltestelle stehen und das Mädchen beobachten. Nein, das Wetter würde ihm nichts ausmachen. Was ihn trieb, war zu stark, um sich davon abhalten zu lassen.

»Es ist ja noch Zeit«, erwiderte Veronica. »Warum versuchen Sie nicht, ein wenig zu schlafen?«

Aber sie probierte es erst gar nicht, als sie wieder oben war. Es war fast vier Uhr. Die Nacht wurde langsamer und kälter. Gegen fünf hörte sie jemanden die Treppe heraufkommen und aufs Klo gehen. Sie hatte nicht die geringste Angst. Ihr war schon seit geraumer Zeit klar, daß er nicht mehr kommen würde.

Was ist passiert, dachte sie. Habe ich es zu offensichtlich gemacht? Hatte Mirkas Lust sie verraten? Männer wie er konnten wahrscheinlich keine Frauen ertragen, die die Initiative ergriffen oder ihre Bedürfnisse zeigten. Sie stand auf und trat ans Fenster. Bis auf vereinzelte Christbaumlichter, die Santa Claus' Elchen den Weg in den Stall weisen sollten, war drüben jetzt alles dunkel.

Mein Gott, ich hab diese Aussicht satt, dachte sie. Am liebsten würde ich sie aus meinem Kopf verbannen. Und dich dazu. Aus meinem Kopf und aus meinem Leben. Ich will, daß endlich Schluß ist, jetzt sofort.

Aber so schnell würde es nicht gehen, das wußte sie.

Kalt und schleppend brach der Morgen an. Sie wartete, bis es ein wenig heller wurde, dann zog sie Rock und Pullover an und ging nach unten. Diesmal machten sie keine Anstalten, sie zurückzuschicken. Beide wirkten müde. Müde und kleinlaut. Sie kochte ihnen Tee. Die Katzenschüssel in der Küche war unberührt, aber die Katzenkekse draußen waren verschwunden. Sie schaltete das Licht ein und suchte nach passender Musik. Weihnachten. Also mehr die Frage, was man nicht hören wollte. Sie entschied sich für Stings frühe Hits. Weihnachtsmorgen mit The Police. Würden sie die Anspielung kapieren?

Sie brachte das Tablett mit Tee und Toast hinauf ins Wohnzimmer. Veronica spielte die Besorgte. »Haben Sie denn schlafen können?« erkundigte sie sich.

Elizabeth schüttelte den Kopf.

»Das können sie ja heute nachholen. Er wird jetzt nicht mehr kommen.«

»Wohl kaum.«

Der Inspektor auf dem Sofa schwieg. Er musterte sie mit einem seltsamen Blick. Ist es sein verletzter Stolz, überlegte sie, oder trauert er der vertanen Zeit nach? Aber so war die Arbeit der Polizei eben; langsam, sorgfältig und oft nur von winzigen Erfolgen gekrönt. Nicht wie in den Filmen. Sie mußten das doch gewohnt sein. Aber vielleicht hatte es auch mehr zu bedeuten. Vielleicht hatte er Zweifel an der ganzen Sache bekommen. Was wohl in dem Bericht dieses ersten Beamten gestanden hatte? Labile junge Frau, die vermutlich Aufmerksamkeit erregen will. Hören Sie, hätte sie ihm am liebsten gesagt. Die Kassette im Anrufbeantworter ist echt. Und auch die Fingerabdrücke habe nicht ich auf dem Hammer hinterlassen. Aber von dem konnte er ja nichts wissen. Vielleicht war es an der Zeit, ihn draußen in den Büschen zu entdecken? Das würde ihnen neue Denkanstöße geben.

Er wollte gerade seinen Tee umrühren, als sein Funkgerät sich stotternd zu Wort meldete. Er zerrte es aus der Tasche und hielt es ans Ohr. Nach einigen geschäftigen Jas warf er Veronica einen Blick zu, stand auf und ging hinaus. Sie folgte ihm mit den Augen, als er die Tür hinter sich schloß. Eine Weile saßen sie schweigend da.

»Haben Sie denn wenigstens heute frei?« fragte sie, weil sie die Stille nicht ertragen konnte.

»Ja, wenn wir den Bericht fertig haben.«

»Und was machen sie dann?«

Aber sie bekam keine Antwort, denn sobald ihr Partner ins Zimmer zurückkam, stand Veronica, die die Dringlichkeit der Lage in seinem Gesicht las, bereits auf.

»Kannst du einen Moment kommen?« murmelte er.

»Was ist passiert?« fragte Elizabeth dazwischen.

Er warf ihr einen grimmigen Blick zu, und es war klar, daß er ihr nichts erzählen würde. Veronica zog leicht die Brauen hoch. Sie mußten eine Methode haben, sich wortlos zu verständigen.

»Was ist passiert?« Sie versuchte es noch einmal.

»Es hat einen Vorfall gegeben«, sagte er schließlich.

»Wo?«

»Ein Haus in St. John's Way.«

St. John's Way. Vier Straßen weiter auf der anderen Seite der Holloway Road. Nicht weit von Tavistock Crescent.

»Ist er es gewesen?«

»Ich muß mich mit Inspector Peters besprechen, um ...«

»War er es?« fragte sie, viel lauter als nötig. Alle im Raum spürten die Panik, die in ihrer Stimme lag. »Bitte!«

Er stöhnte unwillig. »Wir wissen es noch nicht.«

Das hieß, daß sie es sehr wohl wußten.

»Was ist mit der Frau?«

»Ich kann Ihnen keine weiteren Informationen geben.«

Er machte auf dem Absatz kehrt und stürmte, gefolgt von Veronica, aus dem Zimmer. Die beiden blieben nur weniger Minuten weg. Sie mußte ihre Teetasse abstellen, so zitterten ihre Hände.

Als sie zurückkamen, hatte er bereits seinen Anorak an.

»Haben Sie vielleicht jemanden, den sie gern einladen würden, oder Freunde, zu denen Sie gehen könnten?« Stumm starrte sie ihn an. »Inspector Peters kann so lange bei Ihnen bleiben. Es gibt keinen Grund zur Beunruhigung. Sie sind vollkommen sicher hier. Aber wahrscheinlich fühlen Sie sich besser, wenn Sie jetzt nicht allein sind.«

Es kostete sie einige Anstrengung, bis sie ihren Atemrhythmus und ihre Stimme wieder im Griff hatte. »Ich weiß Ihre Fürsorge zu schätzen«, brachte sie schließlich heraus. »Aber ich lasse mich nicht gern bevormunden. Wenn etwas passiert ist, was mit diesem ... diesem Wahnsinnigen zu tun hat, dann sind Sie mir eine Antwort schuldig.« Eine Pause entstand, während der sie ihn anstarrte. »Er hat es wieder getan, ja? Hat er jemand anderen angegriffen?«

Noch einmal dieser Austausch von Blicken. Diesmal war es Veronica, die das Schweigen brach. »Sieht ganz so aus.«

»Hat sie ihn beschreiben können? War es derselbe Mann?«

Die Polizistin holte tief Luft. »Nein, sie hat niemanden beschrieben. Aber eine Nachbarin hat ihn aus dem Haus kommen sehen. Der Bericht wird im Moment noch überprüft. Elizabeth, warum geben Sie mir nicht einfach eine Telefonnummer, und ich rufe für Sie bei Ihren Freunden an?«

Sie starrte auf ihre Teetasse, deren Inhalt nicht länger die Hände wärmte. Außerdem war er zu schwach. Sie hätte ihn länger ziehen lassen sollen. Sie ist tot, dachte sie. Deshalb wollen sie mir nichts erzählen. Er hat jemanden umgebracht.

»Elizabeth?«

»Äh ... ja. Ich ... ich bin eigentlich bei Freunden zum Abendessen eingeladen. Dort kann ich hingehen.«

»Gut. Ich werde hierbleiben, bis ...«

»Nein, nein. Das ist wirklich nicht nötig. Ich möchte lieber allein sein«, sagte sie mit Nachdruck. »Das heißt, wenn das von Ihnen aus okay ist. Ich brauche jetzt ein bißchen Ruhe.« Der Mann legte die Stirn in Falten. Sie lächelte ihn an. »Es ist alles in Ordnung. Wirklich. Sie brauchen sich keine Sorgen zu machen. Ich lasse die Türen und Fenster zu und nagle ein Brett vor die Katzenklappe. Obwohl ich nicht glaube, daß jetzt noch etwas passieren wird. Er wird ja wohl kaum noch auf ein Dessert aus sein. Nicht so kurz nach dem Hauptgericht.«

Der Mann sah sie eine Zeitlang unverwandt an. Er mochte sie nicht, das war klar. Ob es allerdings nur daran lag, daß sie soeben seine Karriere versaut hatte, oder ob die Antipathie grundsätzlicher Natur war, ließ sich schwer sagen.

»Wie Sie meinen.«

Sie brachte die beiden zur Tür. »Übrigens«, sagte er, sich im Gehen noch einmal umwendend, »Sie können diesen Hammer jetzt wegräumen. Der hätte Ihnen ohnehin nicht viel genützt.«

»Ich weiß nicht ...«, sie starrte ihn trotzig an, aber die Röte in ihrem Gesicht verriet sie. Wie wenn man in der Schule bei einer Lüge ertappt wurde und die Scham wie ein Brechreiz in einem aufstieg. Wenn er den Inhalt der Tüte gesehen hatte, dann hatte er womöglich alles mit seinen dämlichen Flossen betatscht. Idioten. Allesamt Idioten.

»Es wird schon wieder, Elizabeth«, sagte Veronica leise. Hier sprach die Sozialarbeiterin, nicht die Polizistin. »Manchmal ist es ganz in Ordnung, Angst zu haben. Das kann vorkommen, wenn man zu viel allein ist. Besuchen Sie Ihre Freunde, und versuchen Sie, das alles zu vergessen. Diesmal wird er uns nicht durch die Lappen gehen, das verspreche ich Ihnen. Wir wissen, was wir tun.«

Sie drehte sich um und folgte ihrem Partner. Die Tatsache, daß sie nun wirklich gingen, war plötzlich zu viel für Elizabeth. Bevor sie wußte, was sie tat, ergriff sie die Hand der Frau. »Tavistock Crescent Nummer 40«, sagte sie rasch. »Er wohnt in der mittleren Wohnung von Tavistock Crescent 40.« Die Polizistin sah sie scharf an. »Ich habe mir das nicht ausgedacht. Ich schwöre es. Ich habe die ganze Nacht gebraucht, um dahinterzukommen ... das Licht, das ich damals angehen sah. Und jetzt bin ich ganz sicher. Es muß Tavistock Crescent 40 sein.«

Der Mann, der schon halb durch den Vorgarten war, schnaubte ungeduldig. Beide Frauen hörten es und wußten, was damit gemeint war. »Vielen Dank«, sagte Veronica vorsichtig. »Das ist eine große Hilfe. Wir werden dem auf jeden Fall nachgehen.«

Dann drehten sie sich um und gingen durchs Gartentor. Sie sah ihnen nach, bis sie in ihr Auto stiegen. Sobald sie drin waren, würden sie anfangen, sich über sie lustig zu machen, würden lachen und über sie herziehen.

Sie knallte die Tür hinter ihnen zu und brach in Tränen aus.

Sie weinte noch immer, als unten die Katzenklappe ging. Sie schaffte es gerade noch rechtzeitig, um den schwarzen Kater durch die Küche stolzieren zu sehen, als sei er hier zu Hause. Aber die Arroganz machte ihn langsam, und diesmal erwischte sie ihn. Als sie ihn packte, schlug er mit ausgefahrenen Krallen nach ihr und zog rote Streifen über ihren Handrücken. Sie drückte ihn zu Boden und gab ihm kräftig eins über die Ohren. Wieder holte er aus und erwischte sie diesmal am Arm. Der Schmerz lockerte ihren Griff. Er schlüpfte durch die Katzenklappe hinaus und über die Mauer.

Mit der unversehrten Hand warf sie das Katzenfutter in den Mülleimer. Die Tränen flossen noch immer. Genug der Rache. Schluß jetzt. Es funktionierte nicht. Man fühlte sich am Ende mehr besudelt als die anderen.

Die Kratzspuren liefen ihren Arm hinauf wie rote Schienenstränge. Sie ging hinauf ins Bad und wühlte im Medizinschränkchen. Das Desinfektionsmittel schmerzte mehr als die Verletzung, aber der Schmerz war ihr nur recht. Er gab ihr Grund zum Weinen.

St. John's Way: Stattliche Häuser aus dem späten 19. Jahrhundert, die meisten davon inzwischen in Wohnungen unterteilt, und die Gärten so groß, daß man sie parzelliert hatte. Ein Füllhorn an Möglichkeiten bot sich dort; er hatte die Auswahl gehabt zwischen zahllosen Glastüren und Außentreppen. Hatte er das vorausberechnet, oder war es ein Glückstreffer gewesen? Und wie sehr hatte er ihr vorher weh getan?

Ihre Schuld war es nicht. Wie hätte jemand seinen nächsten Schritt voraussagen können? Auch wenn die Polizei nicht mit ihr beschäftigt gewesen wäre, hätte sie keinen Grund gehabt, eine x-beliebige Person in St. John's Way zu beschützen. Man konnte sie nicht für den Tod dieser Frau verantwortlich machen. Sie konnte nichts dafür.

Sie sah auf die Uhr: 7.49 Uhr. Wie sollte sie diesen Tag überstehen? Sie war so müde. Wann hatte sie das letzte Mal geschlafen? Letzte Nacht zumindest hatte sie kein Auge zugetan. Die Nacht davor auch nicht. Wann also? Sie konnte sich nicht mehr erinnern. Veronica hatte recht. Sie brauchte Hilfe, und sie mußte hier raus.

»Und denken Sie daran. Rufen Sie mich an, wann immer Sie Hilfe brauchen. Jederzeit.« An einem Tag wie heute würde Catherine sie gewiß aufnehmen, würde ihre Beichte hören und sie von den Sünden, die sie fürchtete begangen zu haben, freisprechen. Sie war die einzige, die verstehen konnte, wie man sich wegen seiner Unschuld schuldig fühlen konnte. Von ihr hatte sie keine Verurteilung zu erwarten. Und außer Catherine blieb nur Sally.

Sie nahm sich vor anzurufen, sobald das Blut gestillt war. Sie rollte ein Stück Müllbinde ab und wickelte es um ihren Unterarm, dann suchte sie nach der Verbandsschere, die sie in dem Schränkchen aufbewahrte, als es an der Haustür klingelte.

Das Läuten ließ sie erstarren. Schließlich war Weihnachten. Da macht man doch um diese Zeit keine Besuche. Und schon gar nicht bei ihr. Jeder wußte, daß sie und Tom um diese Zeit verreist waren. Oder war es die Familie von nebenan, die meinte, man müsse sich der Alleingelassenen annehmen?

Sie wartete. Aber wer auch immer es war, er versuchte es nicht weiter. Sie merkte, daß sie am ganzen Körper zitterte. Er konnte es nicht sein. Er würde es nicht wagen. Sie ging die Treppe hinunter und starrte durch das Guckloch. Nein, der Gehweg vor ihrem Haus war leer.

Sie ging ins Wohnzimmer und warf einen Blick durch die Gardinen. Manchmal, wenn jemand an der Treppe stehen blieb, konnte ihn das Fischauge nicht einfangen. Aber auch die Treppe lag verlassen. Sie überlegte, die Tür zu öffnen und nachzuschauen, verwarf den Gedanken aber wieder.

Neben dem Telefon in der Diele lag der Zettel mit Catherine Bakers Nummer. Sie wählte und hörte das Freizeichen. Während sie noch dastand und wartete, fühlte sie die Kratzspuren an ihrem Arm klopfen, und in dem Moment fiel ihr wieder ein, wo sie die Verbandsschere hingelegt hatte. Sie war in der Küche neben dem Herd. Sie hatte versucht, damit die Riegel an der Verandatür abzumachen. Waren diese Riegel erst einmal entfernt, stand die Küche dem hartnäckigen Besucher offen. Plötzlich war ihr alles klar.

Sie warf den Hörer zurück in die Aufhängung und rannte die Treppe hinunter in die Küche, wo eben die Anfangsakkorde von Van Morrisons *Enlightenment* ertönten.

26. Kapitel

Die Küchentür stand weit offen. Sie wollte nach der Klinke greifen, aber er sprang sie von der Seite an, kaum daß sie den Raum betreten hatte. Mit seinem ganzen Gewicht warf er sich gegen sie, so daß sie erst gegen den Türrahmen knallte und dann der Länge nach zu Boden fiel. Sofort war sie wieder auf den Füßen und stürzte in Richtung Glastür. Ein Flügel mußte offen sein, und draußen würde jemand ihre Schreie über die Musik hinweg hören. Doch so weit kam sie nicht. Wieder benutzte er seinen Körper als Rammbock; diesmal erwischte er sie von hinten, und die Wucht des Aufpralls katapultierte sie vorwärts. Sie riß einen Stuhl mit, dessen Kante sich ihr in die Rippen bohrte. Als sie am Boden war, lag er auf ihr, aber sie wehrte sich. Den Schmerz hatte sie in diesem Moment vergessen. Sie schlug nach allen Seiten um sich und brüllte aus Leibeskräften. Er mußte sein ganzes Körpergewicht einsetzen, um sie am Boden zu halten.

In dem Moment, als er sie einigermaßen fest im Griff hatte, zog er auch schon den Draht aus der Tasche und wickelte ihn um eines ihrer Handgelenke. Ihre freie Hand drosch auf ihn ein, aber er war gut vorbereitet, und als er erst einmal die fertige Schlinge um die andere Hand gelegt hatte, brauchte er nur noch anzuziehen. Sie heulte vor Schmerz auf. Wie dem Kater gelang ihr ein letzter Hieb, blieben Blut und Hautfetzen unter ihren Nägeln hängen. Aber nachdem er ihr beide Hände gefesselt hatte, konnte er sie hinzerren, wo er wollte. Sie schrie noch, als er sie über den Küchenboden schleifte.

»Still jetzt«, zischte er. Die Worte kamen wie ein Windstoß. Er benutzte den erstbesten Platz, schlang die Drahtenden durch den Griff des Backofens, der auf halber Höhe in die Küchenzeile integriert war. Dann zerrte er daran, bis Arme und Oberkörper gegen die Ofenklappe aus Glas und Chrom gerissen wurden. Sie kämpfte weiter, versuchte, sich loszumachen, doch alles, was sie erreichte, war, daß die Klappe des Backofens aufflog. Er schlug sie wieder zu und rammte ihr gleichzeitig die Faust in den Magen. Der Schmerz war so gewaltig, daß sie für einen Moment nicht atmen konnte, geschweige denn sich wehren. Ihre Beine gaben nach, und sie sank in sich zusammen, während ihr Körper vor Schmerz und Angst bebte. Verlier nicht das Bewußtsein, dachte sie. Was immer passiert, bloß nicht ohnmächtig werden.

»Halt verdammt noch mal still!« schrie er über sie gebeugt, selbst heftig nach Luft ringend. »Für was hältst du mich? Hast du gedacht, ich sei blöd? Ja? Hast gemeint, du kannst mich mit diesem Stück Pornographie reinlegen, was? Als ob ich nicht merken würde, daß es eine Falle ist.«

Irgend jemand mußte das doch hören. Niemand legt so früh am ersten Weihnachtsfeiertag Van Morrison auf, um dann gegen ihn anzubrüllen. Die mußten doch merken, daß hier mehr los war als eine kleine eheliche Unstimmigkeit. Alles, was dir bleibt, ist deine Stimme, Mädchen. Nutze sie.

»Loslassen!« kreischte sie. »Laß mich los!« Der Speichel, der mit den Worten entwich, explodierte in sein Gesicht.

Seine Antwort kam, indem er die Hände um ihren Hals legte und seine Daumen in ihre Luftröhre drückte.

Schmerz und Panik setzten unmittelbar ein, gefolgt von einem schrecklichen, nutzlosen Ringen nach Luft. Die Luftröhre zudrükken; ein so verwundbarer Teil des Körpers, daß man sein Zerbrechen geradezu spüren konnte. Ohne Luft kein Leben. Ich will aber nicht sterben ... Bitte, laß mich nicht sterben.

»Bitte ...« Sie fühlte, wie sie das Wort aushauchte, spürte ihr Gesicht anschwellen, den Druck hinter den Augen wachsen, bis sie sicher war, im nächsten Moment das Bewußtsein zu verlieren. Wie einfach es doch war, jemanden umzubringen. Wie schnell es ging. Jetzt war kein Raum für Worte, selbst die Gedanken wurden schon fahler, wie eine Glühbirne, die langsam verglimmt.

Plötzlich ließ der Druck nach. Verzweifelt schnappte sie nach Luft, aber es tat so weh, daß sie zunächst dachte, sie würde trotzdem sterben. Dann kam das Husten. Er trat ein paar Schritte zurück, beobachtete sie und wechselte dabei nervös von einem Fuß auf den anderen. Vielleicht hatte seine Gewalttätigkeit auch ihn erschreckt.

»Noch ein Ton, und ich stopf dir einen Lappen mit Benzin in die Fresse und zünd ihn an, verstanden?«

Sie versuchte zu nicken. Der Atem kam noch immer nicht regelmäßig. Er ließ ein Knurren hören, so als mache ihn ihre Schwäche nur noch wütender, aber er ging zum Wasserhahn hinüber und holte ihr eine Tasse Wasser. Dann hielt er sie ihr an den Mund. Sie trank in kleinen Schlucken und fühlte, wie ein Wasserfall am Kinn hinunter auf ihre Kleider lief. Wie ein Säugling. Wie schnell man den Menschen alles nehmen, sie wieder auf das Stadium des Sabberns und Brüllens reduzieren konnte. Aber danke sag ich nicht, dachte sie. Und die Macht ihrer Abwehr ließ sie wieder aufleben.

Sie zwang sich, ihn anzusehen. Das Gesicht über ihr war rot und fleckig, so als hätte sie zu würgen auch ihm die Luft genommen. Auf den Wangen trug er das Gittermuster ihrer Fingernägel. Dieser Mann wird mich noch einmal ficken, bevor ich sterbe, dachte sie. Sterben. Aber wie wird es geschehen? Noch mehr Würgen, oder der Hammer? Von Strangulieren war nie die Rede gewesen. Aber sie konnte auch keinen Hammer entdecken. Steckte er in seiner Jackentasche? Oder hinten in der Jeans? Schädel zerbrechen wie Eierschalen. Woher hatte sie diesen Satz? Jake. Natürlich Jake mit seiner Bullen-Poesie. Bloß, daß das Bild keinen Raum für Blut ließ. Sie weinte jetzt, aber es war ohnehin egal. Alles war egal, solange sie Luft bekam.

»Bist du okay?« schnaubte er. »Du solltest dich bloß mal sehen. Du brauchst dringend ein Taschentuch. Dir läuft der Rotz aus der Nase. Jetzt weißt du, wie sich das anfühlt. Na, wie ist das? Du hast mich nämlich belogen. Du hast gesagt, es sei vorbei. Du hast gesagt, du würdest niemand davon erzählen, und ich sollte es auch nicht. Aber du hast dein Versprechen nicht gehalten. So war's doch, oder? Warum also sollte ich meins halten?«

Sie machte den Mund auf, um etwas zu sagen, aber er preßte seine Hand darauf. »Hast du was zu sagen? Oder willst du wieder ein Weilchen die Luft anhalten?« Sie schüttelte den Kopf. Er ließ seine

Hand, wo sie war, und der Schleim aus ihrer Nase tropfte auf seine Finger. Sie empfand die Erniedrigung, die in dieser Geste lag, wie ein Kind. »Das hättest du nicht tun sollen, dummes Luder. Übrigens ist das ein Wort von dir. Ich hab so was nie in den Mund genommen. Es ist dein Wort, aber mit der Zeit gefällt es mir immer besser. Nicht gerade passend für eine Dame. Aber schließlich bist du auch keine. Deshalb hast du es ja auch benutzt, wie?«

Er machte eine Pause, in die sich die Musik einfügte: Van, ganz zurückgenommen, mit einer Stimme, die einer Liebkosung glich und einem das Herz bluten ließ vor lauter Schönheit.

»This must be what paradise is like.

So quiet in here. So peaceful in here.«

Ja, die friedvolle Stille des Paradieses; Musik wie gemacht zum Sterben. Ein Liebeslied. Das dritte Stück des Albums. Lief es tatsächlich erst so kurze Zeit? Ihr kam es vor, als dauere das hier schon Stunden. Er lachte, ein gepreßter, kehliger kleiner Laut. »Er gefällt dir, was? Mir auch. Die CD gehört dir, weißt du noch? Ich hab sie dir zurückgebracht. Dachte, du wolltest ihn vielleicht noch mal hören.«

Und während er redete, wippte er unentwegt auf den Fußballen; ein Mann, der nicht stillstehen konnte, der nicht wußte, wohin mit seinem Körper. Er war wie einer dieser Chaoten, die als Nebenrollen in Tarantino-Filmen auftauchen, defekt an Leib und Seele, und deren Gewalttätigkeit so kapriziös ist, daß kaum einer sie bemerkt.

Die Nerven, dachte sie. Alles hängt von den Nerven ab. Eine Überdosis Adrenalin. Kein Wunder, daß Jake ihm gefallen hatte. Alle beide waren sie drauf aus, es loszuwerden. Man mußte sie nur weit genug treiben. Und *er* war es, der schließlich zugeschlagen hatte. Gleich zweimal in einer Nacht. Was war mit der ersten passiert, daß sein Hunger noch immer nicht gestillt war? War sie gestorben, bevor er seinen Spaß gehabt hatte? Sie fühlte, wie sie zu schlottern begann.

»Hast Angst, was?«

Sie versuchte, den Kopf zu schütteln, aber die Bewegung gelang nicht.

»Hast auch allen Grund dazu. Jetzt bist du nämlich allein. Sie sind weg. Und sie kommen nicht zurück. Hast du wirklich gedacht, es würde funktionieren? Du hättest ihnen nicht die falsche Hausnummer geben sollen. Du hast gemeint, ich hätte dein Auto nicht erkannt? Dein Auto, dein Haus, dein Buch. Wie genau ich das alles kenne. Das wollte ich nämlich, dich kennenlernen. Das ist es, was ich getan habe, dich kennengelernt.«

Den letzten Satz sang er in einem unmelodischen, hohen Falsett, so als verhöhne er sich selber. »Nicht so gut wie du natürlich. Schließlich kann nicht jeder eine gute Stimme haben. War das deren Idee mit dem Schund? Nein, da steckte zu viel von dir drin. Du hast Spaß gehabt dabei, stimmt's? Genauso, wie du Spaß hattest, als du dich gestern abend am Fenster ausgezogen hast wie eine billige Stripperin. Ich wette, davon haben die beiden unten nichts gewußt. Die waren viel zu beschäftigt, mitten in der Nacht Katzen durch die Klappe zu scheuchen. Danach hat keiner von euch mehr geschlafen, wie? Ich auch nicht. Aber bei mir war's die Vorfreude.«

Irgendwas bei dem, was er sagte, irritierte sie, aber sie war nicht in der Lage, es näher zu bestimmen. Sie weinte so heftig, daß sie nicht mehr durch die Tränen hindurchsah. Einen Augenblick lang starrte er sie an. Dann zog er etwas aus seiner Tasche. In der Erwartung eines Knebels wich sie zurück, aber statt dessen wischte er ihr mit einem Lappen die Nase ab. Er stank nach Benzin.

»Danke«, murmelte sie. »Ich ...«

Aber wieder schob sich die Hand über ihren Mund. »Schschsch. Du verdirbst bloß alles. Erzählst ja doch nur Lügen, und dann muß ich dir wieder weh tun.«

Sie hielt still und versuchte, ihn mit den Augen zu überzeugen, wo ihre Zunge es nicht konnte. Er schien noch zu zögern, so als sei er nicht sicher, was als nächstes zu tun sei. Er knurrte, ein Laut, der mehr gegen sich selbst, denn an sie gerichtet war. Dann schob er hastig seine Hand unter ihren Rock und machte sich am Gummi ihrer Unterhose zu schaffen.

Ich hätte Jeans anziehen sollen, dachte sie. Dadurch hätte ich Zeit gewonnen. Es sei denn, er hätte sie mir vom Leib geschnitten. Aber mit einem Hammer ging das nicht. Ihr Blick irrte durch die Küche. Der Messerblock war genau auf der anderen Seite, neben der Spüle.

Zu weit für sie beide. Die Schere mußte besser erreichbar sein. Sie lag irgendwo am Herd.

»Ich schwöre ...«, sagte sie leise, als er die Hand von ihrem Mund nahm. Ihre Stimme war dünn und mußte sich erst durch ihren verletzten Hals emporarbeiten. »Ich schwöre, daß nicht alles gelogen war. Ich wollte dich wirklich wiedersehen.«

Er stöhnte auf, als hätten die Worte ihm Schmerz zugefügt, aber zumindest schlug er sie nicht. Er bohrte weiter herum, als wisse er nicht, was genau er suchte. Endlich fand er es und stieß zwei Finger in sie hinein. Diesmal war da keine Feuchtigkeit, die ihn willkommen hieß. Diesmal tat es weh. Und nicht nur in der Vagina.

In ihrem Kopf meldete sich eine Stimme. Ist es das, was du wolltest, fragte sie. Diese Art von Lust? Schließlich hast du darüber geschrieben, Baby, jetzt mußt du auch dazu stehen.

Du kennst diesen Mann ja schon. Was ist schon so schlimm an einem zweiten Mal? Auch wenn du nicht bereit dazu bist. Soll er dich doch ficken. Hauptsache, er bringt dich nicht um. Ich will nicht sterben, bitte. Soll der ganze Schmerz und das ganze Theater mit Tom umsonst gewesen sein? Soll ich mühsam gelernt haben, allein zu leben, nur um dann als Fall in die Mordstatistik einzugehen? Jemand zu sein, über den sich alle das Maul zerreißen. Und schlimmer noch, jemand, den sie danach sofort vergessen. Das zehnte Opfer. Die nächste, nachdem er angefangen hat zu töten. O Gott, ich will nicht sterben. Die Gedanken überschlugen sich wie heftiger Seegang, und sie fühlte sich darin hin und her geworfen, schluckte Wasser, war nicht mehr in der Lage, klar zu denken.

Er schob sein Gesicht nahe zu dem ihren und stieß ihr seine Zunge in den Mund. Sie meinte, sich übergeben zu müssen. Aber wenn sie dem nachgab, würde sie am Ende an ihrem eigenen Erbrochenen ersticken.

Ein Geräusch drang plötzlich durch den Schmerz. Es schnitt durch die Musik und durch die Angst. Sie erstarrten beide. Es war die Klingel, laut und lange. Jemand war an der Tür. Jemand war gekommen, sie zu retten.

Er zog seine Zunge zurück, hielt aber sein Gesicht dicht bei ihrem und drückte ihren Kopf nach hinten.

»Wer?« zischte er.

Aber sein Griff war so brutal, daß sie nicht sprechen konnte. Er gab ein wenig nach. »Die Polizei«, flüsterte sie rasch. »Die haben mir versprochen, noch einmal nachzuschauen.« Wieder klingelte es. Jemand mußte den Finger auf den Knopf gepreßt halten. Wer immer es war, rechnete damit, daß sie im Haus war. »Sie werden nicht gehen, bevor sie sich überzeugt haben, daß alles in Ordnung ist.«

An der Art, wie er sich hektisch umsah, konnte man merken, daß er ihr beinahe glaubte. Aber er war nicht dumm, das wußte sie inzwischen. Und wenn die Polizei tatsächlich versprochen hätte zurückzukommen, dann hätte sie diese Trumpfkarte schon viel früher ausgespielt.

Ihr blieb nicht viel Zeit. Den Bruchteil einer Sekunde lang sah sie Malcolm auf der Schwelle stehen, eine Flasche Wodka in festlicher Verpackung und ein paar Joints in der Jackentasche. Ich bin hier, schrie es in ihrem Kopf. Doch wer immer es war, würde nicht ewig da draußen stehenbleiben. Konnte man die Musik bis dorthin hören? Wahrscheinlich nicht – es war ausgerechnet eines der leiseren Stücke. Bald würde es zu Ende sein. Bitte geh jetzt nicht weg. Um Himmels willen, geh nicht weg. In der Stille zwischen den Stücken müßte man ihren Schrei hören.

Es kam nicht dazu. Als die Musik verebbte und sie den Mund öffnete, sah er, was kommen würde, und rammte ihr die Faust ins Gesicht, so daß ihr Kopf gegen die Glastür knallte. Sein Körper folgte, und sie fühlte seinen steifen Schwanz irgendwo in der Magengegend.

Die Stille kam und verging, und die Musik setzte von neuem ein. Van war noch immer in meditativer Stimmung, keine pulsierenden Rockakkorde, die in der Lage gewesen wären, Holz und Glas zu durchdringen.

Wer es auch gewesen war, er hatte mittlerweile aufgegeben und war weggegangen, und *er* verlor keine Zeit. Wieder kam der Lappen aus der Tasche und wurde diesmal ohne Umschweife in ihren Mund gestopft. Die Dämpfe waren schier unerträglich. Ihr würde übel werden, aber sterben würde sie daran nicht.

Er hat dir die Stimme genommen, also mußt du mit dem Hirn

arbeiten. Aber was tun? In jedem Fall würde sie ihre Hände brauchen. Sie schob sich eine kleines Stück nach oben, um die Handgelenke zu entlasten, und preßte die Finger der rechten Hand zwischen den Draht und das Gelenk der Linken. Sobald die eine frei war, konnte sie die Fessel der anderen abstreifen. Aber sie mußte vorsichtig sein, eine Bewegung zuviel, und die Klappe des Backofens würde aufgehen und ihn aufmerksam werden lassen. Was sie brauchte, war Zeit. Er aber war jetzt in Eile.

Die Türglocke hatte ihn wütend gemacht. Ungeduldig zerrte er an ihrem Slip, versuchte, den Stoff herunterzureißen. Auf seinem Gesicht standen Schweißperlen, die Züge waren verzerrt von etwas, das eher Schmerz als Lust zu sein schien. Nein, nicht Schmerz. Eher eine Art Furcht. Genau wie in der ersten Nacht hatte er Angst. Vor ihr und vor sich selbst. Es war diese Angst, die ihn zum Mörder machen würde.

Er ließ von ihr ab und fummelte an seiner Hose herum, ungeduldig am Verschluß zerrend und den Bund wegstreifend, um sich zu befreien. Diesen Teil sah man in den Filmen nie. Selbst bei der brutalsten Vergewaltigungsszene schreckten sie davor zurück, den alles vertilgenden Schwanz zu zeigen. Statt dessen konnte man das Ausmaß der Erektion lediglich an der Panik und Bestürzung im Gesicht der Frau ablesen. Ihre Angst war der Auslöser für die entsprechenden Phantasien. Zensur im Sinne des Voyeurs.

Er ließ ein Grunzen hören, als die Hose endlich zu den Knien rutschte, und warf sich auf sie. Und da wurde ihr plötzlich klar, was vorhin nicht gestimmt hatte. Wenn er doch die ganze Zeit zugesehen hatte, wie sie ihn beobachteten, wie konnte er dann in St. John's Way gewesen sein?

Jetzt blieb keine Zeit, darüber nachzudenken. Er drückte ihre Schultern nach unten und versuchte, in sie einzudringen. Aber auch das lief nicht wie im Film. Ihr Körper lag abgeknickt, und so erwischte er den richtigen Winkel nicht. Das machte ihn rasend. »Steh auf!« brüllte er und versuchte, sie hochzuziehen. »Steh auf, oder ich hack dich in Stücke!«

Und dann kam der Lärm. Ein dumpfes Krachen an der Glastür. Beide drehten sie den Kopf, um Zeugen einer außerordentlichen

Szene zu werden: Eine Frau mittleren Alters in wallendem Wintermantel warf sich mit ausgebreiteten Armen gegen die Glasscheiben wie ein verrückt gewordener Racheengel. Weihnachtsmorgen. Wenn du nicht in die Kirche gehst, kommt die Kirche eben zu dir. Die Glasscheiben bebten unter dem Aufprall, aber sie gaben nicht nach. Der Geist war willig, doch das Fleisch war schwach. Und nachdem Gott bestimmt hat, daß der Kampf zwischen Gut und Böse fair verlaufen soll, sah Catherine Baker sich draußen vor der Tür gefangen, ein hilfloser Zuschauer des Todestanzes, der drinnen seinen Lauf nahm.

Ihr Anblick ließ ihn in maßlose Wut geraten, aber lenkte für den Bruchteil eines Augenblicks seine Aufmerksamkeit von ihr ab. Jetzt konnte sie es wagen. Mit beiden Händen packte sie den Griff der Ofenklappe, und als er sich zu ihr umdrehte, riß sie sie mit aller Kraft auf. Die Seitenkante erwischte ihn voll im Gesicht und schleuderte ihn rücklings gegen den Tisch. Verzweifelt zerrte sie an der Fessel ihrer linken Hand. Als er sich aufrichtete, sah sie Blut aus einer Wunde über dem Auge tropfen. Fast hatte sie sich von dem Draht befreit, als er wieder auf sie losging. Diesmal benutzte sie ihre Füße, zielte auf seine entblößten Weichteile, verfehlte, versetzte ihm aber einen Tritt nahe genug an der empfindlichen Stelle, so daß er sich vor Schmerz krümmte.

Von draußen konnte sie Catherine schreien hören; diese volltönende, starke Stimme, die sich sonst an Predigten und Segenssprüchen erprobte, gab jetzt Alarm. Ein letzter Ruck und ihre Linke war frei. Sie zerrte wie wild an dem Draht der anderen Hand, aber die Schlinge saß zu fest. Doch mit der freien Hand konnte sie immerhin den Herd erreichen. Sie tastete nach der Schere und begann, den Draht zwischen Handgelenk und Herdklappe damit zu bearbeiten.

Er hatte sich inzwischen aufgerappelt und kam auf sie zu. Das rechte Auge war jetzt ganz von Blut bedeckt. Der Draht gab in dem Moment nach, als er sie erreichte, und es blieb ihr eben noch Zeit, sich umzudrehen, die Schere fest umklammert.

Er rammte mit solcher Wucht gegen sie, daß der Griff der Schere sich tief in ihren Magen grub. Sein Stöhnen glich dem bei seinem Orgasmus und schien von irgendwo tief aus dem Dunkel seines

Inneren zu kommen. Steif stand er vor ihr, seine Augen starrten in die ihren, so als wolle er herausfinden, warum sie ihm so weh tat. Dann kippte er mit dem ganzen Gewicht gegen sie. Sie mußte die Arme nach ihm ausstrecken, damit er nicht zu Boden fiel. So standen sie, eng umschlungen, während klebrige Feuchtigkeit sich zwischen ihnen ausbreitete wie der erste wilde Schwall Menstruationsblut.

Dann war ihr auf einmal, als hätte jemand alle Lichter der übrigen Welt ausgelöscht, und nur sie beide waren noch da; keine Racheengel, keine Ablenkungen, nicht einmal Stimmen hinter Glas. Ein Mann und eine Frau, eingezwängt in die Stille, die zwischen den Zeigern der Uhr herrscht, all ihre Energie auf den Schmerz gerichtet, auf seine Angst und das gierig hervorquellende Blut.

Als sie ihn nicht länger halten konnte, ließ sie sich zu Boden gleiten und zog seinen Körper, den sie fest umfangen hielt, halb über ihre Beine. Eine blutüberströmte Pieta. So viel Blut war da jetzt; es kam in kräftigen Schüben aus ihm heraus, durchtränkte sein Hemd, lief über ihre nackten Beine, während die ganze Zeit die Schere aus der Wunde ragte. Sie wagte nicht, sie zu berühren. Und er war zu sehr in seinen Schmerz vertieft, um sich zu kümmern. Einmal in ihrem Leben, als sie sich wirklich weh getan hatte, hatte sie eine ähnliche Erfahrung gemacht. Eine ganze Hautschicht hatte sie sich von ihrer Handfläche gebrannt, und der Schmerz war so überwältigend gewesen, daß die Welt um sie her aufgehört hatte zu existieren; da war nur noch sie und der Schmerz, und beide rangen in einem alles verzehrenden Kampf. Dasselbe sah sie jetzt bei ihm.

»Es wird alles gut«, sagte sie heiser, die Stimme rauh von all ihren Verletzungen. »Es wird gut. Alles wird gut. Halte durch.«

Aber schon während sie es sagte, wußte sie, daß es eine Lüge war. Er versuchte, etwas zu erwidern, aber die Worte kamen als ein Blutsturz; Blut lief über sein Kinn und über ihre Hand, die seinen Kopf stützte. Es kam warm und im Überfluß. Noch mehr von dieser fatalen Vertrautheit zwischen ihnen.

Er zitterte, und sie hielt ihn noch fester bei den Schultern, beugte sich über ihn, bis ihr Kopf sich fast an seinen schmiegte. Es war wie in jener Nacht, als sie ihn in den Arm genommen und er zu weinen begonnen hatte. Sie hätte wissen müssen, daß er kein Killer war.

Daß der Hammer nur eine geborgte Geste der Einschüchterung war und daß unter all der Wildheit und Frustration nichts als Schmerz verborgen lag.

Das Atmen fiel ihm jetzt schwer. Die Luft in den Lungen mischte sich mit Blut und schickte ein gurgelndes Geräusch die Kehle hinauf. Sie mußte an Millie denken. Auch so ein Stück ihrer gemeinsamen Geschichte. Es war wirklich schon eine richtige Beziehung. Ja, das war es gewesen; erst jetzt begriff sie. Bald schon würde sie die einzige sein, die es wußte; die einzige, die wußte, was er getan hatte – und was nicht.

Sie blickte hinunter in sein Gesicht. Die Haut wurde allmählich grau, sie konnte sehen, wie alles Blut und Leben daraus wichen. So viel hatten sie gemeinsam ausgestanden. Warum also jetzt der entscheidenden Frage ausweichen? Sie brachte ihre Lippen an sein Ohr. »Kannst du mich hören?« flüsterte sie.

Er gab einen schwachen Laut von sich. Wie vertraut sie mir sind, deine kleinen Grunzer und Seufzer.

»Es war doch nur ich, oder? Das hast du gemeint, als du sagtest, du hättest mich ausgesucht. Du hast nie jemand anderem was angetan, nicht wahr? Es war immer nur ich.«

Er hob nur leicht die Brauen. Wenn er etwas zu sagen gehabt hatte, so war es jetzt zu spät. Selbst das Blut erschöpfte sich mit der Zeit, das Rinnsal aus seinem Mund trocknete bereits auf ihrer Hand und bildete Krusten auf seinem Kinn. Es gab jetzt nur noch den sanften Druck ihrer Arme und das lange Warten auf Hilfe, die nicht mehr rechtzeitig kommen würde. Die Hilfe, die ihm im Leben nicht zuteil geworden war, kam auch im Tod nicht.

Irgendwann – sie würde nie genau wissen, wann – begann die Welt um sie her wieder zu existieren, und sie fand sich mittendrin. Aus der Unruhe, die sie hinter sich wahrnahm, schloß sie, daß die Verandatüren aufgebrochen worden waren. Und dann war da jemand im Raum. Jemand ...

»Wir brauchen Hilfe«, sagte sie laut, mit dem Rücken zu der Gestalt, und plötzlich merkte sie, daß sie weinte. »Ein Krankenwagen muß kommen.«

»Er ist unterwegs, Elizabeth«, erwiderte die Stimme sanft, kam aber nicht näher, versuchte nicht, sich einzumischen. Die kluge Catherine; eine Frau, die wußte, wie man einen unbeantworteten Anruf ortet, eine Frau, die auch über Gartenmauern stieg, wenn ihr die Haustüren verschlossen blieben. Aber vor allem eine Frau, die nicht nur geistige, sondern auch körperliche Notlagen richtig einzuschätzen wußte.

Sie sah auf ihn hinunter, aber er schien sie schon nicht mehr wahrzunehmen. Jetzt konnte sie ihm nichts mehr mitgeben. Es war aus zwischen ihnen. Das Ende, als es dann kam, war kaum merklich. Nicht der große, viktorianische Todeskampf, nicht einmal ein wilder Seufzer am Schluß, nur einfach Stillstand, ein Atemzug, der dem vorigen nicht mehr folgte. Einfach nicht mehr sein und das Gefühl von Erleichterung.

Sein Arm lag sonderbar verrenkt da. Sie hob ihn an und legte ihn vorsichtig über seine Brust. Da fiel ihr zum erstenmal die Armbanduhr auf. Erstaunlich, daß sie sie vorher nicht bemerkt hatte. Wie leicht war es gewesen, sie vom Nachttisch zu nehmen und sich übers Handgelenk zu streifen. Er hatte ja gewußt, wo sie lag. Zwei Liebhaber, eine Uhr. Hatte sie ihm ein Gefühl von Besitz vermittelt oder nur ein Gefühl von Zeit? Sie streifte sie von seiner Hand und über ihr eigenes Handgelenk.

Hinter sich gewahrte sie Catherines tiefe, rhythmische Stimme. Sie sprach nachdrücklich, zielgerichtet, aber die Worte galten nicht ihr. Unter diesen besonderen Umständen bedurfte es eines Gesprächs mit Gott. Wer wäre besser geeignet gewesen, den Kontakt herzustellen?

Epilog

NACH EINBRUCH DER Dunkelheit begann es wieder zu schneien; zaghaft tanzten wäßrige, kleine Flocken im Wind. Sie stand hinter der Scheibe und sah ihnen zu.

Es war kalt in der Küche. Die vernagelten Fenster boten zwar Sicherheit, aber kaum Schutz gegen die Zugluft. Wenn sie noch länger aufbleiben wollte, mußte sie die Zentralheizung wieder anmachen. Sie brauchte dringend Schlaf, aber noch war sie nicht bereit, den Raum zu verlassen. Es war nicht die Angst – die war in dem Moment, als sie ihn in den Armen gehalten hatte, von ihr gewichen –, aber sie mußte sich erst daran gewöhnen, wieder allein zu sein. Nach zwölf Stunden in Gesellschaft von Polizeibeamten, Ärzten und einem Team der Spurensicherung, das jeden Zentimeter ihrer Küche durchgekämmt hatte, wirkte deren Abwesenheit zunächst ebenso beunruhigend wie ihr plötzliches Auftauchen.

Als erstes schrubbte sie den Boden. In den Filmen sind die Flecken hartnäckig; das Blut sickert durch alle Ritzen und färbt die Welt ein, schwarz anstatt rot. Aber hier in ihrer Küche waren sie erstaunlich leicht wegzuwaschen, zu leicht fast. Sie sah sich um: Den Boden reinigen, die Scharniere am Backofen erneuern, die Bretter an der Verandatür durch neue Glasscheiben ersetzen, und nichts würde zurückbleiben. Nichts, außer ihrer Erinnerung. Aber irgendwie schien ihr das nicht genug. Sie ließ einen Teil des Blutes unberührt. Vielleicht würde es mit der Zeit tief ins Holz eindringen wie eine Wunde. Es war das mindeste und das äußerste, das sie für ihn tun konnte. Für die weitere Unsterblichkeit würden die Polizeiakten sorgen, obwohl er dort eher in die Fußnoten als ins Fettgedruckte eingehen würde. Ein armer Irrer, kein Serienkiller. Das war es, was die Horde der Jäger und Sammler von der Spurensicherung beweisen wollte: Hier gab es nur einen Tatort und nur ein Opfer.

Es hatte nicht viel gebraucht, um sie zu überzeugen.

Der andere Fall klang fast schon klassisch. Wie so viele vor ihm, war auch der wahre Holloway Hammer ein ganz respektabler Zeitgenosse gewesen; ein Automechaniker, mit Frau und zwei Kindern, wohnhaft in Hendon, der den Pannenservice für den Britischen Automobilklub in Islington und Holloway übernommen hatte. Dieser Job brachte ihn zu allen Tages- und Nachtzeiten an die unterschiedlichsten Orte. Besonders im Winter. Aber am Weihnachtsmorgen um vier in St. John's Way hatte das Glück ihn verlassen. Eine Frau hatte einen verdächtig wirkenden Mann aus einer der Parterrewohnungen gegenüber kommen sehen, der dann am Ende der Straße in einen gelben Abschleppwagen eingestiegen war. Irgendwann wird auch der Umsichtigste leichtsinnig.

Er spielte gerade mit seinen Kindern, als sie ihn holen kamen, baute seinem Jüngsten die Spielzeuggarage zusammen, die er zu Weihnachten bekommen hatte, während die Frau in der Küche den Rosenkohl fürs Mittagessen putzte. Ein ganz normaler Typ eben.

Sie hatte ruhig zugehört, als Veronica davon erzählte, während sie genau wie am Abend zuvor im Wohnzimmer zusammensaßen. Die Polizistin konnte ihre Erregung kaum verbergen, als sie von der Verhaftung berichtete. Vielleicht war es ja auch für sie das erste Mal gewesen.

Die anderen hatten sie mit ausgesuchter Freundlichkeit behandelt. Der Polizeiarzt, der hinzugezogen worden war, bot ihr Schmerz- und Beruhigungsmittel an. Sie nahm nur die Schmerzmittel. Ihr Hals war zu geschwollen, als daß sie viel hätte reden können, und die Polizisten schien das nicht zu stören. Das meiste, das sie wissen mußten, war ohnehin offensichtlich, sie fügte nur das Nötigste hinzu. Alles andere behielt sie für sich, es ging nur ihn und sie etwas an. Wie jedes Ende einer Beziehung, so war auch dieses nicht für die Öffentlichkeit bestimmt.

Später dann hatte Catherine Baker angerufen und ihr angeboten, bei ihr zu übernachten. Aber es würde für sie beide noch genug Gelegenheit zum Reden geben, falls die Schuld sich nicht wegwaschen ließ wie die Blutflecken. Diese Nacht jedenfalls wollte sie allein sein.

Sie ging nach oben und ließ sich ein Bad einlaufen. Als sie die Hose auszog (ihre anderen Kleidungsstücke – der blutgetränkte Rock und der Pullover – waren sorgfältig in Plastik verpackt und etikettiert schon lange im Polizeilabor), fiel etwas aus der Tasche. Es war die Armbanduhr, die er am Handgelenk getragen hatte. Während des Verhörs hatte sie sie eingesteckt und dann vergessen. Strenggenommen war es ein Beweisstück. Aber natürlich nur, wenn sie der Polizei davon erzählte. Sie hob sie auf und legte sie in ihre Handfläche. Wem gehörte sie jetzt? Vielleicht war es in Ordnung, wenn sie, die zwischen diesen beiden Männern gestanden hatte, die Uhr behielt. Möglicherweise auch nicht.

Sie sah nach der Zeit: 23.10 Uhr am ersten Weihnachtsfeiertag. Da mochte Malcolm sich schon den einen oder anderen Joint und ein paar Videos reingezogen haben. In einem anderen Leben hätte sie ihn vielleicht angerufen. Aber nicht jetzt. Dazu war später noch Zeit, falls sie es überhaupt wollte.

Sie legte die Uhr neben ihren Kopf auf den Rand der Badewanne, tauchte in den heißen Schaum und lauschte mit geschlossenen Augen, wie die Sekunden dem neuen Tag entgegentickten.

Dann zog sie ihren Morgenmantel über und ging in die Küche hinunter. Im Türrahmen blieb sie stehen, um den Raum auf sich wirken zu lassen: die kaputten Scheiben, den geschrubbten Fußboden, Überreste der Gewalt. Was fühlte sie dabei? Bedauern? Mitleid? Einen Nachhall der Angst? Die Zeile von Van Morrison kam ihr wieder in den Sinn. »So quiet in here ... so peaceful.«

Es hatte aufgehört zu schneien, der Garten lag im Dunkel. Sie ging durch die Küche und schaltete die Anlage ein, wobei sie erst mal den Staub wegpustete, den die Fingerabdruckexperten darauf hinterlassen hatten. Als die Klappe aufsprang, war der CD-Player leer. Die kleine Scheibe war jetzt zur Polizeisache geworden. Es paßte, daß alles endete, wie es begonnen hatte. *Enlightenment.* Sie hatte ja noch ein zweites Exemplar irgendwo, doch jetzt war es zu früh, um so mutig zu sein. Eines Tages würde sie das Album bestimmt wieder spielen. Sie konnte zwar nicht genau sagen, warum, aber sie fühlte, daß die Heilung begonnen hatte. Der Satz ging ihr nicht aus dem Kopf, und endlich fand sie den dazugehörigen Klang. »And the Healing has begun«: das achte Stück aus dem Album *Into the Music*, blaues Cover, 1979. Van, verliebt und genesend.

Sie fuhr mit den Fingern an den Rücken der CD-Boxen entlang, bis sie fand, was sie suchte, legte die CD ein und programmierte das Stück. Dann sah sie zu, wie die Anzeige aufblinkte, während die Musik einsetzte ...

»We're going to make music underneath the stars.
We're going to play violin and the two guitars.
And we're going sit there for hours an' hours an' hours.
When the healing has begun ...«

Wie alle großartigen Stücke war auch dieses hier mit jeder Ära zu neuem Leben erwacht. Sie hatte einmal zu dieser Musik einen Mann geliebt, der dann in ihrem späteren Leben weniger wichtig war, als sie in dem Moment geglaubt hatte. Aber das Stück war immer weiter gewachsen in ihr, bis sie jeden Akkord und jede Note darin kannte; die Art, wie das Klavier hereinbrach wie ein Sonnenstrahl, die Art, wie das Arrangement sich langsam auflöste wie zwei Körper, die nicht genug voneinander bekommen können, deren Verzauberung mit jedem langen Akkord noch zunimmt.

Vielleicht war das ja das Geheimnis der Liebe. Man wußte nie, wo man sie finden würde. Welche würde überdauern und welche mit der Zeit verblassen? Deshalb durfte man ja auch nicht aufhören zu suchen. Und unterdessen blieb einem nichts anderes übrig, als weiter zuzuhören.

Sie drehte die Musik lauter und sah hinaus in die Gärten. Weihnachtsabend, und die Welt war sicherer als noch vor vierundzwanzig Stunden. Sicherer und leerer. Sie suchte nach dem einen Licht, das nicht brannte. Wie sehr würde sie ihn vermissen? Eine Frage, die sie jetzt noch nicht beantworten konnte, vielleicht niemals würde beantworten können.

»I want you put on your red summer dress.
Wear your Easter Bonnet and all the rest.
And I want to make love to you, yes yes.
When the healing has begun.«

Wenn nur erst Frühling wäre und sie wieder die Türen öffnen und die Welt hereinlassen könnte.

Du gehörst ins Bett, Elizabeth, dachte sie. Du mußt schließlich noch eine Übersetzung fertig machen, und im richtigen Leben ist die Nacht zum Schlafen da.

Als das Stück zu Ende war, ging sie hinauf ins Bett, ließ den CD-Player laufen und die Küchentür hinter sich offen.